UN AMOUR FOU

CATHERINE HERMARY-VIEILLE

UN AMOUR FOU

OLIVIER ORBAN

© Olivier Orban, 1991

ISBN 2-266-04986-0

À ma mère.

Allons-nous-en ma mort ailleurs
parler folie
Puisque nous n'avons plus de
place dans la ronde
Sans nous le ciel fleurit, sans nous
le torrent gronde
Nous voici pour toujours
étrangers à ce monde
Puisque Grenade nous oublie.

ARAGON.

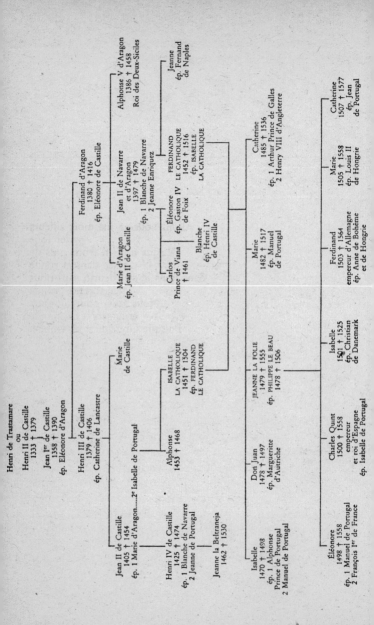

Henri de Trastamare
ou
Henri II de Castille
1333 † 1379

Jean Ier de Castille
1358 † 1390
ép. Éléonore d'Aragon

Henri III de Castille
1379 † 1406
ép. Catherine de Lancastre

Ferdinand d'Aragon
1380 † 1416
ép. Éléonore de Castille

Jean II de Castille
1405 † 1454
ép. 1 Marie d'Aragon....2e Isabelle de Portugal

Marie
de Castille
ép. Jean II de Castille

Marie d'Aragon
ép. Jean II de Castille

Jean II de Navarre
et d'Aragon
1397 † 1479
ép. 1 Blanche de Navarre
2 Jeanne Enriquez

Alphonse V d'Aragon
1386 † 1458
Roi des Deux-Siciles

Éléonore
ép. Gaston IV
de Foix

FERDINAND
LE CATHOLIQUE
1452 † 1516
ép. ISABELLE
LA CATHOLIQUE

Jeanne
ép. Fernand
de Naples

Henri IV de Castille
1425 † 1474
ép. 1 Blanche de Navarre
2 Jeanne de Portugal

Alphonse
1453 † 1468

ISABELLE
LA CATHOLIQUE
1451 † 1504
ép. FERDINAND
LE CATHOLIQUE

Carlos
Prince de Viana
† 1461

Blanche
ép. Henri IV
de Castille

Jeanne la Beltraneja
1462 † 1530

Isabelle
1470 † 1498
ép. 1 Alphonse
Prince de Portugal
2 Manuel de Portugal

Don Juan
1478 † 1497
ép. Marguerite
d'Autriche

JEANNE LA FOLIE
1479 † 1555
ép. PHILIPPE LE BEAU
1478 † 1506

Marie
1482 † 1517
ép. Manuel
de Portugal

Catherine
1485 † 1536
ép. 1 Arthur Prince de Galles
2 Henry VIII d'Angleterre

Éléonore
1498 † 1558
ép. 1 Manuel de Portugal
2 François Ier de France

Charles Quint
1500 † 1558
empereur
et roi d'Espagne
ép. Isabelle de Portugal

Isabelle
1501 † 1525
ép. Christian
de Danemark

Ferdinand
1503 † 1564
empereur d'Allemagne
ép. Anne de Bohême
et de Hongrie

Marie
1505 † 1558
ép. Louis II
de Hongrie

Catherine
1507 † 1577
ép. Jean
de Portugal

Chapitre Premier

Jeanne regarde. Depuis longtemps elle reste immobile dans un coin de la tente afin que chacun l'oublie. A quelques pas, dans un grouillement incessant, passent seigneurs, hommes d'armes et leurs mules, tout un monde de serviteurs qui s'affairent à installer le camp devant les murs de Grenade. Longuement, elle a observé la barrière grise de la sierra Nevada, le souple mouvement des palmiers sous le vent tiède, les remparts ocre de la ville où rien ne semble se mouvoir. Là, au lieu-dit « Les Fontaines de Guëtar », où ils sont arrivés le matin même, une étrange excitation s'est emparée de tous. La ville est devant eux, la ville étrangère, la rebelle, dernière cité qui s'oppose encore à la Castille. Jeanne sourit. Grenade devra se rendre. Rien, personne n'ont jamais résisté à la reine de Castille. Seule la mer arrêtera sa course. L'odeur de la poussière, du romarin, des feux allumés pour le repas du campement font un instant fermer les yeux à la petite princesse. En sourdine, non loin, montent les notes légères d'une guitare. Jeanne aimerait se lever et danser mais elle demeure parfaitement immobile sur son coussin de brocart, les jambes repliées sous elle. A ses filles, Isabelle n'a donné que le droit d'obéir, de prier, de traverser solennelles les pièces

11

de palais sans cesse différents, Medina del Campo, Cordoue, Burgos, Valence, Valladolid, Madrid, Tolède. La Cour se déplace continuellement, suivant son infatigable reine. Jeanne ne craint pas sa mère. A force de l'observer en silence, elle en a découvert les tensions intérieures, les doutes ; elle sait que la meurtrissent les infidélités de son mari. Son père... Jeanne a tant d'amour pour Ferdinand, un amour secret, ardent ! En songeant à lui son cœur se serre. Parfois, il la prend dans ses bras, pose un baiser sur son front, effaçant aussitôt les silences, la solitude.

La guitare s'est tue. Dans le silence s'élève au loin le rire d'un jeune garçon.

« Que fais-tu là toute seule, ma princesse ? »

L'esclave a écarté la lourde tenture de soie brochée, une odeur de santal pénètre avec elle dans la tente. Jeanne a un imperceptible mouvement de colère.

« Votre mère vous réclame. »

Lentement les yeux noirs de la fillette se portent sur la femme debout devant elle, longuement la considèrent sans que rien de ce qu'elle ressent ne puisse s'apercevoir. Au-dehors, un cheval hennit bruyamment. La nuit tombe déjà, les pics de la sierra se teintent de violine et de rose. De la ville assiégée monte un bruit à peine perceptible, un long appel monocorde, obsédant, qui fait venir des frissons sur la peau. Irrésistiblement attirée par le cri du muezzin, l'esclave s'est tournée vers Grenade. Son visage tatoué de henné est attentif, Jeanne ne l'a pas quittée des yeux. A quoi obéit Fatma, que regrette-t-elle ? Sa liberté ? Mais qui peut se dire libre ?

A treize ans à peine, Jeanne ne caresse plus d'illusions. Ses sœurs, son frère redoutent ses mots rares et tranchants, elle sait comment faire retomber la joie et pour cette acuité d'adulte reste isolée.

« Jeanne est bizarre », remarque parfois Isabelle pensivement. L'enfant devine qu'en ces instants elle se remémore sa propre mère, la folle d'Arevalo.

— Où est la reine ? demande-t-elle d'une voix douce.

— Dans sa tente, elle veut vous embrasser avant de prendre du repos. Vos sœurs et le prince sont déjà auprès d'elle.

— Et mon père ?

— Sa Majesté est avec le marquis de Cadix.

Jeanne se lève, mais déjà son élan est retombé. Ferdinand ne lui donnera pas le baiser du soir.

La tente cédée par le marquis de Cadix à la reine Isabelle est tissée de damasquin de Tolède. Autour flottent des oriflammes multicolores, sur le seuil est peinte, en belles lettres d'or, la devise des rois de Castille et d'Aragon : « Tanto monta, monta tanto, Isabel como Ferdinando[1]. » Jeanne, un instant, la contemple, elle aime cette alliance entre ses parents plus forte que toutes les trahisons.

Au fond de la tente, séparée de sa suite par une tenture de soie, la reine est allongée sur un lit bas, elle semble lasse mais dicte encore une lettre à son secrétaire. A côté d'elle, respectueux, muets, les petites Catherine et Marie, l'infant Juan baissent les yeux. La reine s'interrompt.

« Te voilà enfin Jeanne, on te cherchait partout ! » Elle s'inquiète pour son deuxième enfant, c'est une fillette taciturne et fragile, « elle a la lune dans la tête », comme disent les esclaves maures, « la lune et toutes ses étoiles ». Le mariage sans doute l'épanouira. La veille, elle a reçu un message de l'empereur Maximilien d'Autriche. Son fils, l'archiduc Philippe, n'a encore été promis pour aucune alliance.

« Approche, Jeanne. »

1. Tant vaut, vaut tant Isabelle que Ferdinand.

La fillette avance, les yeux baissés. Ses sœurs, son frère l'observent. Va-t-elle se faire réprimander ? Mais Isabelle est de bonne humeur. Bientôt elle prendra possession de Grenade la Belle, la Mystérieuse, couchera dans le palais de l'Alcazar.

La lune s'est levée, la sierra Nevada se teinte d'argent.

D'un signe de la main, la reine congédie Conchillo, son secrétaire, elle sourit à ses enfants, plus tendrement encore à l'infant don Juan, son amour, sa fierté. A tous elle donnera une couronne. Sa fille aînée Isabelle, veuve prématurément d'Alphonse du Portugal, acceptera bien un jour de se remarier au nouveau roi Manuel ; pour Juan et Jeanne elle pense à Marguerite et Philippe d'Autriche, une belle alliance politique ; pour Catherine et Marie elle n'est pas sûre encore ; Catherine, peut-être, sera donnée au prince Arthur, l'héritier d'Angleterre, mais elle n'a que six ans, tant de pactes peuvent se trouver rompus avant qu'elle ne soit nubile.

« Mes enfants, dit-elle d'une voix claire, nous allons réciter ensemble la prière du soir. »

Jeanne pense à l'appel du muezzin, au visage de Fatma. Dieu a-t-il plusieurs yeux, plusieurs oreilles ?

Des hennissements épouvantés, des cris aigus tirent brusquement Jeanne de son sommeil. Dehors la lumière est si éblouissante qu'on dirait le soleil au zénith de la nuit. Devant elle, la portière de soie est ouverte d'un geste rapide ; Fatma, sa duègne, un soldat surgissent.

— Vite, vite, princesse, le camp est en feu !

— Où est mon père ?

— Il est en sécurité avec la reine, vos sœurs et votre frère.

La duègne la saisit rudement par le bras.

« Le feu a pris à la tente de Sa Majesté, une lampe renversée, sans doute. Partons, nous n'avons pas un instant à perdre ! »

Ses cheveux sont épars. Sans coiffe ni parure elle semble beaucoup plus vieille, fatiguée. Jamais plus, Jeanne ne pourra la voir avec le même regard.

Accompagnée des deux femmes, la fillette, en longue chemise blanche, ses cheveux bruns dénoués sur le dos, suit le soldat qui transpire sous le casque d'acier. Du haut de leur palais les princes maures sûrement contemplent le désastre du camp espagnol.

« Que Notre Seigneur Jésus-Christ les empêche de nous attaquer ! » murmure-t-il.

La gouvernante se signe.

Tandis qu'on l'entraîne, Jeanne se retourne. D'une tente à l'autre, poussé par le vent, l'incendie dévore brocarts et broderies d'or, tapisseries précieuses et bois exotiques. Une fumée âcre irrite la gorge, l'odeur de chair carbonisée soulève l'estomac.

Les tentes sont si rapprochées que Jeanne et sa suite ont grand mal à se frayer un chemin hors du camp. Gens et bêtes affolés se bousculent, se piétinent au milieu des cris et des hennissements.

Le lendemain, une cendre grise recouvre la vaisselle d'argent fondue, les coffres noircis, les atours consumés. Dans leur malheur, Dieu a protégé les chrétiens, Grenade n'a pas bougé. A la fin de la matinée, les troupes espagnoles sont rassemblées, l'ordre est revenu. Isabelle et Ferdinand, côte à côte, parcourent le camp, réconfortant les blessés, se signent devant les morts allongés sous des linceuls de toile blanche. Le vent est passé au nord-ouest, il souffle en longues rafales chargé des senteurs de la sierra Morena.

« Nous construirons une ville ici même et maintenant, décide Isabelle, afin que le Maure soit persuadé de notre inébranlable volonté de vaincre. Et pour que l'ennemi sache notre détermination, nous l'appellerons Santa Fe. »

Le marquis de Cadix s'est immobilisé.

« Écoutez, Majesté ! »

Un cri guttural, aigu vient des remparts de la ville assiégée.

« Ils attaquent, murmure la reine. Que chacun soit prêt ! »

Malgré sa pâleur, elle reste droite. Depuis toujours Dieu l'assiste. Contre ses ennemis, il lui a permis de s'emparer du pouvoir en Castille, il lui a donné un fils et l'orgueil de l'Espagne.

« Mon cheval, vite ! » commande Ferdinand.

Elle le regarde s'éloigner. Cet homme, douleur et tendresse, est son soutien le plus sûr.

Les sabots des chevaux arabes martèlent la terre sèche. Les cris, les injures fusent. Jeanne a pris sa guitare. On les a éloignés du camp, traînés vers un abri provisoire.

Les doigts de la fillette courent sur les cordes. Elle aime jouer seule. Quand ses parents, flattés de son talent, exigent qu'elle exécute quelques morceaux devant des invités, elle souffre le supplice. La musique est son unique compagne ; lorsqu'elle a besoin de manifester ses émotions, c'est vers elle qu'elle se tourne.

Derrière la cloison les femmes prient, elle entend le murmure monotone des litanies. Pourquoi prier sans cesse ? Dieu passe-t-il son temps à écouter les hommes ?

Le calme un bref instant les trouble, puis chacun perçoit le bruit d'un cheval au galop. Juan, le premier, a surgi au-dehors ; l'inquiétude, l'impatience, la volonté de se battre le font trembler, empêchent, plus encore que de coutume, les phrases de sortir de sa bouche Ses mots se bousculent, se répètent, le crispant d'impatience.

« Les nôtres ont vaincu, dit l'homme, le sang maure est sur notre terre. Nos pas l'effaceront. »

Jeanne s'est arrêtée de jouer, imagine les corps sur la poussière rouge d'Andalousie, les chevaux éventrés, l'éclat des lames abandonnées sur le champ de bataille dévasté, le camp brûlé dont le vent fait danser les cendres. Alors avec le vent, pour le vent, elle reprend sa musique et le fantôme de la ville de brocart et de velours du marquis de Cadix se meut doucement, enveloppant dans les ondulations des draps de soie réduits en poudre les corps des morts, comme un linceul.

Chapitre II

Un froid sec de janvier que le soleil montant atténue. Le moment est venu. Déjà les troupes espagnoles ont pris possession de la Grande Mosquée, déjà les prisonniers chrétiens libérés des geôles de Grenade ont été recueillis, vêtus par les rois catholiques, menés à l'église de Santa Fe pour un Te Deum. Étrangement, en ce jour de triomphe, une tristesse indéfinissable pèse sur les vainqueurs. Après ces années de lutte, d'espoir, le rêve est achevé. Bientôt, de la porte principale va s'avancer le jeune émir, porteur des clefs de la ville, bientôt ce monde secret, clos, interdit sera livré aux yeux de tous, dépouillé de son mystère, mis à nu devant les regards espagnols. A cheval, Isabelle, Ferdinand, le prince Juan, monseigneur de Mendoza, les évêques, les ambassadeurs, les chefs de l'armée attendent. Derrière eux, plusieurs milliers de soldats sont là, silencieux, immobiles. L'instant semble figé. D'où vient cette nostalgie ? Des terres arides qui ceignent la cité, du cours du Xenil — la rivière Oued el-Kabir —, des pentes de la sierra Nevada, du sentiment qu'un monde se meurt, que sa mémoire errera désormais par les chemins d'Andalousie ?

Le jeune émir, el rey Chico, se montre enfin. Sa

monture est si richement harnachée que tous, un instant, n'ont d'yeux que pour elle. Le regard droit, lointain, inaccessible, au-delà de la douleur et de l'humiliation, le prince garde la tête haute. Qui l'a dit lâche ? On ne perçoit que sa jeunesse.

Sur leurs chevaux, les rois chrétiens restent comme des statues. Boabdil s'approche. L'épée à la main, vainqueurs et vaincu se font face. L'émir veut mettre pied à terre. D'un geste Isabelle l'en empêche. Elle ne veut pas outrager le peuple de Grenade, il est sien désormais et elle l'aime. Derrière, frémissent les étendards portés par des soldats, se lèvent les croix entre les mains des prélats.

Il est temps d'entrer dans la ville, Isabelle ordonne : « Allons ! » Elle a donné sa parole que rien ne serait pillé, qu'aucun de ses sujets ne serait molesté.

« Et leur âme ? » avait insinué Mendoza lorsqu'elle lui avait fait part de son souci des habitants de Grenade.

« Nous la gagnerons comme nous avons gagné leur royaume. »

Devant la porte d'enceinte ouverte les rois se signent.

Dans les rues silencieuses, vides, les soldats défilent les yeux écarquillés. Derrière les moucharabiehs, on devine des regards, perçoit des murmures, parfois le cri d'un enfant. Sur les places, l'eau des fontaines coule dans les vasques de mosaïque bleue, des chiens rasent les murs blanchis à la chaux, le vent lui-même hésite, frémit, se meurt devant les portes basses fermées sur le secret des jardins. Dans la cour d'un foundouk[1] désert, deux mules, derrière un pilier, observent les Castillans ; en rais obliques le soleil d'hiver perce le toit de roseaux. Chacun écoute ses pas sur les pavés, sur la terre plus dure que la pierre à force d'avoir été piétinée. Qui

1. Auberge dans les pays arabes.

appelait Grenade « La vie » ? Au-delà d'un mur où ruissellent des jasmins, s'élève un air triste de guitare comme jouent les musiciens qui accompagnent les morts ou les jeunes filles pleurant un amant infidèle. Dix mille chevaux, cinquante mille soldats ont envahi Grenade.

Ferdinand vêtu de lamé, Isabelle portant une robe brochée d'or, une cape de velours noir sur les épaules, le cardinal de Mendoza sont devant l'Alhambra.

« Qu'on hisse notre bannière », commande Ferdinand. Lentement le drapeau de Saint-Jacques monte sur le mât de la plus haute tour. Le vent s'y enroule, s'y love, le fait frissonner. Aussitôt la voix d'un héraut d'arme s'élève, claire, tranchante comme un poignard :

« Santiago, Santiago, Castilla, Castilla, Granada, Granada. »

Alors de toutes les poitrines, comme un vent de tempête, le cri répété, amplifié prend possession de la ville entière, monte jusqu'au ciel.

« Santiago, Santiago, Castilla, Castilla, Granada, Granada. »

Sur les joues d'Isabelle les larmes coulent. C'est pour Dieu et pour l'Espagne qu'elle s'est battue, qu'elle a vaincu. La force qu'elle sent en elle en ce jour lumineux d'hiver, rien ne pourra l'abattre, personne. Elle pousse son cheval, s'arrête émerveillée : ces cours, ces jardins ressemblent au paradis.

« Ce soir, murmure Ferdinand, nous dresserons notre tente parmi les étoiles. »

La reine le regarde.

« Un jour, tout ceci appartiendra à Juan. »

Sous la coiffe, une mèche de ses cheveux blonds s'échappe, elle a quarante ans mais garde un visage fin et lisse, ses yeux bleus ont le même éclat, la même intensité que dans sa jeunesse lorsqu'elle affrontait les Grands d'Espagne pour s'imposer comme leur reine.

Elle songe à ce Génois, Christophe Colomb, brûlant du même feu qu'elle. Bientôt, peut-être, il pourra partir pour les Indes, le Cipango[1], le royaume du Grand Khan. Le monde est libre, ouvert. Elle, Isabelle, le tient entre ses mains.

« Faites-le entrer. »

Autour de la reine, de Ferdinand, lettrés et théologiens, en vêtements de drap sombre, se pressent. Au-dessus d'eux un grand Christ semble étreindre la salle austère, décorée seulement de hautes tapisseries aux motifs religieux, de bannières où sont peintes des images de saints. Dans un coin, un brasero rougeoit. De temps à autre un serviteur y jette une poignée d'herbes sèches qui embaument.

Le Génois avance. Coupés sous les oreilles, ses cheveux sont déjà gris. Il porte un habit de drap sombre égayé d'un fin col de linon, un manteau noir est jeté sur ses épaules. Avec prestance il ôte son bonnet de feutre noir aux bords retroussés, s'avance vers la reine, prend sa main, la baise, un genou à terre. Isabelle lui sourit. Dès la première entrevue elle a eu de l'amitié pour cet homme, aimé sa folie. Des malveillants ont même chuchoté qu'il y avait entre eux une attirance... Ne savent-ils pas qu'elle n'a de disponibilité que pour l'Espagne ?

Dans le silence sa voix résonne.

« Relevez-vous. Le roi et moi désirons vous écouter. »

Colomb se redresse. Depuis le temps qu'il espère convaincre, forcer un protecteur à lui prêter attention, son combat est devenu sa seule aspiration.

Tous penchent la tête pour mieux entendre. Le lévrier de la reine s'est endormi.

1. Le Japon.

« Majesté, vous savez mes convictions, elles n'ont pas changé depuis le premier jour où j'ai eu l'honneur de vous les exposer, il faut maintenant agir. »

Un murmure parcourt l'assistance. La voix froide du cardinal de Mendoza assis à côté des souverains s'élève :

« La reine n'a à recevoir d'admonition de personne, monsieur Colomb. »

D'un geste Isabelle l'apaise. Derrière le marin, deux serviteurs portent une mappemonde. Colomb s'en approche.

« Tout est ici, que celui qui sait regarder comprenne. »

L'orgueil du Génois irrite les Espagnols, ne menace-t-il pas de quitter l'Espagne, de se rendre en France, en Angleterre s'il n'est pas écouté ?

— Nous avons déjà parlé de tout ceci, reprend la reine, je suis quant à moi encline à vous croire. Sans doute l'Inde, le Cipango, le Cataye[1] ne sont-ils qu'à quelques semaines de navigation.

— Ils le sont, Majesté. J'en suis aussi sûr que de l'existence de Dieu, notre Père.

Un murmure à nouveau. Colomb a beaucoup d'ennemis. Qui peut croire un homme venu d'on ne sait où, affirmant qu'un bateau peut traverser les zones torrides, un océan dont personne, sauf Dieu, ne connaît les limites, sans tomber dans tous les gouffres de l'enfer ? Des savants géographes, astronomes se sont penchés sur ses cartes et n'ont été en rien convaincus. Sans l'insistance de la reine, depuis longtemps ils auraient exigé que l'on chassât cet homme. Dans la pénombre, seule se détache la blancheur de leurs cols de linon, la lourde chaîne d'or que Ferdinand porte sur sa poitrine.

— Parlons franc, intervient le roi d'un ton ironique.

1. La Chine.

A combien se chiffrent vos... certitudes, monsieur Colomb ?

— J'ai besoin de deux millions de maravédis, trois bateaux avec leurs équipages, sire.

On entend des toussotements, quelques rires étouffés. Isabelle refoule sa déception : cet homme ne sait-il pas qu'après la guerre qu'ils viennent de mener, le trésor royal est à sec ?

Elle se tourne vers l'évêque Diego Deza, précepteur du prince Juan, son soutien depuis le premier jour. Il hoche la tête.

— Monsieur Colomb, votre absolue conviction persuadera sans doute des armateurs, des banquiers que leur or fructifiera entre vos mains. Eux, vous avanceront les maravédis qui nous manquent.

— Et les Génois, vos compatriotes, certains sont riches n'est-ce pas ? interroge Isabelle.

Au-dessus de la mappemonde la main de Colomb est restée en suspens. Tant de grandes espérances chiffrées, marchandées le heurtent. Son doigt enfin se pose sur les contours d'une bande de terre.

« De là, Majesté, je vous rapporterai plus d'or que vos sujets ne pourront jamais vous verser. »

Son regard une fois de plus croise celui de la reine. Il doit la convaincre aujourd'hui même, sinon il quittera l'Espagne.

« Oublions l'argent, décide Isabelle, sans doute monseigneur Deza a-t-il raison, nous en trouverons. Que voulez-vous d'autre ? »

Colomb avance d'un pas, ce que l'assemblée prend pour de la provocation n'est que la fierté d'être porteur d'une mission divine.

« Je veux le titre d'amiral de la mer Océane, la vice-royauté et le gouvernement des îles et terres fermes où j'aborderai avec la faculté de pourvoir à tous les

23

offices, ce pouvoir sera transmissible à mes descendants. »

La stupéfaction empêche tout rire, tout sarcasme.

La voix toujours douce, égale, moqueuse de Ferdinand s'élève la première.

— Diable, monsieur Colomb. Ainsi vous voulez être l'égal de mon oncle, l'amiral de Castille ?

— Je ne parle pas en mon nom, Monseigneur, mais en celui de notre Sainte Foi, je veux que celui qui la portera jusque sur ces terres lointaines soit digne d'être le messager de Dieu — la voix du Génois s'enfle, devient autoritaire : Le Grand Khan et ses prédécesseurs ont, à maintes reprises, envoyé des ambassadeurs à Rome pour demander des docteurs en notre foi mais jamais le Saint-Père n'y a pourvu, Majestés, votre honneur, votre devoir vous commandent de vous substituer à lui.

Le lévrier de la reine a levé la tête, dressé les oreilles. Isabelle reste impassible. Dehors, la lumière dorée de l'après-midi joue sur les mosaïques, coule sur les sculptures des pierres blanches, s'enroule aux piliers légers qui entourent la cour de l'Alhambra. A chaque heure le soleil a pour les jardins, les patios un autre regard. Dans quelques jours, quelques semaines, se glissera partout l'odeur sucrée des jacinthes poussant par milliers dans les jardins du Gereraliffe.

Maintenant le brouhaha s'est installé dans l'assemblée. Chacun parle fort. La reine sait qu'elle ne pourra faire taire ses conseillers. L'orgueil du Génois l'a perdu mais elle ne veut entendre davantage les moqueries et se lève.

« Monsieur Colomb, il nous faudra repenser à tout cela. »

Le marin a pour elle un regard amer plein de reproche mais il ne répond rien et s'incline. L'espace d'une seconde, Isabelle a eu envie de se justifier.

Cheminant sur sa mule, perdu dans ses pensées, Colomb n'entend pas le bruit du cheval au galop qui le rejoint. Il ne regrette rien de ses paroles. Ce dont il est porteur le rend l'égal des couronnes d'Aragon et de Castille. Auprès des princes il est le messager des terres nouvelles, du ciel neuf dont parle Notre Seigneur dans l'Apocalypse par la bouche de saint Jean. Les Espagnols demeurant sourds, aveugles, il va aller vers d'autres monarques, d'autres peuples. Dans son esprit passe l'image du Grand Khan qui l'écoute, celle du prêtre Jean, le mystérieux souverain chrétien d'Asie lui tendant les bras. Grenade est à deux lieues derrière lui, déjà à l'autre bout du monde.

Parvenu à la hauteur du Génois, le cavalier l'interpelle.

« Un moment s'il vous plaît, monsieur Colomb! »

Le marin arrête sa mule, le ton joyeux du messager fait naître soudain en lui un espoir insensé.

« Leurs Majestés veulent vous revoir. »

Le cœur battant, le Génois interroge :

« Ne m'ont-ils pas déjà tout dit? »

L'alguacil[1] a un sourire malicieux.

« Messeigneurs Deza et Santangel, vos amis, ont longuement parlé à nos souverains. Aussitôt l'entrevue terminée, on m'a envoyé derrière vous afin de vous ramener mort ou vif, monsieur Colomb! »

Malgré la chaleur d'août, la température reste fraîche sous les voûtes du château de Tolède. Le souper vient de s'achever, les souverains et leurs enfants, leurs proches se sont réunis. Attentivement Jeanne écoute. Celui qui parle arrive de Palos. Il a remonté le rio Tinto, traversé la sierra Morena, le rio Guadiana, les monts de Tolède. La fillette essaie d'imaginer l'océan, les

1. Secrétaire d'État aux Finances du royaume de Castille.

bêtes fabuleuses qui y ont leur demeure, aurait-elle le courage de s'y aventurer ? Elle fait un effort pour suivre les trois caravelles quittant le port mais bientôt son esprit revient vers les paroles de sa mère. Quelques jours auparavant, elle lui a annoncé ses fiançailles avec l'archiduc Philippe, fiançailles encore secrètes mais arrêtées dans l'esprit de ses parents comme dans celui de l'empereur Maximilien. Dans quelques jours elle recevra un portrait. Il a quatorze ans, elle va en avoir treize. On le dit beau, rieur, excellent cavalier, infatigable chasseur. A sa curiosité se mêle l'angoisse. Quelle sera sa vie en Flandres, pourra-t-elle être heureuse loin de l'Espagne ? La nuit souvent elle se réveille, a froid, fixe l'obscurité comme pour trouver une réponse à ses craintes. Qui l'écoutera, qui l'aidera ?

Le messager raconte. Avec passion, la reine l'écoute. Elle voit les marins récitant leur prière à genoux, les voiles sur lesquelles de grandes croix sont peintes monter en haut des mâts. La *Santa Maria*, vaisseau amiral, la première contourne le promontoire, suivie de la *Pinta* et de la *Niña*. Devant eux l'escale rassurante des Canaries puis la Mer Ténébreuse que redoutent tous les marins. Aux côtés de Colomb, en proue, se tient Juan de Torrez, interprète juif qui sait l'hébreu, le latin, le grec, l'arabe, le copte et l'arménien. Il a été embarqué pour parler aux populations des terres qu'ils vont atteindre, servir d'interprète auprès du Grand Khan. Les marins, la plupart des forçats, gardent, craintifs, le silence. Le vent bientôt a poussé la flottille en haute mer...

Le messager s'est tu, chacun sur son visage sent ce vent qui emmène les Espagnols vers les Indes, la croix du Christ vers les païens. Jeanne se reproche de ne pas éprouver plus d'émotion. Désespérément, elle essaie d'imaginer les traits de Philippe.

Chapitre III

Depuis une heure Thomas de Torquemada prêche. Le Grand Inquisiteur pose tour à tour son regard de feu sur les souverains et leur familles, les Grands, l'évêque de Tolède, primat d'Espagne, les condamnés, s'attardant davantage sur ceux occupant les places les plus élevées de l'estrade et qui vont mourir. Depuis le décret qui a expulsé les juifs d'Espagne, il a le champ libre pour traquer, emprisonner, brûler ceux qui se prétendant chrétiens sont restés dans le royaume et demeurent fidèles secrètement à leur foi. Pour ce Grand Autodafé il a supplié le roi, la reine d'approuver son combat par leur présence, celle du prince Juan et des infantes. Tolède, leur a-t-il dit, gardera longtemps la mémoire glorieuse de ce jour de foi. Isabelle a accepté. Certes, elle n'aime pas le spectacle de la souffrance, mais elle veut témoigner à Torquemada qu'elle est à son côté. L'Espagne doit être catholique ou ne pas être. Près de la reine, Ferdinand semble songeur, les longs sermons l'ennuient. Le prince Juan regarde les bannières et le jeu du vent sur les peintures qui les décorent, selon le souffle de la brise les croix se tordent, les visages des saints se déforment, se crispent, la colombe de l'Esprit Saint semble prendre son vol. Seule l'infante Isabelle boit chaque parole de l'Inquisiteur. Elle a vingt-deux ans. Depuis que son mari, le roi Alphonse du Portugal, est mort après une chute de cheval, elle est revenue en Espagne et oublie dans la piété la plus ardente ses huit mois de mariage heureux. Patiemment sa mère tente de la persuader d'épouser le nouveau roi Manuel qui a demandé sa main, mais la jeune femme se cabre. C'est à Dieu seul qu'elle appartient désormais.

Torquemada s'est tu enfin. Il transpire. L'automne est chaud encore en Castille, l'air sent le muscat tiède, la pomme, l'odeur âcre des troupeaux de moutons, ces mérinos qui sont la richesse des Castillans, bientôt sur le chemin du retour pour commencer la longue trans-humance rythmant la vie des campagnes.

Le tintement grêle des clochettes semble incongru dans la solennité de l'instant.

Sous le dai qui protège la famille royale du soleil, l'ombre se meut sur le joli visage de Jeanne. Elle a le teint clair, une bouche aux lèvres bien dessinées, les yeux d'un brun teinté de vert, le nez un peu long mais droit et fin. Des quatre filles d'Isabelle et de Ferdinand elle est la plus jolie, « la beauté de notre famille » comme dit, taquin, son père pour la faire rougir.

Les souverains, puis l'assistance ont fait le serment de défendre la foi chrétienne. Un moine lit maintenant les sentences. Sur son visage rond la sueur coule abondamment. Sa voix monocorde ne montre aucune passion, ni haine ni pitié. Trente-cinq parmi les condamnés vont se voir amener au bûcher, d'autres iront en prison ou aux galères. Quelques-uns en seront quittes pour une dés-honorante pénitence publique. Après chaque nom le dominicain cite les dépositions et aveux. Le soleil décline. Depuis plus de deux heures les détenus, comme l'assistance, subissent immobiles la chaleur implacable. Une femme dans les gradins s'évanouit, la mitre pointue bascule sur la tunique jaune barrée de la croix de Saint-André.

Enfin le moine se tait, le moment est venu de remettre les accusés au bras séculier et déjà la foule se met en marche vers le lieu du supplice. Jeanne, les yeux mi-clos, imagine le peuple flamand qui l'accueillera pour ses noces. A quoi ressemble-t-il ? On dit les hommes grands et blonds, les femmes blanches et grasses. Derrière elle Antonio et Alexandro Geraldini, les professeurs de latin des infantes, se parlent à voix basse. Jeanne comprend qu'ils sont heurtés par cet autodafé. Comment osent-ils critiquer la Castille ? Si elle désavoue souvent sa mère elle déteste que des étrangers la blâment. Tout ce qui diminue l'Espagne l'humilie.

Tambours et trompettes ouvrent la marche du cortège ; sur les étendards aux armes de l'Inquisition la croix, l'épée, le rameau d'olivier se déploient dans la brise du soir. Les condamnés suivent avec, chacun à la main, un cierge jaune. Derrière eux, une forêt de croix, de torches allumées brandies par des religieux. La poussière soulevée par la cohorte colle aux visages, se dépose sur les vêtements, les chevelures, irrite les gorges. Le soir tombe. Dans le crépuscule, le credo que chacun entonne prend des résonances sinistres.

Le tour est venu pour les Inquisiteurs de rejoindre le cortège. La reine s'est levée, elle n'assistera pas à l'exécution, Mendoza la représentera, priera en son nom pour le salut de ces âmes égarées. Très droit, Torquemada suit le cardinal. Comme la reine il ne se soucie que de l'honneur de Dieu, les biens de ce monde l'indiffèrent.

Ferdinand se penche vers l'infant.

« Mon fils, le Bon Dieu comme nous-mêmes serons un peu plus riches ce soir, il aura les âmes de ces hommes, l'État se contentera de leur or. »

Jeanne sourit, dans une autre bouche ces mots l'auraient scandalisée mais pour son père elle n'a qu'indulgence. Peut-être, après le souper, l'emmènera-t-il se promener dans les jardins ? Ensemble ils parlent de sujets qu'ils aiment, les bêtes, la musique, ils savent se moquer aussi des figures austères qui les entourent, des flatteries des hidalgos, des intrigues des prélats, de la bigoterie des évêques. Pourquoi cette complicité est-elle si rare ? Trop souvent Ferdinand est indifférent, lointain, inaccessible, elle n'ose alors aller au-devant de lui, le solliciter. Elle attend, guette. Son existence est remplie de ces minuscules espoirs, de ces joies passagères. Elle aime aussi s'inventer d'autres vies, son imagination la fait musicienne itinérante, joueuse de clavicorde ou de guitare, allant de château en château. Parfois elle se représente quelque jeune homme qui lui chuchoterait des mots galants, chercherait sa main. D'y songer seulement, elle rougit. Son corps l'effraie. La duègne ne la menace-t-elle pas de tous les diables de l'enfer si elle voulait en tirer la moindre jouissance ? Et pourtant, au cours des nuits chaudes de l'été ce corps la menace, l'envahit. « Priez ! » recommande la gouvernante. Mais parler à Dieu l'ennuie. De toute sa force elle se domine, empêche sa main de bouger. Elle n'a pas peur du diable, seulement de se rabaisser.

La cohorte des maudits s'éloigne, des serviteurs emmènent les chevaux, les mules harnachés de rouge et d'or. Isabelle et Ferdinand, les premiers, se mettent en selle, autour d'eux se pressent les seigneurs, les dames, les serviteurs, tous guettent un regard, une parole. Béatrice de Bobadilla, la meilleure amie d'Isabelle, maintenant marquise de Moya, arbore une robe brochée d'argent, porte autour du cou, aux oreilles des perles offertes par la reine, sur ses cheveux d'un châtain cuivré un béret de velours noir où est accroché une émeraude. Une chaîne d'or dont chaque maillon est ciselé selon un dessin différent se déploie sur l'habit de son époux. Pieds nus dans la poussière, le visage peint de henné, les esclaves maures agitent de larges éventails pour rafraîchir leurs maîtres. Un enfant noir, tout de velours rouge vêtu, tient les rênes du cheval du conte de Benavente. Au loin une cloche sonne l'angélus du soir. Jeanne aime ce luxe et ce dénuement qui se côtoient, elle respire avec délice l'odeur forte du romarin, des pins, la senteur des moutons, l'air doré, transparent de l'automne castillan. Nulle fillette n'est à la fois aussi prisonnière et libre qu'elle.

Le cortège royal est déjà en marche lorsque Juan met son cheval à la hauteur de la mule de Jeanne. L'infant est blond comme sa mère avec un visage rond, des yeux à fleur de peau, il a la bouche sensuelle de Ferdinand mais, au contraire de son père, un corps gracile, des épaules étroites. Les projets de mariage flamand ont rapproché le frère et la sœur.

« J'ai vu ce matin le portrait de Marguerite », chuchote-t-il.

Jeanne tressaille, ses yeux noirs ne peuvent cacher la curiosité, l'émotion qu'elle ressent.

« Et Philippe ? »

Le jeune garçon éclate de rire.

« Marguerite est très belle, pour Philippe je ne peux pas te dire, je l'ai à peine regardé. »

Le cœur de Jeanne bat trop fort. Sa mère la convoquera-t-elle pour lui montrer le dessin représentant son fiancé ?

« Ne t'impatiente pas trop, continue l'infant qui bute sur ses mots, rien n'est encore conclu. Peut-être seras-tu donnée finalement au vieux duc de l'Infentado, qui est amoureux de toi ! »

Il rit à nouveau, pousse son cheval. Jeanne voudrait

31

galoper derrière lui, le rattraper, le forcer à parler mais sa duègne, ses demoiselles d'honneur, ses pages l'entourent. Dans chaque ombre, chaque touffe au bord du chemin, elle essaie de deviner les traits du jeune archiduc autrichien. Ses esclaves disent que les amants se cachent dans les buissons, les branches, les pierres afin de surprendre leurs aimées. Si elles savent être attentives, leurs visages apparaissent alors aussi clairement que dans un miroir.

« Dieu pardonne à ces pauvres pécheurs », murmure à côté d'elle la duègne.

Derrière s'élève la voix rieuse de Marina Manuel, la plus jolie des demoiselles d'honneur.

« Doña Sabine, voulez-vous nous faire pleurer pour quelques juifs ? »

Jeanne a oublié l'autodafé, elle ne pense qu'au fils de Maximilien d'Autriche et de Marie de Bourgogne morte lorsqu'il n'était encore qu'un très petit enfant.

Chapitre IV

L'humidité imprègne les murs des églises Sainte-Eulalie, Santa Maria del Mar, les ruelles de Barcelone où se pressent les échoppes des marchands, ruisselle sur les quais du port. Quelques galères immobilisées par l'hiver, des bateaux de pêcheurs peints de couleurs vives se balancent dans le bassin. De sa chambre, au-delà des jardins qui ceignent le château, Jeanne regarde les fumées s'élevant au-dessus des toits, le vol lourd d'une mouette. Elle a plus de treize ans mais chaque jour voit revenir les leçons avec ses professeurs, les interminables offices religieux. De son mariage on ne parle plus. Est-il rompu ? Isabelle ne rend jamais de compte à personne, surtout pas à ses enfants. Elle ne sait pas, ne veut rien savoir des tourments de Jeanne. La fillette a vu le portrait envoyé par l'empereur d'Autriche, contemplé le beau visage de l'adolescent. Avec culpabilité, les yeux, un rien de temps, se sont attardés sur la bouche pleine, sensuelle. Se posera-t-elle sur ses propres lèvres ? Lui donnera-t-elle ces frissons dont parlent les esclaves ? Le portrait a été retiré, caché elle ne sait où, plus jamais elle ne l'a revu. Juan, lui, a gardé celui de Marguerite.

Patiemment Fatma a enduit les cheveux de sa maîtresse d'une eau parfumée à la giroflée, les a tressés, enrubannés pour la fête. Sur le lit, la camériste a posé la robe de velours émeraude au buste rigide, le manteau de brocart doublé de soie crème. Très rarement la reine autorise ses filles à revêtir leurs riches parures, exigeant qu'elles se vêtent, comme elle, de simple drap de laine, mais aujourd'hui toutes les frasques sont permises. Ne portera-t-elle pas elle-même son magnifique collier de rubis pour accueillir l'amiral de la mer Océane de retour des Indes ? Le matin même, Jeanne a observé sa mère à la chapelle pendant la célébration de la messe. Tandis que Ximenes de Cisneros, son confesseur, exhortait ses fidèles à se soumettre plus encore à la volonté divine, à accepter, au-delà de la gloire terrestre, la déchéance et la mort, Jeanne devinait qu'Isabelle, derrière ses mains posées sur son visage comme pour prier, n'écoutait pas le prêtre. « Son esprit est tout occupé du Génois, avait pensé la fillette, est-ce pécher que de songer à un homme ? » Elle-même commettait-elle une faute en laissant l'image de Philippe d'Autriche revenir sans cesse à son esprit ?

Pour mieux courir doña Felipa de Guzman, demoiselle d'honneur préférée de Jeanne, a retroussé des deux mains sa robe de taffetas brodée.

« Señora Infanta, ils sont entrés dans la ville ! »

Les caméristes, les esclaves se pressent autour de Jeanne, présentant les bijoux dans des coffrets, les souliers enrichis de petites perles, l'éventail peint d'oiseaux et de fleurs. Tout en vêtant la jeune princesse elles parlent avec volubilité. De bouche en bouche à travers la ville courent les récits les plus extraordinaires ; l'amiral est revenu des Indes avec des oiseaux couleurs d'arc-en-ciel, des êtres à moitié humains, des parures d'or si précieuses qu'aucun homme n'en a vu de plus belles, des objets rares et surprenants. Fatma et

Aïcha haussent les épaules, se regardent d'un air de connivence. Depuis qu'elles sont enfants elles ont, à maintes reprises, entendu dans la bouche des femmes maures de tels récits venus de l'Orient jusqu'à Grenade. Dans leurs volières au milieu des roseraies, les califes possédaient des dizaines de ces oiseaux bavards et bariolés, se faisaient éventer par des serviteurs indiens enturbannés. Quant à l'or, aux bijoux des empereurs mogols, lequel de ces chrétiens peut-il imaginer telles richesses !

« Harun le Bienguidé, que la miséricorde d'Allah soit sur lui, aurait pitié de ce Génois », chuchote Fatma dans l'oreille de sa compagne.

Elle a profité de la confusion, du bruit, pour glisser le nom de Dieu. Les Mauresques converties de force au christianisme restent fidèles à la religion de leur enfance mais se taisent, se cachent. A l'aube et au crépuscule, dans l'intimité de la chambre que les esclaves partagent, elles peuvent prier face à l'est. Mais toujours, alors qu'elles se prosternent, le cœur cogne dans leur poitrine. Qu'une servante chrétienne entre et les dénonce, elles seront emprisonnées, livrées peut-être à cette Inquisition qui les terrifie. On dit que les moines torturent même les femmes, leur écrasent les pouces, leur compriment les chairs avec des cordes, les élèvent du sol à l'aide de poulies après leur avoir attaché des poids aux pieds. Lorsqu'elles croisent des religieux dans les couloirs, les Mauresques baissent la tête et marmonnent une malédiction entre leurs dents, pendant la messe récitent en leur esprit tous les saints noms d'Allah, en inventent d'autres susceptibles d'être maléfiques pour les chrétiens. Le jour de la Grande Fête, tandis qu'Alia, la plus âgée d'entre elles — n'affirme-t-elle pas qu'elle est née du vivant du Grand Timur Lang —, tape sur un tambourin, elles dansent en battant des mains, poussant parfois leur long cri guttural qui résonne partout dans le château. La reine a autorisé les réjouissances pourvu qu'elles ne soient pas religieuses. Ne sait-elle pas qu'en Islam toutes les fêtes célèbrent la grandeur d'Allah ?

Jeanne est enfin vêtue. Dans sa robe verte très serrée sur son buste menu, avec ses cheveux nattés enroulés de rubans et de fleurs sur l'arrière de sa tête, de simples petites perles aux oreilles et autour du cou, elle a une beauté étrange, secrète. Elle ne sourit pas, ne s'exalte pas comme les autres filles de son âge, semble toujours condescendre à une parole, un regard. Des quatre infantes c'est elle, malgré son attitude effacée, qui a le plus de majesté. On la craint parce que personne ne peut affirmer la connaître.

Brusquement une main baguée tire la portière de velours qui masque la porte. La duègne, tout essoufflée, entre dans sa chambre.

« Vite, señora Infanta, l'amiral approche du palais ! »

Jeanne dévisage sa gouvernante avec mépris. Une fois de plus, malgré ses quarante ans, elle s'est vêtue comme une jeune fille. Sa robe de soie ponceau aux manches crevées sur des tourbillons de linon, ses chaussures à semelles surélevées lui donnant une démarche de dinde, ses cheveux frisés où elle a accroché des rubans, la rendent ridicule.

Malgré tout, Jeanne hâte le pas. Elle veut voir entrer dans la salle du trône cet étrange cortège, sentir au plus profond d'elle-même le nouveau triomphe de l'Espagne. La duègne court, laissant derrière elle une écœurante odeur de sueur et de jasmin. Jeanne lui en veut de la précéder. Elle a treize ans désormais et seuls son père, sa mère, Isabelle, sa sœur aînée, et Juan ont le pas sur elle.

Dans la vaste salle du trône du Palais de Barcelone se

pressent les Grands, les hidalgos, toute une foule de clercs, de bourgeois, d'ecclésiastiques venus fêter celui dont ils se moquaient quelques mois auparavant. Le cardinal Diego de Mendoza, si hostile aux projets du navigateur, a les mains croisées sous son manteau en un geste presque adorateur. Devant lui sur l'estrade sont assis côte à côte Ferdinand, de velours noir vêtu, portant une chaîne d'or, un large béret où est plantée une plume posée à l'arrière de la tête, Isabelle radieuse dans la simplicité d'une robe blanche rebrodée de fils d'or, ses cheveux blonds tirés, ramassés dans une résille dorée où sont cousus des petits diamants et des perles, l'infant Juan, son corps grêle, frileux, enroulé dans un manteau de satin blanc doublé de moire. Les infantes sont sur des petites chaises basses de chaque côté de l'estrade, Isabelle dans le drap gris qu'elle ne quitte plus depuis son veuvage, Catherine et Marie, les fillettes, en robe de soie pastel égayée d'un grand col en dentelle au point de Venise. Des braseros brûlent çà et là, des torches ont été allumées, les plus belles tapisseries déployées. Des corsages, des chevelures montent des odeurs entêtantes d'ambre, de musc, des fragrances trop lourdes de rose et de jasmin. A côté de leurs maîtres, des levrettes, des bassets dorment sur le pavé. Allongé sur les genoux de l'évêque de Barcelone, un chat persan à la fourrure gris bleuté considère, les yeux mi-clos, cet étrange entassement d'humains.

Une sonnerie de trompette fait redresser les dos, tourner les têtes vers la porte ouverte à double battant, la reine serre très fort dans ses mains les montants de son fauteuil. Pendant les sept mois de son absence, elle n'a cessé d'accompagner le Génois par la pensée, de prier pour le succès de son entreprise. Les doigts fins de Ferdinand se posent sur son bras.

« Mon amie, la foi est un acte d'espérance. Pardon d'avoir pris votre confiance pour une illusion. »

Isabelle lui sourit, elle veut répondre mais une autre sonnerie de trompette, des bruits de pas, de voix, des cris étranges la retiennent. Elle devine plus qu'elle ne voit Christophe Colomb, son amiral, qui approche. Médusée, l'assistance se tait, on ne perçoit plus que le bruit que fait la petite troupe en marchant. Jeanne oublie son indifférence, un peu de rouge lui monte aux joues. C'est un moine qui ouvre la marche portant une simple croix de bois. Derrière lui se tient l'amiral, sa haute taille, sa prestance lui donnant l'allure d'un sénateur romain. D'un pas assuré il marche vers les souverains, monte l'estrade, ôte son chapeau de feutre, s'agenouille.

En marque de déférence, Isabelle et Ferdinand quittent leurs sièges et, l'aidant à se relever, lui désignent une chaise à côté d'eux. Isabelle ne peut cacher son émotion, sa joie, un instant elle reprend la main du Génois, la serre dans la sienne en un geste de complicité affectueuse, oubliant un court moment qu'elle est reine de Castille.

« Comme il est beau, pense Jeanne, beau comme Philippe. » Elle revoit les traits du jeune prince autrichien. La beauté des hommes la trouble et elle s'en irrite. Son mépris des êtres serait-il battu en brèche, deviendrait-elle vulnérable, misérable comme les autres femmes, ces jeunes filles riant stupidement, ces duègnes pantelantes ? Comme s'il devinait ses pensées, Colomb se tourne vers les infantes, s'incline. Jeanne évite son regard, observe l'entrée du cortège des marins, des oiseaux bleu, jaune et vert juchés sur leurs épaules, l'étrange troupe des Indiens parés de lourds colliers d'or et de coquillages, les chevilles enserrées de liens de cuir ornés de petites plumes blanches. La curiosité lui fait oublier les yeux dorés, la bouche sensuelle du Génois.

« Regarde! chuchote Catherine excitée, ils nous offrent des présents de leur pays. »

Deux des hommes à la peau cuivré, aux longs cheveux raides d'un noir d'ébène portent des pièces d'or travaillées, des boucles, des masques, de lourds bijoux où sont incrustées des perles d'ambre, d'émeraude, de jade, des plumes irisées, les autres suivent avec entre les mains des pépites grosses comme des œufs de canne.

Assis entre les souverains attentifs, Colomb désigne chaque chose, explique d'où elle vient. Le prince Juan semble fasciné par les arcs, les flèches, les parures de plumes. Ce Génois, fils d'un marchand de vin et de fromage, est plus favorisé que lui par la chance. Il peut à sa guise franchir les océans, affronter d'extraordinaires périls, les vaincre, planter la croix du Christ sur des terres inconnues alors que lui est condamné à vivre prisonnier de trop vastes palais.

Les infantes Catherine et Marie n'ont d'yeux que pour les perroquets, Catherine qui a huit ans porte de temps à autre un regard inquiet vers les Indiens. Jeanne essaie d'imaginer ces pays lointains qu'elle ne connaîtra jamais. Y serait-elle heureuse? La fillette rêve, elle se voit avec Ferdinand sur une plage, ils marchent seuls en se tenant la main.

De sa voix grave, ardente, Colomb parle du voyage, de la première terre abordée nommée par lui San Salvador, de la croix plantée sur la plage à peine foulée par les Espagnols à côté de la bannière de Castille. Il raconte leur rencontre avec des Indiens tout nus auxquels furent offerts colliers de verre et grelots, puis la navigation d'île en île, l'arrivée dans une terre féerique, d'une beauté presque indescriptible qui fut baptisée l'île Espagnole[1].

1. Haïti.

Personne ne l'interrompt tant la fascination qu'il exerce sur l'assistance est totale. Velasquillo, le bouffon de Ferdinand, pourtant prompt à l'ironie, écarquille les yeux, parfaitement immobile sur son petit tabouret. Même les anciens adversaires du marin, charmés, tendent l'oreille.

Quand l'amiral se tait, il a les larmes aux yeux. Isabelle pleure. Elle se lève, puis s'agenouille, imitée par le roi, Colomb et l'auditoire. De toutes les lèvres jaillit la prière du Te Deum. Seuls demeurent debout, abasourdis, étrangers, pathétiques, la poignée des Indiens ne comprenant rien à cet étrange rituel.

Chapitre V

Ana de Viamonte recule d'un pas et, avec une attention recueillie, juge de l'effet produit. Autour d'elle les innombrables servantes retiennent leur souffle.

« Vous êtes bellissima, señora Infanta. »

Elle a employé le mot italien qu'elle prononce avec emphase.

— Vous vous montrez bien maladroite, chère Ana, remarque Jeanne moqueuse. Ne savez-vous pas que l'Italie ne cause que des soucis à l'Espagne ?

— C'est à ces soucis que vous devez votre mariage.

— Tu as raison, murmure Jeanne. Ma mère et l'empereur Maximilien ont hâté les choses afin de s'allier en face des prétentions françaises.

La jeune fille est radieuse. Dans quelques instants sera célébrée son union par procuration avec Philippe. Après trois années d'espoirs suivis de déceptions, le contrat a finalement été signé en Flandres au début du mois de décembre.

D'un œil distrait, elle a lu l'interminable liste des clauses et des ratifications. Si, fugitivement, elle a eu l'impression d'un troc, elle n'a voulu retenir que la certitude d'être bientôt l'épouse de ce jeune homme hantant son imagination depuis ses douze ans. Cent fois, mille fois, elle a regardé le portrait, passé un doigt timide sur le visage immobile. Peu à peu dans son esprit son futur époux a pris vie, elle le voit bouger, rire, partir à la chasse, un faucon au poing. Lorsque son imagination s'arrête sur leur nuit de noces, vite elle tente de penser à autre chose. De l'amour elle sait tout. À maintes reprises elle a perçu des conversations entres les servantes, découvert à leurs allusions crues que l'époux et l'épouse ne se contentaient pas de caresses et de baisers. Pour oublier les images troublantes qui naissent en son esprit, elle se force à lire en latin, à composer des airs de musique sur son clavicorde[1]. Depuis qu'elle est enfant les duègnes, les gouvernantes, les confesseurs lui ont répété que Dieu haïssait le corps humain, surtout celui de la femme, qu'elle ne devait se marier que pour procréer. Alors pourquoi ces rires entendus des servantes, pourquoi la rougeur sur leurs visages lorsqu'elles évoquent leurs amants, pourquoi ces contes, ces chansons dont l'ont bercée les esclaves maures parlant d'hommes éperdus de désir, de femmes se laissant caresser, posséder avec volupté ?

Ana de Viamonte, rousse et vive, prend la main de Jeanne.

« Bientôt nous serons en Flandres mais ensemble nous parlerons de notre pays, n'est-ce-pas ? »

Jeanne se dégage. Si elle a besoin d'amitié, elle se refuse à toute familiarité.

— Dans mon duché je ne serai plus que flamande, Ana.

— Señora Infanta, personne n'échappe à l'Espagne, jamais.

Isabelle pour la deuxième fois achève la lecture du contrat de mariage entre sa fille Jeanne et l'archiduc

1. Ancêtre du piano.

Philippe. Juan est déjà lié à l'archiduchesse Marguerite, sa sœur, et elle veut que les deux unions servent parfaitement ses intérêts politiques. Pas un seul point des actes n'est à négliger. A côté d'elle Francisco Rojas, son ambassadeur en Flandres, commente parfois brièvement une phrase, une annotation. A Malines il a déjà signé le contrat entre l'héritier des rois catholiques et la petite-fille de Charles le Téméraire, il est rompu aux négociations, aux ruses diplomatiques, sait comment donner un double sens à chaque mot. Son seul faux pas, et il en est encore mortifié, est de n'avoir su quelle partie de son habit déboutonner alors que protocolairement il représentait l'épous sur le lit nuptial. La jeune et ravissante Marguerite toute vêtue et parée, allongée à son côté, avait éclaté d'un rire moqueur tellement irrésistible que tous les Flamands présents l'avaient suivie dans sa gaieté. « Votre jambe, Excellence, votre jambe », avait chuchoté le Chambellan. De confusion ses doigts tremblaient tant qu'il n'avait pu réussir à ôter le moindre bouton.

— Don Francisco, interroge Isabelle en reposant le document, il n'y a pas l'ombre d'un doute sur la dot, n'est-ce-pas ?

— Pas le moindre, Majesté, ni l'empereur Maximilien, ni vous n'avez à débourser le plus petit écu.

Isabelle, les mains jointes, réfléchit.

— Vingt mille écus d'or à verser annuellement à Jeanne sont suffisants. L'Espagne ne peut offrir davantage mais les Flamands doivent l'ignorer. Je les impressionnerai par le faste de la suite qui accompagnera ma fille dans leur pays. Maintenant parlons de l'essentiel, l'empereur d'Autriche est-il convaincu du bien-fondé de notre politique en Italie ?

— Il a tout entériné, Sérénissime Majesté, le roi des Romains n'a pas retiré une seule phrase ou même un mot. Son fils, l'archiduc Philippe, a contresigné devant Jean de Berghes, gouverneur de sa Maison et dix gentilshommes flamands, espagnols et autrichiens. J'ai contrôlé toutes les signatures, vérifié les sceaux. Ensuite, l'archiduc a juré sur la Sainte Croix vouloir l'infante Jeanne pour femme légitime, que pendant sa vie entière il n'aura, ne gardera et ne reconnaîtra qu'elle pour épouse.

— Nous pouvons donc procéder au mariage, tranche Isabelle. Faites venir ma fille, monsieur de Rojas, nous lui remettrons, après qu'elle aura signé les actes, la lettre que son futur époux a écrite pour elle — la reine marque un temps puis plongeant son regard dans celui de l'ambassadeur : Dites-moi franchement vos impressions sur le jeune homme.

Le diplomate semble chercher les mots les plus appropriés, ceux qui plairont à la reine sans toutefois l'abuser. A maintes reprises il a vu l'archiduc en galante compagnie, sait qu'à dix-sept ans il n'aime rien plus que les femmes, la danse et la chasse. Beau de corps et de visage, il plaît à tous, sait se montrer enjôleur, charmant. L'infante Jeanne, il n'en doute pas, sera séduite par son jeune mari mais lui, pour combien de temps le sera-t-il ?

Rojas s'éclaircit la gorge. Attentive, Isabelle devine son embarras, comprend qu'il veut lui cacher ce qu'elle sait déjà.

« L'archiduc, Majesté, a la dignité des ducs de Bourgogne, ses ancêtres maternels, l'audace et la galanterie des Habsbourg. Il est joyeux de caractère, aime ses amis et sait les écouter... »

La reine l'interrompt.

« Bien, monsieur de Rojas. Voilà de bonnes qualités pour un prince. Jeanne sera une archiduchesse comblée, je ne lui souhaite rien de plus. Cette enfant s'intéresse peu aux choses de l'État, elle n'est pas faite pour le pouvoir. En Flandres elle aura une cour brillante, un peu trop légère peut-être, des distractions et pas plus de décisions à prendre qu'il ne sera nécessaire. Je l'entourerai de personnes sûres qui l'aideront dans sa conduite. »

Rojas s'incline. La reine, sans la moindre certitude, espère sa fille heureuse. Si l'Espagne alliée à l'Autriche peut vaincre les Français à Milan et à Naples, sa vie conjugale prendra un sens éclatant. « Dieu n'a pas prévu le bonheur pour ses créatures, pense Francisco de Rojas, chevalier de Clavatra, il n'a pensé qu'à leur devoir. »

« Allez faire chercher l'infante, demande la reine, je dois relire une lettre de mon amiral don Colomb. Il écrit avoir découvert dans ce second voyage une grande terre. Que Dieu le protège et le bénisse ! Cet homme travaille autant pour la grandeur de l'Espagne que nous ne le faisons avec tous ces actes et conventions. »

Son ambassadeur sorti, la reine parcourt à nouveau la lettre qui vient de lui parvenir d'Hispaniola, de l'autre côté de la mer Océane. Souvent elle pense au Génois, mais en ce jour où elle tient un message de lui entre les mains, son esprit a du mal à se détacher de l'archiduc Philippe. Les hommes, elle le sait, ont le pouvoir de faire pleurer les femmes les plus fières. Ferdinand, la veille, ne l'a pas rejointe dans le lit.

Avec application, Jeanne signe, ratifiant le mariage déjà signé à Malines par Francisco Rojas le 5 novembre, entérinant tous les actes que recopient deux notaires. Tardivement Ferdinand a rejoint sa femme et sa fille. Il se tient silencieux à quelques pas et semble distrait. Un malaise indéfinissable l'empêche de se réjouir comme il le souhaiterait de cette belle alliance. Il sait que sa fille l'adore et craint qu'il l'abandonne. Mais les princesses n'ont-elles pas à tirer leur bonheur du devoir accompli ? La jolie petite Jeanne ne peut souhaiter d'autre destin... Et pourtant il pense à Felipa, sa dernière maîtresse, à ses rires, ses audaces, ses enfantillages charmants, sa délicieuse saveur de femme. A cette inconscience, ce goût pour la volupté, Jeanne n'aura jamais droit. Il sourit. Est-il en train de perdre la tête ? Les infantes doivent servir ses intérêts, c'est ainsi qu'il les aime. Catherine est fiancée au prince de Galles, fils d'Henri VII, Isabelle a fini par céder et accepte de rompre son veuvage pour épouser le cousin de son défunt époux, Manuel. L'unique condition posée par Isabelle étant que son futur époux chasse tous les juifs du Portugal, les premières tractations de ce nouveau mariage ne devraient pas poser de problème.

Impassible, Jeanne a achevé de signer. Seul Ferdinand devine combien elle est émue. Sa fille a hérité de lui le pouvoir de dissimuler ses pensées mais, contrairement à lui, comme elle est vulnérable ! « Un poussin dans une coquille d'œuf, pense-t-il, et qui croit que cette mince enveloppe la protégera du monde. »

Avec tendresse la reine pose une main sur l'épaule de sa fille.

« Jeanne, j'ai à te remettre un message de l'archiduc. Tu es sa femme maintenant et peux le lire sans offense. »

La jeune infante sent son cœur se serrer. Doit-elle lire cette lettre attendue depuis si longtemps devant ses parents, l'ambassadeur, les gentilshommes, les notaires ? Peut-elle l'emporter avec elle pour en prendre connaissance dans l'intimité de sa chambre ?

« Lis, mon enfant, commande Isabelle. L'archiduc n'a rien pu écrire qui doive rester secret. »

Les mots dansent devant les yeux de Jeanne. Elle parcourt le message sans le comprendre, ne saisit que des bouts de phrases. « Mon épouse tendrement chère..., j'ai tant de peine d'être séparé de vous pour un temps encore... Qu'une belle descendance vienne bénir notre union... » Elle a envie de pleurer, ses doigts ont du mal à ne pas laisser échapper la missive. Tant de rêves, tant d'émotions se cristallisent autour de ces signes tracés à l'encre noire. Elle voit le Philippe du portrait penché sur la feuille, le cœur rempli d'elle comme le sien est rempli de lui.

Isabelle perçoit le trouble extrême de Jeanne, n'éprouvait-elle pas une confusion semblable lorsque Ferdinand, déguisé en muletier afin de tromper leurs ennemis, quittait l'Aragon pour la rejoindre en Castille ? Elle revoit le tout jeune homme qu'il était alors, son visage encore glabre encadré d'épais cheveux bruns, la bouche enfantine, gourmande, le regard parfois moqueur, parfois dur comme l'acier. Il l'avait séduite aussitôt et elle s'était donnée à lui avec passion. Mais trop vite Ferdinand avait cherché d'autres bras, d'autres lèvres. Elle avait pleuré, supplié puis Dieu l'avait secourue en lui donnant un fils après neuf années de mariage. Que lui importent maintenant les frasques du roi ? Elle règne sur la Castille, le León, l'Andalousie, a cinq enfants, près de cinq millions de sujets. Ferdinand est son ami le plus proche, le plus cher. L'amour physique est un brasier dont elle ne veut plus approcher.

« Mon enfant, dit-elle doucement, presque tendrement, tu peux prendre cette lettre avec toi. Nous aurons à y donner une réponse dans quelques jours, j'aviserai avec monsieur de Rojas et fray Ximenes de Cisneros sur les meilleurs termes à employer. »

Jeanne, muette, regarde sa mère. Elle est si heureuse que d'un geste inhabituel, elle prend vivement la main d'Isabelle et la porte à ses lèvres.

La reine garde les yeux attachés sur la mince silhouette qui s'éloigne, encadrée de sa duègne et d'une gouvernante, suivie par trois demoiselles d'honneur. « Christ tout-puissant, murmure-t-elle, que cette enfant ne soit pas trop vite trompée dans ses espoirs. » Son confesseur, son conseiller le plus proche, Ximenes de Cisneros l'a entendue. En même temps qu'Isabelle il se signe.

Assise sur un coussin près d'une fenêtre, le dos contre le mur, Jeanne relit la lettre pour la troisième fois. Non loin, accroupies sur le sol carrelé, Fatma et Aïcha fredonnent de leurs voix aiguës une mélopée nostalgique de Grenade. Les mots arabes rocailleux et doux parlent d'amour brûlant, d'un ventre de femme rond et ouvert comme une orange, du vent parfumé de l'Arabie qui enivre les cœurs. Les esclaves longuement la coiffent, la baignent, la parfument, leurs mains font frémir son corps. Elles rient, murmurent à son oreille des phrases étranges, incantatoires. Elle leur ordonne de se taire, le diable se cache dans la bouche de ces femmes.

Mais en cet instant Jeanne ne les entend pas, elle est l'épouse chérie, celle que l'on attend avec fièvre. Philippe lui offre son pays d'En-deçà, ses Flandres qu'il tient de sa mère et aime d'un amour ardent. Elle veut les aimer aussi, être pour Marguerite d'York, Madame la Grande, cette aïeule qui a servi de mère aux petits orphelins et que Philippe comme sa sœur Marguerite vénèrent, une autre petite-fille. Elle pose la lettre entre ses jambes croisées, essaie de se représenter Malines, Bruges, Bruxelles. On lui a dit qu'en Flandres ne poussaient ni oliviers ni ifs ni amandiers, que le sol n'y était pas rouge, rocailleux, le vent chargé de poussière et de senteurs. On lui a raconté que sur la terre plate couraient les nuages au-dessus de rivières et de ruisseaux au cours paisible, de champs où paissaient de gras bestiaux. Elle revoit Rojas qui, réprobateur, s'est tu lorsqu'elle l'a interrogé sur les femmes, se contentant de lâcher avec précaution et un peu de dédain :

— Les Flamandes, señora Infanta, sont trop libres, je ne pense pas que Dieu aime cet ordre des choses.

— Et les hommes, Excellence ?

— Ils sont beaux, señora Infanta, grands et lourds, joyeux, toujours prêts à se divertir mais ce sont aussi des gens industrieux et habiles.

L'ambassadeur n'a pas révélé à Jeanne que les Flamands aimaient trop le libertinage. Il n'a pas vu dans le pays un seul d'entre eux qui n'ait pour les servantes aux fesses, aux seins rebondis un regard concupiscent. Lui-même, Dieu lui pardonne, devant tant de chair offerte, a péché.

Le visage tourné vers la fenêtre grillagée, découpant un coin de ciel où s'arrondissent de petits nuages, Jeanne dans sa robe de mariée s'interroge pour la première fois sur le bouleversement qui va ébranler sa vie. Son union est nouée maintenant, irrémédiablement, et soudain tout ce qu'elle avait calomnié, tout ce dont elle s'était moquée lui semble familier et doux. Elle revoit le soleil dans la cour des lions de l'Alhambra, l'Alcazar de Tolède, les jardins d'orangers de Murcie, la grande mosquée de Cordoue, les rues de Medina del Campo pendant la grande foire, la cathédrale de Saragosse en Aragon. Des images furtives lui traversent l'esprit : une procession, des pénitents, une course de taureaux à Burgos, la statue de la Vierge au monastère de la Guadalupe portée lors des fêtes sur un brancard d'or. Tout doucement les visages de ses sœurs, de son frère, puis de Ferdinand, d'Isabelle s'imposent et brusquement elle a envie de pleurer.

Chapitre VI

Levée à l'aube, couchée bien après la tombée de la nuit, Isabelle en ce printemps de 1496 organise sans relâche l'expédition qui emmènera Jeanne en Flandres et qu'elle veut exemplaire. Elle a loué, après de difficiles négociations, cent dix bateaux, dressé la liste interminable de ceux et celles qui escorteront sa fille. Il ne s'agit pas de lui offrir des noces éblouissantes mais d'impressionner le monde, surtout la France et le petit Charles VIII.

Juillet a ramené la chaleur torride. A Medina del Campo, la reine sort peu du palais de la Mota. Lorsque le crépuscule voile l'horizon de rose pourpre, elle laisse parfois sa main s'immobiliser sur le papier, lève les yeux, songeuse. Son secrétaire attend, il n'ose dévisager sa souveraine pour essayer de comprendre ces soudaines absences. Ce n'est pas à Jeanne qu'Isabelle pense, ou si peu, mais à Juan et à Marguerite d'Autriche. Rendra-t-elle heureux son fils tant chéri, lui donnera-t-elle rapidement un héritier? Au loin elle aperçoit les toits serrés de sa ville préférée, devine les rumeurs confuses venant des rues, des maisons, des boutiques. Constamment le bien-être de son peuple occupe son esprit. Elle veut un État solide et fort. Rien n'est jamais gagné. Elle a déjà chassé de son royaume les juifs qu'elle jugeait dangereux pour la communauté chrétienne, a habilement dompté les Grands, su s'attacher les hidalgos, imposer comme conseiller Ximenes de Cisneros, le moine franciscain. Elle a affaibli le pouvoir des Cortès, rétabli la justice, poursuivi l'unification de l'Espagne en arrachant aux Maures la ville de Grenade. Aujourd'hui, avec le double mariage autrichien, elle renforce encore la nouvelle puissance de l'Espagne en face de l'Europe entière.

Un froissement léger fait tourner la tête d'Isabelle. Cisneros est derrière elle.

« Majesté, dit-il de sa voix douce, persuasive, pardonnez-moi de distraire vos pensées mais j'ai là un message du roi de Naples. Il vient d'entrer dans sa capitale et harcèle monsieur de Montpensier. »

Sur les lèvres de la reine un sourire s'esquisse.

« Il le jettera hors d'Italie et avec lui toute son armée. Charles de Valois devra bien accepter de voir Naples rattachée à la couronne d'Aragon. »

Le visage de musaraigne du moine s'éclaire, sous la couronne de la tonsure le regard pétille comme toujours lorsque l'on parle d'humilier les Français.

Sur une des terrasses de l'imposant château fort, Jeanne s'est assise pour contempler le coucher du soleil. A côté d'elle ses demoiselles d'honneur savourent les airs ardents d'Andalousie que deux musiciens jouent sur leur guitare. Jeanne est ailleurs. Avec les préparatifs de son départ, le beau rêve soudain est devenu inquiétant, effrayant même. Depuis tant d'années on parlait de son mariage qu'il lui semblait lire un simple roman d'amour, un de ceux dont toutes les jeunes filles, les femmes d'Espagne, malgré les remontrances de leurs confesseurs, se repaissent. Aujourd'hui elle voit les

51

coffres qui se remplissent, entend les suivantes désignées pour l'accompagner en Flandres se plaindre d'avoir à quitter leurs parents, leurs amis, redouter ce pays inconnu dont elles ignorent la langue. Alors, peu à peu, insidieuse, mordante, la crainte s'est glissée en elle, une inquiétude lancinante qui ressemble fort à du chagrin. Devant sa mère elle fait face afin de ne pas encourir des blâmes et ne peut s'épancher auprès de son père absent depuis de longues semaines. Parfois un doute oppressant s'empare d'elle. Et si le peintre avait changé les traits de Philippe afin de le rendre séduisant, s'il avait des traits disgraciés, un corps contrefait, des vices incorrigibles ? Qui pourrait l'aider alors ? Des bribes de conversations, des phrases saisies au passage sur les lèvres de ses suivantes accentuent son inquiétude. La comtesse de Benavente n'a-t-elle pas prononcé en parlant de Philippe le mot : libertin ? Sa mère la donnet-elle à un débauché ? Qu'exigera-t-il d'elle ? Son imagination s'arrête, elle ne veut envisager ces désirs étranges mais son cœur bat plus vite.

Un des deux musiciens chante maintenant, il dit les mots d'un amour désespéré. « Jour et nuit n'ont plus de sens, j'étais ivre sans n'en rien savoir. » L'homme a une voix légère, aiguë. A l'horizon le soleil creuse la méseta de pourpre, des chevaux que l'on mène à l'abreuvoir hennissent. Jeanne perçoit les couleurs, les bruits comme un adieu à son enfance, à l'Espagne. Reverrat-elle son pays un jour ? Elle se raidit pour ne pas pleurer. La nuit tombe. Dans quelques instants la lourde grille fermant la porte d'entrée de la Mota sera baissée, les soldats prendront leur faction sur les remparts. Le chanteur s'est tu et s'incline devant la princesse.

« La señora Infanta désire-t-elle une dernière chanson ? »

Jeanne sursaute. Son esprit n'est préoccupé que d'elle-même. Longtemps le chanteur attend une réponse qui ne vient pas.

C'est finalement Ana de Viamonte qui demande :

« Señor, chantez-nous les lamentations d'Al Andalous. »

Chapitre VII

Comme une litanie, le secrétaire, d'une voix monocorde, récite sur la liste les noms qu'Isabelle a choisis pour accompagner sa fille au pays d'En-deçà :

« Conseiller spirituel de l'infante : don Diego de Villaescusa.

Grand échanson : don Rodrigo de Mendoza.

Grand écuyer : Francisco de Lujan.

Chambellan : Diego de Ribeira.

Argentier : Martin de Moxica. »

La reine, d'un signe de main, l'interrompt.

— Cisneros l'a chaleureusement recommandé, n'est-ce pas ?

— Il a de lui une bonne opinion, Majesté.

— Cela me suffit, continuez.

« Grands sommeliers : Martino de Tavero et Fernando de Quesada.

Dames d'honneur : doña Ana de Viamonte, doña Beatriz de Tavara, doña Maria de Villegas.

Dames de compagnie : doña Maria de Aragon, doña Marina Manuel... »

Le secrétaire a enfin achevé la lecture. Depuis près d'une heure la reine a écouté sans bouger.

— C'est bien, monsieur, nous avons là une noble

cour à donner à l'infante. Souhaitons maintenant que les préparatifs de départ ne prennent aucun retard. L'approvisionnement est-il bien mené?

— On y pourvoit avec diligence, Majesté. J'ai parlé ce matin à votre intendant et aux trésoriers. Vingt mille mesures de vin, deux mille quintaux de bœuf séché, quatre cents quintaux de viande de porc salé, douze mille cabillauds séchés, cent mille harengs salés, trois cents quarterons de morue sont d'ores et déjà acheminés vers le port de Laredo; quelques jours avant le départ on procédera à l'embarquement des denrées fraîches. Personne à bord ne manquera de rien.

Le petit chien d'Isabelle se frotte contre les jupes de sa maîtresse. Elle se baisse, caresse la tête fine de la levrette.

— Où est Jeanne?

— Seule dans ses appartements sans doute, Majesté.

— Son goût de la solitude m'inquiète, murmure la reine — puis, comme si elle regrettait aussitôt cette demi-confidence à un secrétaire, elle se redresse : don Lopez, je souhaite voir dès à présent l'infante, qu'on aille la chercher.

Jeanne, comme à regret, vient silencieusement vers sa mère, les yeux baissés.

« Assieds-toi à côté de moi, mon enfant, nous avons à parler. »

La voix est douce, presque tendre. Même si le cérémonial de la Cour l'empêche le plus souvent de le montrer, Isabelle a pour ses enfants une profonde affection.

Sur un tabouret, aux pieds de la reine, Jeanne prend place. Elle ne sait trop quelle attitude adopter, sa mère l'intimide un peu et elle ne veut pas montrer son embarras.

« J'ai reçu ce matin une longue lettre des Flandres. »

A ce mot la jeune fille relève vivement la tête, son regard brille. Philippe lui a-t-il écrit ? Isabelle perçoit l'émoi de sa fille, prend sa main, la serre dans la sienne.

« Tu auras un bon mari, Juanita, Philippe est beau, pieux et enthousiaste à servir son royaume, seulement... »

Elle cherche ses mots, Jeanne montre si peu d'intérêt aux affaires de l'État qu'il faut la ménager, lui faire prendre conscience peu à peu du rôle politique qu'elle devra jouer pour l'intérêt de l'Espagne. « Elle n'a que seize ans, allègue Ferdinand lorsqu'il voit Isabelle s'inquiéter, laisse-la devenir femme, elle s'épanouira alors, j'en suis sûr. » Mais l'argument la convainc à peine. A seize ans elle savait, elle, comment diriger sa vie.

« Dans cette lettre, reprend-elle gardant entre ses doigts la main de Jeanne, on m'apprend que ta future aïeule, Madame la Grande, aménage pour toi des appartements dans son château de Malines. Écoute la princesse d'York. Elle te sera précieuse pour tes premiers pas en Flandres et t'évitera bien des erreurs et maladresses. N'oublie pas que tu es espagnole et que beaucoup de choses là-bas te décontenanceront... »

Jeanne écoute avec toute son attention. Isabelle parle des relations de la famille de Bourgogne avec la France, rappelle les spoliations dont Marie, la mère défunte de Philippe, a été victime. Aussi simplement que possible, elle essaie d'expliquer la situation des alliances, de préciser les combinaisons politiques qu'elle a échafaudées pour la grandeur de la Castille.

Le discours de sa mère ennuie un peu Jeanne. Quand parlera-t-elle enfin de Philippe ?

« Serai-je mariée aussitôt que débarquée, mère ? »

Isabelle serre fort la petite main. Jeanne est gênée de cette soudaine et déroutante marque d'affection.

— Il te faudra d'abord être escortée avec honneur et faire joyeuse entrée à Lierre où sera célébrée la cérémonie.

— Aurai-je vu l'archiduc auparavant ?

— L'archiduc t'attendra sans doute à Arnemuiden où tu dois débarquer. Vous aurez le temps de vous connaître un peu.

Jeanne essaie d'imaginer leur première entrevue. Fermement elle a retiré sa main de celle d'Isabelle. La reine ne réagit pas, elle sait que sa fille est farouchement secrète.

— Éprouverais-tu quelques inquiétudes, mon enfant ?

— Non ma mère. Pourquoi en aurais-je ?

Elle a hâte de se lever, de partir. Mais Isabelle s'est reprise, d'une voix ferme maintenant elle parle de l'organisation de la Cour, de l'autorité dont Jeanne devra faire preuve en face de tant de gentilshommes, de dames d'honneur espagnols. Elle esquisse une ligne de conduite, évoque les problèmes de trésorerie, cite des chiffres, insiste sur le nom de Martin de Moxica, son futur argentier. Puis sa vieille passion de l'ordre, de l'autorité insensiblement accélère ses phrases, elle oublie Jeanne et son ingénuité, parle de l'influence française dont elle devra détourner Philippe, de Maximilien d'Autriche son beau-père qu'il faudra toujours conserver aux causes espagnoles, elle évoque Henri VII et l'alliance anglaise, aborde l'Italie et les guerres usantes de Naples et du Milanais. Elle se tait enfin, baisse son regard vers Jeanne qu'aussitôt elle sent distraite.

« Tu auras un Grand Confesseur, conclut-elle un peu déçue, je te donne don Diego de Villaescusa, c'est un théologien de grande réputation, le doyen de notre ville de Jaén. Il t'aidera à rester dévotement chrétienne.

Maintenant prions Dieu ensemble de t'assister, mon enfant. Si je vais bientôt me trouver loin de toi, Lui sera toujours présent à ton côté. »

Les deux femmes s'agenouillent sur le pavé, la cloche de la chapelle sonne neuf coups. Le dernier jour de juillet touche à sa fin.

Chapitre VIII

D'Almanza où la Cour s'est établie au début du mois d'août jusqu'au port de Laredo, la route franchit l'Èbre, traverse les monts Cantabriques. A cheval, dans des litières, à dos de mules, gentilshommes et dames précèdent les domestiques, la troupe armée, les innombrables bagages, les provisions. En tête du cortège cheminent Isabelle et ses enfants. Ils sont tous là, l'infante Isabelle, Juan, Catherine et Marie pour accompagner leur sœur jusqu'au début de son grand voyage vers les Flandres. Dans les champs des esclaves maures gaulent les amandes tandis que des paysannes, la jupe retroussée, les rassemblent sur des draps aux couleurs vives. Des porcs courent çà et là, de maigres poules trouvent refuge dans les épais buissons de cactus. Dans la chaleur torride passent de main en main les outres en peau de chèvre contenant le vin frais dont le goût âcre n'incommode personne.

Sur sa mule richement caparaçonnée, Jeanne se sent prisonnière. Jamais elle n'a pu marcher dans un champ, ramasser une amande, cueillir une pomme, jamais l'idée ni le désir ne lui en sont venus mais aujourd'hui où tout lui semble attrayant, chaque pas de sa mule l'en éloigne.

Le long cortège évite Malaporquera où l'on a signalé

des cas de peste, monte vers l'Èbre. A chaque étape se pose le difficile problème de l'hébergement, de l'approvisionnement. La reine et ses enfants trouvent gîte dans la plus spacieuse demeure du bourg, les gentilshommes, les servantes s'entassent où ils peuvent, la troupe dort à la belle étoile.

« Arrêtons-nous pour la nuit dans ce village, Majesté, propose don Juan de Guevara, demain nous passerons le fleuve aux premières heures du jour. »

Devant elle la reine aperçoit quelques maisons serrées autour d'une église. Des chiens faméliques sont venus a leur rencontre, l'oreille dressée, quelques enfants, les cheveux hirsutes, s'approchent timidement.

« Le curé a été prévenu, annonce Guevara, il a préparé sa demeure pour vous recevoir. »

Dans les ruelles malodorantes les litières ont du mal à passer, les montures, harcelées par les chiens, renâclent, une des jeunes suivantes pousse un cri de frayeur lorsque sa mule trébuche.

Au bout de la rue, un vieil homme en soutane, suivi d'un groupe de villageois, le bonnet à la main, vient à la rencontre de la reine. Il baise la main d'Isabelle, balbutie quelques mots de bienvenue. Les cheveux raides sont fins, d'un blanc de neige, derrière ses lèvres pâles, il n'a plus de dents.

« Père, répond Isabelle avec déférence, l'infant, les infantes et moi sommes heureux de passer la nuit sous le toit d'un ministre de Dieu. Ne vous contraignez en rien pour nous, mes domestiques s'occupent de tout. Je voudrais seulement prier ce soir dans votre église et souhaite une messe demain à l'aube. »

Sans attendre de réponse, elle pousse sa mule en avant. La chaleur, la poussière de la route l'ont fatiguée, elle n'a plus la santé inépuisable de sa jeunesse, des vertiges, des malaises la terrassent parfois mais elle refuse de se ménager.

La fraîcheur du presbytère les saisit aussitôt. La maison de pierre est bâtie autour d'une courette où s'ouvre un puits dont la margelle est dominée par une croix de fer forgé. Dans le vestibule dépourvu de meubles, des images pieuses ornent les murs, le sol est carrelé, brillant de cire. Précédée de son écuyer, Isabelle se dirige vers le salon d'honneur que l'on a transformé pour elle en chambre à coucher : un simple lit, deux chaises recouvertes de cuir, un chandelier d'étain en forment le mobilier. Les fenêtres sont recouvertes de papier huilé. Sur un coffre un pichet d'eau de fraise est posé entre deux coupes de terre cuite.

Isabelle est infiniment lasse, elle aimerait pouvoir s'allonger, dormir, mais il lui faut paraître au dîner. Même dans ce village perdu l'étiquette doit être respectée pour la gloire de l'Espagne.

Dans la chambre qu'elle partage avec Catherine et Marie, Jeanne tend les pieds à Fatma qui longuement les masse avec une huile parfumée. Elle a jeté un coup d'œil distrait sur les pauvres meubles, le Christ de bois peint accroché au mur, une statue de la Vierge en prière. Elle a hâte maintenant d'embarquer à Laredo, de ne plus ressentir cette insupportable émotion en traversant la terre d'Espagne. Catherine et Marie se laissent soigneusement brosser leur chevelure que la poussière a ternie.

« Bientôt, ma princesse, chuchote l'esclave, je te préparerai pour ta nuit de noces. »

Un afflux de sang colore la peau claire du visage de Jeanne. Elle hait les allusions de la vieille femme mais souhaite en même temps qu'elle les poursuive avec plus de précision encore. Que Philippe va-t-il lui demander dans le lit nuptial, faudra-t-il vraiment qu'elle se soumette ?

« Je te parfumerai, je t'épilerai, continue Fatma

encouragée par le silence de sa maîtresse, je te masserai d'eau de jasmin, je peindrai de rouge tes lèvres et le bout de tes seins. »

Jeanne balbutie :

« Aurai-je une chemise, Fatma ? »

La vieille femme éclate de rire :

« Non, ma colombe, il faut être nue pour le sacrifice de l'amour. »

Promptement la jeune fille se lève, échappe des mains de son esclave qui rit toujours. Les images que Fatma a fait naître lui nouent le ventre.

Pour le repas du soir de la souveraine et de ses enfants les serviteurs ont pillé les ressources du village. Aussitôt les marmitons se sont mis à la tâche, cuisant poulets et perdrix sur des braseros de fortune, réchauffant les ragoûts avec du safran, de l'ail, du piment, confisant à la hâte des jaunes d'œufs dans du sucre. La table a été dressée dans la cour sous un vieux figuier. Il fait doux. Sous le soleil couchant les pierres ont pris une couleur d'ocre rosé. Attablée, Isabelle ressent une paix profonde, elle est au cœur de son pays, une partie de l'Espagne, rien d'autre. Soucis, fatigues trouvent une signification éclatante dans cette cour paisible. Debout derrière elle se tiennent les représentants des plus grandes familles de Castille, ils sont ses maîtres d'hôtel, ses échansons, ses chambellans. Dans un coin, assises sur des coussins, les dames d'honneur, les dames de compagnie s'apprêtent à souper.

Sans ordre précis les plats arrivent. Les serviteurs se bousculent, s'interpellent, les levrettes des dames quémandent de la nourriture auprès des convives. Jeanne mange à peine. A côté d'elle, son frère dévore. La perspective de son prochain mariage le rend, lui, euphorique.

La nuit tombe. Sur la treille qui contourne la porte cintrée du presbytère s'activent les dernières abeilles. Autour des dames s'accumulent os rongés, noyaux d'olives, écorces vides de grenades. Les hommes se sont rapprochés d'elles, les rires fusent. Seule à sa table avec ses enfants, la reine pense à Ferdinand, absent encore pour de longues semaines. Elle sait l'affection de Jeanne pour son père et n'a pas encore osé lui annoncer qu'il ne viendra pas lui dire adieu à Laredo. « Pourvu qu'il n'oublie pas de lui faire parvenir une lettre ! » Mais le roi ne se contraint pas beaucoup pour les autres, fussent-ils ses proches. Infatigablement il tisse des intrigues compliquées pour paralyser ses adversaires. Le bonheur d'une jeune fille de seize ans pourrait-il retenir son attention ?

A côté d'elle, Jeanne, le visage fermé, grappille quelques raisins.

« Seigneur Dieu, pense Isabelle, faites que cette enfant ait la conscience de la grandeur qu'elle représente, rendez moins vive sa susceptibilité, donnez-lui l'indulgence et la détermination. »

Elle voudrait dire quelques mots bienveillants à sa fille mais se retient. Bien souvent au milieu d'un acte à ratifier, d'un rapport à lire, d'une étude sur un problème administratif, l'esprit d'Isabelle s'est arrêté sur Jeanne mais toujours le temps lui manque pour l'écouter, la laisser peu à peu prendre confiance, s'épancher. Aujourd'hui il est trop tard, sa fille va partir pour les Flandres, elle ne la reverra guère. « Le mariage l'épanouira » se répète-t-elle. Elle essaie d'y croire.

Le port de Laredo abrite difficilement la formidable flotte. De nombreux vaisseaux ont dû jeter leurs ancres un peu au large, des chaloupes en un va-et-vient incessant les relient aux quais. La ville grouille de soldats, de marins, de fournisseurs qui chargent les provisions fraîches : œufs, fromages, fruits et légumes. Des marchands de bestiaux poussent devant eux des troupeaux de moutons, de vaches que des intendants canalisent vers les flancs de deux lourdes caraques génoises.

Depuis la mi-août, toutes les nuits le tonnerre gronde, les éclairs déchirent le ciel mais la pluie ne tombe pas. Les vieilles femmes y voient un mauvais signe, comme si le diable tournait autour de l'armada, guettant une brèche où s'engouffrer.

Chaque matin don Juan Enriquez, amiral de Castille et cousin de Ferdinand, écoute attentivement les rapports des pilotes. Enfin le vent semble tourner de l'ouest vers le sud avec bon espoir de s'y maintenir.

« Et l'orage ? » questionne-t-il.

Les vieux marins hochent de la tête.

« Orage n'est pas tempête, monseigneur, aussitôt au large nous laisserons la dépression derrière nous. »

L'amiral réfléchit. La reine est attendue incessamment à Laredo, on ne peut la contraindre à patienter trop longtemps dans cette ville qui n'est pourvue de rien pour recevoir une escorte royale. Si le risque est minime, il faut le prendre.

« Prévenez les équipages que ma flotte soit prête à appareiller au matin, ordonne Enriquez, il faudra que tous couchent à bord afin de ne prendre aucun retard. »

Chapitre IX

Modéré, régulier, le vent, conformément aux prévisions des pilotes, souffle du sud, ce 22 août. Sur la caraque royale le moment des adieux est venu. Isabelle n'a pas voulu quitter sa fille avant l'appareillage et a décidé de s'installer à bord à côté d'elle pendant les longues heures d'attente. Soudain Jeanne a une défaillance. Une détresse plus grande que son orgueil la submerge, l'anéantit. Sa volonté se disloque devant la séparation définitive. Catherine et Marie, ses petites sœurs, l'entourent de leurs bras, lui posent des questions ingénues auxquelles elle ne peut répondre. Juan se tait. Il n'éprouve que peu de tristesse du départ de sa sœur, cette même flotte qui l'amène en Flandres ne lui ramènera-t-elle pas sa fiancée ? Encore vierge à dix-huit ans, son imagination, depuis qu'il a la certitude de posséder bientôt une femme, s'emballe. Les nuits ne le reposent pas. Plus maigre, plus pâle encore qu'à l'accoutumée, il considère distraitement ses trois jeunes sœurs. Isabelle a préparé pour Jeanne un petit discours édifiant et attend le bon moment pour le prononcer. Elle a connu le mariage et veut persuader la jeune fiancée qu'un couple, pour peu qu'il le désire ardemment, est capable de vivre saintement cet état, d'y puiser d'immenses grâces spirituelles, la force indispensable à la conduite d'un royaume. La reine est si émue qu'elle se tait de peur qu'on ne perçoive un tremblement dans sa voix.

Une suivante a éloigné Catherine et Marie. Peu après Juan est sorti avec l'infante Isabelle, déçue que son plaidoyer ait laissé Jeanne parfaitement indifférente.

La reine demeure seule avec sa fille. La cabine, presque obscure, sent la cire, une odeur un peu âcre de saumure. Doucement la caraque se balance.

« Mon enfant, prononce aussi calmement qu'elle le peut Isabelle, le moment est venu. »

Jeanne fixe sa mère, jamais elle ne l'a dévisagée ainsi. La reine est inquiète de ce regard trop perçant qui la fouille, semble l'accuser. L'accuser de quoi ? Elle a toujours été une mère attentive.

— Mon père m'a-t-il écrit ? balbutie Jeanne.

— Il l'a fait sans nul doute mais le courrier n'est pas encore parvenu à Laredo. Je t'enverrai sa lettre en Flandres.

Jeanne a baissé les yeux, sa gorge lui fait mal. Elle voudrait maintenant que sa mère s'en aille tout de suite pour pouvoir pleurer l'abandon de Ferdinand.

« Que Dieu te bénisse, poursuit Isabelle d'une voix à peine perceptible, tourne-toi vers Lui dès que tu sentiras le besoin d'être aidée. Prie, confesse-toi souvent — elle sait que Jeanne n'attend pas ces mots-là mais ne peut en prononcer d'autres : Veux-tu m'embrasser, Juanita ? »

Le nom de sa petite enfance bouleverse Jeanne. Qui l'appellera ainsi maintenant ? Alors Isabelle, en un geste qu'elle ne peut maîtriser davantage, ouvre les bras et Jeanne vient s'y blottir. La jeune fille sanglote enfin, des larmes violentes qui semblent ne jamais pouvoir tarir. Doucement sa mère caresse ses cheveux. « Juanita,

Juanita. » Et ce petit nom répété accentue encore le chagrin de Jeanne. Cette mère, qu'elle jugeait avec tant de sévérité, la submerge soudain de tendresse.

« Je vous aime, mère, s'écrie-t-elle. Ne m'oubliez pas ! »

Grâce à un terrible effort de volonté, Isabelle se détache de sa fille, reprend son air serein de souveraine.

« Jeanne, mon enfant, reprends-toi. Tu vas être archiduchesse dans un pays que l'on dit fort agréable à vivre, tu seras mariée à un jeune homme qui réunit de grandes qualités, tu représenteras l'Espagne, ses intérêts, sa grandeur, tu seras mère. Dieu t'a comblée, ne lui offre pas ces larmes en échange de ses bienfaits mais des prières d'action de grâce. Je t'ai choisi une suite d'amis qui t'épauleront, te conseilleront. Ne pense aujourd'hui qu'à ton existence future. »

Jeanne enfin se ressaisit, le regard distant de sa mère a tari sa soif d'épanchement.

« Bien, ma mère, murmure-t-elle en s'éloignant, j'essaierai de vous obéir. »

Isabelle se rapproche à nouveau mais pour une accolade rapide, presque protocolaire.

« N'oublie jamais, dit-t-elle gravement que tu es princesse espagnole. »

Déjà la ligne des côtes s'est estompée. Au loin on ne perçoit plus qu'une mince bande grise rompue par la houle.

Depuis que la flotte a levé l'ancre Jeanne s'est enfermée dans un mutisme presque absolu. Il lui a fallu pourtant aller souhaiter le bonjour à son oncle, l'amiral d'Espagne, assister à une messe, lire à haute voix la prière les recommandant tous à la miséricorde de Dieu

Dès l'appareillage on a voulu lui offrir quelque nourriture qu'elle a refusée avec obstination. La forte houle incommode la plupart des passagers, deux suivantes, terrassées par le mal de mer, gisent sur leur couche.

Le soleil est haut, il fait chaud. Les marins somnolent sur le pont. Enfin seule dans sa cabine, allongée, les mains croisées sur le ventre, les yeux fixés au plafond, Jeanne pleure des larmes brûlantes, rares, qui descendent lentement le long de ses joues, mouillent le col de dentelle. Elle essaie de penser à Philippe sans y parvenir. Son image sans cesse est effacée par celle de son père, de sa mère, de Juan, de ses sœurs. « Si je n'aime pas les Flandres, se répète-t-elle, je me laisserai mourir, ma mère perdra son otage et mon père une fille qui lui est indifférente. »

Un grattement léger la fait sursauter. Qui la dérange ? Elle a ordonné qu'on la laisse seule.

Tout doucement la porte s'ouvre, un petit homme en noir se faufile, fait un pas en avant.

— Señora Infanta, murmure-t-il dans un bon sourire, j'ai pensé que nous pourrions partager nos peines en ce jour où il nous faut quitter notre chère Espagne.

— Fray Andrea ! s'écrie Jeanne.

Elle se redresse, essaie de sourire mais ses larmes redoublent. Le petit homme avance, la prend entre ses bras, la berce doucement.

« Mon enfant, il n'y a aucune peine qu'un homme de Dieu ne puisse partager. Je suis votre confesseur depuis le saint jour de votre communion et me considère comme votre père. Cessez de pleurer. Des épreuves jaillissent toujours les plus grands bonheurs. Il faut surmonter les unes pour mériter les autres. »

Entre ses bras la petite princesse est sans résistance, fragile comme une fleur coupée. Le confesseur se redresse, gardant entre les siennes les mains de la jeune fille. Dans son visage émacié, les yeux bleus ont un éclat très doux.

« Voulez-vous que nous buvions ensemble un verre de vin de Xeres ? Ce n'est pas pécher lorsque l'on se sent un peu triste. »

Sans attendre de réponse il va vers un flacon posé dans un coffret d'ébène, l'ouvre, remplit deux verres.

« Gardons ce secret. Vos servantes ont l'estomac qui oscille au rythme de cette nef, elles ne viendront pas nous surprendre. »

Jeanne sourit. A la Cour de ses parents, fray Andrea, sous un aspect sévère, est un des rares ecclésiastiques qui a toujours su la dérider. Avec lui les confessions se font moments de distraction.

« Je m'inquiète, confie Jeanne, de ma future vie en Flandres. Qu'attendent-ils de moi là-bas ? Ma mère a voulu me convaincre de rester princesse espagnole, de penser, de parler en princesse espagnole mais mon mari n'en sera-t-il pas fâché ? »

Fray Andrea est surpris de cette confidence, la première de l'infante depuis dix années qu'il est son confesseur. Le vin de Xeres a dû l'aider à enfin épancher son cœur.

« Señora Infanta, répond-il sans réfléchir tant le vin lui fait oublier aussi une habituelle prudence, vous vous devez tout d'abord à l'époux que Dieu vous a donné, à vos futurs enfants. Gardez l'Espagne en votre cœur comme on conserve le souvenir d'une mère mais votre vie désormais sera celle d'une archiduchesse flamande. »

Vite il se tait, confus d'avoir osé aller à l'encontre de la volonté d'Isabelle.

Dans la mer d'Espagne, alors que l'armada approche des côtes anglaises, le vent forcit. Les flots se creusent, un peu d'écume ourle le sommet des vagues, l'eau jusqu'alors grise devient verte lorsque se déchirent les nuages.

A midi, avec la renverse de la marée, les lames s'amplifient encore, certaines trop pointues déferlent maintenant dans un grondement terrifiant. Sur le pont des navires qui tentent de rester groupés, les marins s'activent à réduire encore la voilure, ils sont seuls sur le pont, pieds nus, les cheveux collés par l'écume. Les passagers se terrent dans leurs quartiers. Dans les soutes beuglent lamentablement les bestiaux.

Jeanne est couchée sur son lit, le cœur soulevé de spasmes violents, Ana de Viamonte à son côté. Elle pensait avoir atteint le fond de la détresse et voilà que son corps lui aussi l'abandonne. Chaque nausée la supplicie, lui fait presque désirer la mort afin d'être enfin soulagée. Une sueur glacée couvre son visage, son corps. Malgré l'épaisse couverture elle ne parvient pas à se réchauffer.

Contre la coque de la caraque les vagues martèlent en faisant un bruit assourdissant. Le craquement des planches est terrifiant.

Peu à peu les rafales ont décru, la mer se calme. Dans la lumière du soleil couchant les eaux se teintent de rose. Sur le pont s'élève le chant des marins hissant à nouveau les voiles, un vieil air cantabrique parlant d'un navire perdu dans la tempête sauvé par la Vierge Marie.

Jeanne est assise sur sa couche. Dieu l'a préservée. Dans quelques jours elle abordera dans son nouveau pays. L'épreuve passée l'a apaisée comme si le vent claquant derrière lui la porte des souvenirs espagnols ne laissait accessible que l'avenir.

Hors d'elle une des dames d'honneur, suivie de Fatma, surgit dans la cabine.

« Señora Infanta, le vaisseau portant vos atours et bijoux a sombré ! »

Fatma gémit, frappe de ses poings fermés son visage

encore marqué par les effets de la mer. La surprise cloue Jeanne sur son lit. Du somptueux trousseau commandé par Isabelle, des parures rassemblées par elle à grands frais il ne reste donc rien? « Dieu veut que j'arrive neuve en Flandres, pense-t-elle, détachée de tout ce que ma mère a voulu pour moi. » Et soudain les paroles de l'esclave lui reviennent en mémoire. « On doit se présenter nue au sacrifice d'amour. »

Chapitre X

« Terre! » crie la vigie.

Après une courte escale dans la rade de Portland où l'on a procédé à des réparations d'urgence, la flotte arrive sur les côtes zélandaises. Jeanne et sa suite ont quitté la trop lourde caraque au fort tirant d'eau pour une légère caravelle. Le premier affolement passé, on a découvert sur un autre navire des robes, des bijoux que la tempête a épargnés, l'infante pourra faire une entrée digne dans son nouveau pays. Avant de s'engager dans le port, l'amiral de Castille donne ordre sur ordre afin que rien ne soit laissé au hasard : brosser les ponts des navires jusqu'à les rendre rutilants, vérifier les ancres, déployer les oriflammes, sortir tambours et trompettes des caisses, harnacher les mules qui porteront sa nièce et ses suivantes, équiper la troupe. L'amiral veut les Flamands immanquablement éblouis par la magnificence espagnole.

Depuis Portland où le crachin ne les a pas quittés, Jeanne tousse. Le voyage, la tempête, les mêmes pensées cent fois ressassées, ses nouvelles responsabilités l'ont épuisée. Debout sur la dunette à côté de son oncle, grelottante, elle regarde approcher la terre de sa nouvelle patrie.

« Par la grâce de Dieu, nous voici rendus à bon port, ma nièce, déclare l'amiral l'air satisfait. Dès que nous aurons débarqué, une de nos caravelles repartira pour l'Espagne afin de rassurer Ferdinand et la reine. Veux-tu écrire une lettre ? »

D'un signe de tête, Jeanne décline.

La terre se rapproche maintenant. La jeune fille découvre les dunes de sable, les hautes herbes que le vent incline.

— Où sommes-nous, mon oncle ?

— Nous allons entrer dans le port d'Arnemuiden sur l'île de Walcheren. Sans doute seras-tu escortée aussitôt jusqu'à Middlebourg qui est, m'a-t-on dit, une grosse et riche bourgade.

Intensément Jeanne pense : « Et Philippe ? Sera-t-il là pour m'accueillir, est-il impatient de me connaître ? » Sans regarder son oncle, elle questionne d'une voix se voulant détachée.

— A-t-on envoyé un messager pour annoncer notre arrivée ?

— Dès notre départ de Laredo, il est parti par terre rejoindre les Flandres, mon enfant, mais la guerre qui sévit entre l'Espagne et la France l'a peut-être retardé. Dieu seul sait où il se trouve présentement.

— Alors, mon oncle, nous ne sommes pas attendus ?

La voix tremble. Dans sa fatigue Jeanne a du mal à accepter cette déconvenue. Elle imaginait Philippe la recevant en personne, l'aidant à supporter les visages inconnus, les mots étrangers. La perspective de se retrouver seule la glace un peu plus.

Les quais sont tout proches maintenant. A bord de la caravelle chacun peut distinguer la foule des badauds massés pour accueillir les Espagnols. Derrière le navire amiral, un à un les vaisseaux pénètrent dans la rade, si nombreux que bientôt ils sont mis flanc contre flanc comme une formidable carapace recouvrant les flots. Curieux d'abord, les Flamands sont maintenant stupéfaits. Est-ce une armée entière qui s'apprête à aborder ? Comment vont-ils héberger, nourrir autant de monde !

Mais déjà une passerelle a été jetée entre la caravelle et le débarcadère. Une rangée de pages vêtus de rouge écarlate, coiffés d'un chapeau de velours, embouchent leurs trompettes tandis qu'aux mâts flottent les oriflammes. Les enfants, les yeux écarquillés, voient s'agiter sur les ponts une multitude de personnages curieusement vêtus, des mules harnachées qui renâclent, des soldats dont les casques de fer scintillent au soleil de septembre. Aussi loin que la vue peut se porter s'entassent gros et petits navires.

Plus morte que vive, mal à l'aise dans sa robe trop rigide, Jeanne descend la dunette, la main dans celle de son oncle. Radieux, l'amiral ne remarque pas la détresse de l'infante et d'un pas solennel la mène à la passerelle.

« Sérénissime señora Infanta, s'écrie en castillan une voix de femme, je suis si honorée de vous accueillir en cette terre qui est vôtre ! »

Jeanne tressaille. Elle reconnaît Maria Manuel de la Cerda qu'elle a connue enfant et qui est devenue l'épouse de Baudouin de Bourgogne, le bâtard de Philippe le Bon, conseiller et chambellan de l'empereur Maximilien son futur beau-père. Tandis que résonnent tambours et trompettes, Maria Manuel veut baiser sa main mais l'infante la retire, embrasse celle qui fut une amie de sa mère.

— Doña Maria, interroge inquiet l'amiral, le courrier envoyé par leurs Altesses Sérénissimes est-il parvenu à Malines ?

— Don Fadrique nous n'avons accueilli que ce bateau qui vous précédait. Un courrier est parti aussitôt pour l'Autriche prévenir Monseigneur l'archiduc qui est avec son père.

Jeanne, au bord des larmes, a envie de disparaître, de se désagréger, d'échapper à ces hommes, à ces femmes qui la dévisagent comme une bête curieuse.

En s'aidant du petit marchepied incrusté d'or que des pages ont placé auprès de leur monture, Jeanne et Marie grimpent sur leurs mules. L'amiral les suit sur un cheval noir harnaché d'argent tandis que se forme l'escorte en grand uniforme et que les dames d'honneur, à leur tour, se hissent sur leurs montures. Pantoise, la foule s'ouvre pour les laisser passer, criant de grands hourras, se poussant du coude pour mieux s'amuser de ces têtes étranges, ces mines basanées, ces femmes compassées. Puis, très vite, les regards à nouveau se portent sur les vaisseaux dont les flancs ne cessent de déverser un flot incessant d'hommes et de femmes tandis qu'abordent les chaloupes transportant les passagers des navires n'ayant pu accoster. Incrédules, les badauds voient débarquer meubles massifs, caisses, coffres que transportent matelots et serviteurs criant, jurant, s'interpellant.

« Seigneur Dieu, s'écrie une matrone, mais c'est toute la suite du Grand Turc qui arrive chez nous! »

Tout le monde rit, les commentaires fusent. De bouche en bouche la surprise puis la franche gaieté se propagent dans la foule.

« Riez, riez tout votre saoul, menace un mitron d'une voix tonitruante, vous rirez moins quand il vous faudra recevoir ces moricauds chez vous! »

Dans une grande demeure bourgeoise de Middlebourg, Jeanne est assise au coin d'un feu que l'on a allumé pour la revigorer. Fatma a délacé un peu sa robe pour la laisser respirer, a préparé une infusion de fleurs d'oranger. Après ces jours de mer, l'immobilité fait tourner la tête de l'infante plus encore que la houle. Elle boit en silence, la tête vide, abasourdie. Une imposante servante encoiffée de dentelle s'approche, précédée d'un page.

« Altesse, la princesse de Bourgogne demande si vous pouvez la recevoir. »

Elle n'a pas fini de parler que Maria Manuel de la Cerda entre à pas menus, rejoint l'infante et, après avoir attendu en vain un signe l'autorisant à s'asseoir, s'installe finalement sur un fauteuil à l'autre coin de l'âtre.

— Doña Jeanne, je viens vous faire part des différents engagements pris pour le voyage jusqu'à Lierre où sera célébré votre mariage.

— Mon mariage ? Mais je n'ai pas de mari !

La voix de l'infante est coupante. A l'abattement succède l'amertume, la révolte. Elle est trop épuisée pour se montrer conciliante. Pourquoi dissimuler sa déception ? On l'a arrachée à son pays, elle a bravé la tempête pour arriver dans ce pays où ni l'empereur, ni l'archiduc, ni aucun membre de leur famille ne l'attendent.

« L'archiduc va être prévenu d'un jour à l'autre de votre arrivée, doña Jeanne. Il se mettra aussitôt en route, soyez-en sûre. Je sais combien il est impatient de vous connaître ! »

Cette dernière confidence adoucit l'infante. Pour un mot gentil elle est prête à baisser les armes.

« L'archiduchesse Marguerite, continue Maria Manuel, a quitté le Hainaut et vient à votre rencontre. Elle est fort désireuse d'embrasser une princesse qui est doublement sa belle-sœur. »

Jeanne pense à cette jeune fille qui a son âge. Elle aussi s'inquiète sans doute de son futur voyage en mer sur une flotte espagnole, d'une première rencontre avec un époux dont elle ne connaît que le portrait. Peut-être seront-elles amies.

De bon matin, l'infante et sa suite ont quitté Middle-bourg pour Bergen op Zoom. En traversant la campagne flamande les Espagnols écarquillent les yeux. Tout les surprend, la terre brune et lourde, les villages qui se succèdent, à peine séparés par de gros pâturages, l'absence de relief, le ciel bas et gris les décontenancent, un vent froid qui souffle du nord les fait se recroqueviller sous leurs fins manteaux. Lorsque le cortège traverse le bras de la presqu'île à Roelshoek, des embruns mouillent les vêtements, dérangent les coiffures des dames. Jeanne, entourée de l'amiral et de Maria Manuel, considère avec étonnement son nouveau pays, découvre ses sujets à la face ronde et rieuse, aux beaux vêtements de drap, qui la saluent joyeusement. Jamais elle n'a vu de vaches aussi grasses, de poules aussi dodues. Le moindre Flamand lui semble plus riche que maint seigneur de Castille, les enfants sont bien nourris, bien peignés, chaussés de bons souliers de cuir. Seraient-ils pauvres en Espagne ? Pour la première fois la crainte lui vient que sa suite ne produise pas l'effet espéré par sa mère. Fière, elle se redresse sur sa mule, lève haut la tête. Les Flamands vont voir comment sait se comporter une infante de Castille.

Jean de Berghes et son épouse Adrienne les attendent à quelques lieues de la ville dans leur château de Markiezenhof. Des propos intarissables de Maria Manuel, la jeune fille a retenu que Jean de Berghes était non seulement le premier chambellan de Philippe, mais aussi un ami très proche malgré leur différence d'âge. Le couple vient d'avoir une petite fille et sollicite de Jeanne l'honneur qu'elle en soit la marraine. Déjà, on a accepté en son nom.

Sur le donjon du château devant lequel se présente le cortège flottent les étendards de Castille et d'Aragon. Une trompette à la main, des hérauts d'armes vêtus aux couleurs du seigneur de Berghes se tiennent de chaque côté de la porte massive grande ouverte. Un tapis d'Orient aux bouquets de fleurs entrelacés a été jeté sur le pont-levis décoré de branchages. Diego de Ribera, Grand Chambellan, arrête la mule de l'infante en la saisissant par la bride.

« Doña Jeanne, nous attendrons ici que notre hôte vienne nous accueillir. »

Tant de choses nouvelles se sont succédé en si peu de temps que la princesse est étourdie. A Middlebourg, dans le lit flamand beaucoup trop mou, elle a mal dormi et réclamé ses meubles. Sa toux s'est aggravée, le mal de tête ne la quitte pas. De Philippe, Maria Manuel a bien voulu confier, la veille au coin du feu : « L'archiduc est le plus bel homme de Flandres. » Puis d'un ton qui coupait court à toute autre question, elle a repris la liste des réjouissances prévues en son honneur.

Dans un fracas de trompettes, Jean III de Berghes, dit le Beau Berghes, avance vers le cortège espagnol. La quarantaine passée, il est resté svelte, les cheveux sont noirs et drus sous le bonnet de velours, le regard brun clair chaleureux, intelligent. Devant Jeanne il s'incline très bas, son chapeau à la main, mais sans mettre un genou à terre selon l'usage de Castille, puis, tendant la main, aide l'infante à mettre pied à terre, maintenant fermement les petits doigts entre les siens en homme habitué à disposer des femmes.

« Sérénissime Infante, annonce-t-il d'une voix chaude aux intonations presque confidentielles, un repas de fête vous attend. Mes amis sont tous honorés et joyeux de vous être présentés. »

A la dérobée il jauge cette toute jeune fille qui va être donnée à Philippe. Les goûts de l'archiduc pour les femmes lui sont assez familiers pour qu'il n'éprouve aucune inquiétude quant au comportement futur de son prince. Ce petit être fragile au regard un peu sauvage va provoquer son désir, il en est sûr.

Debout sur le seuil de sa demeure, Adrienne de Berghes fait une large révérence. Elle a accouché une semaine plus tôt et, contre les conseils de son entourage, s'est levée pour accueillir son archiduchesse. La princesse l'émeut, si démunie, si faible en face de celui qui va être son époux. Lorsque son mari la trahit, ce qui est constant, elle a des parents, des sœurs, des cousins pour l'entourer. Jeanne sera seule.

Tandis que les hommes se dirigent vers la salle du banquet, les dames flamandes entraînent l'infante dans une vaste chambre décorée de tapisseries où trône un lit drapé de tissu broché retenu par des anges en bois d'ébène. Sans cesse la jeune fille s'interroge. Elle a senti le regard du seigneur de Berghes comme il la menait vers son château. Va-t-il envoyer un rapport à Philippe ? A l'irritation d'être ainsi soupesée, se joint l'angoisse de déplaire. Sa toux est sèche, déchirante. Où est sa Castille, son chaud soleil, ses jardins regorgeant d'odeurs ?

Des servantes brossent ses vêtements, arrangent sa coiffure. Fatma passe sur la nuque un linge parfumé tandis qu'Aïcha marmonne auprès d'elle des mots sans suite. Les esclaves mauresques terrifiées, hébétées par ce monde inconnu, ces coutumes qu'elles ignorent, ne cessent de gémir.

Doña Beatriz de Tavara, une des dames d'honneur, présente le coffret contenant les bijoux échappés au naufrage. La comtesse espagnole a les traits tirés, l'air sinistre. Pas une femme de la suite de Jeanne ne montre joyeuse figure tant le climat, les mœurs flamandes les déroutent. Malgré son désarroi, Jeanne soudain éclate de rire devant la débâcle de son escorte, un rire irrépressible. Interloquées, les dames se dévisagent. L'infante est-elle en train de perdre la tête ? Ce pays décidément ne vaut rien à personne.

Le repas tire à sa fin. Entourée de Jean de Berghes et du bourgmestre de la ville, Jeanne doit faire effort pour tenir les yeux ouverts. Ces mets qu'elle a dû absorber, tous nappés de riches sauces, les pâtisseries chargées de beurre, de crème fouettée embarrassent son estomac. Les convives ont beaucoup bu, rient, s'interpellent tandis qu'impeccables, silencieux, les serviteurs présentent encore des plats de beignets. Quoique choquée de voir hommes et femmes ainsi mêlés, se parlant avec une familiarité déplacée, Jeanne reste fascinée par les décolletés montrant la naissance de seins laiteux et rebondis. En Flandres, il ne semble y avoir aucune pudeur entre les sexes, aucun mystère, aucun respect. Isabelle tolérerait-elle cette liberté ? Faudra-t-il qu'elle s'en accommode ? Le lourd bourgmestre débite des phrases pompeuses qu'elle n'écoute pas. Jean de Berghes parle peu, mais chacun de ses mots suscite en elle un plaisir tout neuf.

« Sérénissime princesse, murmure-t-il en se penchant vers le cou blanc, vous n'avez que trop donné de votre temps et de vos forces. Je ne sais comment vous remercier pour cette bonté. »

Le souffle du Flamand caresse sa peau, Jeanne sort difficilement de sa torpeur, se lève, imitée aussitôt par toutes ses femmes, salue et s'éloigne suivie de sa cour. La première dame d'honneur, les cheveux crêpés par l'humidité, la robe d'apparat collée à son corps maigre, fait une large révérence.

« Don Juan, dit-elle solennellement dans un français rocailleux, au nom de Son Altesse je vous remercie pour votre hospitalité. »

Elle se dresse d'un air digne, s'incline encore, fait

demi-tour. Ses hautes semelles de bois claquent sur le dallage.

« Je ne chevaucherais pas cette haridelle, fût-ce pour échapper au diable! » confie Jean de Berghes à son voisin.

Chapitre XI

Dans un chatoiement multicolore, les corporations des Métiers et les Gildes ouvrent la marche du cortège. Anvers, pour fêter son archiduchesse, a décoré fastueusement ses rues, construit des arcs de triomphe, des estrades, préparé des jeux, joutes et feux d'artifice. Après la déception des premières heures, Jeanne perçoit maintenant le bonheur qu'a son peuple à l'accueillir. Elle est acclamée, entourée de prévenances et malgré un rhume qui s'obstine, se sent presque heureuse. Philippe, sûrement, doit galoper vers elle, Marguerite est attendue incessamment. Le spectacle de la foule qui la déroutait l'intéresse, l'amuse même aujourd'hui. Sa curiosité de très jeune fille se repaît de la cavalcade des seigneurs somptueusement vêtus, de la suite des chevaliers, chacun escorté d'un page aux couleurs de son maître, des hérauts portant haut leur torche allumée. Autour d'un arc de triomphe fleuri de glaïeuls pourpres, un chœur de jeunes enfants vêtus en anges accueille l'infante dans des éclats joyeux. Elle arrête sa mule, sourit à une petite fille dont les cheveux blonds et bouclés sont couronnés de boutons de roses. L'odeur de l'encens qui se consume dans des cassolettes posées ici et là dans les rues lui tourne un peu la tête.

Des bouches fusent « Vive la princesse d'Espagne, vive la princesse Jeanne ! ». Ana de Viamonte et Beatriz de Tavera, ses dames d'honneur, ont choisi pour elle une robe de lamé d'or où sont incrustés perles et diamants. Comme toutes les jeunes filles de Castille elle porte un voile, retenu sur le sommet de la tête par un cercle de velours et d'or. Autour de son cou resplendit la grosse perle qu'Isabelle lui a donnée pour ses seize ans. Les badauds applaudissent, s'exclament au passage des dames de compagnie, pouffent au spectacle de la vieille duègne perchée sur sa mule rétive.

Le cortège gagne l'abbaye Saint-Michel, la Cour des Princes. La nuit tombe. Le parvis de l'abbaye est encombré d'ecclésiastiques, les uns vêtus de robes sacerdotales, les autres de drap brun ou noir ; dans la pénombre les fils d'or des mitres, les croix de vermeil constellées de gemmes étincellent. Deux pages vêtus de satin blanc aident l'infante à mettre pied à terre, tandis que les chœurs, en une puissante harmonie, entament le premier psaume.

Comme elle pénètre sous la fraîcheur des voûtes, Jeanne ressent un grand trouble. Elle a eu tort de douter. Le bonheur l'attend dans ce nouveau pays où elle va être aimée, aimer, avoir des enfants, jouir de l'affection des siens, de celle d'un peuple qui semble l'apprécier. La blessure ouverte par son départ d'Espagne lentement se referme. Déjà elle fuit les conseils de son Grand Confesseur, n'acceptant que la présence de fray Andrea, s'impatiente lorsque son superintendant Diego de Ribeira la chapitre sur une réplique, une attitude qui ne lui semblent pas convenir à une infante espagnole. Elle ne veut que se gorger enfin d'un formidable espoir de bonheur.

Jeanne vient de quitter son lit. On lui porte son

déjeuner du matin, une tasse de lait chaud et un beignet au sucre, lorsque madame de Hallewin fait son entrée. Dès le premier regard, celle qui fut la meilleure amie de Marie de Bourgogne, la seconde mère des enfants orphelins, se méfie de l'infante. Pour la noble Flamande, Philippe est comme un fils que Jeanne est venue lui prendre. Aussitôt entrevue, elle l'a jugée dissimulée, ombrageuse, a soupçonné une volonté de fer sous l'apparence fragile. Philippe est faible, il hait par-dessus tout les conflits, les reproches, cédera-t-il devant cette petite Espagnole ? Dieu merci, son entourage, ses conseillers le remettront bien vite à la raison s'il écoutait des propos retors insufflés par les rois catholiques.

La princesse a décelé l'hostilité de Jeanne de Hallewin. Si la Flamande lui avait ouvert des bras de mère, elle s'y serait réfugiée dans sa soif d'aimer ceux que Philippe chérit, mais ses réticences l'ont blessée, elle s'est raidie.

— Je me levais, madame, lance Jeanne d'un ton hautain.

— Je le vois en effet, Altesse, mais j'ai une bonne nouvelle à vous apprendre.

Immédiatement Jeanne capitule, ses intonations n'ont plus aucune arrogance.

— Concernant l'archiduc ?

— Non, Altesse, Monseigneur n'a encore envoyé aucun courrier.

Pour cacher sa déception, Jeanne boit une longue gorgée de lait.

« Si nous n'avons aucune nouvelle de Monseigneur, Altesse, nous venons d'en recevoir de madame l'archiduchesse. Elle approche d'Anvers où nous l'attendons incessamment avec sa suite. »

Le regard de la comtesse dévoile une grande joie intérieure. L'archiduchesse Marguerite avait à peine deux ans quand Marie de Bourgogne, sa mère, la lui confiait sur son lit de mort. Quatorze années plus tard, elle est devenue une ravissante jeune fille blonde, spirituelle, aimée de tous.

« Je serai bien aise de l'embrasser, répond Jeanne d'une voix calme. J'ai entendu en effet les plus grands éloges de ma future belle-sœur. »

Après la monotonie des dernières semaines, elle est heureuse de pouvoir parler à une jeune fille de son âge. Dans le palais ducal depuis l'entrée triomphale à Anvers, les dames espagnoles s'ennuient et sont de mauvaise humeur, les domestiques oisifs bavardent et se chamaillent, la troupe qui campe près de Middlebourg envoie d'incessantes plaintes : ils manquent de vivres, de vin, de lits, les Flamands les traitent comme des chiens.

La comtesse de Hallewin ne se retire pas comme Jeanne l'espère, mais tout au contraire reste plantée devant le lit.

« Altesse, reprend-elle d'une voix pleine de reproches, on me signale des désordres dans votre suite. Depuis seize années j'ai l'honneur d'administrer l'intendance des palais ducaux, et ne peux accepter de voir mes fonctions perturbées. Votre personnel va à vau-l'eau, donnez des ordres pour qu'il soit repris en main. »

Jeanne ne comprend pas à « à vau-l'eau » mais saisit très bien qu'on la critique, qu'on blâme les siens. Le rouge lui monte aux joues.

— Madame, insinuez-vous que les Espagnols se comportent mal ?

— J'essaie de vous faire comprendre, Altesse, que vos domestiques sont trop libres de leurs mouvements, qu'ils sont sans efficacité aucune, totalement désœuvrés.

— Ne sont-ils pas plutôt, madame, tenus à l'écart par les vôtres ? Sans doute ignorent-ils la place qu'ils doivent occuper ici.

— En effet, Altesse, murmure la comtesse d'une voix sourde, sans doute n'ont-ils pas leur place en Flandres. Une Maison se dirige et j'ai l'impression que celle-là n'a pas de chef.

Elle s'incline en une longue révérence, Jeanne a reposé la tasse si violemment sur la soucoupe que le lait se répand sur les draps de lin. « Dieu du ciel, pense-t-elle avec rage, devenir archiduchesse signifie-t-il que je doive me changer en intendante ! » Jamais elle n'a entendu parler de ces problèmes en Espagne. Sa mère s'en acquitte-t-elle comme elle administre la Castille ? Elle pense à ses recommandations juste avant le départ, au rôle essentiel attribué à ce Moxica qu'elle n'a cessé de refouler. En ces jours où son esprit, son âme vont entièrement vers sa prochaine rencontre avec Philippe, comment pourrait-elle s'intéresser à ces mesquineries ? A nouveau la tentation la prend de s'enfermer, de fuir le monde, de ne laisser l'approcher que ses esclaves pour les entendre raconter sans fin leurs histoires d'amour et de mort.

« Ma sœur, comme je suis aise de pouvoir enfin vous accueillir ! »

Marguerite a un rire frais, un regard pétillant. A peine arrivée à Anvers escortée par les chevaliers de la Toison d'Or, elle s'est rendue auprès de Jeanne que son rhume laisse alitée et découvre, surprise, le lit bas, sans couverture, où est allongée à la mode espagnole sa jeune belle-sœur. Faudra-t-il qu'elle s'accommode de ces mœurs spartiates ?

« Vous allez bientôt guérir, décide-t-elle afin de réconforter la petite infante qu'elle voit toute pâle, ma grand-mère, la princesse d'York, me suit. Dans quelques heures elle sera ici et vous soignera comme une mère. »

Jeanne a un petit sourire triste. Avec la pluie ininterrompue elle ne parvient pas à se rétablir. La pensée que Philippe puisse la découvrir le nez rouge, les yeux larmoyants la tourmente.

« Aurez-vous la force d'assister au souper que nous voulons vous offrir ce soir ? »

Jeanne acquiesce, elle veut connaître Madame la Grande à laquelle on dit Philippe tant attaché. Elle-même n'a pas connu ses aïeules ; jamais Isabelle n'a amené ses enfants à Arevalo où sa mère n'en finit pas de s'éteindre dans la démence.

La princesse, l'archiduchesse, l'infante achèvent leur repas. Madame la Grande a refusé tout protocole afin de rester seule avec ses petites-filles, quelques serviteurs silencieux ôtent la vaisselle, versent le vin, présentent des coupes de vermeil remplies d'eau parfumée. Sur la nappe en dentelles au point de Bruges embaument les dernières roses du jardin. Les épais tapis, les tapisseries, les meubles rutilants, le feu qui crépite dans la cheminée donnent à la pièce un confort inconnu à Jeanne. Elle pense au dépouillement des palais espagnols, aux désordres joyeux du service. Son regard ne quitte pas le joli visage de Madame la Grande. Sous la coiffe bordée de très fine dentelle, les yeux bleus sont bienveillants, le visage rond à peine ridé. Cette vieille dame, aïeule par adoption, a élevé, choyé Marie, l'a entourée dans les épreuves avant de la voir mourir à vingt-cinq ans. De son origine anglaise elle a gardé un léger accent qui fait chanter les mots, un goût prononcé pour les traditions, les commodités de la vie.

« Prenez des tisanes d'éphédra et de la valériane,

conseille Madame la Grande. Je vous en ferai porter ce soir, cette toux ne peut durer sans vous fatiguer grandement. »

Elle sourit à l'infante. Comme elle la sent désemparée, perdue ! Mais son instinct lui commande de ne pas s'apitoyer, Jeanne n'est pas prête encore à se confier. Le moment viendra. Il lui faut d'abord apprivoiser cette fière petite Espagnole. S'accommodera-t-elle du caractère de Philippe ? Les mariages à venir de ses deux petits-enfants la soucient beaucoup mais elle ne veut rien en laisser paraître. On lui a rapporté que l'infant don Juan était bègue, fragile, nerveux. Quel sera le destin de sa petite-fille chérie, celui de Philippe avec cette enfant qui lui semble si peu assortie ?

« Mes chères petites, annonce-t-elle d'une voix enjouée, nous allons boire un peu de vin de Champagne à vos bonheurs futurs — puis dans un murmure elle poursuit : Que le Dieu Tout-Puissant les protège. »

Chapitre XII

—

L'infante, entourée de sa suite, est dans le salon d'honneur de l'hôtel Berthaut Mechelen lorsqu'une forte rumeur monte de la cour. Oubliant le protocole, deux servantes se précipitent à la fenêtre.

« Señora Infanta, l'archiduc arrive! »

Jeanne croit défaillir. Depuis son arrivée à Lierre où doit être célébré le mariage, elle vit de plus en plus anxieuse dans l'attente de ce moment.

En ce jour d'octobre, pour la première fois depuis une semaine, il ne pleut pas, le temps doux, ensoleillé donne à la Nethe, aux pierres de la vieille ville des teintes moelleuses de fruits mûrs. Cinq heures ont sonné à l'horloge du couvent des Sœurs de Sion. Paisiblement tombe le crépuscule d'automne. Le joli palais où l'on a installé Jeanne et sa cour donne sur l'eau. De sa chambre, l'infante peut contempler le cours paisible de la Nethe où s'ébattent des canards gris et bleu.

Comme par magie le silence s'est instauré aussitôt dans la vaste salle. Chacun, aiguillonné par la plus vive curiosité, retient son souffle. Jeanne s'affole. Ses dames d'honneur, son chambellan, son conseiller spirituel ont l'air changés en statues. Pourquoi sa mère est-elle absente, pourquoi l'a-t-elle abandonnée? Dans la cour des chevaux hennissent, des hommes s'interpellent, le bruit des sabots se rapproche.

Philippe saute à bas de son cheval, jette les rênes à un palefrenier. D'Innsbruck il a brûlé les étapes, écourté ses nuits afin de connaître enfin celle qui déjà est son épouse. Une émotion inhabituelle l'étreint. Depuis qu'il a quatorze ans, il a tant connu de femmes qu'il se croyait insensible à toute réaction affective, mais vraiment, aujourd'hui, il est ému, il ne peut le nier.

« Monseigneur, s'écrie un gentilhomme, l'étiquette... »

Philippe ne l'écoute pas. D'un pas vif, il gravit l'escalier menant au vestibule. Il a chaud. Ses cheveux blond foncé sont collés de sueur et de poussière. Essoufflés, deux pages le suivent mais Philippe est si grand, si rompu aux activités physiques qu'il les distance rapidement.

Sur son passage, tous s'écartent. L'archiduc se comporte en enfant. Chaque détail avait été prévu, réglé pour cette première entrevue. Que va dire Madame la Grande ? Le jeune homme approche du salon d'honneur, il a la gorge sèche.

Jeanne ne quitte pas des yeux la porte, devine, sait que Philippe vient droit vers elle. Elle perçoit des pas. Une main sûrement se pose sur le loquet. Elle ne respire plus. Le lourd battant de bois sculpté tourne sur ses gonds. Il est plus beau qu'elle ne l'avait jamais imaginé, très jeune avec des yeux bleu porcelaine, une bouche ronde. Maintenant il est si proche qu'en tendant la main elle pourrait le toucher, elle sent sa chaleur près de son corps, son souffle sur ses cheveux.

« Doña Jeanne, balbutie l'archiduc, personne ne vous attendait si tôt en Flandres. »

Qu'a-t-il dit ? Elle devine qu'il la dévisage, rougit

violemment. Philippe ne quitte pas des yeux sa fiancée. Elle est jolie certes mais réservée, sans charme. Néanmoins les cheveux très noirs, le nez fin, la peau d'ivoire, le maintien noble sont attirants, elle semble totalement innocente et vulnérable! En posant son regard sur ses lèvres il voit le flux de sang monté à la face de la jeune fille et cette rougeur l'émeut. Ainsi cette vierge, loin d'être froide, est bouleversée par lui! L'émoi qu'il perçoit l'enflamme aussitôt.

« Que l'on bénisse à l'instant notre union », requiert Philippe d'une voix mal assurée.

Il s'adresse à don Diego de Villaescusa, conseiller spirituel de Jeanne qui, ne parlant pas le français, a un mouvement d'impuissance avant de se tourner vers l'infante.

« Que demande Monseigneur? » interroge-t-il.

Jeanne ne sait plus où elle est, ni ce qu'elle fait. La volonté de Philippe est la sienne.

« Mariez-nous tout de suite », ordonne-t-elle en castillan.

L'éminent théologien balbutie quelques mots sans suite, implorant sans doute un secours que nul n'ose lui apporter, prenant Dieu à témoin du scandale qui porte atteinte à la dignité de son serviteur. Philippe a saisi la main de Jeanne. Entre les siens les doigts de la jeune fille sont glacés. Devant le doyen du couvent de Jaén ils s'agenouillent, ainsi le prêtre ne peut plus tergiverser. D'une voix à peine audible il prononce les paroles sacramentales, trace le signe de la croix.

« Viens », s'impatiente Philippe.

Il relève Jeanne, l'entraîne vers sa chambre.

La porte s'est à peine refermée qu'un tonnerre de voix s'élève dans le salon d'honneur, des exclamations, quelques rires d'hommes. Dents serrées, tête basse, le doyen se retire dans son appartement.

« Ma femme ! » murmure Philippe.

Il la prend dans ses bras, la serre contre lui, cherche la peau de son cou derrière le col de dentelle. Égarée, Jeanne ferme très fort les yeux, s'abandonne tandis qu'une main dont elle ne distingue pas l'habileté délace la robe, écarte les chemises, libère les seins menus. Comme il veut y poser les lèvres, d'un mouvement de pudeur irréfléchi la jeune fille les cache au creux de ses paumes. Fermement Philippe les écarte.

Elle est nue maintenant et garde les yeux fermés tandis que les lèvres de son mari la parcourent. Dans son apologie du mariage chrétien sa sœur Isabelle n'avait pas parlé de ces caresses d'homme, de l'émoi qu'elles allument dans le ventre des femmes. Philippe la soulève dans ses bras, la porte sur le lit, son corps pèse lourd sur son propre corps. Il ne parle plus, respire fort, dépose des baisers rapides sur ses lèvres, ses épaules, ses seins. Jeanne gémit, de petites plaintes mêlées de soupirs. Sans ménagement Philippe écarte de ses genoux les cuisses de sa femme, elle ressent une douleur aiguë mais ne veut pas crier, encore moins bouger. La respiration de Philippe est rauque, haletante, il dit « mon Dieu » et se laisse rouler à côté de Jeanne.

Elle tourne la tête vers lui, caresse le front, les joues, sourit tendrement.

Elle est à lui tout entière et à jamais.

L'église collégiale Saint-Gommaire est bondée. Pour le mariage de Philippe le Beau, son archiduc bien-aimé, le peuple flamand se presse depuis le milieu de la nuit dans les rues où doit passer le cortège, sur le parvis. Certains plus jeunes ou plus habiles sont montés sur les toits des maisons. D'opulents bourgeois se penchent à leurs balcons, les branches des arbres sont investies par des grappes d'enfants. De groupe en groupe circulent des porteurs d'eau, des marchands de beignets et d'oublis. Couronnes de fleurs, branchages, oriflammes, rubans s'entremêlent en une tapisserie éphémère aux couleurs des Habsbourg, des ducs de Bourgogne, de la Castille et de l'Aragon. Sur les façades des maisons entourant la collégiale on a suspendu des calicots où sont peints des paroles louangeuses, des mots de bienvenue pour la jeune mariée. Dans Lierre et ses environs il n'y a plus un seul apprenti au travail. Seuls s'activent fébrilement, dans l'ancien palais des ducs, marmitons et cuisiniers pour le festin de noces qui doit suivre la bénédiction.

Dès les premières heures du jour Philippe et Jeanne ont dû se séparer pour être vêtus, parfumés, ornés de bijoux. L'infante est presque inconsciente, elle n'a pas dormi un instant. Toute la nuit Philippe lui a fait l'amour et avant l'aube une sensation de plaisir inimaginable l'a fait crier et se cabrer sous lui. Elle n'a plus que le désir de la ressentir encore et toujours, de respirer, de goûter cet homme, inconnu la veille encore, devenu aujourd'hui le centre, le but de son existence. Désormais elle sait qu'elle l'a attendu toute sa vie, que son enfance, son adolescence solitaires n'ont été que l'espérance de ces indicibles moments.

Silencieuses, réprobatrices, les dames d'honneur présentent la robe de soie azur rehaussée de dessins de fleurs brochées en fil d'or et d'argent, le coffret des bijoux où a été ajoutée la parure de perles et de diamants offerte à sa petite-fille par Madame la Grande. Fatma brosse les longs cheveux noirs, les enduit d'une crème parfumée. Aïcha et elle ne blâment pas Jeanne, les deux esclaves maures regrettent seulement le vieux rituel, presque magique à force d'être codifié, réglant l'offrande d'une virginité.

De retour dans ses appartements Philippe se hâte. Il est vêtu, chaussé. Jean de Berghes s'approche, portant la chaîne de l'Ordre de la Toison d'Or.

« Monseigneur a les traits tirés ce matin », chuchote-t-il, un sourire ironique aux lèvres.

L'archiduc pose amicalement la main sur l'épaule de son Grand Chambellan.

— Sais-tu que ces Espagnoles sont comme les torches, allumées elles brûlent toute la nuit.

— Seriez-vous amoureux ?

La voix est moqueuse. Ensemble Philippe et Jean de Berghes ont courtisé tant de filles qu'ils n'ont aucune illusion l'un sur l'autre.

« Je suis... occupé, mon cher Berghes, provisoirement occupé. »

Il a dès la première nuit donné du plaisir à sa femme et en éprouve une grande vanité.

Avec un respect qu'il n'a pas eu en parlant de Jeanne, le Grand Chambellan attache la chaîne de Grand Maître de la Toison d'Or autour du cou de Philippe qui la reçoit gravement. Son arrière-grand-père, Philippe le Bon, a créé cet ordre de chevalerie, son grand-père, Charles le Téméraire, l'a porté très haut, payant de sa vie son rêve de reconstituer l'ancien royaume de Lotharingie.

« On nous attend, Monseigneur, il faut aller. »

D'un coup d'œil rapide Philippe s'observe dans le miroir que présentent deux serviteurs. Pour ses noces il porte des chausses, des souliers de velours noirs, un pourpoint plissé de taffetas émeraude rebroché de satin et bordé de marte, un haut béret de velours de même ton où, derrière un diamant, est piquée une plume noire. Depuis qu'il est enfant, louangé, adulé par sa grand-mère, par Jeanne de Hallewin, par toutes les femmes, il sait qu'il est beau et irrésistible

« Allons ! » décide-t-il.

Chapitre XIII

Philippe s'empare de la lettre sur laquelle est apposé le sceau d'Isabelle. Il a donné l'ordre qu'on lui remette chaque message arrivé d'Espagne. Il n'est pas question de laisser les rois catholiques influencer la politique flamande à travers leur fille. La missive, rapidement parcourue, est tendue à son premier majordome.

« Vous pouvez la porter à l'archiduchesse. »

Isabelle relate la mort de sa mère à Arevalo ; la pauvre femme, après des années de troubles mentaux, repose enfin en paix. Elle se réjouit de l'heureuse arrivée de sa fille en Flandres, parle de son aînée qui va prendre le chemin du Portugal dans quelques mois, de Catherine dont les fiançailles avec Arthur, le prince de Galles, se précisent, mais surtout de Juan dont les noces que Ferdinand comme elle veulent inoubliables approchent.

Un instant la pensée de Philippe s'arrête sur sa sœur, la petite Margot, qui dans moins d'un mois s'embarquera pour la Castille. Que trouvera-t-elle dans ce pays lointain si différent des Flandres ? Après la déception ayant suivi la rupture de ses fiançailles avec le dauphin Charles de Valois qui lui a préféré Anne de Bretagne, il espère qu'elle ne va pas au-devant d'une nouvelle désillusion. Le départ de Marguerite est prévu en janvier. Dieu merci, avec elle s'en iront cette multitude d'Espagnols parasites et orgueilleux qui ont investi les Flandres et dont personne ne sait que faire.

« A-t-on parlé au trésorier de l'archiduchesse ? » demande Philippe.

Par la fenêtre de son palais de Malines, le jeune homme regarde les toits du couvent des Filles Dévotes, de l'autre côté de la rue. Dans quelques instants il rejoindra son aïeule auprès de laquelle Jeanne doit se trouver déjà. Il n'a pas répondu au billet pressant que la jeune femme lui a fait passer. Trop entière, Jeanne le déconcerte même si elle l'enflamme toujours par ses désirs, l'amuse par l'amour absolu qu'elle lui voue. Décembre est froid, quelques flocons épars collent aux vitres, un grand feu crépite dans la salle où Philippe travaille, jetant sa clarté sur l'immense tapis de laine où dorment ses deux chiens. Aux murs sont accrochés les tableaux des plus grands maîtres flamands.

Respectueux, Guillaume de Chièvres attend que l'archiduc lui prête attention. Membre le plus influent de son Conseil, il sait l'ascendant qu'il exerce sur le jeune prince. Lui-même a suggéré quelques jours auparavant d'obtenir le dévouement de Moxica, trésorier de Jeanne. Pourquoi ne pas encaisser directement les deux mille escudos versés annuellement par les rois catholiques pour l'entretien de l'archiduchesse ? Philippe s'est aisément laissé convaincre. Jeanne, il est vrai, ne montre aucun goût pour organiser, diriger sa Maison, elle préfère jouer de la guitare, acheter des oiseaux pour sa volière, se parer pour lui, l'attendre... Cet or espagnol, c'est son propre trésorier qui le distribuera. Soudain Philippe se retourne.

— Alors, Chièvres ?

— L'homme a accepté notre offre. Il est convaincu

que l'archiduchesse est incapable d'administrer son revenu. A plusieurs reprises il a voulu l'en entretenir et a été éconduit.

Philippe fait quelques pas, s'arrête près de la cheminée devant laquelle il tend les mains.

« Chièvres, notre décision est prise. La suite de l'archiduchesse nous oblige à entreprendre des travaux d'agrandissement à Malines comme à Bruxelles, on ne sait plus où caser cette cohorte. Qui paiera ? »

Les deux hommes sont côte à côte. Plus petit que Philippe, Guillaume de Croix, seigneur de Chièvres, a un visage fin, des cheveux blonds qui ondulent légèrement. Il aime le luxe, s'entoure d'objets d'art de grand prix, pare sa femme Maria de bijoux splendides.

— Depuis l'arrivée des Espagnols, notre contrôleur des dépenses est inquiet du train de votre Maison.

— La plupart vont nous quitter bientôt.

— Il n'en restera que trop !

Philippe se met à rire.

— Affamés, les derniers survivants retourneront chez eux chercher pitance. Quoi d'autre aujourd'hui ? Avez-vous vu Thomas de Plaines ?

— Il est aux baigneries[1], Monseigneur, et regrette fort votre absence.

Le rire de Philippe retentit à nouveau.

« Les jeunes mariés ont besoin d'interrompre un moment leurs occupations ordinaires mais par Dieu, je l'y accompagnerai bientôt. »

Jeanne écoute d'une oreille distraite Madame la Grande lui parler de l'empereur Maximilien qui vient d'annoncer sa prochaine arrivée à Malines. Philippe n'est pas venu la rejoindre à l'heure de la sieste que respecte sa suite espagnole. Il n'a pas même donné de réponse à son billet. Où était-il ? Quelle occupation le

1. Lieu de plaisir.

retenait si fort ? Quoiqu'il la rejoigne chaque nuit dans sa chambre, elle le désirerait plus souvent encore.

Madame la Grande se tait, un chambellan vient d'introduire madame de Hallewin.

« Chère Jeanne, venez là, dit-elle joyeusement, l'archiduchesse et moi vous attendions impatiemment. »

La comtesse et Marguerite d'York s'embrassent. Jeanne est étonnée de ces marques de familiarité inconnues à la cour de Castille. Hormis leurs enfants, les rois catholiques ne donnent de baisers à personne, n'en toléreraient de quiconque. Sentant ses réticences, madame de Hallewin se contente d'une légère révérence.

« Asseyez-vous, mon amie, requiert la princesse douairière. Nous étions en train de parler de la venue prochaine de l'empereur. »

Bien qu'ayant une profonde amitié pour Maximilien, Jeanne de Hallewin redoute toujours les recommandations ou réprimandes qu'il adresse à son fils. L'archiduc mène une politique flamande si indépendante qu'à plusieurs reprises son père s'est mis dans de grandes colères, chassant de sa présence François de Busleyden, un des proches conseillers de Philippe, soupçonné par lui de dresser son fils contre l'Autriche. A Marie agonisante, Maximilien a fait le serment de reprendre la Bourgogne au roi de France, il veut tenir sa promesse malgré la réticence de bon nombre de Flamands qui jugent ce dessein irréalisable.

« Margot est très désireuse de voir son père et refuse d'embarquer sans l'avoir embrassé. »

Les paroles de celle qui a élevé Philippe et Marguerite rappellent à Jeanne l'abandon de Ferdinand et lui serrent le cœur. Le jour même, dans la lettre qu'elle a reçue d'Isabelle, son père n'a pas ajouté une seule ligne.

La neige tombe dru maintenant. Jeanne regarde les flocons tourbillonner. Vaguement elle essaie de deviner ce que font ses parents. Sont-ils à Grenade ? Ont-ils choisi plutôt de s'établir à Burgos où Marguerite et Juan doivent se marier ? Elle revoit sa chambre à l'Alhambra donnant sur un patio planté d'orangers et de jasmin, entend couler l'eau des fontaines. Reverra-t-elle son pays ? Lorsque l'envie la prend de parler de l'Espagne avec l'une de ses filles d'honneur, elle se retient. Elle est flamande aujourd'hui, non plus par raison mais par amour.

« Comment les vôtres sont-ils installés, interroge madame de Hallewin, a-t-on pu aménager quelques chambres dans les communs comme je l'ai ordonné ? »

La jeune femme ne sait quoi répondre. Bien que chaque jour elle doive supporter les plaintes, les reproches des Castillans que l'hiver glace, que l'absence d'argent laisse démunis, elle ne peut formuler de blâmes en face de celle que Philippe considère comme une mère. Que peut-elle faire, sinon donner de vagues promesses ? Son oncle, l'amiral de Castille, malade, ne décolère pas. La population ne cédant ses vivres qu'à des prix exorbitants, un grand nombre de ses marins sont morts de faim. Le froid rend l'hécatombe plus lourde encore. Tous ne pensent qu'à fuir le pays au plus vite. Alité depuis des jours, frère Andrea a supplié Jeanne de le laisser repartir pour l'Espagne avec l'archi-duchesse Marguerite. La vérité serait trop amère pour la ronde, la joyeuse madame de Hallewin.

« Les miens se portent à merveille, madame, répond Jeanne d'une voix dont le ton clôt le sujet, je suis sûre que tout a été exécuté selon vos ordres. »

La comtesse n'a guère de sympathie pour Jeanne mais la ménage pour ne pas déplaire à Philippe. Dès sa première entrevue avec l'infante, elle a compris qu'en dépit de ses airs hautains elle la ferait plier à ses volontés.

Philippe tarde. L'attente plonge Jeanne dans un état d'extrême nervosité. Elle voudrait se lever, aller jusqu'à la chambre de son mari, forcer la porte, mais elle doit écouter ces deux dames égrener des propos insignifiants ! Le moment où Philippe s'allonge à son côté dans le lit est le seul où elle se sente détendue et heureuse. Léger, drôle, il la fait rire, dit de petites méchancetés sur les uns et les autres, s'amuse de ses maladresses, de sa timidité. Aucune femme, elle en est sûre, n'a jamais éprouvé plus d'amour pour un homme.

« Monseigneur l'archiduc Philippe », annonce le chambellan.

La porte s'ouvre à double battant. Sur le visage des trois femmes apparaît la même expression d'adoration

Chapitre XIV

« Où étais-tu ? »

Aiguë, vindicative, la voix de Jeanne interroge. Toute la nuit elle a attendu Philippe qui, pour la première fois depuis leur mariage, ne s'est pas montré. A l'aube, n'y tenant plus, elle s'est rendue jusqu'à la porte de sa chambre où deux soldats armés montaient la garde. L'ironie muette qu'elle a saisie sur leurs visages l'a révoltée, d'humiliation elle a fait demi-tour.

Alors qu'une chambrière vient lui apporter sa tasse de lait chaud du matin, Philippe apparaît enfin, le visage fermé. Sans répondre il s'approche de Jeanne, la regarde avec dédain.

« Es-tu folle pour être venue jusqu'à ma chambre au milieu de la nuit ? »

Dans sa longue chemise au col, aux poignets de dentelle, Jeanne tremble d'énervement autant que de froid.

« Je m'alarmais de ton absence. »

Le ton est plus doux, la présence physique de son mari anéantit l'agressivité de la jeune femme.

— Ne sais-tu pas que je suis occupé parfois tard dans la soirée ? Ai-je à t'expliquer ce que gouverner un pays veut dire ?

— Ton Conseil s'est achevé avant minuit.

Ayant envoyé une servante en reconnaissance, Jeanne sait que Philippe a regagné ses appartements dès la fin des délibérations.

— M'espionnerais-tu?

— Je t'attendais.

Les sanglots dans la voix de sa femme font tomber la colère de Philippe. Il a passé la nuit avec une jolie demoiselle d'honneur de Margot qui le provoquait effrontément. Ses hardiesses l'ont changé des pudeurs conjugales dont il commence à se lasser. Maintenant il doit se montrer ferme afin que Jeanne renonce à le harceler.

Les yeux pleins de larmes, les longs cheveux noirs dénoués donnent à la jeune femme un air d'enfant. Philippe s'attendrit. D'un geste précis il délace la chemise, y glisse la main, caresse les petits seins qui aussitôt se durcissent. Le désir insatiable de Jeanne qui, un moment plus tôt, l'agaçait l'excite maintenant.

— Ainsi, souffle-t-il, tu es venue cette nuit pour te faire baiser?

— Pour te voir, balbutie Jeanne.

Elle ne s'habitue pas aux mots crus, ne parvient pas à les répéter lorsque Philippe le lui ordonne.

« Eh bien tu vas avoir ce que tu désirais tant. »

Calme, heureuse, Jeanne enfouit sa tête entre le cou et l'épaule de son mari contre lequel elle repose dans le lit.

« M'aimes-tu? » chuchote-t-elle.

Le jeune homme a envie de dormir. Après sa nuit blanche il se sent épuisé. Il caresse les longs cheveux, y enfonce la main.

« Mon cœur t'appartient. »

Jeanne reste quelques instants silencieuse.

« Si tu ne m'aimais plus je mourrais. »

Cent fois Philippe a entendu ces mots dans la bouche de ses maîtresses. Seules les filles de joie savent demeurer silencieuses après l'amour, il les apprécie pour cette qualité.

« Alors tu vivras éternellement. »

Avidement la jeune femme boit chaque parole, après les angoisses de la nuit elle a besoin de les entendre encore et encore. Doucement sa main frôle les cuisses, le ventre de son mari. Le contact de cette peau la grise, elle pourrait l'effleurer ainsi des heures entières.

La chasse a été fructueuse. En revenant vers Malines, Philippe et Jean de Berghes chevauchent côte à côte tandis qu'une bise aigre s'engouffre dans leurs manteaux, givre la bruine qui ne cesse de tomber.

— Aussitôt Margot embarquée, nous partirons visiter nos villes et villages, explique le prince à son ami, la vie sédentaire commence à me peser.

— Ne serait-ce plutôt la vie conjugale ? Confidentiellement et d'homme à homme, l'archiduchesse me paraît fort jalouse.

— Furieusement jalouse, il me faut ruser pour rejoindre la petite Suzanne. Imagines-tu que je dois me trouver des excuses comme un bourgeois de Malines !

Le Beau Berghes reste songeur.

— Donne-lui quelques os à ronger, n'a-t-elle pas de goût pour la politique, pour l'ordonnance de sa Maison ?

— La politique, plaisantes-tu ? Sa mère déjà n'a que trop tendance à lui donner dans ses lettres maints conseils dont je n'ai que faire !

— Distrais-la alors, elle vit entourée de duègnes qui ressemblent à des cigognes, de prélats à triste figure. Veux-tu que je lui envoie mes confesseurs ?

Les deux hommes rient de concert. Jean de Berghes

protège quelques moines paillards venus de France auprès desquels beaucoup de dames se montrent fort assidues.

Le groupe des chasseurs longe un cours d'eau, traverse un pont de bois. Ayant levé tout le jour hérons, lièvres, bécasses, les chiens sont harassés. Derrière l'archiduc et son Grand Chambellan cheminent, au pas tranquille de leurs chevaux, quelques jeunes gens, amis proches et compagnons de plaisir du prince.

« J'imaginais, confie Philippe, qu'une princesse d'aussi noble naissance se comporterait en archiduchesse, et non en femme du commun. »

Quarante années d'existence ont fait perdre à Jean de Berghes ses illusions sur les femmes. Qu'elles soient princesses ou servantes d'auberge, ne parlent-elles pas toutes de fidélité quand les hommes ne pensent qu'à leur liberté ?

Chapitre XV

Depuis deux mois Philippe est absent de Malines. Après le départ de Marguerite, il a rassemblé son escorte, réuni ses amis pour prendre le chemin de ses bonnes villes. Jeanne s'ennuie à mourir. La présence, hier si pesante, de sa suite espagnole lui manque aujourd'hui. Grands et hidalgos, prélats, dames et marins ont quitté pleins de joie le sol flamand. A peine sont-ils venus lui faire les compliments d'usage, tant était grande leur hâte d'embarquer. Plusieurs jours durant, les courtisans désignés pour rester en Flandres avec elle ont fait figure d'enterrement.

A la fin du mois d'avril une longue lettre arrive de Castille narrant les fêtes du mariage de Juan et de Marguerite. Le jeune fiancé a éprouvé une attirance immédiate pour la nouvelle infante, la comble de prévenances. Par le détail, Isabelle raconte à Jeanne la cérémonie dans la cathédrale de Burgos où se pressaient les Grands, le prêche de Cisneros, les réjouissances qui suivirent en présence de don Christophe Colomb. Ferdinand et elle ont dansé ensemble, « ce qui ne nous était pas arrivé depuis notre jeunesse », note la reine. Mais si grande était la hâte des nouveaux mariés de se retirer que l'infant a écourté les divertissements.

La plume d'Isabelle est alerte, Jeanne discerne entre les mots un bonheur qui la rend plus morose encore. Son propre départ est-il donc déjà effacé de la mémoire de sa mère ?

Elle est seule : Juan et Marguerite ne se quittent pas un instant, son frère possède Salamanque, Zamora, Toro, Arevalo, Jaén, Randa, elle n'a pas un palais en propre. Ses serviteurs, non payés, bougonnent constamment. Abattue par le départ de Margot, Madame la Grande a perdu son habituelle gaieté. Leurs entrevues se bornent maintenant aux conseils affectueux mais fermes que lui donne la vieille dame. Elle doit apprendre le tiois[1], surveiller ses filles d'honneur, remplir toutes sortes de devoirs pieux, encourager les artistes en les attirant à sa Cour. Marguerite d'York ne dit pas qu'elle devrait accompagner son mari lorsqu'il voyage, elle sait bien qu'il veut être seul et en connaît les raisons. Mais qui peut changer son Philippe ? Il faudra bien que Jeanne s'habitue.

Mais Jeanne ne s'habitue pas. Elle guette un message, se tourne et se retourne dans le lit, refuse de se divertir. Fatma et Aïcha ont repris leur place à côté d'elle, dorment sur un matelas posé à même le sol de sa chambre. Les souffrances des femmes délaissées leur sont familières, elles connaissent les sorts qu'il faut jeter pour ramener les époux infidèles.

« Un enfant, un fils, murmurent-elles sans cesse à l'oreille de Jeanne. Le prince te reviendra. »

Avec force Jeanne éloigne les soupçons de son esprit. Sans cesse elle repense aux mots chuchotés par Philippe avant l'amour. « Fais ce que tu veux de moi, je t'appartiens... Je vis, je brûle pour toi, le vois-tu ?... » D'autres termes lui reviennent en mémoire faisant monter le rouge à ses joues.

1. Le flamand.

Le premier jour de mai, alors que Philippe, par un court billet, annonce son retour, Madame la Grande apprend à Jeanne qu'elle vient d'acquérir le dernier étage de la maison des Filles Dévotes, juste en face de l'hôtel de Bourgogne, afin de laisser son palais aux jeunes époux. Une galerie couverte reliera les deux bâtiments et permettra à la vieille dame de visiter ses petits-enfants aussi souvent qu'elle le désirera.

L'arrivée prochaine de Philippe, la perspective d'avoir bientôt sa propre maison redonnent le sourire à Jeanne. A Bruxelles les travaux d'agrandissement du palais du Coudenberg vont bon train. Dans quelques mois ils pourront s'éloigner de Malines, d'une grand-mère trop possessive, être enfin autonomes, Philippe alors ne sera qu'à elle.

Mai est délicieux, Jeanne enfin sort de sa chambre, se promène dans les jardins, accepte de chevaucher dans la campagne escortée par Jean de Berghes, Guillaume de Chièvres, François de Busleyden qui toujours ont à la bouche quelque légère galanterie. Ayant précédé leur prince à Malines, ils racontent à Jeanne l'accueil triomphal des villes et bourgades, la joie du peuple allant au-devant de son souverain, s'appliquent à relater les discours, les offices religieux, omettant les dîners intimes où les femmes se disputent une nuit dans le lit du trop bel archiduc. Au dessert il en choisit une, parfois deux, abandonnant les autres à ses amis.

Le Beau Berghes cueille une rose, la lui offre, un genou à terre.

Une nuit, alors qu'elle vient de s'endormir, deux bras l'emprisonnent. Philippe est là, encore vêtu en cavalier. Il ne l'embrasse même pas, la prend aussitôt, presque brutalement.

Au matin, pelotonnée contre lui, elle l'écoute raconter son périple. Le soleil pénètre dans la chambre par les fenêtres laissées ouvertes, se pose sur les soieries des fauteuils, joue dans la verdure des tapisseries, se prélasse sur le carrelage rouge bien ciré. L'un contre l'autre sous le drap, les jeunes époux boivent du lait chaud, s'embrassent, grignotent une gaufre dont les morceaux dorés passent de lèvres à lèvres. Philippe est gai comme il ne l'a jamais été, murmure des mots vraiment tendres. Jeanne voudrait que cet instant ne s'achève jamais.

« Quel argent ? » interroge Philippe avec brusquerie

A l'heure du souper Jeanne a osé aborder la question de la redevance annuelle, des deux mille écus d'or promis par le Trésor castillan. L'après-midi, Ana de Viamonte lui a durement rappelé le dénuement des domestiques, des dames de compagnie. Les filles d'honneur n'ont pas reçu le moindre maravédis depuis leur départ d'Espagne et ne survivent que grâce à leurs revenus personnels. Tout à son bonheur, la jeune femme aurait préféré, une fois encore, s'esquiver mais la fermeté du ton de son amie l'oblige à intervenir.

— Moxica ne t'a parlé de rien ?

— Ton trésorier n'a touché qu'une partie de la somme promise par contrat.

— Je ne l'ai jamais reçue.

Philippe a un regard étrange, agressif et gêné tout à la fois.

« Elle a été distribuée. »

Devoir parler d'argent avec son mari torture Jeanne qui doit faire un effort considérable pour continuer.

« Aucun membre de ma suite n'a été payé depuis sept mois. »

Le jeune homme part d'un rire bref.

« Ta suite se prélasse à ne rien faire, ce sont les Flamands qui vous nourrissent, vous servent, il est juste qu'ils reçoivent leurs gages en premier ! »

Son regard a perdu l'éclat tendre du matin. Il ne supporte pas qu'une femme lui cause le moindre tracas. Son Conseil privé l'a happé, il a lu d'innombrables rapports, dû prendre de difficiles décisions allant à l'encontre de son caractère hésitant. Déjà il n'a plus le souvenir des jeux enfantins de la nuit passée, n'imagine pas un instant qu'ils sont pour Jeanne inoubliables.

Fatigué, Philippe a demandé que l'on serve le souper sans protocole, dans son salon privé où un maître d'hôtel dresse discrètement le couvert. A cause de cette présence inopportune, l'archiduc domine son énervement, marche jusqu'à la fenêtre, se plonge en silence dans la contemplation de la belle terrasse à balustrade gothique qui orne la cour intérieure. La jeune femme perçoit l'exaspération de son mari, vite elle abandonne un sujet qui l'ennuie aussi.

« J'ai reçu des nouvelles d'Espagne, ma mère me parle longuement de Margot et de Juan, ils sont très amoureux et mon frère exige sa femme constamment avec lui. »

Elle n'a pu s'empêcher de prononcer ces mots naïfs qu'Isabelle n'a pas tracés mais Philippe semble n'y prêter aucune attention. Comme d'habitude, la lettre d'Isabelle a été lue par un membre de son Conseil privé avant d'être remise à Jeanne, il en connaît déjà le contenu.

— As-tu répondu ?
— Pas encore.

Pas une fois Jeanne n'a écrit à ses parents depuis son mariage. Que pourrait-elle leur dire ? Malgré sa félicité, un indéfinissable malaise l'empêche de formuler des mots justes. Elle ne va jamais au Conseil, n'est tenue au courant d'aucune décision politique, éprouve même le pénible pressentiment d'être délibérément écartée. Son existence n'est occupée que de son mari, cela elle ne peut l'écrire.

Le souper est servi. La table embaume des bouquets de violettes et de muguet qui la parent. Philippe et Jeanne mangent en silence le brochet pêché dans la Dyle, les légumes parsemés d'épices et d'herbes, touchent à peine au gigot de pré-salé, au coq braisé. L'archiduc repense à la séance de son Conseil. François de Busleyden le pousse à un rapprochement avec la France dont son père ne veut entendre parler. Maximilien ne l'a-t-il pas marié pour consolider ses alliances contre les Valois? Malgré de courtes fiançailles avec Anne de Bretagne qui, en dépit de son union avec Charles VIII, n'a cessé dit-on de l'aimer, l'empereur exècre les Français. Cent fois il a raconté à son fils comment, après la mort du Téméraire, Louis XI a spolié Marie, pourtant sa filleule, du duché de Bourgogne. Mais Philippe, qui n'a pas vécu ces événements, est au fond de lui-même francophile. Si l'intérêt des Flandres demande une alliance avec la France, il la conclura en dépit de son père.

On apporte des flancs, des tartes au sucre, des fruits confits, Philippe et Jeanne boivent peu. Au vin l'archiduc préfère la bière, Jeanne prend de l'eau rougie comme ses parents l'ont toujours fait.

Dans le silence, la voix de Philippe semble presque solennelle.

« Mon Conseil a décidé de remanier ta Maison dont le prince de Chimay prendra désormais la direction. Christobal de Barroso sera ton chambellan, Jeanne de Hallewin ta première dame d'honneur, quant à ta suite on a jugé souhaitable d'y introduire quelques jeunes filles de nos grandes familles. »

Jeanne tressaille, elle a l'impression qu'un étau se resserre autour d'elle. Pourquoi ces changements? Graduellement on la sépare de ses derniers compagnons espagnols, et même si elle n'a eu que peu de rapports

111

amicaux avec eux, leur départ la blesse profondément.
Seuls demeurent en Flandres quelques domestiques,
une poignée de demoiselles d'honneur, ses esclaves, son
amie Ana de Viamonte et Martin Moxica dont elle se
méfie.

— J'aurais aimé être prévenue.

— Eh bien voilà qui est fait, répond Philippe tranquillement.

Chapitre XVI

« Mon enfant, Juan s'en est allé et ton père comme moi sommes anéantis. Le malheur est tombé sur nous, sur notre peuple en un instant. Fin septembre, alors que je me remettais de la grande fatigue occasionnée par le mariage de ta sœur Isabelle à Valencia de Alcantara, un courrier est arrivé pour nous avertir que l'infant était au plus mal. Je n'étais, hélas, pas en état de prendre la route pour Salamanque mais ton père est parti aussitôt à bride abattue. Lorsqu'il a atteint le Palais épiscopal notre fils se mourait, Marguerite était à son chevet et les médecins le soignaient du mieux qu'ils pouvaient, mais Dieu voulait le prendre avec Lui. Que Sa Volonté soit faite ! Le 4 octobre, Juan s'est éteint dans les bras de son père, à côté de cette épouse qu'il aimait d'une ardeur trop violente pour sa faible constitution. Ses dernières paroles furent pour elle : « Mon âme désormais habite en toi. » Nous l'avons enseveli à Avila. J'ai recueilli Bruto, le lévrier chéri de ton frère qui ne me quitte plus.

Prie, ma fille, pour le repos de Juan, remercie Dieu aussi pour les bienfaits qu'il t'accorde. Jamais il n'abandonne totalement ses enfants. Marguerite est enceinte. »

Jeanne laisse tomber la lettre sur ses genoux. La joie de son installation récente à Bruxelles, où les travaux

113

d'agrandissement viennent de s'achever, est soudain anéantie. Des images défilent dans sa mémoire, Juan, enfant, lui tire les cheveux pour la punir d'avoir cassé son cheval de bois, habillé de satin blanc il ouvre le cortège au mariage d'Isabelle, chevauche fièrement à côté de Ferdinand au siège de Grenade, elle revoit son frère riant aux éclats, sérieux, exalté, boudeur. Une année seulement les séparait, les rapprochait. Parfois il se glissait silencieusement à son côté lorsqu'elle jouait de la guitare, murmurait : « Je voudrais parler comme ta musique. » Lui aussi doutait des autres, des Grands, des courtisans, du désintéressement de leur amitié.

Jeanne pense maintenant à Marguerite, la petite Margot devenue veuve à peine enceinte. Son chagrin va bouleverser Philippe et elle devra l'aimer plus encore afin de lui redonner courage.

Autour d'elle, dans la jolie chambre ornée des meubles mauresques apportés d'Espagne, tout est paisible. Parmi les tableaux, les vases d'argent, l'horloge rarissime, cadeau de son beau-père, les riches tapis d'Orient, l'idée même de la mort semble incongrue. Au Coudenberg, Jeanne se sent un peu plus maîtresse chez elle. Elle a commandé une immense volière, a acheté des oiseaux d'espèces rares, organisé une ménagerie. Peu à peu accoutumée à la présence constante de la comtesse de Hallewin, elle va jusqu'à lui demander quelques conseils.

Après un an de mariage, Philippe a repris des habitudes de célibataire qu'il sait justifier par des arguments irréfutables. Jeanne les accepte, malgré des insinuations perfides, des demi-confidences surprises dans les conversations de ses demoiselles d'honneur, elle a en lui une confiance illimitée.

A nouveau les yeux de l'archiduchesse tombent sur la lettre : la main d'Isabelle a un peu tremblé, la signature n'a pas la hardiesse habituelle. Jeanne a du mal à imaginer la reine de Castille anéantie. Et Ferdinand ? Juan était son bien-aimé, sa fierté. A la pensée de son père malheureux, Jeanne ne peut retenir ses larmes.

La Cour flamande prend le deuil. Un office funèbre est célébré à Malines, un autre à Bruxelles. Jeanne et Philippe conduisent le cortège que la brume automnale rend plus sinistre encore. Les fêtes données pour l'arrivée de l'infante en Flandres paraissent lointaines, dans quelques semaines elle fêtera ses dix-huit ans, mais le temps semble s'être arrêté entre ciel bas, plaines, beffrois, les flèches des cathédrales qui se mirent dans les eaux paisibles des canaux. Si Marguerite est enceinte, Jeanne n'attend pas encore d'enfant. « Vous êtes responsable de votre stérilité, Altesse, murmure le moine français dans son confessionnal, le plaisir rend les femmes infertiles et il se dit que vous avez pour Monseigneur l'archiduc un amour trop ardent. » Confuse, elle baisse la tête.

Dès le souper achevé, massée, parfumée, coiffée par Aïcha ou Fatma, elle attend Philippe, guette le bruit de ses pas. Le frère Antoine a raison, elle désire trop son mari ; qu'il pose la main sur son corps et elle oublie jusqu'à l'existence de Dieu.

Sachant la soumission de Jeanne, le besoin qu'elle a de lui, l'archiduc est devenu plus possessif. Il ordonne, exige, impose, elle accepte tous ses désirs avec bonheur même si les moments d'affection, les mots gentils, les baisers tendres, trop souvent sont absents. Pour ce corps de femme qui lui appartient, Philippe a une attirance intermittente et brutale. Lorsqu'il pèse de tout son poids sur elle, l'entend gémir, il aime penser à Isabelle de Castille, à la fière reine catholique qui croit le dominer.

« Mon fils, pardonne sa franchise à une vieille dame

qui t'aime mais qui, mieux que moi, peut prétendre te donner conseil ? »

Madame la Grande et son petit-fils achèvent de souper en tête à tête. Dans le salon de la princesse douairière les bûches se consument doucement dans l'élégante cheminée. Le vaste appartement feutré aux tapis moelleux, aux lourdes tentures, est imprégné d'une odeur de rose fanée, de poudre d'iris. L'archiduc aime ces entrevues paisibles avec sa grand-mère et il va souvent seul à Malines pour la voir. Enfant, il s'asseyait à ses pieds, mettait la tête sur ses genoux tandis que les doigts fins caressaient ses cheveux. Adolescent, il s'amusait à la soulever dans ses bras au retour de la chasse, à la faire crier et rire, aujourd'hui il se contente de prendre la main que l'âge a rendue menue, de la serrer entre les siennes.

« Dites, grand-mère, je vous écoute. »

Posant les coudes sur la table, Philippe appuie le menton sur ses paumes afin de prouver son extrême attention. Marguerite d'York est attendrie, cet homme dont la virilité fait tourner la tête de toutes les femmes se conduit envers elle en tendre petit garçon.

— N'essaie pas sur moi tes yeux d'amoureux, gronde-t-elle, à mon âge on ne se laisse plus entortiller. Et puis je les ai trop vus enjôler quelque fille d'honneur quand ce n'est pas une servante ou pire encore.

— Grand-mère, je n'ai pas à me donner grand mal pour séduire ; les femmes savent bien prendre les initiatives.

— Et c'est grande honte, mon petit. Il faut qu'un homme aille à la conquête d'une femme comme d'une ville, ainsi éprouve-t-il la fierté de vaincre plus forte que celle de posséder. Notre époque laisse les filles trop libres, trop audacieuses... Mais ce n'est pas de cela dont je veux t'entretenir. Les vieilles dames rabâchent et la

116

jeunesse sans doute doit vivre avec son temps. Je dois te parler de Jeanne.

Philippe a une moue de déception. Il imagine aisément les mots qu'il va entendre et prépare déjà une riposte apaisante.

— Grand-mère, ne me dites pas que je rends ma femme malheureuse. Elle obtient de moi ce qu'elle veut.

— Elle est seule, très seule. Tu es absent la moitié du temps et, si j'en crois ce que l'on ne manque pas de me rapporter, tu ne donnes guère de nouvelles.

— Mes villes m'attendent, je ne peux visiter l'une sans honorer l'autre.

— Demande à ta femme de t'accompagner. Tes sujets n'en seront que plus joyeux.

Le jeune homme soupire. Rendre des comptes le met fort mal à l'aise. Madame la Grande n'ignore rien de ses frasques. Toujours elle les a considérées avec indulgence. Croit-elle que le mariage l'a définitivement assagi ?

— Grand-mère, j'ai besoin de liberté. Jeanne est... très accaparante.

— Tu veux dire trop amoureuse ?

Les yeux de la vieille dame pétillent. Elle s'amuse de l'embarras de son petit-fils.

Philippe rit enfin, verse dans le verre de son aïeule un doigt de vin de Moselle.

— Affreusement jalouse !

— Soupçonnerait-elle que tu puisses t'intéresser à d'autres ?

— Comment pouvez-vous penser cela ?

Ensemble ils ont un accès de gaieté. Madame la Grande, la première, se reprend. Elle se reproche de ne pas être plus sévère.

« Fais en sorte, murmure-t-elle, que Jeanne ne sache jamais rien. Les Espagnoles sont orgueilleuses, elle serait cruellement blessée. Crois une vieille dame, mon enfant. La Flandre n'a rien à gagner d'une querelle de famille avec la Castille. Si tu ne peux envisager de renoncer à tes amours, au moins ménage-la. Elle t'adore, elle est bien seule. Je la trouve émouvante quelquefois.

Madame la Grande se lève avec difficulté, va vers son petit-fils, le baise sur le front.

— Mon enfant, Jeanne t'aime plus que tu ne l'aimes, là est son malheur et elle le pressent. Sans doute es-tu né pour faire souffrir les femmes.

— Vous ai-je jamais blessée, grand-mère ?

Il l'entoure de ses bras, pose le front sur la poitrine qu'orne une cascade de perles un peu jaunies. Son aïeule a raison, ce qu'il aime dans l'amour c'est la violence, le rapt comme dans la chasse ou la guerre. En s'offrant trop vite les femmes le frustrent de cette jouissance. Si Jeanne était demeurée distante, si elle s'était montrée différente des autres, peut-être aurait-il pu l'aimer.

— Qu'elle garde son amour pour moi, je m'en moque, mais par Dieu qu'elle sache se montrer moins ombrageuse, moins exigeante.

— La jalousie, mon enfant, ne meurt pas toujours avec l'amour. Ne l'oublie jamais.

Chapitre XVII

Avant de pénétrer dans la salle du Conseil, Philippe s'immobilise. Son chagrin, encore secret, ne lui appartiendra plus dans quelques instants. Les siens vont s'en emparer, le disséquer, le discuter, le réduire à une simple affaire politique. La pauvre Margot vient d'accoucher d'un enfant mort-né. La veille, il en a reçu la nouvelle et toute la nuit s'est enfermé dans sa chambre, refusant de voir quiconque.

La porte s'ouvre à double battant, l'archiduc aperçoit Guillaume de Chièvres, François de Busleyden, Jean de Berghes, reconnaît son chapelain près de Thomas de Plaines qui joue avec un fin poignard coupe-papier. Ils se sont réunis hâtivement pour conférer de cette nouvelle qui, habilement exploitée, peut octroyer à leur archiduc un prestige accru.

Philippe répond aux saluts, a pour certains un sourire, un mot amical. Sans doute faut-il oublier les larmes de Margot et profiter de ce renversement de situation.

Après la courte prière du chapelain les voix fusent, Jean de Berghes, d'un geste, impose le silence.

« Monseigneur, messieurs, puisque après la mort de leurs souverains les royaumes de Castille et d'Aragon doivent passer en d'autres mains qu'en celles de leur

119

descendance mâle, pourquoi ceux-ci ne seraient-ils pas transmis à son Altesse l'archiduc Philippe et à l'archiduchesse ? L'enfant que porte la reine Isabelle du Portugal doit assurer l'avenir de son pays, non celui de l'Espagne. Réunir sous le même sceptre toute la péninsule Ibérique nous semble inacceptable, n'est-ce pas Monseigneur ? »

En digne descendant des ducs de Bourgogne, Philippe est orgueilleux et le titre de prince de Castille le séduit. Si les caravelles ne rapportent pas encore des Indes occidentales les trésors espérés, des richesses fabuleuses peuvent être bientôt découvertes. En Castille, Colomb ne prépare-t-il pas un troisième voyage ?

— Il me semble en effet, répond d'une voix assurée l'archiduc, que nous pouvons prétendre au titre d'héritiers des rois d'Aragon et de Castille. A-t-on reçu l'avis de l'empereur ?

— Sa Majesté n'a pas encore donné réponse à notre courrier mais son opinion, Monseigneur, vous la connaissez, n'est-ce pas ?

— Mon père a le désir ardent de voir notre famille au plus haut degré de la gloire. La couronne de Castille allant à un Habsbourg ne lui déplairait pas.

— Alors saisissez-la, Monseigneur, elle est à votre portée.

Thomas de Plaines joue toujours avec son coupe-papier. Il est le plus jeune conseiller de Philippe qui l'a choisi pour succéder au vieux chancelier Carondelet. Sa voix s'élève calme, résolue.

« Il existe en Castille comme ailleurs des lois qui régissent les successions, Monseigneur. Ne les ignorez pas. »

L'exclamation de Philippe éclate, railleuse.

— Thomas, ma belle-mère la reine Isabelle a-t-elle hésité à détrôner sa nièce, la Beltraneja, afin de s'emparer du pouvoir ?

— C'était un affrontement purement castillan, Monseigneur. Vous êtes trop loin de l'Espagne pour tenter ce jeu-là.

— Les rois catholiques aiment l'autorité, ils seront impressionnés par ma détermination.

Thomas jette son coupe papier sur la table.

« Et l'archiduchesse, Monseigneur, que pense-t-elle de ce projet ? Si un héritage est à cueillir, c'est à elle de le saisir. »

Bruyamment plusieurs voix approuvent. Jean de Berghes intervient aussitôt, il sait combien son prince est influençable.

— L'archiduchesse ne se préoccupe pas de politique. Elle a dans ce domaine une confiance absolue en son mari.

— L'a-t-on au moins consultée ?

Philippe s'impatiente. Le débat s'aventure sur des sables mouvants où il n'a pas la moindre intention de demeurer.

« C'est assez, messieurs, nous reparlerons de cette question lorsque l'avis de l'empereur nous sera parvenu. Je ne me proclamerai pas prince de Castille sans son assentiment. »

La réponse d'Isabelle est arrivée à Bruxelles, cinglante. Sa fille Isabelle et son époux le roi Manuel du Portugal sont ses seuls héritiers. Dès le mois de mars, le couple recevra le serment d'allégeance des Cortès de Castille comme de ceux d'Aragon. Le titre de prince de Castille pas plus que celui d'Aragon n'est vacant.

Philippe ne décolère pas. Qui l'a trahi alors qu'il voulait tenir sa décision secrète avant d'avoir reçu la position de son père ? La lettre est arrivée de Burgos presque en même temps que la réponse enthousiaste de Maximilien, si enthousiaste que la pensée, vite réprimée, d'une manipulation de son Conseil lui est venue à l'esprit. Alors qui ? Un espion espagnol, un de ces désœuvrés traînant dans la suite de Jeanne ? Il paie cher sa faiblesse de ne pas les avoir tous chassés. Maintenant il a les mains liées, les congédier serait avouer sa déception et la porter sur la place publique. Aussi longtemps que sa colère ne sera pas tombée, il n'approchera plus sa femme.

Gênée, presque honteuse, Jeanne écoute les derniers mots lus par son conseiller spirituel. De Castille, Isabelle a envoyé à Diego de Villaescusa un double de la lettre écrite à Philippe. Elle a ajouté quelques lignes destinées seulement au théologien où elle avoue ses préoccupations concernant le mariage de sa fille. Les Espagnols rentrés en Castille ne disent-ils pas qu'elle est subjuguée par son mari au point d'accepter de lui l'inacceptable, d'oublier ses devoirs de chrétienne, de se confesser à des moines parisiens à la moralité douteuse ? L'argent envoyé par Ferdinand n'a pas été versé à la suite de l'archiduchesse, où est-il passé ? La reine termine par ces mots laconiques : « Dura veritas sed veritas. »

Volontairement, le religieux a omis de lire les quelques phrases qu'il estime confidentielles. Sur la dernière écrite en latin, en revanche, il s'arrête avec force, sondant d'un regard inquisiteur la réaction de Jeanne, mais l'archiduchesse demeure impassible, les yeux attachés au livre qu'elle serre entre ses mains. A aucun prix elle ne montrera une humiliation que déjà l'amour, l'orgueil amoindrissent. Puisque Diego de Villaescusa, elle le perçoit clairement, est un ennemi de Philippe, il devient aussitôt son propre adversaire. Que son époux ait agi inconsidérément, peu lui importe, jamais elle ne l'abandonnera, personne, ni jaloux, ni envieux, ni parents, pas même Dieu, n'aura le pouvoir de rompre les liens qui les unissent. Un ciel gris menaçant semble obturer les ouvertures des fenêtres. Dans la petite pièce jouxtant la chambre de Jeanne les esclaves maures chantonnent une complainte de Grenade. Les unes après les autres, les cloches de Bruxelles sonnent trois heures. La voix de la jeune femme est glaciale.

— Merci, mon père. Je ne veux pas vous retenir. Mes dames m'attendent pour la promenade dans notre nouveau jardin.

— Mais cette lettre demande réponse, Madame.

Quand Jeanne se lève, ses yeux enfin se posent sur le religieux, leur expression est hautaine, presque hostile.

« Demandez-la à Monseigneur l'archiduc, il sait mieux que moi les raisons d'État, les seules qui touchent ma mère. »

Depuis trois semaines, Philippe et Jeanne ne se sont retrouvés que lors des rares moments de la journée où les conventions exigent qu'ils soient ensemble. La nuit, seule dans sa chambre, la jeune femme a d'abord pleuré puis s'est affolée. Qu'a-t-elle dit, fait pour mériter ce châtiment ? A maintes reprises elle a voulu provoquer une explication mais s'est tue à l'ultime moment tant elle redoute de contraindre Philippe à lui fournir des justifications sur sa malheureuse démarche. Alors qu'elle a voulu l'épargner, lui la punit de la plus cruelle façon.

La célébration de la messe des Rameaux s'achève. Avec les processions, la lecture des évangiles, un sermon interminable, l'office a duré plus de deux heures. Comme la pluie drue, glacée tombe depuis l'aube, une voiture tirée par quatre chevaux attend le couple princier devant le porche. Après plus d'une année passée en Flandres, Jeanne s'émerveille encore de cette commodité inconnue en Castille jusqu'à l'arrivée de Marguerite qui en a chargé deux sur ses navires. Les ramènera-t-elle avec elle à Malines ? La veuve de Juan est attendue avec fièvre par sa grand-mère, son frère et ses sujets. Seule, Jeanne redoute ce retour. Avec la rupture définitive du lien attachant sa belle-sœur à l'Espagne, sa solitude, l'impression douloureuse d'être un otage grandiront encore.

Aussitôt qu'un page a laissé tomber le tissu broché masquant la fenêtre du carrosse, les chevaux se mettent en marche, accompagnés par le piétinement régulier des montures des gentilshommes qui, eux, bravent les intempéries. Philippe, à la dérobée, observe sa femme. Le profil fin encadré du bonnet de fil d'or semé de petites perles semble celui d'une miniature. Ses yeux se posent sur le renflement de la bouche, descendent vers le cou ceint d'un collier de diamants, le col de fourrure du manteau dissimulant entièrement son corps. Il sait bien qu'elle souffre et aujourd'hui sa douleur lui donne mauvaise conscience. La veille, il a rompu avec Suzanne qui commençait à montrer des exigences. La demoiselle d'honneur de Jeanne a sangloté, menacé de se tuer mais dans quelques semaines, quelques mois au plus, un nouvel amoureux séchera sûrement ses larmes. La coquette a un trop bel appétit de volupté pour s'en priver longtemps.

« Tu ne me regardes pas, Jeanne ? »

La voix est caressante, Philippe sait manipuler les êtres.

La jeune femme tressaille, une irrépressible émotion accélère les battements de son cœur, mais elle refuse de céder aussitôt à cet appel que depuis des jours elle espère. Obstinément son regard reste baissé.

Les doigts fins qu'elle aime tant baiser attrapent son menton, tournent le visage.

« Tu pleures ? »

Sans qu'elle puisse les contenir davantage, les larmes de Jeanne coulent, descendent le long du cou, se perdent dans la fourrure.

« Pardonne-moi. »

Doucement Philippe embrasse les yeux, les lèvres. Lorsque Jeanne lui résiste un peu, il ne la désire que plus.

Pourquoi ne sait-elle pas mieux jouer son jeu de femme ? Dominer l'ennuie, il est saturé de ce pouvoir-là.

Entre ses mains, le corps reste inerte. Combien de temps lui faudra-t-il pour le faire céder ? Des images crues, précises lui viennent à l'esprit, tellement troublantes que si ce soir Jeanne garde sa porte fermée, il l'implorera peut-être afin qu'elle la lui ouvre.

Les pavés de Bruxelles secouent la voiture que les deux cochers mènent aux pas lents des forts chevaux. Quelques cris s'élèvent dans la rue : « Vive Monseigneur Philippe, vive l'archiduc ! » Maintenant Jeanne regarde son mari intensément. Du chapeau rond de velours aux bords relevés, quelques mèches s'échappent. Sur le coin de la bouche aux lèvres rondes comme des fruits, une petite coupure se cicatrise. Combien de femmes ont caressé, mordu ces lèvres, laissé courir leurs doigts sur les joues, le joli nez droit ?

« Après le repas, murmure Philippe, je viendrai te rejoindre, éloigne tes dames d'honneur. »

Contre les épaisses vitres serties de plomb, la pluie cingle sans discontinuer. Dans le lit aux courtines fermées, deux corps nus reposent sur la courtepointe où un semis de fleurs des champs est brodé en fils de soie multicolores. Jeanne a accepté les exigences de Philippe, osé ce qu'elle ne voulait pas imaginer quelques mois plut tôt. Elle l'a étreint éperdument, murmuré les mots qu'il exigeait lui entendre dire et maintenant contemple, bouleversée, ce corps d'homme qu'elle aimerait garder captif mais se contente de frôler du bout des doigts. Les yeux clos, Philippe ne dit rien, ne bouge pas. Jeanne interrompt sa caresse, lentement il tourne la tête vers elle et Jeanne prend la fatigue qui marque son visage pour de la tristesse.

« Je t'ai pardonné, murmure-t-elle. »

Aussitôt elle perçoit dans son regard l'ironie familière qui toujours l'embarrasse, l'inquiète. Philippe hésite à répondre mais finalement se tait, ses bras saisissent le corps nu de la jeune femme, le plaquent contre le sien violemment comme voulant à nouveau la meurtrir, la punir d'avoir prononcé des mots qui ravivent en lui la blessure d'humiliation, son ressentiment contre l'Espagne et tout ce qui est espagnol. Sans une caresse, sans un regard, il la pénètre, s'enfonce en elle jusqu'à ce qu'elle pousse un petit cri de souffrance.

Chapitre XVIII

Avec l'été, Marguerite a retrouvé son rire clair et sa malice. Son séjour en Espagne lui semble irréel comme un mauvais rêve, et les soins assidus de Madame la Grande, son affection ont redonné de belles couleurs à ses joues, un appétit nouveau pour les douceurs de sa terre flamande. Le frère et la sœur ont repris leurs promenades à cheval, les soupers à Malines auprès de leur grand-mère tandis qu'alourdie par sa première grossesse, Jeanne reste le plus souvent à Bruxelles, tuant les interminables après-midi en parcourant les allées de son nouveau parc, s'arrêtant pour contempler les centaines d'oiseaux rassemblés dans la volière. Seule reste auprès d'elle son amie Ana. Ensemble, elles ne parlent que castillan, s'habillent à la mode d'Espagne, exigent des mets que les cuisiniers accommodent mal mais dont les saveurs approximatives sont source pour elles de grands plaisirs. Fatma et Aïcha préparent des beignets au miel, des gâteaux d'amandes et de pistaches qu'elles mangent sous le kiosque qu'ombrage un bosquet de peupliers d'Italie. Juillet s'annonce si beau que déjà les paysans se préparent aux moissons. Derrière les murs du parc, dans la campagne environnante, paissent les bœufs, tournent les moulins, vrombissent les ruches, s'activent marchands ambulants, laboureurs, enfants en liberté. Jeanne identifie ces bruits si différents de ceux d'Espagne. Souvent elle a voulu franchir l'enceinte du palais, fouler ses nouvelles terres, parler à ce peuple qu'elle côtoie sans le connaître, mais Philippe semble ne pas le souhaiter et elle répugne à le contraindre. Depuis qu'elle est enceinte il vient la retrouver régulièrement, a pour elle des attentions gentilles, lui fait l'amour avec douceur, presque tendresse.

« Est-ce un fils ? » demande-t-il souvent, posant la bouche sur le ventre déjà rond.

Elle caresse ses cheveux blonds, ferme les yeux pour retenir le bonheur.

Ana, assise à ses pieds, joue de la guitare, la chaleur enivre les mouches qui s'activent autour des espaliers où mûrissent les premières pommes. Depuis la veille, l'archiduc est à Malines. Lorsqu'il est venu lui dire au revoir, sa peau exhalait une odeur sucrée d'eau de violette ou de rose. Elle a plaisanté : « Te parfumes-tu comme une jeune fille ? » Un sourire esquiva la question. « Prends soin de mon enfant. » Longtemps elle l'a suivi du regard. Et s'il lui était infidèle comme tant le murmurent ?

L'enfant bouge. Jeanne a chaud, des gouttes de sueur coulent du fin turban de linon blanc sur ses tempes. Les notes légères de la guitare résonnent, étrangères, dans le paisible jardin flamand. Tout en jouant, Ana l'observe.

— Avez-vous répondu à votre mère, señora ?

— A quoi bon ! Ma sœur Isabelle va accoucher d'un moment à l'autre, elle n'aura alors ni le temps ni l'envie de me lire.

— Accueillerez-vous le frère Thomas de Matienzo ?

— Sans doute pas. Ma mère me présente le prieur du couvent de Santa Cruz comme un ami venu me visiter, je sais moi qu'il est chargé de m'espionner.

Ana cesse de jouer.

« Doña Jeanne, Sa Majesté la reine a peut-être de justes raisons pour s'inquiéter. »

Comme toujours lorsqu'une situation l'embarrasse, l'archiduchesse se réfugie dans le silence. Elle n'a que trop bien perçu l'allusion de son amie, aucun membre de sa suite n'a toujours reçu le moindre maravédis tandis que les dignitaires flamands qui l'entourent sont scrupuleusement et largement payés. Moxica remet au trésorier de Philippe les sommes versées par l'Espagne, doit-elle se conduire en ménagère spoliée ?

« Il faut le recevoir, insiste Ana de Viamonte, ce saint homme vient tout spécialement de Ségovie pour vous visiter, il doit être porteur de messages de votre famille, d'une lettre peut-être de monseigneur votre père. »

Soudain, au changement d'expression de Jeanne, Ana devine que la princesse recevra l'émissaire d'Isabelle. Dieu aidant, il parviendra peut-être à faire entendre raison à cette jeune femme bafouée. L'archiduc a séduit plusieurs compagnes de sa femme et n'a pas eu à déployer de grands efforts. Ana a tout observé, les sourires entendus, les gestes ébauchés. « Felipe el hermoso », chuchotent les espiègles Espagnoles, « Philippe le beau », murmurent les Flamandes. Elle craint le brusque réveil de l'infante. Son orgueil surmontera-t-il la déconvenue ?

« Donne-moi mon éventail », demande Jeanne.

A petits coups elle s'évente. Les jours sont longs, si ennuyeux sans Philippe. Elle va regagner sa chambre, s'y enfermer, refuser le repas du soir pour ne songer qu'à lui, allongée sur des coussins. Le temps est une prison.

« Perdu, tu auras un gage », s'écrie Marguerite.

Les cheveux blond-roux séparés par une raie médiane

encadrent de leurs boucles son visage juvénile. Elle porte une simple robe de toile ocre brodée de croisillons en fils d'argent au large décolleté carré et sur l'arrière de la tête un petit bonnet en harmonie. La roseraie du palais de Malines, jalousement soignée par Madame la Grande, embaume des dizaines d'espèces qu'elle y a rassemblées, roses d'Angleterre, son pays natal, roses de Flandres, de Provins, roses d'Espagne mais aussi des espèces plus rares venues de Damas, d'Ispahan. Contre les murs isolant le jardin intérieur de la rue des Vierges, bruissent de hauts peupliers. Au bord du bassin central une tonnelle a été édifiée où semble se réfugier le peu de fraîcheur de cet après-midi d'été.

« Et quel sera ton gage, Margot ? »

La jeune femme hésite.

— Un baiser peut-être.

— Un baiser ?

Le frère et la sœur en même temps se retournent ; cheminant sous la charmille où tombent des grappes de glycines, Jean de Berghes vient vers eux.

« Ai-je bien entendu ? J'arrive donc à temps pour recueillir le gage. »

Il prend la main de l'archiduchesse, la baise dévotement.

— Cela suffit, déclare Philippe. N'essaie pas de me provoquer, tu n'es plus d'âge à m'affronter.

— Peut-être pas les armes à la main, Monseigneur, mais dans d'autres combats je me sens capable de vous vaincre encore.

— Ce n'est pas ce que la belle Alexandra m'a confié la nuit dernière.

Philippe éclate de rire. Depuis qu'il a quitté Bruxelles pour Malines, son enfance lui revient en bouffées d'insouciance et de joie de vivre. Entre Jeanne et lui les rapports sont toujours excessifs. Quelque chose d'indicible en sa femme l'effraie, une violence rentrée, un conflit douloureux entre sa sensualité et son orgueil, un goût excessif pour le silence, le secret. Pas un instant il ne se sent responsable. Aucune princesse de son entourage n'a jamais vécu les tempêtes d'une passion déchirante. Jeanne a été épousée pour faire fructifier la semence des Habsbourg, pas pour se comporter en jeune bourgeoise niaisement amoureuse.

Un valet apporte sur un plateau d'argent des coupes, un broc de sirop d'orgeat, une carafe de vin frais. Sous la tonnelle, au-dessus du banc à pattes de lions où s'assoient Philippe, Margot puis Jean de Berghes, s'entrelacent les fleurs blanches d'un chèvrefeuille et d'un aubépinier.

Margot, la tête sur l'épaule de son frère, ferme un instant les yeux.

« Il est bon d'être de retour chez soi. »

De l'Espagne elle parle peu, de Juan, de l'enfant mort jamais. Ni sa grand-mère ni Philippe ne lui ont posé la moindre question. Elle a retrouvé ses appartements à Malines, ses suivantes, ses amies. Depuis peu elle a repris son luth, son clavicorde et s'est remise à chanter.

Berghes achève son verre de vin.

— Le prieur de Ségovie va arriver d'un jour à l'autre, Monseigneur. Craignez-le, il est trop castillan pour être honnête.

— Je le recevrai, cher ami, et il sera surpris de voir si vite découvert le petit complot mené par ma belle-mère. Jeanne ne me cache rien.

La simple chemise de toile blanche au col de dentelle largement échancrée épouse étroitement les formes athlétiques de Philippe, il a la tête nue, des chausses étroites qui moulent les cuisses et les jambes. Après le camouflet reçu à la mort de l'enfant de Margot, cette nouvelle incursion des rois catholiques dans sa vie privée l'horripile. Quels ragots ont pu colporter les Espagnols congédiés pour inquiéter ainsi Isabelle ? Tout d'abord il a été tenté d'expédier quelques soldats pour reconduire poliment à ses frontières Thomas de Matienzo, puis la curiosité l'a emporté. En perçant à jour les intrigues espagnoles, il pourra peut-être en tirer profit. Depuis la mort en avril du roi Charles VIII et l'avènement de Louis XII, il a résolu de resserrer ses liens avec le royaume de France. Même si ce rapprochement doit se faire à l'encontre de la volonté de son père ou de l'alliance anglaise, l'intérêt de la Flandre l'exige. Toute manœuvre d'intimidation venant de Castille trouvera chez lui une riposte immédiate. Matienzo peut bien sermonner Jeanne, c'est au vide qu'il s'adressera.

Le soir tombe, un vent léger joue dans les ciselures du feuillage d'un grand acacia.

« Je dois aller me vêtir pour le repas de grand-mère », décide soudain Marguerite.

Elle se lève, dans la lumière dorée sa chevelure semble brûler.

Chapitre XIX

Altiers, Philippe et Jeanne reçoivent Thomas de Matienzo. Les compliments d'usage prononcés, le sous-prieur se plaint des fatigues du long voyage puis, humblement mais fermement, sollicite de l'archiduchesse une série d'entretiens privés.

« L'état de l'archiduchesse exige beaucoup de repos, énonce son chambellan, le prince de Chimay. Elle ne pourra vous accorder que peu de temps. »

En vain Philippe a déployé toute la pompe de l'étiquette bourguignonne. Insensible au monde, austère, intransigeant tant avec les pratiques de la foi qu'avec les valeurs morales dont les princes doivent montrer l'exemple à leurs peuples, Matienzo ne semble nullement ému.

« Sérénissime princesse, lance-t-il d'une petite voix sèche en regardant Jeanne droit dans les yeux, je suis venu d'Espagne envoyé par leurs Majestés Catholiques. J'ai l'honneur de représenter vos illustres parents durant mon séjour en Flandres. M'éconduire serait les repousser. »

L'accent castillan, le pauvre costume, le visage émacié du prêtre brisent la détermination de Jeanne. Misérablement, elle tourne la tête vers Philippe.

« Soit, concède-t-il, vous pourrez visiter l'archiduchesse lorsqu'elle vous fera mander. »

Brièvement il salue puis se détourne. Jeanne voudrait ajouter un mot mais ses dames d'honneur flamandes l'entraînent. Si le prieur porte sur lui un message de son père, elle ne le lira pas ce soir.

« N'oubliez pas, chuchote Philippe à côté d'elle, que vous n'avez de leçon à recevoir de personne ; vous êtes archiduchesse ici et vous êtes ma femme. Chaque critique que vous écouteriez avec complaisance offenserait mon pays et m'indisposerait gravement. »

D'énervement, Jeanne se mord les lèvres. Sa mère, son mari croient-ils pouvoir disposer d'elle comme d'un objet ?

« Vous n'avez pas à m'enseigner comment doit se comporter une infante espagnole et une archiduchesse. J'ai de l'honneur un sens aussi aigu que vous. »

La chaleur est lourde dans le petit salon privé. Jeanne a mal dormi tant la perspective de son premier entretien avec Thomas de Matienzo la bouleverse. Philippe a exigé la présence de quelques dames flamandes. « Par convenance », a-t-il déclaré, elle pense plutôt « par suspicion ». Dieu merci le castillan ne leur est guère familier.

A peine s'est-elle installée dans un fauteuil semi-circulaire capitonné de brocart à la mode rhénane, que la porte s'ouvre sur le sous-prieur vêtu de bure. D'un coup d'œil critique, le religieux examine les lourdes tentures, les pièces d'argenterie, les verreries de Venise, les tableaux profanes si contraires au goût austère des Espagnols, avant de s'incliner devant Jeanne qui désigne une chaise toscane à côté d'elle.

« Quelles nouvelles m'apportez-vous d'Espagne ? »

En silence, l'émissaire des rois catholiques tire de sa manche une enveloppe cachetée dont vivement la jeune femme s'empare, fait sauter le cachet. Isabelle a tracé quelques lignes recommandant à sa fille de recevoir son émissaire avec bienveillance, les mots sont écrits à la hâte comme si d'autres tâches plus urgentes l'appelaient. En bas Ferdinand a ajouté : « Juanita a l'affection de son père. »

Jeanne se domine pour ne rien montrer de sa déception.

« Leurs Majestés se plaignent de votre silence. »

Le prêtre marmonne, l'archiduchesse doit tendre l'oreille.

— J'ai écrit à ma mère voici quelques mois.

— Elle attend d'autres lettres.

— Je n'ai rien à lui dire en ce moment.

Jeanne parle haut afin que chacun puisse l'entendre. Toujours chuchotant, Matienzo transmet les dernières nouvelles d'Espagne. La reine du Portugal va accoucher, on espère un fils ; les tractations des souverains avec Henri VII en vue du mariage de leurs enfants, Arthur et Catherine, se poursuivent ; l'évêque de Cordoue a passé un long séjour à Medina del Campo... La jeune femme écoute les mots s'égrener comme une litanie. « Les travaux du mausolée que les souverains édifient sur la tombe du défunt infant Juan s'achèvent... », poursuit la voix feutrée du religieux. Jeanne a un malaise, son frère est mort, son pays est mort pour elle, sa vie est morte. Elle se lève, soutenue par deux de ses suivantes.

« Je vous reverrai plus tard, père. »

Elle a parlé en français comme si l'usage du castillan était devenu une trop vive blessure.

Pendant deux semaines, Jeanne reste enfermée dans

ses appartements. Philippe s'est absenté à nouveau ; il est à Gand, à Liège, à Bruges, partout sauf à Bruxelles. La nuit, la jeune femme, en proie à des cauchemars, se voit tiraillée de tous côtés, abandonnée, et sanglote en rêvant. Patiemment Fatma passe sur le front de sa maîtresse un linge imbibé d'eau de jasmin, chuchote en arabe des phrases incantatoires.

Un matin d'août arrive d'Espagne une grande lettre du frère Andrea évoquant les jours passés en Flandres, s'informant de la santé de Madame la Grande, de celle de l'archiduc et de madame de Hallewin. Le lien attachant Jeanne à l'Espagne est renoué, paisible, évident. Elle peut recevoir à nouveau Thomas de Matienzo.

Les entretiens reprennent. Le père se plaint amèrement du prix des auberges flamandes, des tracasseries quotidiennes qu'il doit subir. Harcelés par les pluies orageuses, les paysans moissonnent, aidés par les soldats afin de hâter les récoltes. Pour le 15 août Philippe revient à Bruxelles. Le grand air a hâlé son teint, le soleil blondi ses cheveux. Il esquive le lit conjugal prétextant la grossesse désormais trop avancée. Souvent, à la nuit, la jeune femme voit son mari quitter le palais du Coudenberg. Où se rend-il avec ses compagnons ?

Inlassablement Matienzo la questionne.

— Pourquoi Votre Seigneurie ne dirige-t-elle pas elle-même sa Maison ?

— Madame de Hallewin s'occupe de tout.

— Sa Majesté Catholique s'inquiète de voir sa fille soumise à cette dame.

— Mieux que moi, elle connaît les coutumes, l'étiquette bourguignonne.

Chaque question blesse l'orgueil de Jeanne. Que peut-elle répondre ? Ses timides tentatives pour prendre des initiatives ont été vaines. L'avouer serait accuser Philippe et toute révélation, elle en est sûre, serait immédiatement communiquée à sa mère en langage codé. De plus en plus Jeanne se sent prise entre des tenailles.

La nuit, son corps désire ardemment celui de Philippe. Ses seins, son ventre gonflés, fécondés par cet homme attendent des caresses qu'il se refuse à donner. Elle l'imagine avec une autre femme, couché sur elle, la douleur qu'elle ressent la brûle. Pourquoi l'amour, qu'au temps de son innocence elle croyait bonheur léger, est-il si pesant et amer?

« Tu es ma pervenche, mon oiseau bleu. »

Dans les bras de Philippe la jeune femme s'étire. Pendant trois mois elle a résisté à l'archiduc mais la moiteur de cette fin d'été a eu finalement raison d'elle. Comme un chat Philippe l'encerclait. Cadeaux, billets amoureux, caresses légères, attouchements plus brutaux, le cercle l'enfermait, la grisait, enflammait un corps demeuré chaste depuis son veuvage un an auparavant. Maintenant elle ne veut plus que cet homme. La nuit l'a rendue follement amoureuse.

Devant la fenêtre ouverte sur l'aube qui pointe, s'épanouit dans un vase d'argent une gerbe de lupins, d'asters et de roses. L'archiduc a refermé ses bras sur la comtesse lorsque deux coups frappés à la porte les séparent brusquement.

Fébrilement l'archiduc brise le cachet aux armes des rois catholiques apposé sur la lettre remise par son écuyer, lâche un juron.

« Vite, mes vêtements! »

Dans la cour du château, une escorte est déjà prête Dans moins d'une heure il aura rejoint son Conseil, conférera avec ses amis de l'incroyable, la formidable nouvelle dont il vient de prendre connaissance : Isabelle, la fille aînée des rois catholiques, vient de mourir à Saragosse en mettant au monde un fils. Seul ce nourrisson le sépare désormais de la succession à la couronne de Castille.

Chapitre XX

Jeanne s'étonne de ne pas souffrir davantage. Depuis le matin du 30 novembre elle est entrée en travail, les contractions se rapprochent, puissantes mais supportables. Un grand feu brûle dans l'âtre, les servantes s'affairent, ses dames d'honneur l'entourent, un peu embarrassées, tandis que madame de Hallewin, l'air important, s'assure que tout est prêt à recevoir l'enfant après la délivrance. Dans les églises de Bruxelles, les messes du matin ont été dites pour l'heureux accouchement de l'archiduchesse. On s'apprête à chanter les Te Deum dès l'annonce de la bonne nouvelle.

« L'archiduc viendra-t-il ? » demande Jeanne.

Dix fois déjà elle a posé cette même question à laquelle madame de Hallewin a patiemment répondu : Philippe joue à la paume et se rendra à son chevet, aussitôt l'enfant venu au monde. Sa présence auparavant serait inconvenante et importune.

Une contraction plus forte arrache à Jeanne un petit cri. Pourquoi les femmes en Castille parlent-elles de leurs enfantements avec tant d'effroi ? Elle se souvient des hurlements déchirants poussés par une servante en train d'accoucher au palais de la Mota. Catherine et elle s'étaient prises par la main pour se donner le courage de les supporter. « Le lot des femmes ! » avait soupiré la duègne, pourtant sans enfants. La vieille marquise, si souvent raillée mais qui ne l'avait pas quittée depuis sa naissance, est retournée en Espagne avec les demoiselles d'honneur, les dames de sa suite. En ce jour où vient au monde son premier-né, Jeanne est fâchée de ne pas l'avoir à côté d'elle. Son visage familier aurait remplacé celui de sa mère absente. La jeune femme pense à sa sœur aînée morte dans les bras maternels en accouchant de Miguel. Isabelle et Juan, les favoris, ont été enlevés pour toujours ; Catherine partira bientôt pour l'Angleterre ; Marie pour un autre pays ; la reine demeurera seule avec un mari auquel elle a trop souvent préféré l'Espagne.

Les contractions sont très proches maintenant, la douleur s'amplifie mais, parce qu'elle vient de Philippe, elle s'y abandonne.

A peine tolérées par les Flamands, Fatma et Aïcha ont été écartées des appartements de Jeanne et confinées dans leur chambre. A plusieurs reprises Philippe, d'un ton encore enjoué, a parlé de renvoyer « les sorcières ». A ces sous-entendus, la jeune femme n'a jamais répondu. Elle a besoin de leurs incantations, de leurs gestes qui conjurent les sorts, de leurs mains qui savent parer un corps de femme.

« Poussez, Madame, ordonne le médecin qui se tient à son chevet, l'enfant se présente. »

Jeanne se concentre, une vive douleur la traverse, semblant vouloir la rompre.

« L'enfant est là ! »

Les dames se pressent. L'air trop confiné répand une odeur lourde de parfums, de sueur et de sang.

« Une fille », proclame madame de Hallewin.

Jeanne, les larmes aux yeux, laisse retomber sa tête sur l'oreiller, Philippe éprouvera une telle déception !

La chandelle posée sur la table en bois de châtaignier

est presque consumée. Derrière les fenêtres de l'auberge siffle un vent d'hiver humide et froid qui s'engouffre dans la cheminée, disperse les cendres d'un feu en train de s'éteindre. D'un geste frileux le sous-prieur resserre autour de ses épaules la couverture qui le réchauffe à peine. Comment Dieu peut-il permettre des froidures aussi éprouvantes, et surtout comment tolère-t-il que soit traité de la sorte un de ses plus zélés serviteurs ? La somme que chaque mois l'aubergiste lui soutire suffirait à faire vivre l'année entière une famille d'Espagnols ! Les fonds promis par la reine n'arrivent pas, il a vendu jusqu'à son chapelet d'or et d'onyx pour survivre. Espère-t-on qu'un ambassadeur chargé d'une mission aussi délicate que la sienne puisse vivre de l'air du temps ? Maintenant il en a par-dessus la tête des Flandres, des Flamands et de l'archiduchesse. Que cette résolution plaise ou non aux rois catholiques, à la première occasion il reprendra le chemin de sa chère Castille.

D'un geste sec, presque rageur, Matienzo signe la lettre qu'il vient d'achever avant de la relire, recroquevillé sous la pièce de drap brun.

« Très Puissante et Vénérée Señora, depuis le 1er décembre où je vous annonçais l'heureuse venue dans notre monde de madame Éléonore je suis absolument sans nouvelles d'Espagne. Nous avons fêté la naissance de Notre Seigneur Jésus par un froid inimaginable et le dénuement complet où je me trouve ne me permet pas d'acquérir un manteau de laine. Sans doute quelque fâcheux empêchement a dû retenir les fonds expédiés par Votre Majesté. Sans subside aucun, je vais devoir me résoudre à rentrer.

« Ma mission d'ailleurs est achevée car je ne tirerai de Madame l'archiduchesse rien de plus que ce qu'elle a voulu me confier, fort peu en vérité malgré de fréquentes visites et les soins dont j'ai voulu l'entourer. Cette dame m'a refusé toute amitié.

« Après six mois de séjour dans les pays d'En-deçà je ne peux, hélas, communiquer les heureuses nouvelles que Votre Majesté souhaiterait lire. Madame l'archiduchesse n'est pas maîtresse chez elle, sa Maison, désormais entièrement flamande, est dirigée par le prince de Chimay et madame de Hallewin. La Señora Infanta leur est soumise, non par absence de volonté d'assumer en personne son gouvernement, mais plutôt docilité envers un époux qui la subjugue. A plusieurs reprises elle a tenté d'imposer ses vues, s'est indignée avec force, elle me l'a avoué, du dénuement dans lequel doivent vivre les quelques rares Espagnols demeurant auprès d'elle, mais tous les subsides, y compris la somme que Votre Vénérable Majesté a expédiée après la naissance de madame Éléonore, sont passés dans le Trésor flamand. Moxica est un traître et ne répond qu'aux ordres de Monseigneur l'archiduc. Je n'ai jamais pu obtenir de lui la moindre entrevue. Madame Jeanne, elle-même, ne dispose que d'un très modeste pécule alloué avec grande parcimonie pour ses œuvres charitables. Elle n'ose protester car elle craint son trésorier.

« Des intérêts de Votre Majesté, l'archiduchesse paraît fort éloignée. Monseigneur Philippe œuvre pour un rapprochement avec les Français et semble épouser leurs vues jusque dans leurs prétentions italiennes, certainement fort préjudiciables pour nos royaumes. Coupée de toute information, de tout contact avec vos ambassadeurs, Votre Fille ignore probablement cette volonté de l'isoler afin de la mieux régenter. L'archiduchesse a de l'orgueil et souffrirait de se savoir ainsi gouvernée, je ne peux en douter. Doña Jeanne, très Vénérée Señora, est aveuglée. Dans l'accomplissement de sa vie spirituelle, ce sont des moines français qui la dirigent, de la façon la plus douteuse comme Votre Majesté peut l'imaginer. En Flandres toutes sortes de licences sont admises, entraînant dans leur sillage un détestable relâchement de notre Sainte Foi. L'archiduchesse ne se confesse que fort rarement, n'écoute qu'une ou deux messes par semaine. Prie-t-elle ? Dieu seul le sait. Ses pensées vont seulement vers Monseigneur l'archiduc qu'elle aime d'un amour insensé. Si un mot sortant de ma bouche paraissait vouloir l'offenser, elle se révolterait aussitôt, me renverrait de la plus désobligeante manière. Jamais je n'ai vu pareil égarement et cette passion malheureuse entraîne l'archiduchesse dans les pires illusions. Le prince, son époux, ne lui est aucunement fidèle. L'archiduchesse ignore-t-elle ses débordements ? Votre serviteur, Majesté, est enclin à croire qu'elle veut les ignorer. Toute certitude la foudroierait ; don Philippe la traite mal, doña Jeanne est souvent seule et la naissance de madame Éléonore n'a rien changé aux habitudes d'un époux qui dispose de Votre Fille comme d'une servante.

« Majesté, j'ai eu cependant le courage d'avouer à l'archiduchesse lors de notre ultime entrevue combien je la trouvais dure à mon égard et sans piété aucune, elle m'a répondu : "Tout au contraire, Père, j'ai un cœur très tendre et ne peux penser à la distance qui me sépare de mes parents comme de l'Espagne sans pleurer." Ces mots m'ont laissé à penser que l'infante pouvait, avec l'aide de Dieu, revenir dans le droit chemin. Je prie sans cesse à cet effet comme je prie pour Votre Grandeur et Votre Salut.

« Votre humble et dévoué serviteur : Thomas de Matienzo. »

A l'aide de sa chandelle, le sous-prieur fait fondre la cire, cachette la lettre. Après la relecture sa colère est tombée, laissant la place à une étrange mélancolie. Dans quelques semaines il sera de retour à Ségovie, retrouvera le printemps castillan, sa lumière dorée, le vert argenté des oliviers, l'odeur forte du vent traversant la méseta, les jeux de l'ombre dans la fraîcheur des patios, mais Jeanne restera au palais du Coudenberg. Spontanément il pense « prisonnière » comme on penserait à un compatriote tombé aux mains de l'ennemi. Quoique n'éprouvant aucune sympathie pour l'infante, son caractère froid, ses silences, ses replis qui ont fini par lasser l'application mise à gagner sa confiance, l'isolement de la jeune femme, la tristesse si fréquemment perçue dans son regard touchent le religieux.

« Je prierai pour elle », décide-t-il.

Chapitre XXI

Jeanne affronte Philippe. Depuis qu'il a annoncé son intention de faire allégeance à Louis XII pour ses duchés de Flandres, d'Artois et du Charolais, le sentiment très vif d'une dignité bafouée lui donne le courage de s'exprimer.

Philippe observe par la fenêtre ouverte les jardiniers coupant l'herbe des pelouses en coups de faux réguliers. En cet après-midi de juin, il a rejoint sa femme mais elle l'ennuie avec ses propos naïfs et menaçants. Que sait-elle de sa politique ? Marie de Bourgogne, sa mère, s'est battue avec un courage exemplaire à la mort du Téméraire pour lui conserver ses duchés, il les gardera, envers et contre tout, prospères et indépendants. L'allégeance à Louis est une formalité sans réelle signification. Son père Maximilien, d'abord violemment hostile au nouveau roi, a finalement signé une trêve. L'Europe a besoin de répit.

Maîtrisant sa nervosité, Jeanne reste figée, les doigts crispés sur la broderie qu'elle vient d'achever.

« Mon père a fait de l'Espagne un pays que vous craignez tous. »

Le rire caustique fait tressaillir l'archiduchesse.

« Ferdinand est intelligent, c'est vrai, mais il se

montre trop sûr de lui. La présomption s'éteint comme une braise lorsqu'on y jette une pelletée de boue. »

La voix de Jeanne tremble.

« N'insulte pas mon père ! »

Philippe s'est approché, cet accès de colère, inhabituel chez sa femme, l'amuse finalement. Avec la maternité elle est devenue plus ronde, plus appétissante, les petits seins se sont épanouis, le ventre reste juste bombé comme il aime. Avant même la fin des relevailles il est venu pousser sa porte et elle l'a accueilli avec transport.

Éléonore a maintenant sept mois, c'est une belle petite fille calme et gaie qu'il chérit tendrement, vient visiter chaque jour.

« Calme-toi, je n'ai que grâces à lui rendre puisqu'il t'a donnée à moi. »

Le ton badin signifie clairement qu'il refuse de poursuivre la conversation sur son prochain voyage en France. Même si cette obéissance aujourd'hui l'exaspère, Jeanne doit se soumettre. Madame la Grande, madame de Hallewin se trompent en la jugeant sans volonté, en vérité la jeune femme se réfugie, au moindre problème, dans un univers où Philippe n'a pas accès. Ainsi a-t-elle pu supporter son isolement, ses doutes, les souffrances de la jalousie, l'espionnage de ses suivantes, l'horrible interrogatoire de Thomas de Matienzo, l'âpre lutte pour confier Éléonore à une gouvernante espagnole. Elle verrouille sa porte, laisse le silence la porter doucement jusqu'au moment où disparaît toute réalité. Alors ses tensions s'apaisent, son corps ne la harcèle plus, elle peut jouer de la musique ou rester immobile pendant des heures assise sur des coussins, recroquevillée contre un mur, inaccessible, sauvée.

Debout derrière elle, Philippe délace la robe, libère les seins gonflés qu'il prend dans ses paumes et caresse. Jeanne, à nouveau enceinte, n'a rien dit à son mari de peur qu'il ne l'approche plus. Elle ferme les yeux, honteuse de céder aussi vite.

Allongé à côté de sa femme, la pensée de Philippe vagabonde. Depuis la naissance d'Éléonore Jeanne est moins farouche, moins gauche entre ses bras. Même si son éducation rigide, la haute opinion qu'elle a de son honneur l'empêchent de devenir une amante experte, son impétuosité à jouir, ses étreintes rageuses ont su se tempérer. Elle accepte, rend maintenant de longues caresses, a appris à taire les insupportables mots d'amour qu'elle récitait.

A vingt et un ans Philippe pense avoir atteint une certaine plénitude. Les duchés légués par sa mère sont prospères, paisibles, indépendants ; il a pu trouver un accord honorable avec la France en acceptant de renoncer au grand rêve bourguignon. Né sur le sol flamand, il parle le « tiois » aussi bien que le français, et s'efforce d'être un monarque libéral. De son grand-père, Charles le Téméraire, il a hérité d'un goût très vif pour les arts, la musique, la danse et désire que Malines et Bruxelles affirment brillamment leur supériorité. Ses enfants, il le veut, recueilleront un héritage dont ils pourront être fiers.

Jeanne semble dormir. Dans la lumière vive de l'après-midi il observe, posé sur l'oreiller, le profil un peu aigu, la lourde chevelure noire, la bouche à laquelle un imperceptible pli donne une expression d'amertume. Se doute-t-elle qu'il ne cesse de lui être infidèle ? Lorsqu'elle le surprend à plaisanter avec une femme, Jeanne le scrute intensément mais ne dit mot. Est-elle vraiment « un torrent qu'un mince barrage retient », comme l'affirme sa grand-mère ? Philippe sourit, il n'a pas peur des flots, les gens de sa terre, depuis des siècles, ont su édifier des digues pour les contenir.

Un cri d'enfant monte du jardin. Philippe pense au fragile petit Miguel sur lequel veille farouchement Isabelle.

En le mariant à Jeanne, troisième héritière des rois catholiques, son père Maximilien n'a jamais envisagé qu'un Habsbourg puisse emporter la mise. Dieu, sûrement, a ses desseins...

Chapitre XXII

Au fond de la grande salle du palais de Gand sont assis les conseillers vêtus de robes noires à larges cols de fourrure. Des femmes âgées, la tête entourée de voiles, bavardent tout en observant du coin de l'œil les danseurs tournant lentement autour de l'estrade où les musiciens soufflent dans des flûtes, tirent les cordes de harpes et de luths. Des centaines de bougies en fine cire ont été allumées, un grand feu brûle dans l'immense cheminée. Le mois de février de ce début de siècle est rigoureux mais, affrontant le vent glacé, riches bourgeois et nobles familles de Gand se sont rendus au grand bal donné par l'archiduc.

Dans l'austère palais la salle a été décorée de branches de houx et d'épicéas, sur le plafond à caissons fraîchement repeint s'intercalent des motifs floraux tandis que reluisent les larges dalles rouges tout juste cirées. Des petits chiens frisés, parfumés, enrubannés trottent çà et là, quelques enfants en habit de cérémonie s'essaient à la danse en riant.

L'arrivée de l'archiduc soulève un murmure d'admiration. Précédé par quatre pages vêtus de blanc, il avance solennellement, Jeanne à son côté, lui habillé de velours noir et saphir, elle d'une ample robe cerise brochée de fils d'or. A ses oreilles pendent les perles offertes par sa mère. Malgré sa fatigue, Jeanne a voulu suivre Philippe. La veille, Suzanne de Limbourg, une des filles d'honneur, n'a-t-elle pas confié à une de ses amies, assez fort pour qu'elle l'entende : « Demain je vais reconquérir l'archiduc » ?

Depuis le matin elle s'est préparée. Fatma et Aïcha ont massé le corps déformé, l'ont parfumé, ont brossé, tressé des cheveux que par lassitude elle avait négligés depuis le début de l'hiver, y posant une petite toque masculine brodée de fourrure qui lui va à ravir. Les deux esclaves ont lacé fort la chemise pour comprimer la taille, serré le bustier de la robe, accroché sur les épaules un manteau de soie si légère que le moindre mouvement le fait se mouvoir gracieusement. Longuement Jeanne s'est contemplée dans son miroir. Sur le point d'accoucher elle est belle encore. Suzanne pas plus qu'une autre ne lui volera son mari. A son côté, Philippe attire tous les regards. Sur le pourpoint de velours saphir resplendit la Toison d'Or, il avance en souriant, ayant pour chacun un geste, un mot. La plume plantée sur le petit chapeau noir à bord relevé s'incline, frémit comme une invite. Les filles, les femmes ne peuvent quitter des yeux ce corps magnifique, ce visage aux traits sensuels, beau comme le péché. Juste devant lui, Suzanne de Limbourg plonge en une large révérence mais l'archiduc ne la voit pas, il a en tête la femme d'un austère bourgeois de Gand à la chevelure d'un roux flamboyant.

Cérémonieusement, le jeune homme guide Jeanne jusqu'au siège préparé à son intention, la confie à madame de Hallewin, s'éloigne tandis que retentit à nouveau une joyeuse musique. Jean de Berghes l'a rejoint, chuchote à son oreille ; ils rient tandis que désespérément Jeanne, les larmes aux yeux, essaie de demeurer imperturbable. Sont-ils tous ses ennemis pour ne lui adresser la parole qu'à regret ? Si le bébé qu'elle porte est un mâle, nul ne pourra écarter Philippe d'elle. L'enfant pèse trop lourd dans son ventre, meurtrissant son dos. Jeanne de Hallewin lui recommande de ne pas bouger, de rester bien tranquille. Bien tranquille pendant que Philippe courtise des effrontées ? Soudain elle a peur. Et si la naissance était imminente ? A la demande de Philippe, la bassedanse a été remplacée par une quartenaria plus rapide, plus joyeuse. Il s'élance, tient par la main une rousse à la peau laiteuse. Jeanne voit la robe émeraude se rapprocher du pourpoint saphir, elle ferme à demi les yeux. « Mon Dieu », murmure-t-elle. Les douleurs naissent, s'amplifient, s'apaisent. Un liquide tiède, intarissable, mouille soudain ses cuisses, ruisselle le long de ses jambes, mais Madame de Hallewin, la princesse de Chimay ne s'aperçoivent de rien. Deux serviteurs déposent dans l'âtre une énorme bûche qui lance aussitôt des étincelles tandis qu'aboie furieusement un minuscule chien blanc orné de rubans jaunes. Avec la souffrance s'accentue la détresse de la jeune femme. Elle voudrait regagner sa chambre, s'y enfermer, laisser naître son enfant dans un espace clos, son univers à elle. Mais il est trop tard maintenant, il verra le jour en public et, à peine au monde, sera éloigné d'elle comme Éléonore.

Une contraction plus forte lève le cœur de Jeanne, vivement elle se lève, horriblement pâle. Avec étonnement madame de Hallewin la regarde.

— Je dois... je dois m'isoler, balbutie la jeune femme.

— Puis-je vous accompagner ?

— C'est inutile, Ana de Viamonte m'escortera.

La danse est presque achevée, les danseurs maintenant se font face, les mains se rejoignent.

« Je vais accoucher », murmure-t-elle.

Affolée, Ana de Viamonte s'agrippe à son bras.

— Appelons un médecin!

— Plus tard!

La main de la dame d'honneur tremble si fort qu'à peine peut-elle diriger l'archiduchesse. Une maigre chandelle éclaire le petit cabinet aux boiseries de chêne blond. Pour tout ameublement la chaise d'aisances, une table, un fauteuil, un tapis de laine jeté sur le pavé. Jeanne frissonne, la souffrance plus que le froid la glace tout entière. Pour Éléonore la douleur avait été acceptable, mais ce soir un étau lui comprime le ventre, les reins, les cuisses, l'enfant doit être plus gros, plus fort, est-ce un garçon? Depuis des mois Fatma et Aïcha écoutent, palpent, observent. « Tu as un fils », répètent-elles radieuses.

« Je vais chercher un médecin, décide Ana. Ne bougez pas! »

Derrière la porte se pressent déjà quelques filles de la suite venues en renâclant attendre leur souveraine pour l'escorter jusqu'à la salle de bal.

« L'archiduchesse accouche, lance la dame d'honneur, courez chercher des servantes, qu'elles fassent bouillir de l'eau, préparent une couverture pour recevoir l'enfant. »

Gand laisse exploser sa joie et trinque à la santé de Monsieur Charles, heureusement venu au monde la nuit précédente. A perdre haleine les ménagères commentent la nouvelle tandis qu'aux beffrois, campaniles ou clochers sonnent à toute volée bourdons, cloches et clochettes. La ville entière commence d'ores et déjà à préparer les cérémonies d'un baptême destiné à impressionner les Gantois. Aucun effort, aucune dépense ne sont épargnés, le bourgmestre et tous les échevins ont libéralement dégagé les fonds nécessaires pour que Monseigneur l'archiduc soit heureux.

Dès le début de mars, cinq jours avant la date où le petit duc de Luxembourg doit être porté jusqu'aux fonts baptismaux, les menuisiers achèvent la voie triomphale allant de l'hôtel de l'archiduc à l'église Saint-Jean, chemin jalonné de portes symboliques décorées de branchages, de fleurs et d'armoiries, porte de la Sapience, porte de la Justice, porte de la Paix. Des milliers de flambeaux sont plantés tout le long du parcours tandis qu'une barge, sur laquelle doivent prendre place les joueurs de trompette, est solidement amarrée sur les rives du Lis.

Arrivé en grande hâte d'Italie, un artificier travaille sur une passerelle de cordes reliant le beffroi à la flèche du clocher Saint-Nicolas. Avec lui il a amené un immense dragon de papier qui crachera par la gorge et la queue fusées, gerbes, tourniquets d'étincelles. Aux carrefours, sur la grande place ont été installées des estrades destinées à recevoir boissons et aliments offerts par l'archiduc. Le vin, la bière couleront en abondance la nuit du 7 mars, les danses se formeront, non pas les figures cérémonieuses en usage à la Cour mais des galops endiablés où hommes et femmes se saisissent à la taille pour se mieux rapprocher.

Depuis que Charles est né, la vie de Jeanne soudainement semble éclore. Philippe lui a offert une perle dont la taille, l'éclat sont incomparables. Il l'a serrée contre lui, a murmuré : « Comme ce bijou, tu es unique. » Elle s'est laissé faire, surprise et ravie d'être pour une fois celle qui recevait les preuves d'amour. Chaque matin, chaque soir il vient s'asseoir à son chevet, lui raconte avec gaieté les événements de la journée, les bons mots de ses compagnons, hasarde même quelques allusions aux affaires de l'État débattues à son Conseil puis réclame son fils que la nourrice apporte aussitôt. Parfois Éléonore vient les rejoindre. Père attendri, Philippe prend ses enfants dans ses bras tandis que Jeanne, craignant que ce bonheur ne lui soit trop vite ôté, reste silencieuse, étourdie. Madame de Hallewin a pris en main jusqu'à la direction de ses cameristes.

Le 7 mars au soir tout est prêt. Malgré le froid les Gantois se sont massés le long du chemin de planches où d'innombrables tapis sont déroulés. Aussitôt la nuit tombée, les flambeaux sont allumés, les musiciens prennent place sur la barge ; aux fenêtres de la ville clignotent des lumignons... Gand s'embrase de mille feux, étincelle dans la nuit d'hiver.

Au palais ducal le cortège est prêt à se mettre en marche. Dans son lit Jeanne a baisé au front le bébé revêtu des plus belles dentelles tissées au fuseau puis a tendu la main à Philippe revêtu d'un pourpoint de tissu lamé de soie et d'or sur lequel s'étale la Toison d'Or. Un manteau doublé de petit vair est jeté sur ses épaules, un chapeau rond bordé de fourrure le coiffe. Jamais, depuis leur mariage, la jeune femme ne lui a vu un aussi heureux visage.

« Madame, prononce-t-il d'une voix chaude et claire, le peuple vous doit ces moments de liesse, par ma bouche il vous en remercie. »

Les menaces, les brimades, les silences sont effacés, Jeanne en ce jour est convaincue que l'amour de son époux est semblable au sien, ardent, infini. Comme elle a eu raison de n'en jamais douter, de l'attendre, de plier, de se donner corps et âme !

Enveloppée d'un manteau de brocart Margot pénètre dans la chambre, va vers sa belle-sœur et après l'avoir baisée au front, prend le petit duc du Luxembourg dans ses bras.

« Une marraine a des droits », s'exclame-t-elle !

Dans ses yeux Jeanne perçoit une fugitive tristesse.

« Je vous le confie pour ce soir. Prenez-en soin. »

Madame la Grande, deuxième marraine, fait son entrée. Le bonheur éclatant de sa petite-fille lui donne grand contentement. A son tour elle donne à Jeanne un baiser.

« Chimay m'a glissé que nous sommes attendues, nous devons aller. »

Par la fenêtre Jeanne aperçoit les taches mouvantes des lumières, entend les cris de joie des Gantois. Elle se signe. « Que Dieu me protège! » prononce-t-elle en castillan.

Les doyens des corporations puis les magistrats ouvrent la marche. Suivent les membres du Conseil précédant les chevaliers de la Toison d'Or. Dans la clarté des flambeaux, les visages solennels passent et s'effacent. Enfin, précédé par Charles de Chimay, avancent Jean de Berghes, Madame la Grande et Marguerite tenant le nourrisson sur un coussin de dentelle, Jean de Luxembourg, seigneur de Ville, portant Éléonore vêtue de soie rose doublée d'hermine. De partout fusent acclamations, applaudissements : « Vive madame Éléonore! Vive le prince Charles! » Les femmes se haussent sur la pointe des pieds afin de mieux voir les deux enfants et contempler Philippe radieux.

A peine le cortège pénètre-t-il dans l'église Saint-Jean qu'éclatent musique et chœurs tandis que le vent s'engouffrant par les portes ouvertes à double battant lève les tapisseries de drap d'or et de soie, fait vaciller les flammes des innombrables flambeaux dont les minces clartés semblent morceler de lumière la pierre sombre des murs. Devant les fonts baptismaux ornés de pierreries prennent place parrains et marraines, l'archiduc, Monseigneur de Tournay accompagné de cinq prélats portant mitres dorées, qui fixent leurs regards vers le petit prince endormi. Nul ne songe à Jeanne. Dans la tribune les chœurs à trois voix ont entamé le chant du Te Deum.

Chapitre XXIII

Derrière la ligne des cyprès la roseraie s'étend à perte de vue. Inlassablement, l'eau fraîche de la fontaine jaillit, retombe, inonde en filets les mosaïques vertes et bleues sous l'ardent soleil de juillet. Des papillons voltigent autour des buissons de jasmin grimpant, des hautes tiges de lupins roses. Déjà l'ombre s'étend entre les colonnades ouvragées, entoure la massive silhouette des lions de pierre qui semblent assoupis dans cette première fraîcheur.

Dans son bureau, Isabelle a posé la plume pour contempler une fois encore la prodigieuse harmonie de son palais de l'Alhambra. Elle songe à la première fois qu'elle l'a découvert, à son émerveillement d'alors.

Tant d'années ont passé depuis, tant de deuils l'ont fait plier, jamais elle ne pourra s'en relever.

A ses pieds Bruto, le lévrier de Juan, est allongé, elle le nourrit elle-même comme pour offrir à son enfant ces ultimes prévenances. D'Isabelle elle a Miguel. Une fois encore, le fragile petit garçon est malade et quoique trois médecins l'entourent nuit et jour, une incessante appréhension la harcèle. Miguel est le dernier espoir d'une Espagne enfin unifiée, Castille et Aragon réunis sous le pouvoir d'un souverain issu de leurs terres, de leurs sangs. S'il plaisait à Dieu de le leur prendre, Jeanne deviendrait héritière, et avec elle Philippe, un Habsbourg!

Sur le haut dossier du fauteuil en cuir de Cordoue Isabelle repose la tête, ferme les yeux. Philippe ne se soucie que de ses Flandres. S'il ambitionne l'Espagne, c'est pour sa gloire, non pour le bien de ce pays qu'il ignore. En face de ses appétits démesurés, Jeanne n'est qu'une plume légère. Chaque message arrivé de Bruxelles l'atterre. Dépouillée jusqu'au gouvernement de ses servantes, sa fille s'est laissé faire sans broncher, « en raison de l'amour insensé qu'elle porte à son époux », écrit l'ambassadeur. Avec Ferdinand qu'elle aime de toute son âme, jamais la reine ne s'est abaissée. Leur relation maintenant n'est que tendresse, estime, confiance et elle la préfère à l'émoi, aux illusions de la jeunesse. Certes son époux a des maîtresses mais elle s'en moque. Son corps est fatigué comme l'est trop souvent son âme.

La brise du soir se lève parfumée des senteurs de terre sèche, de pins brûlés par le soleil de l'Andalousie. Bruto s'est relevé, les oreilles dressées. La porte s'ouvre brusquement.

« Majesté, venez vite, s'écrie la première dame d'honneur, l'infant est pris de convulsions! »

La voix tremble. Isabelle perçoit le drame et, aussi vite qu'elle le peut, suit sa compagne. Dans le couloir pavé de marbre blanc l'ombre des femmes passe, s'efface entre les colonnades.

Affreusement pâles, deux médecins se tiennent, le chapeau à la main, devant la porte de la chambre du petit Miguel.

« Vite, Majesté, vite! » La pièce est fraîche et sombre. Dans un coin sanglote la nourrice. Deux chiots jouent, se roulent sur le tapis, mordillent les brins de laine.

Dans une haute cage de fer forgé un perroquet, l'œil fixe, contemple le lit où gît l'enfant.

Isabelle approche, tombe à genoux. Miguel semble dormir paisiblement. Elle murmure : « Il va mieux, n'est-ce pas ? » mais elle sait déjà que cet amour encore vient de lui être arraché.

— A-t-on prévenu le roi ?

— Il arrive, Majesté.

La main de Ferdinand se pose sur son épaule. Elle met sur la tempe du petit mort un dernier baiser, se tourne vers son mari.

« Jeanne est notre héritière désormais. »

« Incroyable, impensable nouvelle ! » clame Philippe.

Le messager a interrompu une partie de jeu de paume et malgré la légère chemise de toile, l'archiduc transpire.

« Berghes, me voilà prince de Castille ! »

Son ami jette un coup d'œil sur la brève missive que lui tend Philippe.

— L'archiduchesse est l'héritière du royaume de Castille, souligne-t-il d'une voix nette, ce détail, Monseigneur, a une certaine importance.

— Tu sais bien que cela ne fait aucune différence !

A partir de cette matinée d'été, Jeanne est prise dans un tourbillon. La délégation de Grenade n'a voulu discuter qu'avec elle malgré les protestations de l'archiduc et de son Conseil. Timide devant Philippe, elle s'est imposée en face des conseillers. Ferdinand, dans une lettre enfin tendre, lui a demandé de se comporter en princesse espagnole et ces quelques lignes l'on animée d'une inépuisable énergie. Elle quitte ses coussins, sa guitare, n'appelle plus de chanteurs pour tromper son ennui, échappe aux mains caressantes de ses esclaves.

Héritière du trône de Castille... Ce n'est pas à la responsabilité écrasante qu'elle songe, mais à la valeur que lui octroie ce titre aux yeux de son mari. Enfin il a besoin d'elle, à pleines mains elle va pouvoir lui offrir tout ce dont il rêvait depuis longtemps : les évêchés, les bénéfices, les charges honorifiques de la terre castillane, l'or du Nouveau Monde. L'amiral Colomb, à nouveau, est à Hispaniola dans la nouvelle capitale nommée Santo Domingo ; la terre commence à être fertile, par centaines les Indiens sont baptisés, l'or, les épices, le bois du Brésil semblent abonder. D'ici cinq années, a promis le Génois, l'or rapportera de quoi payer cinquante mille fantassins, cinq mille cavaliers. Comment Philippe pourrait-il désormais la délaisser ? Elle lui a donné un fils, maintenant elle met à sa portée d'immenses richesses. Quelle Flamande, aussi belle soit-elle, peut-elle devenir sa rivale ?

Un matin arrivent des émissaires de Maximilien que Philippe reçoit seul. Au Coudenberg, ambassadeurs autrichiens et espagnols se croisent sans se parler. D'une bouche à l'autre, d'un dialogue à l'autre le mot de Castille n'a plus la même signification.

Chapitre XXIV

Philibert de Veyre et monseigneur de Bensançon, les deux émissaires expédiés par Philippe auprès des rois catholiques, sont sur le point de quitter Bruxelles. Longtemps le Conseil a hésité sur les noms de ceux qui seraient les plus aptes à préparer l'arrivée en Espagne des archiducs. Depuis la mort de l'infant Miguel, les Flandres sont devenues le centre d'une Europe en effervescence. Héritier de son père Maximilien, empereur d'Autriche, roi des Romains, Philippe est maintenant appelé à recueillir la succession de Castille et d'Aragon, une formidable puissance qui éblouit et préoccupe. L'archiduc est jeune, malléable, léger, qui l'influencera, qui le séduira ? Dès l'annonce de la nouvelle ont afflué au Coudenberg ambassadeurs et émissaires que Philippe, triomphant, a reçus. Le temps vole, septembre et octobre se sont écoulés. Beaucoup au Grand Conseil comme au Conseil privé n'envisagent pas sereinement le départ de leur prince pour la Castille et sont décidés à l'empêcher. Une fois les jeunes époux auprès d'eux, Ferdinand et Isabelle n'épargneront aucun effort pour les ranger à leur côté.

Assis devant la massive table de chêne sculpté où il travaille, Philippe achève de lire la missive dépêchée de

Malines par sa grand-mère. Les tractations entamées en vue du remariage de Margot avec le duc de Savoie sont en bonne voie. La jeune femme, d'abord rétive, s'est finalement inclinée. On dit Philibert beau et bon gentilhomme, la Savoie riant pays. Malgré l'affectueuse présence de sa grand-mère, elle se sent seule.

« Chièvres, lance Philippe, Margot sera duchesse de Savoie et j'en suis content. »

Derrière les fenêtres de la salle de travail de l'archiduc le beau parc du Coudenberg se teinte d'ocre et de vermillon. De temps à autre résonne l'appel rauque d'un perroquet venant de la ménagerie.

« Je songe, poursuit Philippe, à marier Charles à Claude de France. Ces liens rendront nos deux pays irrémédiablement frères — et sans laisser à Chièvres le temps de se remettre de son étonnement, le jeune homme continue : Et puisque nous voilà conversant de ma famille, je vais vous livrer une autre confidence... »

« L'archiduchesse est enceinte, déclare le prince de Chimay, son départ avec Monseigneur l'archiduc pour la Castille est reporté. »

L'ambassadeur espagnol consulte du regard les autres membres de la délégation. Par une lettre qui vient le jour même d'être dépêchée vers Grenade, il a assuré les rois catholiques de la prompte arrivée de leurs enfants. La même déception se lit sur tous les visages.

— Quand doit avoir lieu la délivrance ?

— En juillet. Il faudra trois mois à l'archiduchesse pour se rétablir. A l'automne, peut-être, le voyage pourra-t-il être envisagé.

— Mais Leurs Majestés insistent ! Les Cortès sont d'ores et déjà prêtes pour le serment.

— Vos Cortès attendront, Excellence. Le destin des assemblées est de siéger pour ne rien décider.

Chimay salue et se détourne. La nouvelle grossesse de l'archiduchesse tombe pour les Flamands comme une bénédiction du ciel. Ces quelques mois de répit vont permettre au Conseil de préparer Philippe à ne pas céder à la volonté de fer d'Isabelle, aux ruses de Ferdinand. Depuis Innsbruck, Maximilien d'Autriche a déplacé ses meilleurs conseillers. Les intérêts de l'Autriche seront défendus avec ardeur et grand talent. La politique, pense Chimay, est chose trop sérieuse pour la laisser entre les mains de jeunes gens. Philippe est certes intelligent mais le gouvernement d'un pays aussi important que le sont maintenant les Flandres nécessite autant de perversité que de perspicacité et la perfidie ne s'apprend qu'avec l'âge. Le choix des émissaires Besançon et de Veyre a déjà été un chef-d'œuvre. Chimay sourit à la pensée de la déception des rois catholiques. L'archevêque de Besançon est le plus francophile des conseillers de l'archiduc, Veyre, de son côté, a fortement irrité les souverains espagnols en tramant le mariage de Margot avec Manuel, veuf de l'infante Isabelle. Le roi du Portugal s'est décidé finalement pour l'infante Marie, sa jeune belle-sœur, mais la reine de Castille a la réputation d'avoir bonne mémoire et la vue de Veyre, sans nul doute, la fâchera.

« Très bien, pense Chimay, il faut affaiblir les défenses de l'adversaire avant d'attaquer. »

Le vent froid de décembre s'insinue dans les longs couloirs du Coudenberg, fait trembler les draperies de velours damassé, tinter les pendeloques en verre de Venise décorant les candélabres. Frileusement Chimay serre son manteau autour de ses épaules et hâte le pas. Il va annoncer à l'archiduchesse que les légats espagnols l'ont assuré de la joie qu'éprouvera la reine de Castille à l'annonce de sa grossesse, qu'elle disposera de tout son temps pour se remettre de ses couches. Les Cortès attendront avec patience sa venue en Espagne.

Chapitre XXV

« Tous les diables sont en sédition contre Satan lui-même », murmure Fuensalida en s'approchant d'une fenêtre de son appartement.

Depuis que l'archiduchesse a accouché d'une petite fille, Isabelle, les orages se succèdent avec une violence inouïe sur la campagne entourant Bruxelles. Le nouvel ambassadeur dépêché en Flandres par les rois catholiques n'a jamais assisté à pareil débordement de la nature ; fasciné, il observe le ciel d'encre lacéré d'éclairs, écoute les grondements furieux du tonnerre. Gravement il se signe. Dieu, il en est sûr, manifeste sa réprobation devant l'insolence des Flamands. Impossible de leur arracher une promesse, un simple engagement. Ce damné Grand Conseil ne cesse de le bercer d'illusions. « Fin octobre l'archiduc et l'archiduchesse prendront la mer », lui promet-on un jour. « Fin novembre nous semble plus raisonnable », affirme-t-on le lendemain. Le matin même il n'a pu contenir sa colère. « Personne ne me dit la vérité, s'est-il écrié devant une nouvelle dérobade, ils n'ont pas plus envie de se rendre en Espagne que d'aller en enfer ! »

A pas lents Fuensalida se dirige vers son cabinet de travail. Encore une fois il va devoir user de toute sa diplomatie pour écrire aux souverains espagnols une lettre qui ne leur donnera ni espoir ni inquiétude. Déjà il réfléchit aux mots à employer lorsque, tout essoufflé, son secrétaire surgit.

« Don Alonzo, voilà que vous courez comme un jeune homme maintenant, se force-t-il à plaisanter, l'air d'ici vous réussit mieux qu'à moi ! »

Il faut un instant au vieux secrétaire pour retrouver sa voix.

« Excellence, j'ai à vous rapporter la plus détestable nouvelle qui soit. »

D'habitude Alonzo a le secret des phrases ampoulées, sa brutalité alarme Fuensalida. Quel mauvais coup les Flamands ont-ils encore mijoté contre l'Espagne ?

« Une délégation vient de partir de Bruxelles afin de conclure le mariage du petit prince Charles et de madame Claude de France ! »

Alonzo a parlé d'un trait. Fuensalida semble changé en pierre.

— Mon Dieu, s'exclame-t-il enfin, l'héritier des rois catholiques fiancé à l'héritière des rois de France ! Isabelle et Ferdinand mettront longtemps à pardonner à Philippe sa légèreté à l'égard des intérêts espagnols. Où seront signées les accordailles ?

— A Lyon, Excellence. De grandes solennités sont prévues, le roi Louis, la reine Anne et leur Conseil seront présents. Le pape doit faire tambouriner la nouvelle à tous les carrefours de Rome. Les Français espèrent l'alliance autrichienne et l'investiture du duché de Milan, don Ferdinand serait prêt à se rallier à ce traité de paix s'il est signé.

Fuensalida, d'un geste, balaie de la main la supposition.

— Don Ferdinand se servira des Autrichiens pour mieux les abandonner en temps voulu. Il a d'autres vues sur le Napolitain.

— Excellence, les Habsbourg deviennent si considérables que notre roi ne peut les tenir pour rien.

— Oui, soupire Fuensalida. Cette famille est comme l'hydre, se déployant sans cesse plus grande, plus forte. Vous souvenez-vous de la devise du vieil empereur Frédéric III ? « Austria est Imperium Omnis Universe. »

Un roulement de tonnerre plus violent fait sursauter les deux hommes. Soudain, furieusement la grêle s'abat sur le parc, cogne aux vitres, s'engouffre par les fenêtres restées ouvertes.

Jeanne semble fascinée par la virulence de la tempête. La naissance d'Isabelle, les tensions très vives des derniers mois l'ont laissée si affaiblie qu'à plusieurs reprises elle a été terrassée par des évanouissements. Les Espagnols sans cesse la pressent de hâter son voyage en Castille où les Cortès l'attendent pour la reconnaître comme héritière. Philippe temporise. Aujourd'hui, triomphalement, il a annoncé le départ de ses ambassadeurs vers Lyon pour assister aux fiançailles de son petit Charles avec Claude de France. Dès le mois de septembre commenceront les préparatifs du mariage de Margot avec Philibert de Savoie. Le moment n'est pas venu de prendre la mer. Harcelée par Fuensalida et Philippe, Jeanne, une fois de plus, se réfugie dans le silence. Elle souhaiterait tant chevaucher fièrement sur les chemins de Castille à côté de son beau mari...

— Comment se portent mes enfants ? s'enquiert-elle d'une voix absente auprès de madame de Hallewin.

— Madame Éléonore parle un peu mieux chaque jour. Ce matin elle a demandé à sa gouvernante si la lune avait été cassée dans le ciel pour qu'il n'en reste plus qu'un morceau. Quant à Monsieur Charles, il ne semble en rien affecté par ses fiançailles et a mangé avec appétit. Le bébé repose. La voulez-vous ?

— Non, je souhaite seulement me délasser.

Jeanne repose la tête sur l'oreiller. Est-elle une mauvaise mère parce qu'elle ne pense qu'à son mari ?

Ce matin, Philippe a annoncé qu'il ne viendrait pas dans la soirée et la jalousie la ronge. Son aveuglement a cessé le jour où par une des fenêtres de sa chambre elle l'a vu rentrer à l'aube dans la cour du palais en compagnie de Jean de Berghes. Ils riaient, avaient les cheveux, les vêtements en désordre. Trop longtemps refoulée, la certitude s'est imposée, inéluctable. « Des servantes, des prostituées, a tranché Aïcha, quelle importance ? Tous les hommes sont ainsi. Tu es la mère de son fils, tu es l'Unique, sois en paix. » Mais la paix se refuse sans cesse.

L'orage s'éloigne, de la terre monte une odeur entêtante d'humus, de plantes. Jeanne de Hallewin s'approche du lit.

— Désirez-vous quelque chose, Madame, avant que je vous demande la permission de me retirer ?

— « Je ne désire que Philippe », pense Jeanne, puis à voix haute : Allez, je n'ai besoin de rien.

Chapitre XXVI

Paris, que Philippe et Jeanne ont quitté depuis quelques jours, semble déjà un lointain souvenir. L'interminable convoi de chariots chargés de meubles, de
tapisseries, d'argenterie, d'ustensiles de cuisine chemine
lentement sur la route menant à Étampes. Le temps,
toujours menaçant, inquiète les intendants, le froid fait
maugréer la cohorte des serviteurs, rougir le nez des
dames d'honneur enroulées dans leurs manteaux dou-
blés de fourrure. Avant l'arrivée à Blois où se tient la
Cour, il faudra gîter plusieurs nuits dans des héberge-
ments de fortune, manger ce que les bourgeois ou
villageois voudront bien céder, écouter la messe dans
des églises venteuses et toujours cahoter sur des chemins que la pluie peut rendre effroyables. Entouré de
ses plus proches amis, François de Busleyden, archevêque de Besançon, Jean de Berghes, Jean de Ville,
Philibert de Veyre, Philippe chevauche en tête du cortège. Un détachement de lanciers a été envoyé par
Louis XII pour escorter les archiducs. L'attention a ravi
Philippe, irrité Jeanne qui trouve pesante la protection
du roi de France. A Paris, elle s'est tenue à l'écart des
réjouissances, les cris de joie de la foule, la bousculade,
l'audace de certains badauds s'approchant jusqu'à

effrayer les chevaux, applaudissant à tout rompre les douze pages de Philippe vêtus de cramoisi et de satin broché noir, coiffés de blanc, lui ont déplu. Avec ennui elle a supporté les interminables harangues, les Te Deum, les messes, la visite du Palais de Justice. Accaparé par les gentilshommes français, Philippe est demeuré presque invisible. L'attendre sans cesse la désespérant, Jeanne a choisi de se rendre à Longjumeau, à trois lieues de Paris. Là, elle écoute de la musique, reconstitue tant bien que mal son monde à elle. Ses pensées vont vers l'Espagne qu'elle va revoir, vers ses parents. Forts, intenses, les souvenirs reviennent. Bientôt elle les partagera avec Philippe, il aura besoin d'elle pour découvrir son pays, le comprendre et l'aimer. Depuis son départ de Bruxelles, elle ne vit que pour l'instant où elle verra sur le visage de son mari la joie, la fierté d'être en Castille. En France, Philippe est presque chez lui et elle, encore une étrangère.

Le pas lent de son cheval berce Philippe. Depuis son départ de Paris, il est las. Trop de réjouissances, de discours, de cérémonies l'ont épuisé mais il en a goûté chaque minute intensément. Comme étaient loin les humiliations infligées à sa mère ! Les Français maintenant n'ont que déférence pour la Maison de Bourgogne. Cette ferveur est une immense satisfaction d'orgueil.

— Vous paraissez bien rêveur, remarque Jean de Berghes, songez-vous à mesdames de Dunois et de Vendôme ?

— Je sommeillais mais par le diable tu as raison, Berghes, cette joute oratoire entre madame Dunois et madame de Vendôme était fort plaisante. J'aurais aimé prolonger la conversation !

Le souvenir de ces moments égaie Philippe, lui redonne son allant.

« Sais-tu qu'après le bal, l'exquise Blanche m'a invité à la rejoindre dans sa chambre ? Crois-moi Berghes, les Françaises montrent pour l'art de l'amour autant de talent que pour celui de la danse. Au matin j'étais aussi faible qu'un nouveau-né. »

Le rire joyeux des deux amis fait s'approcher François de Busleyden.

— Je parierais trois Philippus d'or que vous parliez de femmes.

— Et vous les gagneriez, Besançon.

— Profitez des Françaises, Monseigneur. Les Castillanes ne vous offriront pas les mêmes délires. Il vous faudra déployer beaucoup d'efforts pour de bien maigres récompenses.

— Comme ?

— Une main à baiser, une œillade.

— Sont-elles si prudes, demande Jean de Ville qui à son tour a poussé sa monture près de celle de l'archiduc, je les ai toujours crues fort ardentes.

— Elles sont fougueuses et passionnées comme des cavales de bonne race lorsque le cavalier sait les mettre au galop, mais il doit se montrer patient.

— Je patienterai donc, s'exclame Philippe, mais point trop de temps. Je connais un peu les Espagnoles et crois savoir les manier.

— Vous dirais-je à vous, Monseigneur, d'être prudent en Castille ? Les gens là-bas ont de l'honneur un sentiment très vif et ne pardonnent jamais ce qu'ils considèrent comme une offense.

— Mon bon de Ville, je sais tout cela. Passion, emportement, jalousie, j'ai ma part quotidienne de ces amusements et à aucun prix n'en désire une seconde portion. Une autre Jeanne aurait raison de moi. Je me contenterai de femmes que l'on peut approcher facilement.

— Voici Étampes, s'écrie Berghes, enfin ! Nous allons pouvoir poser nos séants sur de bons coussins de velours.

— Ou sur des chaises de bois, remarque Besançon d'un ton résigné. Triste commodité pour les longues harangues qui doivent nous y attendre !

Étampes, Angerville, Artenay, Saint-Laurent-des-Eaux, Beaugenay, les étapes se succèdent. Un crachin froid fait baisser les têtes des cavaliers, s'emmitoufler les cochers dans leurs houppelandes. Blois est tout proche maintenant. Jeanne sait qu'auprès des rois de France elle devra maintenir haut le prestige espagnol. Juan de Fonsesca, évêque de Cordoue et conseiller de sa mère, arrivé à Bruxelles avant le départ pour lui faire prendre conscience de ses responsabilités, lui prodigue d'ultimes conseils mais elle l'écoute à peine. Croit-il qu'elle va faillir ?

A trois lieues de Blois monsieur de Rohan, le maréchal des Rieux, l'archevêque de Sens et l'évêque de Castres les attendent. A deux lieues les rejoignent le prince de Talemont et monsieur de Laval, à une demi-lieue, le cardinal de Luxembourg, le cardinal de Saint-Georges, les ducs de Bourbon et d'Alençon. Jeanne, crispée, répond avec difficulté aux saluts, remercie, contrainte, pour les paroles de bienvenue.

Les Français parlent vite, la jeune femme a du mal à les comprendre, doit tendre l'oreille, agacée. En Castille, aussi loin que ses souvenirs puissent remonter, on se gardait de ce peuple léger, ambitieux et menteur, sa mère disait : « Mieux vaut chercher à faire braire un âne mort que de se fier aux Français. » Les voyageurs se hasardant de l'autre côté des Pyrénées se gaussaient de leurs auberges, de leur nourriture, riaient des mœurs paysannes, des femmes voilées, s'étonnaient de leur manière de livrer tournoi, raillaient les courses de taureaux comme si toute chose policée ne pouvait venir que de leur pays.

A la cour de Bruxelles ou de Malines, Jeanne a goûté au luxe douillet des multiples commodités, épais tapis turcs, verreries de Venise, bibelots de vermeil ou de porcelaine, poêles de faïence donnant chaleur à profusion, cabinets d'aisances... A ce confort elle préfère le dépouillement des châteaux où elle a grandi, le jeu de la lumière derrière les volets clos ou à travers les jalousies de fer forgé, le soleil se posant à l'improviste sur des coussins de velours de damas abandonnés sur les carreaux de terre cuite, une aiguière d'étain, une cruche pleine de lait d'amandes ou d'eau de fleur d'oranger. Elle entend encore les sons rauques, dépouillés d'une cantilène chantée par une servante.

Droite sur sa monture Jeanne distingue les murs de la ville, les toits des maisons. La nuit tombe. De chaque côté de la porte trouant l'enceinte se tiennent, une torche à la main, les pages du roi de France.

« Madame, chuchote le prince de Talemont à l'archiduchesse, notre Sire le Roi et notre Reine souhaitent vous accueillir comme une sœur. L'un et l'autre vous donneront un fraternel baiser. »

Le prince est heureux de lui apprendre les grâces dont ses souverains s'apprêtent à la combler, mais à sa grande surprise le visage de Jeanne reste figé.

— Nous n'avons pas pour habitude de nous embrasser à la cour de Castille.

— Madame, proteste Talemont, c'est l'habitude à la cour de France d'honorer ainsi un hôte. N'y voyez que marques de bienveillance et d'affection pour votre personne.

Jeanne s'apprête à répliquer lorsque la voix de Philippe à son côté la fait sursauter. Il l'a rejointe tandis que le prince lui parlait.

« L'archiduchesse éprouvera grand bonheur à être accueillie avec tant de grâce. »

De l'entrée du château à la salle du trône, quatre cents archers et cent gardes suisses font une haie d'honneur. Précédé de ses gentilshommes, Philippe marche vers le roi tandis que Jeanne est accueillie par les comtesses de Nevers et de Dunois. Au fond de l'immense salle, Louis XII, assis sur son trône, regarde s'avancer, saluer bien bas le petit-fils du Téméraire, le fils de l'empereur d'Autriche, le gendre des rois catholiques. Il se lève à son tour, ôte son chapeau, s'incline tandis que Philippe salue encore.

« Que voilà un beau prince ! » s'écrie le roi.

Il va jusqu'à son hôte, le serre entre ses bras, l'empêchant d'accomplir son troisième salut. Quelques jours lui sont impartis pour gagner à la cause française cet indispensable allié.

À son tour, Jeanne pénètre dans la salle du trône. Elle a l'intention de s'abstenir de ces manières courtisanes en dépit du regard sans indulgence de Philippe, debout entre monseigneur d'Angoulême et le cardinal de Rouen.

Les candélabres d'argent pendus au plafond répandent une vive lumière. Jeanne, raide, fait une révérence tandis que, tête nue, le roi vient à sa rencontre. La jeune femme voit la petite silhouette trapue, les cheveux raides, les traits volontaires. Lorsque la duchesse de Bourbon la saisit par le bras, elle a un geste pour se dégager mais les doigts la serrent si fermement qu'une deuxième fois elle doit s'incliner. Louis dépose un baiser sur sa joue.

« Je suis bien aise, madame, de vous accueillir au beau pays de France. »

Rapidement le roi revient vers Philippe. Cette hautaine princesse espagnole le met mal à son aise et il ne trouve plus de mot à lui adresser. La reine peut-être saura l'amadouer, le moment est venu de la rejoindre dans ses appartements.

Sur un siège d'apparat surmonté d'un dais de soie cramoisie, entourée de ses dames d'honneur, trône Anne de Bretagne. Avec un charmant sourire, la reine de France se lève, regarde Philippe qui s'incline profondément :

« Embrassons-nous, cher cousin. »

A deux pas Jeanne attend son tour, tellement crispée qu'elle ne peut saisir aucune parole.

« Ma cousine, donnons-nous un baiser. »

Elle n'entend rien, reste debout, figée. A nouveau, madame de Bourbon s'empare de son bras, la tire avec fermeté.

Malgré toutes les paroles empreintes d'une gaieté forcée, Jeanne a envie de fuir, de s'enfermer loin de ces trop lourdes contraintes. Elle a bien vu que Philippe était courroucé mais le but qu'elle s'était fixé, ne pas compromettre l'Espagne, a été atteint. Toute à ses réflexions à peine réalise-t-elle qu'on la conduit vers une chambre où un joli lit de bois sculpté sous des courtines de dentelle occupe la place d'honneur.

Assise sur la courtepointe de soie crème toute brodée d'un semis de fleurs des champs, entourée de jeunes enfants élégamment parés, une petite fille maigrichonne la regarde avec défiance.

« Madame Claude, votre belle-fille », déclare la reine fièrement.

Jeanne enfin sort de ses rêveries, observe avec curiosité l'enfant de deux ans. La fiancée de Charles, sa future bru, a un mouvement de recul, se réfugie dans les bras de mademoiselle d'Angoulême.

« Claude, ma chère enfant, donnez un baiser à Madame l'archiduchesse ! »

Mais la petite fille se détourne, éclate en sanglots comme si elle devinait que cette dame espagnole ne pouvait l'aimer.

Gênée, Anne de Bretagne prend le parti de rire tandis que l'enfant continue de hurler.

« Vous devez être bien fatiguée, chère cousine. Pourquoi ne rejoindriez-vous pas vos appartements où tout a été ordonné pour votre contentement ? »

La chambre à coucher, immense, est tendue de draps d'or, de satin blanc.

Deux marches recouvertes d'un épais tapis donnent accès à l'estrade où trône un lit de damas rouge. Partout des poufs raides, des coussins recouverts de velours, des fleurs dans des jardinières d'argent, des vases de vermeil. Malgré le luxe, Jeanne s'y sent perdue. Pas un coin isolé où elle puisse se retirer, aucun instrument de musique pour la distraire. Où se trouve l'appartement de Philippe ? Proche du sien ou à l'autre extrémité du château ? La jeune femme se sent observée, critiquée sûrement. Le perpétuel sourire des jeunes Françaises, leur beauté, le raffinement des atours l'agacent.

« Vous avez là pour votre commodité un petit appartement, madame », indique aimablement la duchesse de Bourbon.

Elle désigne une porte ouverte. Jeanne la suit, découvre enfin une pièce charmante, doublée de taffetas, meublée d'un simple lit aux courtines de satin cendré, d'un confortable fauteuil, d'une toilette de vermeil. Un feu brûle dans la cheminée où sont sculptés des vases ornés de rubans et de fleurs.

— Votre souper vous sera servi à 7 heures.

Madame de Bourbon recule, s'incline légèrement. Enfin toutes les Françaises sont sorties !

Jeanne s'assied, attend. Depuis qu'elle est née elle n'a jamais cessé d'attendre.

Le lendemain matin, trente jeunes dames en robes de satin doublées de fourrure viennent la chercher pour l'emmener à la messe. Philippe est demeuré invisible. Elle espère le retrouver à la chapelle mais on lui apprend qu'il joue à la paume avec le roi. Désespérément, la jeune femme essaie de deviner l'ampleur de sa colère. Pourtant, elle a la certitude que sa conduite a été irréprochable, que ses parents seraient fiers d'elle. Le prêche n'en finit pas. Nerveusement, Jeanne tourne et retourne son missel entre ses mains, au son de la clochette, baisse la tête.

L'office est achevé, elle voudrait marcher dans le parc mais on la reconduit à ses appartements comme une prisonnière. La porte à double battant se referme, les pages prennent leur faction.

— Où est Monsieur l'archiduc? demande Jeanne, la bouche sèche.

— Il joue aux cartes avec le roi, Madame.

La jeune femme ne peut tenir en place.

« Faites-lui porter ce message. »

Vite elle griffonne quelques lignes, plie le papier, le tend à une de ses dames d'honneur.

« Dois-je dire que vous espérez une réponse? »

Sachant que Philippe déteste les contraintes, surtout venant d'elle, Jeanne hésite.

« Non — puis s'adressant à ses compagnes : Je désire être seule. »

Elle veut ressasser ses hantises, laisser chaque idée, chaque image, chaque mot l'investir jusqu'à accaparer sa conscience. Maintenant elle a la certitude que Philippe la rejette. Que fait-il avec le roi? Certainement ils échafaudent mille projets contre ses parents.

Le jour commence à tomber lorsque de petits coups sont frappés à la porte.

« Madame, nous venons vous chercher pour assister à Vêpres. »

Jeanne se lève machinalement. Philippe n'a pas répondu à son billet, elle est seule, tout lui est indifférent.

La nuit, l'anxiété lui broie le ventre. Elle a mal au cœur, son corps est pris de spasmes, elle vomit. Frénétiquement elle tire le cordon relié à la sonnette, une servante accourt.

« Allez chercher don Juan de Fonsesca! »

Dans son absolue détresse Jeanne a besoin de parler le castillan.

Chapitre XXVII

Louis et Philippe traquent le cerf. Il a neigé. La forêt autour de Blois est féerique sous le soleil revenu. La meute file à travers vergers et labours suivie des veneurs en livrée jonquille et bleu de France. Un couple de loups détale que les chasseurs négligent.

« Monseigneur, voyez les traces ! s'écrie le maître d'équipage. A son pied je peux présager un douze cors. »

Philippe jubile, son séjour à Blois ne lui apporte que satisfactions. Hormis Jeanne qui s'entête à montrer une attitude renfrognée, Flamands, Bourguignons et Français fraternisent. Le projet de mariage est définitivement arrêté et un traité sera bientôt signé. Excités par les sonneries des trompes, les chevaux prennent le galop et Philippe refoule Jeanne de ses pensées. Afin de ne pas s'impatienter, il préfère la tenir à l'écart et ne songer qu'à ses propres contentements. Louis a vite compris qui était le véritable héritier du royaume de Castille et à aucun moment n'a prié Jeanne à leurs délibérations. Qu'elle garde donc la chambre !

Sans hésiter, les chiens pénètrent dans les sous-bois tandis que, les yeux fixés sur le sol, les valets cherchent des empreintes ; une branche ployée ou brisée est pleine de significations.

Soudain les chiens donnent de la voix, aussitôt encouragés par les cris des piqueurs. Les trompes sonnent la fanfare d'attaque. Des branches la neige s'effondre sur les manteaux, les chapeaux des chasseurs. Des merles, des corbeaux s'envolent lourdement.

Enfin le cerf est en vue, bondissant dans le layon. « Découplez tous les chiens », ordonne le maître d'équipage.

Philippe respire à pleins poumons l'air léger de la forêt. Alors que son cheval file derrière celui du duc de Rohan, il pense de nouveau à sa femme. Les leçons de Foncesca ont dû bien lui tourner la tête pour la rendre aussi impertinente devant le roi et la reine. Aux réprimandes, il a préféré le silence. Seule dans ses appartements, elle tirera les leçons de sa conduite et dans trois ou quatre jours viendra s'amender bien humblement. Pourtant une inquiétude persiste. Jamais Jeanne auparavant n'a osé s'affirmer de cette façon, il a vu dans son regard une froide détermination, une morgue inattendues, déroutantes.

Le cerf s'est réfugié dans un étang. Cerné par les chiens il fait face avec courage. Un limier plus hardi se lance à l'eau suivi par d'autres.

Leurs aboiements furieux sont couverts par la sonnerie triomphante de l'hallali.

« Non, pas cette robe, tranche Jeanne. Aujourd'hui, je veux être vêtue à l'espagnole. »

La cameriste s'étonne. Pourquoi l'archiduchesse demande-t-elle une de ses lourdes tenues engoncées, raides à force d'être rebrodées de fils d'or et d'argent alors que les dames françaises se parent d'étoffes souples, de fin linon, de douces fourrures ?

« M'avez-vous entendue ? » interroge Jeanne.

Pour cette messe solennelle avec la reine de France elle veut, non pas se montrer en vassale du roi, mais en héritière du trône de Castille. Il pleut. Blois semble noyé d'eau et de brume. Par rafales le vent soufflant du nord dépouille les arbres du parc, fait tourbillonner les feuilles autour des donjons, des clochetons avant de les déposer dans l'eau grise des douves.

Suivie de deux filles d'honneur, la première caMériste réapparaît portant au bras une longue ropa aux manches surchargées de broderies et de perles, un corsage taillé en pointe tissé de fils d'or.

« Bien, aquiesce Jeanne, habillez-moi. »

Elle n'aime pas cette ostentation, cette raideur, mais ce costume de Cour est un signe de pouvoir, le témoin de son autorité. Plus elle se sait fragile, plus frappante doit être son apparence.

« Mes perles », commande-t-elle.

On lui apporte l'écrin de maroquin où sont déposés la parure offerte par Isabelle et le joyau donné par Philippe à la naissance de Charles.

Vêtue, parée, Jeanne exige encore un miroir. Elle a effacé la fatigue des nuits d'insomnie en baignant son visage dans une eau d'aloès et de concombre apportée d'Espagne, s'est longuement fait coiffer par Aïcha qui a natté ses cheveux avec des fils d'or mêlés à des rubans de velours noir. La vue de sa silhouette dans le miroir lui redonne courage. Elle a maigri, se trouve belle.

Précédée de pages, la suite des six femmes se met en marche. Au bout de la galerie descendent quelques marches menant à une courette joliment entourée d'ifs. Jeanne ralentit l'allure. Par une autre galerie la reine s'avance, vêtue de satin blanc doublé de marte, ses dames portant robes de velours cramoisi fourré d'agneau noir. Surgis ensemble devant la chapelle, les deux cortèges s'observent tandis que s'épanouissent les sourires et fusent les aimables souhaits de bonjour.

Anne de Bretagne serre un peu les lèvres, redresse la tête plus haut encore. Dans cette tenue d'apparat au luxe ostentatoire, Jeanne, altière, imposante est très belle. Alors qu'elle cherche un mot à double tranchant, déjà Louis, Philippe apparaissent.

« Comme vous voilà... espagnole, ma cousine ! s'exclame le roi ... puis très vite il ajoute : Et charmante. »

Philippe ne dit mot mais le regard qu'il jette sur sa femme est glacial.

En longue procession les officiants pénètrent dans la chapelle. Placés de part et d'autre du centre de la nef, les chantres du roi font pendant à ceux de Philippe, ils chantent en alternance tandis que prennent place de chaque côté du chœur l'archevêque de Sens, les évêques d'Albi, de Poitiers, de Tournay, de Lodève, l'archevêque de Besançon, l'évêque de Cordoue. Quatre fauteuils destinés aux souverains ont été disposés au pied de l'autel. Jeanne, très droite, garde les yeux fixés sur son livre de messe alors qu'Anne de Bretagne murmure quelques mots à son mari.

« Madame, chuchote la comtesse de Dunois en tendant une bourse à Jeanne, la reine tient à vous donner un peu d'argent pour l'offrande que vous ferez en son nom. »

Sur le point de tendre la main pour recevoir le petit sac Jeanne se raidit soudain.

« J'ai toujours des pièces sur moi pour des aumônes que je tiens à faire en mon propre nom. »

Elle a parlé haut, toutes les têtes se tournent et Philippe réprime son envie de se jeter sur elle pour la réduire à néant. Avec insistance, Anne de Bretagne fixe son regard sur Jeanne.

Ensemble les chantres français et flamands entonnent le Te Deum, les voix s'élèvent légères, harmonieuses. Assis en demi-cercle autour de l'autel, les prélats écoutent les yeux mi-clos, ravis comme l'est l'assistance entière.

La messe est finie, le roi et Philippe sont sortis. A son tour la reine se lève et quitte la chapelle, forçant l'Espagnole à lui emboîter le pas comme une servante. Ainsi va-t-elle obliger l'impudente à abandonner ses prétentions. Mais Jeanne ne bouge pas. Le temps passe. La jeune femme est toujours dans la chapelle entourée de ses dames. Dehors sous le vent d'automne, la reine attend, gelée, furieuse.

Enfin l'archiduchesse quitte tranquillement son siège, remonte la nef, passe la porte, croise Anne et sa suite sans leur accorder un regard et, prenant la galerie en sens inverse, marche vers ses appartements, la tête rejetée en arrière. Son cœur bat à tout rompre, elle a gagné.

Chapitre XXVIII

Le cortège a repris la route. A côté de Philippe chevauche Jeanne, heureuse de s'éloigner enfin de Blois. Les nuages s'en vont, Philippe lui est revenu, et elle a juré de ne lui donner désormais que des satisfactions. Il pleut toujours. La boue éclabousse les chevaux, macule les bottes des cavaliers, les jupes des dames, ralentit la marche des chariots. Les villes se succèdent avec les éternelles harangues de bienvenue, les banquets, les danses. Plus ils approchent de l'Espagne, plus Jeanne redevient dépendante de son mari comme si, pressentant ses inquiétudes, elle voulait le réconforter, lui prouver son absolue confiance. A quinze lieues de Poitiers, ils décident de s'installer au village de Melle afin d'y passer la fête de Noël. Lors des haltes improvisées il n'est plus question d'appartements séparés. Souvent ils partagent une même chambre, un lit unique. Jeanne goûte à une précaire mais certaine intimité. Loin du monde politique, des manœuvres diplomatiques, Philippe redevient léger, amusant. Un matin à Cadillac il appelle Jeanne à la fenêtre. Il a neigé durant la nuit. Au soleil levant la campagne est féerique. Philippe prend une poignée de neige, la glisse dans la chemise de Jeanne. Sa rage dissipée, le jeune homme éprouve pour sa femme une certaine admiration. Finalement, tenir la dragée haute à Louis était peut-être une bonne attitude. Lors de son départ le roi s'était fait très doux.

— Je veux envoyer un ambassadeur en Castille, avait-il déclaré, doit-il voir d'abord le roi ou la reine ?

— Envoyez-le-moi, avait-il répondu, l'avenir de ce pays est entre mes mains.

Un lait chaud, des brioches, des confitures et il faut reprendre la route, passer la Gironde par le bac avec gens, montures et chariots. Le courant est fort, un cheval panique, rompt le cordage et saute à l'eau, obligeant son palefrenier à plonger. L'homme s'accroche au col de la bête pour la contraindre à nager vers la rive. Jeanne, les yeux écarquillés, observe, écoute. Elle est vêtue d'une robe de voyage en laine, d'un manteau doublé de lièvre roux, ses cheveux nattés rassemblés au-dessus de ses oreilles lui donnent un air de jeune fille. Elle cherche Philippe des yeux. A l'avant du bac il devise gaiement avec une femme inconnue.

A Dax le roi de Navarre, bravant les neiges tombées en abondance sur les Pyrénées, vient saluer les archiducs. Philippe décide de poursuivre son voyage en descendant l'Adour jusqu'à Bayonne. Jeanne, qui insiste pour l'accompagner, se fait éconduire. Saint-Jean-de-Luz sera la dernière étape au royaume de France.

« Doña Jeanne, un messager venant de Tolède demande à vous voir à l'instant. »

Maria Manuel précède un petit homme portant la livrée des rois catholiques ; respectueusement, à trois pas de la porte il attend. Les joues de Jeanne se colorent de rose.

« Faites-le vite entrer ! »

Le messager, chapeau bas, avance. Il tient à la main un pli cacheté. Son manteau, ses bottes sont maculés de boue.

« Pleut-il autant en Castille ? » interroge Jeanne.

Elle parle sa langue avec bonheur. Ainsi le long voyage est achevé.

— A Tolède les premières jacinthes sortent de terre, señora Infanta.

— La reine doit être heureuse, elle aime tant ses fleurs !

— Sa Majesté est un peu souffrante mais la venue de Votre Altesse lui procure beaucoup de joie.

— Et don Ferdinand ?

— Sa Seigneurie se porte à merveille, il a même jeté les cannes[1] voici quelques jours !

Souriante, Jeanne décachette le pli.

Isabelle a tracé quelques lignes pleines d'affection pour souhaiter la bienvenue à sa fille et à son gendre. Un secrétaire a ajouté que les plus forts mulets de Biscaye les attendraient aux limites de l'Espagne afin de faire passer les montagnes aux meubles, coffres et sacs que les lourds chariots flamands seraient incapables d'acheminer sur les étroits sentiers du pays.

A quelques pas du cortège s'avance à leur rencontre un groupe de cavaliers et leur suite, vêtus si richement que, sans nul doute, ils sont des gentilshommes. Derrière eux se découpent les pics neigeux des Pyrénées, éblouissants dans la lumière du matin. L'air est transparent, lumineux d'un soleil enfin revenu.

Maintenant Jeanne peut identifier le Grand Commandeur de Saint-Jacques, don Gutierre de

---

1. Jeu typiquement espagnol entre le tournoi et les barres.

Cardenas et don Francisco de Cuñiga, comte de Miranda. Les deux gentilshommes sautent à terre, se découvrent et, à sa grande stupéfaction, Philippe les voit plier le genou devant lui, prendre sa main pour la baiser, avant de saluer Jeanne de la même façon.

Incapable de comprendre les paroles de ses hôtes, le jeune homme balbutie quelques mots en français tandis que, radieuse, la jeune femme présente les Espagnols aux Flamands :

— Est-ce la coutume ici de se baiser les mains ? demande-t-il à voix basse.

— Oui, et je la trouve plus noble que les embrassades des Français.

Mais déjà Cardenas et Cuñiga sont remontés en selle. Le cortège reprend sa marche vers le château de Biscaye où tout est prêt pour accueillir l'héritière d'Isabelle et son époux. Les Flamands écarquillent les yeux. Une servante montre du doigt un enfant qui, pieds nus malgré le froid, pousse deux chèvres devant lui, un laquais s'esclaffe d'une jeune fille aux cheveux ébouriffés portant une cruche sur la tête. Tous ont l'impression de pénétrer dans un autre monde.

Chapitre XXIX

De Burgos à León, de León à Valladolid, le groupe flamand va de surprise en surprise. Très vite, la suite de Philippe refuse de toucher aux plats cuisinés à l'huile, au vin qui garde le goût des outres, aux confiseries faites de jaunes d'œufs crus enroulés dans du sucre. A deux reprises, un chambellan de l'archiduc a dû séparer domestiques espagnols et flamands qui en venaient aux mains, chaque matin l'intendant doit sermonner ses gens afin qu'ils se montrent des hôtes courtois et patients. Des clans se forment, certains ralliant les moqueurs, d'autres les batailleurs. Jeanne ne voit rien, n'entend rien. Elle veut si fort l'harmonie entre son ancien et son nouveau pays, souhaite tant que Philippe soit heureux en Espagne qu'elle imagine la réalité bien plus qu'elle ne la vit. L'éphémère griserie, pourtant amère, du pouvoir qu'elle a goûtée s'est dissipée. Son rôle est achevé. En Castille, derrière celle de Philippe, plus dominatrice encore, se dresse l'ombre gigantesque de sa mère. Épouse, fille, héritière, elle redevient regard, oreille, spectatrice.

« Ma nièce, quel bonheur d'embrasser une dame de si belle apparence ! »

L'amiral de Castille ouvre les bras. Son sourire avenant cache les préoccupations que lui donne Jeanne. Il a quitté cinq années plus tôt, en Flandres, une jeune femme étourdie par la passion et la retrouve marquée par trois maternités et une amertume que même son sourire ne peut dissimuler. Isabelle comme Ferdinand s'en inquiéteront et la tristesse de leur fille ne leur donnera guère d'indulgence pour l'homme qui en est responsable. A Philippe, don Enriquez fait un accueil poli mais froid. Jamais il n'oubliera la détresse de ses marins mourant de froid et de faim en Flandres, la façon méprisante dont ils ont été traités. Que la suite de l'archiduc se plaigne en Castille et il dira enfin le fond de ses pensées !

« Jeanne, tes parents et moi t'attendions avec si grande impatience ! »

Là où la dureté la laisse insensible, les manifestations de tendresse font monter les larmes aux yeux de la jeune femme mais elle se reprend, se dégage des bras de son oncle, arbore un sourire convenu.

L'accueil des habitants de Valladolid est chaleureux. Le long des rues, les archiducs chevauchent sous un drap d'or tenu par des notables. La demeure de l'amiral est ornée d'oriflammes aux couleurs des rois catholiques, des Maisons de Bourgogne et d'Autriche, de riches tapisseries ; les fenêtres sont parées de fleurs et de rubans. Enfant, Jeanne aimait cette grande bâtisse plus riante que les palais royaux. A chacune de ses visites, son oncle, se souvenant de l'amour de la petite fille pour les bêtes, lui offrait un animal : chiot, chaton, jeune singe ou couple d'oiseaux. Il l'appelait « Ma sauvageonne », ne l'importunait ni de questions indiscrètes ni de caresses agaçantes. Un matin d'été il l'avait menée au bord de la fontaine qui jaillissait au centre de la cour intérieure.

« Regarde cette eau, Juanita, elle te semble pure et fraîche et pourtant tu ne peux la boire parce qu'en traversant la ville elle s'est chargée de toutes les souillures humaines. Garde-toi des apparences et tente toujours de garder cette lucidité, cette intransigeance que j'aime si fort en toi. Ne cède pas. »

« Un coffre de vaisselle a disparu, Monseigneur ! »
Philippe laisse échapper un juron. Depuis quelque temps, trop de choses se conjuguent pour l'impatienter. Ce larcin le pousse à bout. Après les longs discours dans une langue qu'il ne comprend pas, les offices religieux en nombre si considérable qu'il a renoncé à les compter, l'absence des femmes et la présence constante de Jeanne, il a déjà envie de tourner bride pour regagner son pays. Sans doute les palais, les églises, les couvents sont-ils d'une grande beauté, assurément la campagne dépouillée et lumineuse offre-t-elle quelque intérêt, mais le peuple, des valets aux Grands, le surprend comme il décontenance ses amis. Les paysans les plus loqueteux gardent tête haute et regard de seigneur, les femmes les plus humbles ont l'honneur blessé si on hasarde devant elles une plaisanterie un peu leste ; ils se prennent pour roi et reine quand ils ne sont que des misérables rongés de puces et de vermine.

— Trouvez le voleur ! exige Philippe. Je veux récupérer ce coffre d'ici demain.

— Calmez-vous, Monseigneur, murmure Berghes. Un domestique espagnol se sera trompé et aura pris notre vaisselle pour celle de son maître. Ces choses arrivent !

La présence de son ami, sa voix gaie calment Philippe.

« Jean, donne-moi enfin une bonne nouvelle. Dis-moi que la reine Isabelle s'apprête à me traiter en

189

héritier, que Jeanne se retire dans un couvent ou que la señora Alvarez va renoncer à ses pudeurs effarouchées. »

Le rire de Berghes achève de dérider Philippe. Sans doute faut-il minimiser les choses. L'essentiel est devant lui : sa première entrevue avec les rois catholiques.

— Parlons sérieusement, Jean. Nous devons savoir dans les plus brefs délais les intentions espagnoles sur le Sud italien afin de les mettre en harmonie avec la politique française. Je me suis engagé auprès de Louis à jouer un rôle de médiateur.

— L'impartialité des honnêtes gens est-elle, Monseigneur, la même que celle des princes ?

— Disons, Berghes, que mon honnêteté sera conforme à celle de Ferdinand. Ne jouit-il pas d'une excellente réputation dans ce domaine ?

— Il est habile joueur, Monseigneur, le mettre échec ne sera pas facile.

— Je suis son gendre, avec moi il relâchera son attention.

— Croyez-vous ? Je suis persuadé que le vieux renard mettrait son propre enfant hors du terrier s'il voulait l'occuper seul.

— Tu me sous-estimes. Depuis mon arrivée en Espagne je n'ai cessé d'endurer des sermons et suis prêt à en supporter d'autres. Le jeu en vaut la chandelle. Sais-tu que les rois catholiques viennent d'accepter de mettre quatre caravelles à la disposition de l'amiral Colomb pour un quatrième voyage ? Il assure pouvoir rencontrer monsieur Vasco de Gama à mi-chemin, atteindre enfin par l'ouest les Indes et ramasser l'or à foison.

Jeanne se laisse caresser par le soleil de mars. Un bonheur calme, doux la berce comme les vaguelettes qui viennent heurter le pourtour de la vasque. Elle goûte ces moments qu'elle sait fugitifs. Sous le toit d'un oncle très aimé, aux côtés de son mari, elle respire à pleins poumons l'air sec, parfumé de la vieille Castille, écoute les bruits de cette ville où elle n'a que des souvenirs heureux. Philippe s'est éveillé de bonne humeur, sans doute s'accoutume-t-il à ce pays qu'elle lui offre en cadeau. Bientôt l'amiral de Castille les escortera à l'université fondée par Mendoza, cardinal d'Espagne. Les écoliers y étudient pendant huit années médecine, physique, décrets et autres sciences qu'ils apprennent selon leur plaisir, logent dans des chambrettes indépendantes, fréquentent la plus riche bibliothèque que l'on puisse concevoir. Une main dans l'eau froide de la fontaine, Jeanne tente d'imaginer des vies aussi différentes de la sienne. Elle aussi aimait étudier, lire, mais Dieu a choisi pour elle un autre destin et s'il la réjouit parfois, trop souvent il pèse sur ses épaules comme un roc.

Chapitre XXX

Autour de la galerie ceignant le premier étage de la grande demeure plus bourgeoise que princière, Jeanne marche dans le soleil de ce premier jour de mai. Elle devrait être sur la route mais à cause de Philippe, retenu au lit par une rougeole, l'heure du départ a dû être différée. Après une trop courte visite, une fois encore, son mari l'a congédiée. Elle aurait voulu lui lire un livre ou simplement tenir sa main, mais rien ne semblait l'intéresser. Immobile et muette à son côté, elle regardait sans se lasser le visage marqué d'une multitude de petites taches roses. Ainsi affaibli, Philippe l'attendrit, l'émeut plus encore que d'habitude.

Au-dessus du banc de pierre où la jeune femme vient de s'asseoir grimpe un chèvrefeuille qui embaume. Des oiseaux ont dû y faire leur nid car sans trêve ils vont et viennent, un insecte dans le bec. Jeanne, les yeux perdus au-delà des arches de pierre ceignant la galerie, se laisse envahir par la torpeur. La maladie de Philippe est un répit. Sa fatigue s'est dissipée, elle a retrouvé appétit et gaieté. La veille, un courrier est parti pour Tolède afin d'avertir ses parents que le cortège flamand devait interrompre sa marche.

L'appel d'un marchand d'eau, le braiment d'un âne

montent de la rue puis le silence à nouveau la berce avant que ne s'élèvent le tintement clair de sabots trottant sur les pavés, le cliquetis métallique des halle-bardes s'entrecroisant devant le seuil. Jeanne tend l'oreille. Un espoir, une joie soudaine font bondir son cœur. De la cour fusent des ordres, des appels. Vive-ment la jeune femme s'approche de la balustrade. Sau-tant d'un cheval noir sellé à la mauresque, ne portant ni ornements ni bijoux, Ferdinand tend sa main à baiser au duc d'Albuquerque. Derrière lui se tient le cardinal Diego de Mendoza.

« Père ! » s'écrie Jeanne.

Les convenances, les règles rigides qui codifient le comportement des princes oubliées, elle n'est plus qu'une petite fille que le bonheur submerge.

Penchée à la balustrade, le soleil illumine son visage, effleure la robe bleue aux manches brodées de fils d'argent.

Ferdinand lève les yeux.

« Juanita ! »

Riant, pleurant, Jeanne à deux mains saisit sa robe, se met à courir le long de la galerie, s'arrête un instant en haut de l'escalier, essoufflée, radieuse. Quelques marches encore la séparent de son père. Elle s'élance. Ferdinand ouvre les bras, elle est contre lui, les mains nouées autour de son cou, les lèvres sur les siennes.

« Père, père ! »

Ferdinand la serre, elle retrouve l'odeur de fleur d'oranger, la chaleur familière. Rien ne peut plus lui arriver.

« Comme tu es belle, Juanita ! »

Il caresse le visage de sa fille, essuie ses larmes, sourit.

« Tu n'as pas salué don Diego. »

Avec peine Jeanne se détache de Ferdinand, esquisse une révérence.

« Pas de protocole aujourd'hui, mon enfant, murmure le prélat. Je vous laisse à votre père, nous nous reverrons au souper. »

« Je veux vous amener chez Philippe. »

Ferdinand a failli répondre : « Je suis venu pour lui », mais il se ressaisit aussitôt.

« Dis-moi d'abord si tu es heureuse. »

Jeanne serre plus fort encore la main paternelle. Appuyée sur ce roc, tout lui paraît léger.

« Vous allez voir, Père, comme Philippe est beau, intelligent et sublime. »

La voix de sa fille étonne Ferdinand, elle semble réciter une litanie. Il sait par de multiples rapports combien son gendre se montre cassant, parfois rude envers son épouse, les mots naïfs ne l'abusent nullement. Isabelle et lui vont avoir à reprendre en main ce jeune homme s'il veut prétendre au titre d'héritier des couronnes de Castille et d'Aragon, le corriger de ses inconstances conjugales comme de ses bévues politiques.

« Conduis-moi chez ton mari, Juanita. »

Les volets ont été fermés. Sur le pas de la porte, Ferdinand et Jeanne s'arrêtent un instant, tandis que Philippe précipitamment ôte son bonnet d'intérieur, repousse les draps pour se lever. Promptement le roi d'Aragon avance vers lui.

« N'en faites rien, mon gendre ! Je veux que vous demeuriez couché. »

A l'intonation, au mouvement des bras, Philippe a compris. L'instant tant attendu est là et la surprise le pétrifie. Ne voyant d'autre issue, il saisit la main de son beau-père, la porte à ses lèvres à la manière espagnole. Ferdinand à son tour s'est découvert.

« Oublions les politesses, mon cher Philippe, je suis venu en père prendre de vos nouvelles. »

Jeanne, glissée à côté du lit, traduit. En suivant l'une et l'autre conversation, elle guette le moindre signe lui indiquant que les deux hommes s'apprécient. Mais le visage de son père garde une gaieté de circonstance tandis que Philippe ne parvient pas à se détendre. Dans sa volonté désespérée d'harmonie, elle s'efforce de rendre cordiales les paroles banales de Ferdinand, reconnaissant les mots que Philippe cherche les plus froidement polis.

Assis sur une chaise à quelques pas du lit où gît son gendre, Ferdinand, tout en devisant, l'observe comme un oiseau de proie. La beauté de l'homme ne retient en rien son attention, il cherche à une expression, à un geste, les signes indiquant sa véritable nature.

Humilié d'être vu en position d'infériorité, l'archiduc réagit en enfant maussade, baisse sa garde. Derrière le regard avenant, Ferdinand perçoit la méfiance, un amour-propre trop sensible, un caractère ambitieux, sensuel et violent.

Le dos appuyé sur ses oreillers, Philippe écoute Jeanne lui traduire les phrases onctueuses de son beau-père. Rien ne lui échappe. Le vieux loup croit l'amadouer mais il ne sera pas la proie facile qu'il escompte. Sans doute après ces circonvolutions va-t-il abattre ses cartes. Il l'attend de pied ferme. Rien désormais en Castille ne peut s'accomplir sans Jeanne et Jeanne ne décidera rien sans lui.

Inlassablement, la jeune femme passe d'une langue à l'autre. Son père comme Philippe ont besoin d'elle, font cas de son savoir. Elle jubile.

Chapitre XXXI

« Un étourdi, un maladroit, lance Ferdinand d'une voix sèche. Qui croit-il duper en recevant à Olias l'ambassadeur de France ? »

La reine ferme les yeux. Elle est lasse et pressent que la venue de ses enfants lui procurera plus de fatigues encore. Mais elle n'a pas le choix et il faut accepter les choses comme Dieu l'a décidé.

— Louis croit trouver en notre gendre une proie facile mais nous le convaincrons que ses intérêts sont désormais liés aux nôtres. Soyons patients.

— Il faut de la fermeté, fulmine Ferdinand, Philippe est influençable, Jeanne totalement pusillanime.

— Comme tu as eu raison de convoquer sur-le-champ à Tolède cet ambassadeur français. Lorsqu'il fera son entrée dans la ville, Philippe doit le trouver à ton côté. Il comprendra la leçon.

Le palais des marquis de Moya, que les rois catholiques préfèrent parfois à l'Alcazar, est bien exposé à la brise et malgré le chaud soleil de mai la fraîcheur y reste délicieuse. Isabelle aime retrouver à Tolède Béatrice de Bobadilla, marquise de Moya, à laquelle elle est liée depuis son adolescence par une grande amitié.

De sa fenêtre la reine contemple avec bonheur l'église

Notre-Dame entourée de maisons opulentes et de jardins, l'activité des ruelles où se pressent artisans, commerçants, bourgeois, clercs. La ville est prospère, bien pourvue en eau grâce au fameux Engin pour lequel le Trésor dépense plus de trois mille ducats chaque année. A ses pieds coule paisiblement le Tage chargé des limons venus de sa chère méseta castillane. Ses yeux s'attardent sur le siège épiscopal offert quelques années plus tôt au franciscain Ximenes de Cisneros, apprécié pour son intégrité, sa fidélité, son intelligence. Fray Francisco ne baisse jamais la tête mais elle ne craint pas son caractère fougueux. Un jour où, surprise de sa violence, elle avait reproché : « Savez-vous à qui vous parlez ? » il avait répondu : « A la reine Isabelle qui n'est que cendre et poussière, comme moi. »

« Philippe se montrera à la hauteur des responsabilités que lui donne son titre, décide-t-elle d'une voix sourde. Là où les conseils d'une belle-mère peuvent lui sembler importuns, ceux de l'intérêt du peuple parleront très clairement. On le dit intelligent. »

Les cheveux de Ferdinand se sont clairsemés, il a perdu quelques dents mais, malgré ses cinquante ans, le regard, le sourire restent ceux du jeune homme ambitieux et habile qui, avec son épouse, a forgé la grandeur espagnole. Avec tendresse, la reine lui sourit.

— Je me préoccupe davantage de Jeanne. Elle est tellement secrète !

— Il faut compter sur sa sensibilité et dans ce domaine je crois pouvoir exercer quelque influence. Jeanne m'obéira.

Les premiers, les fauconniers du rois vêtus d'habits verts à manches grises, oiseau au poing, accueillent Philippe et Jeanne, puis alcades, bourgeois et magistrats en robes écarlates. Précédant le roi entouré des ambassadeurs de France et de Venise, tous les dignitaires de l'Église sont là.

« Voilà donc un premier avertissement de mon beau-père, pense Philippe, mais je saurai lui rendre coup pour coup. »

L'ordre appelant sèchement l'ambassadeur de Louis XII à Tolède l'a d'autant plus froissé que, sachant ses fondements justes, il n'a pu en rien s'y opposer.

En chevauchant, Philippe ne s'arrête de penser aux compliments destinés aux souverains catholiques que lui a soufflés Besançon. Il en modifie certains mots, revient au texte original pour le changer encore. A aucun moment il ne peut s'abaisser devant Ferdinand et Isabelle pas plus qu'il ne doit paraître fat ou conquérant. La reine semble animée de bonnes intentions à son égard. Malgré son indisposition, elle avait souhaité imiter Ferdinand en se dérangeant elle-même pour le saluer. Autant par convenance que par orgueil, il a énergiquement repoussé cet honneur.

Tout souriant, le roi, à cheval, vient à sa rencontre. A son tour Philippe pousse sa monture, veut mettre pied à terre mais Ferdinand l'en empêche.

— Allons, dit-il avec jovialité, on nous attend à la cathédrale pour un Te Deum.

— Mère y sera-t-elle ? interroge Jeanne.

La perspective des retrouvailles, toutes proches maintenant, bouleverse la jeune femme. Durant ces six années, Isabelle n'a écrit que de rares lettres, toujours insignifiantes, sans confidences d'aucune sorte. Elle n'ignore pas que sa mère, informée par son entourage, connaît tout d'elle. Avant même de l'avoir revue, Jeanne se braque ; elle est prête à s'imposer, non à se justifier. Que sait sa mère de l'amour ? Peut-elle comprendre que souffrance et joies sont intimement mêlées ? Comme à l'accoutumée, Isabelle certainement ne verra ni n'entendra rien, poursuivra sa propre route, imbue de ses certitudes.

Le Te Deum est achevé. Encadré de Philippe et Jeanne, Ferdinand conduit le détachement de Flamands et d'Espagnols choisis pour les escorter jusqu'au château où les attend la reine.

Sur une chaise à haut dossier de bois, revêtue des vêtements de lainage sombre qu'elle ne quitte plus depuis la mort de Juan, la reine s'apprête à recevoir ses enfants. Chaque jour, son corps la trahit un peu plus mais elle compense ces défections par plus de volonté encore. Autour d'elle, Béatrice de Bobadilla, Jeanne d'Aragon, la bâtarde de Ferdinand qu'elle considère comme sa fille, ses dames d'honneur et pages gardent le silence, impressionnés par le moment à venir. A travers les jalousies, la lumière se découpe, se pose çà et là en taches mouvantes.

Isabelle n'a pas revu Jeanne depuis leurs pénibles adieux à bord du vaisseau s'apprêtant à l'emmener dans son nouveau pays. Les larmes de Jeanne l'avaient bouleversée. Six années se sont écoulées. Et maintenant son rôle n'est pas de s'attendrir devant les faiblesses d'une très jeune femme mais de la fortifier, de lui insuffler orgueil et force.

Les chiens dressent les oreilles, un bruit sourd naît au loin.

« Doña Isabelle, murmure Béatrice de Bobadilla, ils arrivent ! »

Éperdue, Jeanne se dégage des bras maternels. Elle refuse de parler tant que son émotion pourra la trahir. Surprise, déçue, Isabelle rassemble ses forces, se tourne vers Philippe qui lui baise la main. Un instant, Isabelle le laisse à ses pieds avant d'exiger d'une voix bienveillante qu'il se relève. L'homme a du charme en effet, une belle allure, un visage sensuel, le beau miroir a facilement pu attirer l'alouette qui est venue s'y briser les ailes.

« Nous avons à faire connaissance, déclare la reine du même ton aimable, allons ensemble dans mes appartements, nous y serons tranquilles pour parler. »

Lorsque la lourde tenture retombe sur Ferdinand qui ferme la marche, Philippe a la désagréable impression qu'une trappe se referme. Pourtant la reine ne cesse de lui sourire. Elle est belle encore, attirante avec son regard intelligent, des traits fins, des cheveux blonds que l'âge a cendrés. A son côté, Jeanne semble pâlotte et triste. Appliquée à traduire les dialogues d'une langue à l'autre, elle se tient à l'écart des conversations. Dans le grand salon d'Isabelle les ornements sont rares, pas de verreries de Venise, aucun tableau profane, un mobilier de noyer, des chaises de cuir alignées le long du mur, un lutrin, quelques tapis aux couleurs sombres, un grand Christ d'ivoire attaché à une croix d'argent ciselé. Sans mot dire des femmes maures proposent du vin doux, de l'eau parfumée de fleur d'oranger, une jeune fille noire comme de l'ébène épluche des fruits posés dans un plat de vermeil. « Des esclaves, sans nul doute », pense Philippe. Qu'un être humain puisse s'arroger le droit d'en posséder un autre le déconcerte. Comme si elle devinait les pensées de son gendre, Isabelle déclare :

— Ces filles font partie de notre famille. Nous les avons fait baptiser et j'en suis la marraine. Devant Dieu, j'ai à répondre d'elles — puis se penchant vers Philippe : L'honneur, n'est-ce pas, dicte mieux le comportement des hommes que toutes les lois.

— Chacun place son honneur où il l'entend, doña Isabelle.

La reine à un léger sursaut.

« L'honneur comme la foi font la réputation des Espagnols. L'un et l'autre nous enseignent à dominer la fortune, qu'elle soit favorable ou contraire. Vous apprendrez cela en Castille, si vous ne le savez déjà. »

Le roi d'Aragon pose un regard amusé sur son gendre. « Un jeune clerc », pense-t-il avant de s'exclamer en prenant la main de Jeanne :

« Cette enfant s'ennuie à traduire nos discours ! Je sais, mon gendre, que vous aimez les fêtes, nous avons ordonné quelques divertissements en votre honneur. »

Chapitre XXXII

Après une messe solennelle et un banquet, simples prémices des réjouissances annoncées par le roi d'Aragon, l'annonce de la mort soudaine du prince de Galles, gendre des souverains catholiques, plonge aussitôt la Cour dans un deuil austère. Une journée entière, la reine s'est enfermée dans la chambre qu'elle partage avec Ferdinand afin d'affronter une fois de plus la mort en combat singulier.

A l'air de profond ennui que Philippe affiche, Jeanne comprend que son mari étouffe dans la rigidité du deuil espagnol. Quant à elle, l'absence de danses, de banquets, de joutes ou de chasses ne la gêne en rien. Ainsi peut-elle échapper aux démonstrations d'une joie populaire qui l'effraie. A sa sœur, Jeanne songe peu. La mort d'un époux aussi insignifiant qu'Arthur n'affecte sans doute guère Catherine, mais elle ne peut s'empêcher d'imaginer que Philippe, lui aussi, pourrait lui être arraché.

Le clocher de la cathédrale sonne les premiers coups de vêpres. Elle n'ira pas. Prier l'ennuie, Dieu ne la touche pas.

Obligé de porter le deuil d'un beau-frère dont il se moque, Philippe tourne dans le palais de Tolède comme une bête sauvage. La vie soudain s'est figée autour de lui, l'abattement, comme le soleil, frappe, implacable, à chaque heure du jour. Ses seules distractions restent les jeux de cartes, de brèves étreintes avec Jeanne, quelques conversations en compagnie des ambassadeurs étrangers, trop contents, eux aussi, d'échapper pour un moment au désœuvrement qui s'est abattu sur la Cour.

« Mon fils, annonce Besançon en se glissant dans la chambre où Philippe s'essaie à dresser un jeune perroquet offert par la marquise de Moya, il plaît à Dieu de nous faire poursuivre son Chemin de Croix, don Henri d'Aragon, oncle du roi, vient de trépasser. Le deuil va se poursuivre ! »

Philippe laisse échapper un juron. Les Flamands n'en peuvent plus et une agressivité qu'il peut difficilement contrôler les oppose constamment aux Castillans.

— Mais une bonne nouvelle compense peut-être la triste information que je viens de vous livrer, poursuit malicieusement l'archevêque de Besançon. Dans six jours, le 22 mai, vous serez intronisé prince de Castille par les Cortès à la cathédrale de Tolède.

— Voilà certes une agréable nouvelle, concède Philippe, mais après ?

— Après ? Eh bien sortez, visitez les églises, couvents et chapelles qui abondent aux environs. Le deuil le plus strict ne vous empêche pas de prendre l'air. Au cours de ces promenades, ne trouverons-nous pas quelque distraction inattendue ?

Mai s'écoule, marqué seulement par l'intronisation solennelle de Philippe et de Jeanne désormais prince et princesse de Castille. Malgré l'adoucissement du deuil qui régit la vie de la Cour, un malaise persiste dans les rangs flamands. Le 1er juin, Antoine de Vaux, maréchal des logis de Philippe, trépasse, deux jours plus tard c'est le tour de monsieur de Saint-Mois, grand écuyer. L'archiduc et ses amis conduisent les funérailles. Enterrer les leurs en terre étrangère les frappe cruellement, désormais chacun a peur de ne pouvoir revenir au pays.

« Tout sera fait selon vos ordres, Monseigneur. »
Le banquet que Philippe offre à ses beaux-parents va se dérouler le soir même. Afin d'impressionner les Espagnols, l'archiduc veille en personne aux préparatifs. La vaisselle, l'argenterie ont été sorties des coffres, soigneusement astiquées, les nappes de dentelle de Malines et de Bruges repassées, partout dans des vases de Venise des gerbes ont été arrangées en savantes alliances de couleurs. Heureux d'être tirés de leur torpeur, les domestiques s'affairent. Depuis la veille, cuisiniers et pâtissiers se dépensent sans compter, essayant de s'accommoder des produits qu'ils ont pu trouver sur les marchés. Chacun prend à cœur de porter haut l'honneur flamand et celui de son prince.
Dans la grande salle des banquets qui sent la cire et l'amidon ont été suspendues les tapisseries apportées de Bruxelles, des tapis de Damas et de Constantinople jonchent le sol, la pièce vidée de ses meubles sévères ressemble à l'un des grands salons du Coudenberg.
Dans leurs appartements séparés, Philippe et Jeanne se font habiller. L'archiduc a choisi un pourpoint de soie violette soutaché d'argent qu'il porte sur des chausses de velours noir, Jeanne une robe de lourd taffetas moiré au décolleté bordé de perles. Ce soir, elle annoncera à ses parents et à leur Cour une nouvelle grossesse.
Dans un ordre exemplaire se tiennent prêts maîtres d'hôtel, panetiers, échansons, chambellans, tous amis proches de Philippe. Quoique la nuit de juillet ne soit pas encore tout à fait tombée, les candélabres ont été

allumés. Des domestiques achèvent de disposer sur des dressoirs pyramides de fruits, assiettes de confiseries.

« Monseigneur vous attend », annonce une fille d'honneur.

Jeanne est prête. Un léger mal de cœur, la chaleur l'étourdissent un peu mais elle veut faire bonne figure pour honorer son nouveau pays.

Lorsque les portes s'ouvrent pour donner passage aux rois catholiques, tout est prêt pour les accueillir. Gracieusement Philippe et Jeanne viennent à leur rencontre, les embrassent. Ferdinand s'empare de la main de sa fille, Isabelle et lui ont vêtu leurs sobres habits de laine. L'un et l'autre semblent heureux de ce banquet, curieux de connaître les coutumes flamandes.

Un petit orchestre joue à la flûte, au hautbois et à la harpe une jolie musique profane. Sur les pandeloques de cristal des candélabres, la lumière semble sautiller au rythme des notes tandis que la brise soulève légèrement les tapisseries, faisant danser les bêtes fabuleuses, onduler les gentes dames dans leurs jardins fleuris.

Les rois prennent place, les Grands à leurs côtés, puis les nobles Flamands. Pas un appel, pas un ordre ne retentit ; comme par magie apparaissent les premiers mets fastueusement arrangés dans d'immenses plats de vermeil : huîtres en ragoût, poissons, volailles et viandes se succèdent. Berghes, Grand Échanson, veille à ce que les verres demeurent pleins, les carafes d'argent présentées sur les dressoirs, tandis que le seigneur de Ville et monsieur de Melun prennent soin de ce que pains, galettes et gâteaux soient correctement tranchés. Sans qu'aucune maladresse ni aucun élément pouvant nuire à l'harmonie du banquet ne soient survenus, les desserts arrivent, beignets, gaufres, tartes à la crème et au fromage blanc, crèmes et flancs. Philippe triomphe. A l'attitude, aux regards des Espagnols il voit combien ils sont impressionnés. Isabelle persistera-t-elle à le considérer comme un novice ? Dans quelques jours il va avoir vingt-quatre ans. A son âge, Isabelle en était encore à batailler contre les Grands pour tenter d'unifier son petit royaume, lui, dans quelques années, possédera la moitié de l'Europe.

« Vous nous avez fort bien traités, mon gendre, déclare Ferdinand avec entrain, et pour peu je me serais cru à la cour pontificale. Nous autres Espagnols, nous nous recueillons dans les églises et nous nous agitons dans les maisons. Mais sans doute avons-nous tort et sommes prêts à mettre notre bonne volonté à la mesure de l'intérêt si évident que vous portez à notre pays. »

Chapitre XXXIII

« Tu dois intervenir, décide la reine, je ne supporte pas que des gentilshommes s'entre-déchirent à ma Cour. »

Isabelle est entrée sans prévenir dans les apparte ments de sa fille. Sur la guitare, les doigts de Jeanne s'immobilisent.

— S'il était encore à Tolède, ton père aurait intercédé pour Jean de Berghes. Ce renvoi subit est inacceptable.

— Monsieur de Berghes a vivement irrité l'évêque de Besançon. Je n'en sais pas plus et m'en remets à Philippe.

La reine se laisse tomber sur une chaise. Elle commençait à trouver une entente politique avec Berghes, misait sur le favori pour influencer son gendre lorsque, tel un couperet, est tombée l'annonce de sa disgrâce. Besançon, impitoyablement hostile aux vues espagnoles, l'a emporté. La victoire de l'évêque est une défaite personnelle.

— Va trouver ton mari, insiste pour qu'il pardonne à Berghes. Son départ desservirait autant tes intérêts que les miens.

— Et quels sont mes intérêts, mère ?

La voix de Jeanne est plus lasse qu'acide. La chaleur

de l'été, le début de sa quatrième grossesse, le départ de son père pour l'Aragon la dépriment. Ses dames ne cessent de se plaindre, rien ne leur convient, ni la nourriture, ni le climat, ni la domesticité. Elle doit sans cesse arbitrer les querelles entre Flamandes et Espagnoles, apaiser les esprits ; ce rôle de médiatrice l'ennuie. A Bruxelles, au moins la laissait-on tranquille. La seule personne qu'elle aimerait avoir constamment près d'elle est trop souvent absente. Philippe s'essaie au castillan, s'habille souvent à l'espagnole ou à la mauresque. De sa querelle avec Berghes, elle n'a eu connaissance qu'après tout le monde et ignore les faits du favori qui ont déplu à ce point.

— Ma fille, tes intérêts sont ceux de notre pays. Si tu l'aimes comme je l'espère, tu dois le défendre contre tous, fût-ce ton propre époux.

— Philippe ne veut aucun mal aux Castillans, mère, il est venu de Flandres pour se faire reconnaître comme leur prince.

Comme à chaque fois que l'on touche à Philippe, Isabelle voit le visage de sa fille se fermer, le regard se durcir. Est-elle aussi insensée qu'on le dit ?

— Jeanne, écoute-moi un instant avec ton cœur d'Espagnole plus qu'avec ton cœur d'épouse. Jean de Berghes est un ami, il a compris que Philippe devait faire des choix s'il ne voulait tout perdre. Le peuple ne l'accepte que parce qu'il est ton mari.

— Mère, Jean de Berghes n'est pas mon ami.

— Qu'importent les amis personnels, les rois en ont si peu ! Berghes est utile à Tolède. Si Besançon reste seul auprès de ton époux, je crains que d'irréparables erreurs ne soient commises. Va trouver ton mari et obtiens la grâce de Berghes. Je le veux.

— Mêle-toi de ce qui te regarde, coupe sèchement

Philippe. Berghes s'est imaginé à tort que notre amitié lui octroyait des droits. Il a insulté Besançon qui lui est supérieur par l'âge tout autant que par le rang.

De sa haute taille Philippe domine Jeanne dont la retraite est arrêtée par un lourd fauteuil. Certainement, sa femme est l'émissaire d'Isabelle sous l'autorité de laquelle Berghes était tombé comme un nigaud.

« L'affront est trop grave. Outrager Besançon c'est m'offenser moi-même. Va le dire à ta mère. N'oublie pas non plus de lui signifier que je n'ai pas besoin d'entremetteuse pour me chapitrer. Le respect que j'ai pour elle suffit à dicter ma conduite en Castille. »

La déception noue la gorge de Jeanne. Elle aurait voulu réussir cette mission, prouver à ses parents qu'elle savait s'imposer lorsqu'il le fallait. En France, n'ayant rien à exiger de Philippe, elle avait su agir avec autorité, mais aujourd'hui elle n'a plus aucun courage. Ni son père ni sa mère ne peuvent l'obliger à se faire un ennemi de son mari.

La reine et Jeanne ont envoyé vers Jean de Berghes, installé à Olias avec les siens, trois pur-sang arabes d'une grande beauté, des mulets et une escorte destinés à l'accompagner jusqu'aux frontières espagnoles. Surprise par la volonté subite de Jeanne de se joindre à son geste, Isabelle l'a considérée comme une preuve de réalisme politique. Ainsi sa fille l'écoute malgré son air buté. L'avenir n'est peut-être pas aussi noir qu'elle le craignait.

La touffeur d'août tient Jeanne enfermée des journées entières dans ses appartements où elle a repris ses habitudes d'indifférente paresse. Quand ne viennent pas la distraire ses musiciens, elle joue avec ses petits chiens, se laisse masser par ses esclaves, songe inlassablement à Philippe, essayant de trouver une raison rassurante à ses étrangetés. Maintenant il semble juger favorablement les mœurs espagnoles, assiste aux courses de taureaux, s'essaie au jeu de cannes avec tant d'ardeur et d'habileté qu'il a reçu une ovation des spectateurs. Vêtu à la mauresque, le teint hâlé par le soleil, les cheveux blonds, il est plus beau encore. Avec son ventre qui enfle, ses nausées, sa fatigue, Jeanne se trouve misérable, repoussante.

Au retour d'une chasse au faucon où quantité de hérons, agates et grands ducs ont été abattus, les mauvaises nouvelles pleuvent sur Philippe : une échauffourée a encore opposé Flamands et Castillans, un des siens y a péri. François de Busleyden, son très cher ami, est fort malade. L'archevêque de Besançon a été pris d'un malaise au cours de la nuit et depuis lors vomissements et diarrhées ne lui laissent aucun répit.

Jean de Luxembourg, seigneur de Ville, qui a remplacé Berghes comme Grand Maître d'hôtel, affiche un visage consterné. Les rixes et décès qui se succèdent démoralisent les Flamands et plus d'un désormais réclame à voix haute un prompt départ.

« Je me rends au chevet de Besançon à l'instant, décide Philippe. »

Sur son lit au monastère de Saint-Bernard, François de Busleyden gît très pâle.

« Tu es venu, mon fils, que Dieu te bénisse. »

Le jeune homme prend la main posée sur le drap.

« Que disent les médecins ? »

L'évêque esquisse un sourire.

— Les médecins ? Ils ne manquent pas à mon chevet, ce qui leur fait défaut est le pouvoir de me guérir.

— Ils trouveront, je le sais.

— J'en doute. Mais ne perdons pas en vains mots un

210

temps qui m'est désormais précieux. Philippe, j'ai beaucoup à te dire.

La voix chuchote, Philippe tend l'oreille. Entre ses doigts il a gardé la main glacée de son ami.

« Empoisonné ! »

De retour dans ses appartements, Philippe jette à terre son chapeau. Besançon est mort dans d'atroces souffrances. La veille, il l'a longuement visité mais le malade l'a à peine reconnu.

« On le murmure, Monseigneur. »

Nerveusement le jeune homme arpente la chambre d'apparat où les volets clos donnent une lueur douce.

— Alors Jean, ils m'empoisonneront aussi.

— Monseigneur !

— Tous ceux qui les gênent disparaîtront. La reine avance ses pions en catimini mais jamais ne les perd de vue. Elle a séduit Berghes, éliminé Besançon qui lui résistait.

— Il n'y a aucune preuve.

Inquiet, Jean de Luxembourg s'assure que nul ne les écoute. Bien sûr, Philippe parle sous le coup de l'émotion, mais il serait désastreux que ses mots soient colportés jusqu'au trône.

— Mes médecins ont autopsié le corps, tout semble prouver l'empoisonnement. Je ne suis ni sourd ni aveugle !

— La reine, votre mère, vous aime tendrement, pourquoi chercherait-elle à vous nuire ?

— M'aimer Isabelle ? Rêves-tu, de Ville ? Elle ne veut que se servir de moi, me plier à ses volontés. Depuis plus de trois mois Ferdinand et elle me ressassent leurs conseils. Mais ils savent désormais que je mènerai ici comme en Flandres ma politique et non la leur. Ils ont compris que si Jeanne était docile, je ne serai jamais

211

quant à moi leur jouet. Avant de mourir Besançon m'a clairement montré la route à suivre.

— Monsieur de Busleyden, Monseigneur, était très francophile et n'aimait guère les Espagnols, ne l'oubliez pas. Malgré votre peine, il est bon que vous demeuriez impartial.

Philippe revoit le visage émacié de son vieux précepteur, celui de ses amis morts en Castille.

Sur le lit d'apparat où une nouvelle indisposition la force à dicter son courrier, Isabelle apprend la mort de l'archevêque flamand, la violente colère de son gendre, les accusations qu'il a proférées.

« Ce jeune homme n'a pas d'envergure, murmure-t-elle, dommage pour lui! »

Chapitre XXXIV

Depuis la mort de Besançon, les mauvaises nouvelles se succèdent. Le gardien des joyaux de Philippe, accusé de vol, a trépassé sous la torture sans rien avouer. Son successeur dépêché de Bruges est mort aussitôt arrivé à Tolède. Décèdent à leur tour Jacques de la Barre, Grand Échanson, Philippe de Hun, gentilhomme, tandis que deux écuyers flamands se blessent gravement en duel. Un serviteur de Besançon soupçonné d'avoir détourné des lettres compromettantes est torturé.

Impatient d'être convoqué à Saragosse par les Cortès d'Aragon pour pouvoir regagner ensuite son pays, Philippe fuit Tolède, séjourne à Aranjuez, à Chinchon, Arganda, Alcala de Henares où il apprend enfin que les Cortès sont prêtes. Jeanne triomphe. Partout désormais elle suit son mari. Peu lui importe qu'il la traite bien ou mal, elle est là à son côté, indispensable, inséparable.

« Iras-tu ? » demande-t-elle un soir où une lettre d'Isabelle vient de leur parvenir. Quittant Tolède pour Madrid, la reine souhaite y embrasser ses enfants avant leur départ pour l'Aragon. L'humeur de Philippe est conciliante. Cette entrevue sera la dernière.

« Pourquoi n'irais-je pas ? Quoi que tu penses, je respecte doña Isabelle.

Jeanne sait que son mari n'a aucune tendresse pour ses parents. Lorsqu'elle sera reine, elle saura changer l'ordre des choses. Avec le temps, Philippe oubliera les Flandres, ses maîtresses et ses intrigues.

Le château de Alcala de Henares est assoupi. Jeanne s'y sent bien, il lui ressemble. A la tombée de la nuit elle vient se promener dans la galerie qui ceint le patio, les odeurs des plantes fraîchement arrosées la reposent. L'enfant commence juste à bouger, lui rappelle, lancinant, douloureux parfois, le souvenir d'Éléonore, de Charles et d'Isabelle. Se souviendront-ils de leur mère lorsqu'elle reviendra à Malines ?

La première, l'archiduchesse quitte Madrid, Philippe la suit le lendemain. Les adieux ont été rapides, faciles, Isabelle semblait ne pas comprendre que sa fille la quittait pour très longtemps. « Que Dieu te garde ! » a lancé la reine alors que, suivie de madame de Hallewin, la jeune femme passait la porte.

Jeanne s'est retournée. Jamais sa mère ne lui a semblé aussi fatiguée, aussi solitaire.

« Que Dieu vous garde aussi, ma mère », avait-elle murmuré, les larmes aux yeux.

A nouveau les étapes se succèdent, petites villes, grosses bourgades. Toujours les discours de bienvenue, les Te Deum, les courses de taureaux, jeu de cannes et fêtes populaires.

Près de Saragosse, à La Aljaferia, Ferdinand vient, fringant, à la rencontre de ses enfants pour les escorter jusqu'au château où lui-même ne loge pas. Jeanne est déçue. Elle espérait de longs moments d'intimité mais ici, en Aragon, son père est encore plus insaisissable. Réjoui par la perspective du prochain départ, Philippe visite églises, couvents et mosquées.

Alors que les Cortès s'apprêtent à recevoir le serment

des archiducs à la cathédrale, une lettre arrive de Flandres. Le duc de Gueldre vient de lever des troupes et chacun pense à une reprise prochaine des hostilités ; en Flandres quelques agitations populaires obligent les bourgmestres à prendre des mesures énergiques. L'absence du souverain favorise ces rébellions. Le comte de Nassau, gouverneur des Flandres, insiste : la présence de l'archiduc apaisera les esprits.

Philippe, déjà vêtu de soie parme brochée de pourpre, coiffé d'un chapeau piqué de rubis et de perles, tend la missive à Jean de Luxembourg.

— Nous devons quitter l'Espagne sans tarder. Quoique confiant dans l'amitié que me porte le bon roi Louis, les troubles en Gueldre me rendent méfiant et je veux garantir mon voyage de retour. Que les Français envoient des otages en Flandres. Excepté cette réserve, mes projets n'ont pas changé et je traverserai la France quoi qu'en pensent les rois catholiques.

— Ils en pensent beaucoup de mal, Monseigneur.

— Ce que j'accomplirai en France les étonnera. Je compte œuvrer pour une paix en Italie entre la France et l'Espagne. Voilà un bon début pour un héritier, et le peuple des rois catholiques m'en saura gré. Nul ici n'a envie d'aller mourir à Naples ou à Milan.

La cérémonie d'allégeance s'achève. Philippe a les nerfs à vif. Les commissaires d'Aragon, de Sicile, de Valence, de Majorque, de Minorque, de Barcelone, du Roussillon ont d'abord juré obéissance à Jeanne, seule héritière d'Espagne. Son nom n'a été prononcé que tardivement et ses pouvoirs limités à la survie de son épouse. Jeanne décédée, il n'est plus rien.

Le président n'a pas achevé son discours. Impassible, Jeanne écoute. Elle devine l'humiliation de Philippe mais n'arrive plus à souffrir pour lui. Le pouvoir qu'elle détient est sa seule sauvegarde.

« S'il plaisait à Dieu, continue le vieux magistrat, de rappeler doña Isabelle, si don Ferdinand, notre Souverain, reprenait épouse légitime et en avait descendance mâle, la couronne d'Aragon reviendrait à ce prince et à nul autre. »

Philippe tressaille. Ferdinand, sans aucun doute, a fait ajouter cette clause traîtresse. Quoique, à son côté, le roi d'Aragon ne laisse rien apparaître, le jeune homme devine qu'il jubile.

« Échec et mat, annonce Ferdinand. Ne prenez pas ma victoire à mal, mon fils, ce n'est qu'un jeu, n'est-ce pas ? »

Philippe s'efforce de conserver son sang-froid. Le regard de son beau-père sans cesse affable mais insondable le met toujours mal à l'aise.

— Me donnerez-vous l'occasion d'une revanche ?

— Les circonstances sont imprévisibles, mon fils. Ne dit-on pas que vous comptez nous quitter ?

— J'ai solennellement promis à mon Conseil de ne pas prolonger mon absence au-delà d'une année. Nous voici déjà à la fin d'octobre.

Ferdinand repousse légèrement l'échiquier, incline le buste en arrière pour mieux observer son gendre dont le visage buté l'amuse. Quels arguments va-t-il trouver pour justifier sa fuite ?

— On me dit aussi que vous vous apprêtez à traverser à nouveau la France.

— J'ai exigé des otages. Nous n'avons rien à craindre des Français.

Nulle trace de bienveillance ne demeure dans les yeux de Ferdinand.

« Don Philippe, rêvez-vous ? Vous êtes notre gendre et prince de Castille, Jeanne est notre héritière. Nous sommes en guerre avec la France, l'avez-vous oublié ? »

Philippe pâlit. Il en a par-dessus la tête des remontrances.

— Sire, j'ai fort bonne mémoire. Louis m'attend à
Lyon pour négocier un traité de paix.

— Nous négocierons lorsque nous jugerons le temps
opportun.

Le ton coupant indique à Philippe que son beau-père
veut clore la discussion. A son tour il se lève.

— Ne partez pas tout de suite, conseille Ferdinand,
j'ai encore à vous entretenir de ce voyage qu'on dit
prochain. Votre mère en a-t-elle connaissance ?

— Je lui ai fait mes adieux à Madrid.

— Des adieux qu'elle a pris pour un simple au revoir,
mon fils. Je doute qu'elle apprécie de vous voir fuir
comme des voleurs.

Philippe veut se récrier mais l'agacement l'empêche
de trouver ses mots en castillan.

— Je pars pour Madrid demain, poursuit Ferdinand,
la reine est souffrante et m'appelle. Je suis sûr que vous
ne quitteriez pas l'Aragon avant d'avoir reçu de ses
nouvelles.

— C'est un ordre, mon père ?

A nouveau le regard du roi pétille de malice.

« Philippe, on ne choisit pas ses parents et il vous
faudra nous supporter quelque temps encore avant
d'être libre, d'imposer vos choix. »

Dans l'allée ombragée de tilleuls entourant le jardin
du palais, Ferdinand marche à côté de Jeanne. La petite
escorte qui l'accompagnera à Madrid l'attend dans la
Cour. La grossesse, visible maintenant, de la jeune
femme ralentit son pas et de temps à autre l'oblige à
s'arrêter pour reprendre haleine. Malgré le temps
radieux, l'air léger, les arbres déjà dorés Jeanne est
morose. Avec le départ de son père, le sien devient

inéluctable. Dans quelques semaines elle sera à Bruxelles.

« Tu m'abandonnes aussi, Juanita ! »

Ferdinand parle avec douceur, Jeanne n'est coupable que de pusillanimité. Elle se comporte en enfant, il s'adresse à elle en enfant.

— Je dois suivre mon mari, père.

— Dans l'état où tu te trouves, il n'a pas le droit de t'imposer ce long voyage. Ta mère et moi désapprouvons formellement ce projet de départ — Ferdinand s'empare des deux mains de sa fille d'un geste tendre : Mieux que Philippe nous savons ce qui est souhaitable pour toi !

Jeanne comprend l'avertissement, ils ne partiront pas en Flandres. Un amalgame de joie et de déception la submerge.

— Qu'en pense Philippe ?

— Vous avez, toi et lui, encore beaucoup de choses à apprendre. Je veux que ton mari voyage, découvre son peuple, le juge mieux qu'il ne le fait présentement. Je veux aussi que tu accouches sur la terre espagnole. Ta mère a besoin de ce petit enfant auprès d'elle puisqu'il a plu à Dieu de lui retirer Miguel.

Ne pouvant fâcher son père, ne voulant mécontenter son mari, Jeanne ne sait que répondre. Elle ne voit à l'horizon que complications et drames.

Chapitre XXXV

A Saragosse où le départ était imminent, l'ordre est tombé, affectueux mais impérieux : l'archiduc doit revenir à Madrid.

Depuis l'arrivée de la lettre signée par Isabelle, Philippe n'a pas décoléré, s'acharnant particulièrement sur Jeanne. Qu'a-t-elle encore manigancé avec sa mère ? La jeune femme pleure, s'insurge, refuse de lui dire au revoir.

Pour accueillir son gendre, la reine a choisi, non l'intimité de ses appartements, mais la salle où elle reçoit ambassadeurs et dignitaires. Au côté de Ferdinand, assise dans un fauteuil tendu de cuir de Cordoue, elle attend Philippe. Qu'il puisse se sauver en catimini l'a choquée, qu'il s'apprête, une fois encore, à traverser le royaume de France contre lequel se battent des Castillans l'outrage. Philippe a-t-il perdu le sens commun ?

— Je le convaincrai, raisonne Isabelle.

— Ma chère femme, ce garçon n'a que disgracieuses qualités et plaisants défauts, il a été élevé dans l'idée que le monde a été créé par Dieu pour son plaisir. Mais il apprendra ses leçons, et plus vite qu'il ne le pense.

Un chambellan ouvre grandes les portes de la salle du

219

Conseil. Précédé par des soldats castillans, les pages de la reine, Philippe apparaît vêtu en habits de voyage. Malgré son orgueilleuse assurance, la vue de ses beaux-parents, assis côte à côte au fond de la vaste pièce, le décor austère, presque monacal, la présence d'un grand crucifix de bois peint impressionnent le jeune homme. A pas lents il s'avance, le chapeau à la main, met un genou à terre, veut prendre la main d'Isabelle qui la retire.

« Embrassez-moi, mon gendre, et asseyez-vous près de nous. »

La voix, pourtant amène, ne permet aucune réplique. Philippe, qui s'était juré de ne pas se laisser intimider, s'assied docilement.

— Je pourrais commencer par les compliments d'usage, continue la reine, mais je préfère aller droit au but. Vous désirez quitter l'Espagne, on vous attend en Flandres, dites-vous.

— J'ai promis, articule misérablement Philippe.

— Une vie est une mosaïque de promesses non tenues, intervient sarcastiquement Ferdinand.

— Je tiens les miennes, mon père!

La réaction soudain indignée de son gendre allume une lueur amusée dans le regard du roi.

— Vous vous êtes engagé, en prêtant serment à nos Cortès, à défendre les intérêts et privilèges du peuple espagnol. Traverser la France irait à l'encontre de ces intérêts.

— Je suis flamand.

— Mais vous êtes aussi prince de Castille, réplique Isabelle. N'était-ce pas votre plus cher désir? Le moment est venu d'en assumer les responsabilités.

Chaque mot prononcé par la reine écrase Philippe. Jamais il ne lui pardonnera de telles réprimandes.

« Je vais faire armer des vaisseaux, poursuit Isabelle,

vous embarquerez pour votre pays aussitôt après la délivrance de Jeanne. »

D'un bond Philippe se lève, de toute sa hauteur il toise cette femme malade, cet homme vieillissant qui croient pouvoir lui donner des ordres.

— Je n'attendrai pas jusqu'au printemps et prendrai la route selon les projets établis en plein accord avec les miens.

— Asseyez-vous, Philippe, ordonne Isabelle, cet entretien n'est pas clos. Vous oubliez Jeanne. Elle ne peut ni ne doit voyager en ce moment.

— J'ai reçu toutes les garanties possibles des Français. Jeanne n'a rien à craindre.

La main de Ferdinand se posant sur son bras le fait tressaillir.

— Jeanne ne traversera pas la France.

— Eh bien qu'elle reste en Espagne ! Je vous la laisse bien volontiers.

Le jeune homme a cherché des mots blessants et voit au regard d'Isabelle qu'il a visé juste.

— Vous l'abandonneriez ?

— Je vous la confierai, ma mère, et partirai le cœur tranquille. Elle ne peut avoir de meilleur conseiller que vous.

Sur le visage de la reine, un instant silencieuse, apparaît une grande tristesse.

— Ainsi vous l'abandonnez, répète-t-elle comme pour elle-même, puis se reprenant : Devant Dieu qui m'écoute, j'ai tout tenté, Philippe, pour vous faire entendre raison. Ni le protocole, ni vos devoirs politiques ou conjugaux n'ayant le moindre poids sur vous, je me tairai désormais. Partez puisque cela est votre désir et laissez-moi ma fille. Jeanne sera bouleversée par votre décision car elle vous aime.

— Doña Isabelle, c'est vous qui avez pris la décision

de retenir votre fille en Castille... vous en porterez seule la responsabilité.

Heureux d'avoir repris l'offensive et conclu cet entretien humiliant à son avantage, Philippe se lève. Ni Isabelle ni Ferdinand ne bougent.

« A Lyon j'aurai avec Louis des entretiens qui pourraient être fort avantageux pour l'Espagne. Allez, je ne suis pas aussi ingrat que vous le pensez ! »

Le roi à son tour quitte son siège. Plus petit que son gendre, il doit lever les yeux.

« Partez donc retrouver le roi Louis, mon gendre, et faites ainsi que vous l'entendez. »

Un détachement de soldats est envoyé à Saragosse afin de ramener Jeanne que Philippe attend à Alcala de Henares où il lui signifiera la décision de ses parents. Maintenant qu'il a quitté Madrid, sa colère s'apaise pour laisser place à une grande satisfaction. Non seulement il est libre de partir, mais implicitement Ferdinand a accepté son ambassade auprès du roi de France ! S'il parvient à négocier la paix en Italie, son prestige sera considérablement renforcé. Après avoir gagné les Grands, il s'attirera la reconnaissance du peuple castillan que le roi d'Aragon n'hésite pas à enrôler de force sous ses bannières.

« Don Ferdinand, pense Philippe, notre partie d'échec n'est pas achevée ! »

Surprise mais docile, Jeanne se met en route. Sans doute sa mère a-t-elle convaincu Philippe de demeurer en Castille jusqu'à son accouchement. Tandis que l'interminable convoi cahote sur les chemins de terre ravinés par les pluies de novembre, elle reprend espoir. Bientôt ils seront ensemble, réunis pour un long hiver.

Dans un petit village aux pauvres masures, ses archers

et cuisiniers se battent pour une paillasse! Cousin, son rôtisseur, est gravement blessé. A contrecœur elle arbitre les différends.

Enfin les remparts d'Alcala de Henares se dressent devant le cortège. A peine Jeanne aperçoit-elle les édiles venus lui souhaiter la bienvenue. Voilà un mois qu'elle n'a vu Philippe. Comment l'accueillera-t-il?

Sec et froid, le vent en rafales souffle de la sierra de Guadarrama, faisant grincer les branches des amandiers depuis longtemps dépouillés de leurs feuilles, s'engouffre dans les ruelles tortueuses où s'ébattent les enfants.

Philippe n'est pas dans la cour d'honneur du château pour l'accueillir. Est-il absent? Et s'il se trouvait avec une autre femme? Cette hantise à nouveau la torture. Mais, alors qu'elle se dirige vers ses appartements, Philippe surgit tout souriant. Depuis longtemps elle ne lui a vu si bon visage.

« Enfin te voilà! »

Il baise ses mains et le contact des lèvres sur sa peau fait frémir la jeune femme.

L'entraîne vers sa propre chambre, il congédie tout le monde, pousse lui-même la porte.

« Tu sembles bien fatiguée. Repose-toi. »

Jeanne se laisse conduire à une chaise. Dans la cheminée le feu rougeoit.

Debout à côté de sa femme, Philippe hésite. Ce qu'il doit annoncer est difficile. Sa main se pose sur l'épaule de Jeanne, effleure le corsage de velours broché. Mû par un sentiment de pitié, il va lui faire l'amour et en a honte.

« Ma mère t'a-t-elle convaincu? Resterons-nous quelque temps encore en Castille? »

Pour ne pas avoir à répondre, il se penche, embrasse la peau douce du cou.

Pas un instant Philippe ne relâche son attention, guettant dans le regard, dans une attitude de Jeanne le moindre signe indiquant qu'elle est à sa merci. Alors il pourra lui parler, choisissant des mots bien tendres pour avouer la vérité. Comme elle en a pris l'habitude, la jeune femme s'accroche à lui, le serre entre ses bras si fort qu'il doit se dominer pour ne pas la repousser. Isabelle a eu une fameuse initiative en exigeant de garder sa fille auprès d'elle ! Durant leur traversée de la France Jeanne a pesé à ses pieds comme un boulet, au retour il sera libre et léger.

Jeanne prend les doigts fins de son mari, les embrasse un par un, murmure : « Je ne veux pas qu'on nous sépare. »

Philippe tressaille.

— Pourquoi dis-tu cela ?

— J'ai rêvé qu'on allait nous désunir, jamais je ne pourrais me séparer de toi.

Tout atermoiement est maintenant impossible. Malgré son horreur des conflits, Philippe se décide.

« Je te confie à ta mère pour quelques mois. »

Un cri strident, semblable à une plainte de bête blessée, lui répond :

— Pour m'arracher à toi, il faudrait me couper les mains. »

D'abord le jeune homme tente la douceur, explique qu'il approuve la décision de ses parents, faire une si longue route à six mois de grossesse est très imprudent, mais Jeanne ne cesse de répéter : « Je ne veux pas, je ne veux pas ! » Alors il s'impatiente.

« C'est ainsi, tu dois l'accepter. Après ton accouchement tu me rejoindras. »

Blottie dans un coin du lit Jeanne sanglote, mais alors que son mari veut prendre sa main pour la consoler, elle la retire violemment. Ce geste irrite Philippe. Il perd son temps avec cette femme sans retenue, sans dignité. Résolument il se lève, remet ses chausses.

« Nous partons dans deux jours pour Madrid, tiens-toi prête. »

Le hurlement de Jeanne lorsqu'il sort lui glace le sang.

Chapitre XXXVI

« Je t'en supplie ! »

Entourée des gentilshommes flamands prêts à partir, des rois catholiques et de leurs proches, Jeanne est tombée aux pieds de Philippe. Gênés, tous contemplent cette jeune femme en larmes accrochée aux jambes de son époux. Isabelle s'approche, veut relever sa fille, faire cesser le scandale, mais Jeanne la repousse sans ménagement. Philippe, lui, ne sait que dire, cette scène inattendue l'embarrasse affreusement. Ces cris, ces larmes d'une femme enceinte effondrée à ses pieds le rebutent. Il tente d'affermir sa voix.

« Voyons, relève-toi ! »

La dureté du ton interrompt les sanglots.

« Emmène-moi. »

Elle a balbutié sa dernière supplique. Maintenant elle attend, prostrée, les doigts toujours agrippés aux chausses de son mari.

« Viens, Juanita. »

Ferdinand a pris sa fille par les épaules, la relève, la serre dans ses bras, caresse les cheveux noirs. Alors vaincue, Jeanne abandonne, n'oppose aucune résistance aux femmes qui l'entraînent vers ses appartements. La mâchoire serrée, le regard fixe, Philippe n'a pas bougé.

Le vent d'hiver bat les murs du château d'Alcala de Henares, hurle la nuit dans les cheminées, balaie le patio où se courbent les ifs. Les eaux du rio de Henares ont débordé, envahissant les champs, noyant des moutons dont les corps gonflés dérivent. La nuit tombe tôt en ce début de mars. Au château, personne ne veille. Silencieuses, lugubres, les vastes salles ne sont plus éclairées que par les lueurs des ultimes braises qui se consument dans les monumentales cheminées devant lesquelles messieurs de Melun et de Hallewin, laissés par Philippe auprès de Jeanne, risquent parfois une partie de cartes ou d'échecs.

Depuis des semaines l'archiduchesse reste cloîtrée dans ses appartements, visitée de temps à autre par son père ou sa mère. Depuis le départ de Philippe, nul n'a pu la dérider. Alarmée, Isabelle a fait venir des médecins que Jeanne a renvoyés puis, devant le mutisme de sa fille, se contente de venir s'asseoir à côté d'elle, monologuant, sans être certaine d'être écoutée.

Seul le nom de Philippe semble tirer Jeanne de sa torpeur. Alors la reine invente des missives qu'elle n'a jamais reçues.

« Un fils ! s'écrie une femme, vous avez un fils, doña Jeanne ! »

On pose dans ses bras un bébé blond et rose, un vrai petit Flamand. Vite, elle le serre contre elle puis le rend, trop lasse, trop meurtrie pour se sentir mère.

Ferdinand et Isabelle veulent un baptême magnifique. Aussitôt, ils ont adopté cet enfant. Sur le berceau du petit Ferdinand la reine a accroché le crucifix d'ivoire qui ornait celui de Juan.

« A-t-on envoyé un message à Philippe ? »

Une fois de plus, Isabelle prend une voix rassurante.

« Deux cavaliers sont partis lui porter la bonne nouvelle. Ils le rejoindront sur la route de Lyon. »

Jeanne compte les jours. Dans deux semaines elle se relèvera et dès avril commencera les premiers préparatifs de départ. Le temps est léger désormais, elle consent à recevoir dans sa chambre quelques musiciens, écoute son confesseur, réclame parfois son petit garçon. La fin de mars est pluvieuse mais, à travers les fenêtres, Jeanne n'aperçoit que du soleil.

« Doña Jeanne veut partir, Majesté, elle donne des ordres dans ce sens. Que devons-nous faire ? »

L'intendant respectueusement se tient devant Isabelle. Bien que la nuit soit déjà avancée, la reine travaille encore. La plume tombe de ses mains que l'arthrite déforme.

— Mon Dieu, murmure-t-elle — puis se reprenant : Il n'est pas question que doña Jeanne prenne la route maintenant.

— Que dois-je dire, Majesté ?

— Je serai à Alcala demain et lui donnerai des explications.

L'homme semble déchargé d'un insupportable fardeau. L'archiduchesse a un caractère difficile, ne tolère aucune opposition, le matin même elle a souffleté une servante.

Consternée par la nouvelle, la reine ne peut reprendre le travail. Quels mots trouver encore pour apaiser Jeanne, lui laisser entendre qu'elle ne peut se lancer comme une gitane sur les traces d'un époux qui, à Lyon, s'apprête à tomber dans la trappe ouverte sous ses pas par Ferdinand ? Après l'affront qu'il va essuyer et qui, elle l'espère, lui remettra les pieds sur terre, Jeanne doit demeurer en Castille au moins jusqu'à l'automne. Même si elle doit la contraindre, elle se fera obéir mais cette lutte continuelle contre sa propre fille l'use. Jeanne est une épine enfoncée dans son cœur.

« Mère, réplique la jeune femme avec colère, vous ne pouvez m'interdire de rejoindre mon mari ! »

Après de longues circonvolutions verbales, l'ordre de la reine est enfin tombé.

— Juanita, calme-toi. Je n'ai pas pris cette décision pour te contrarier mais pour te protéger.

— Que savez-vous de mon bien, mère ?

Comme si elle n'avait rien entendu, la reine poursuit :

— Une infante ne vit pas pour ses plaisirs personnels, Jeanne, mais pour l'Espagne. Ignores-tu que nous sommes en guerre avec la France ?

— Philippe garde des otages en Flandres pour sa sécurité.

— Philippe ? Sait-on où il veut aller ?

Isabelle s'impatiente. De toutes ses forces elle essaie de ne pas discréditer l'époux devant l'épouse mais l'aveuglement de Jeanne l'exaspère. En face d'elle, raide comme une statue, la jeune femme est blême. Elle connaît les inconstances de Philippe, ses légèretés, mais n'accepte pas que quiconque, fût-ce sa propre mère, le blâme devant elle.

— Philippe traverse la France, va rendre visite à Marguerite en Savoie et regagner les Flandres.

— Admettons que tu dises vrai, ma fille, où le rejoindrais-tu ? Il ne pourra être à Bruxelles avant l'été, nous sommes en avril.

— Je l'attendrai à Malines avec mes enfants.

En invoquant ses enfants, Jeanne sait qu'elle a touché juste.

— Tu ne peux traverser la France, répète la reine, nous allons attaquer l'armée de Louis à Naples.

— Alors armez-moi une flotte !

— Nous avons besoin de tous nos bateaux pour le transport des troupes. Mais aussitôt qu'une paix se dessinera, cet été peut-être, tu pourras partir. Trois mois, Jeanne, qu'est-ce que cela ? N'es-tu pas bien ici ?

Jeanne comprend qu'une fois de plus elle va devoir plier. Elle hait ceux qui l'oppriment et se déteste pour sa propre faiblesse.

« Je ne suis bien qu'auprès de mon mari. »

Elle a voulu blesser sa mère. Il lui reste cette arme, elle ne se privera pas de l'utiliser.

La reine se lève. Si elle veut regagner Madrid avant la nuit, elle doit partir bientôt. Son corps entier la fait souffrir.

— Fais chercher mon petit Ferdinand.

— Il dort.

— Qu'on l'éveille.

Elle ne commande plus, elle implore. Jeanne est satisfaite d'avoir pu enfin contraindre sa mère à la supplier.

« Mon cher cousin, quel heureux moment celui où nous nous retrouvons ! »

A côté de la reine Anne, Louis accueille Philippe avec effusion. Depuis quelques semaines il a élaboré avec son Conseil un subtil traité de paix qu'il espère voir prochainement ratifié. Philippe est une proie facile, jeune, confiant, sûr de lui, il peut le dominer sans effort et le mener où se trouvent les intérêts français. Après quelques banquets et danses, le jeune homme sera à sa merci.

« J'ai un présent pour vous — le roi fait un signe, aussitôt un serviteur surgit portant un tonnelet : De la bière bien fraîche, cher cousin ! J'imagine que vous êtes impatient d'en prendre une chopine. Et si vous le souhaitez nous boirons ensemble. »

Assis à côté du roi devant la grande table de chêne autour de laquelle siège le Conseil. Philippe trempe sa plume dans l'encrier et, d'un geste décidé, appose sa signature en bas du document. La proposition de Louis est en tous points conforme à ce qu'il attendait : le roi cède à Claude, sa fille, ses droits sur le Napolitain, les Pouilles et la Calabre tandis que lui-même, au nom des rois catholiques, laisse à Charles, son fils, leurs possessions du Sud italien. Au jour des noces, les jeunes gens réuniront ces royaumes sous un même sceptre.

La mine satisfaite, Louis signe à son tour. Ce document reconnaît explicitement les droits français sur Naples, il peut maintenant tenir tête aux rois catholiques. Une belle victoire !

« Allez faire tambouriner l'heureuse nouvelle dans les rues de la ville, ordonne-t-il joyeusement, et que des messagers de paix, français et espagnols, partent sur-le-champ vers Naples. Ce soir il y aura du vin et du pain gratuits pour tous. Je veux que les Français soient contents — et se tournant vers Philippe : Vous aussi, très cher cousin, je vous désire heureux. »

« Je ne peux croire qu'il ait abandonné à ce point toute fierté ! » lance Isabelle en tendant la dépêche à son conseiller Ximenes de Cisneros.

La nouvelle bévue de son gendre, les conséquences pour l'Espagne du traité signé par lui accablent la reine, avivant sa gêne respiratoire, les douleurs qui rongent ses entrailles. Ferdinand remarque la pâleur du visage, le tremblement des mains. Chaque jour il s'inquiète un peu plus de la santé de sa femme.

« Nous nous attendions aux maladresses de ce benêt, le moment est venu d'en profiter. Nos troupes sont prêtes pour une offensive. N'ayant rien signé, nous ne dérogeons à aucun engagement. Louis croyait nous prendre, ce sera lui qui sera pris ! »

Cisneros serre la missive entre ses doigts. Son regard va de Ferdinand à Isabelle qui ne dit mot.

« Les Français auront ce qu'ils méritent, murmure-t-il enfin, et monsieur l'archiduc comprendra sans doute la leçon. »

L'odeur des fumigations de plantes prescrites pour la santé de la reine imprègne tentures et tapisseries de la salle privée des souverains. Dans le silence de la pièce, la voix d'Isabelle prend plus d'ampleur encore.

— Je me méfiais de Philippe, désormais je le méprise.

— Que Gonzales de Cordoue attaque les Français, ordonne sèchement Ferdinand. Avec l'aide de Dieu, qu'il les écrase enfin.

Chapitre XXXVII

« Philippe ! »

Le visage radieux, Margot marche au-devant de son
frère qui vient de mettre pied à terre devant le château
de Bourg-en-Bresse. Elle s'est arrondie depuis son
nouveau mariage, est vêtue avec plus de coquetterie, se
coiffe à la mode italienne. A deux pas, le duc de Savoie,
venu accueillir Philippe à Villars, regarde sa femme avec
tendresse. Les deux jeunes gens sont chaque jour un peu
plus amoureux et Marguerite semble avoir enfin oublié
la rupture avec le fiancé français, la mort de l'époux
espagnol.

Autour de la petite ville, les collines commencent à
verdoyer. Comme pour fêter Pâques, déjà les vergers
sont en fleurs.

« Viens vite, nous avons tant de choses à nous dire ! »

Elle entraîne Philippe vers ses appartements. Dans les
couloirs clairs du petit château, de gros bouquets de
jonquilles font des tachès de soleil sur la pierre blonde,
des tapis de laine aux couleurs vives jonchent le sol.
Fugitivement, tandis qu'il serre le bras de sa sœur
contre lui, Philippe songe à Jeanne, seule dans l'austère
palais d'Alcala de Henares. Par Hallewin ou Melun il
reçoit de temps à autre quelques nouvelles. Les deux

gentilshommes donnent à entendre qu'elle pleure beaucoup, refuse souvent ses repas, maigrit. Qu'y peut-il ? Les extravagances de sa femme se retournent contre elle-même et il aime mieux qu'elle se maltraite plutôt que de le persécuter.

Le Vendredi saint, Philibert de Savoie, fiévreux, s'est alité. Le dimanche de Pâques, Philippe à son tour tombe malade. Son état s'étant aggravé le lendemain, les médecins, inquiets, se succèdent à son chevet. N'a-t-on pas signalé quelques cas de peste à Bourg ? En dépit de leurs soins, la fièvre monte et pendant plus d'une semaine le malade délire.

Enfin, à la venue du printemps, les deux beaux-frères se sentent mieux et Margot décide de les accompagner à Pont-d'Ain où l'air frais et pur aidera à leur rétablissement. Elle a tant prié, pleuré que ses belles couleurs, ses rondeurs s'en sont allées.

Mai au bord de l'Ain est délicieux. Sur la terrasse du château, Philibert, Marguerite et Philippe passent de longues heures à jouer aux cartes, aux échecs ou à écouter de la musique. Trop faibles encore, les deux convalescents ne peuvent ni chasser ni participer aux joutes organisées pour distraire les Flamands.

Philippe, un matin, se hasarde à pied avec Margot autour du château. Le vent dépouille les pommiers de leurs pétales, les petits chiens de la duchesse folâtrent autour d'eux. Dans quelques jours, si la santé du jeune homme persiste à s'améliorer, les Flamands reprendront la route pour la Franche-Comté et Malines.

« Regarde, s'exclame soudain Margot, deux cavaliers à la livrée du roi de France viennent vers nous ! »

La hâte avec laquelle les messagers approchent laisse présager d'importantes nouvelles.

Pour prendre connaissance de la missive au sceau de Louis, Philippe s'est assis sur un banc devant les douves où nagent sarcelles et colverts. Sur son épaule Margot s'appuie, la joue contre celle de son frère.

« Mon Dieu ! » murmure Philippe.

Dans la lettre Louis XII apprend à l'archiduc Philippe, prince de Castille, que les Espagnols commandés en Italie par Gonzales de Cordoue ont attaqué les Français à Cerisole, massacré le duc de Nemours et grand nombre de ses soldats confiants en la paix signée à Lyon. La missive laconique, sèche est cinglante dans sa brièveté.

Malgré la fièvre qui l'a repris, les supplications de sa sœur et des siens effarés des dangers encourus, Philippe reprend la route de Lyon. Plus que l'humiliation, la rage le maintient en selle en dépit de son épuisement. Sans cesse reviennent dans sa mémoire des bribes de conversations menées avec ses beaux-parents, des silences significatifs, d'éloquentes expressions de Ferdinand indiquant sa fausseté. Comment n'a-t-il rien vu, rien compris ? Sûr de son pouvoir il n'a pas un instant imaginé être dupé. La haine qu'il rumine tout au long du chemin n'épargne pas Jeanne. Qu'elle reste en Espagne jusqu'à nouvel ordre, il ne la rejoindra qu'en maître lorsque Isabelle morte, il pourra se venger en chassant Ferdinand de Castille. Son beau-père a voulu la guerre, eh bien il l'aura ! Mais plus le petit cortège approche de Lyon, plus la fureur de Philippe fait place à la confusion. En face de Louis, comment se justifiera-t-il ? Quels mots devra-t-il employer qui ne soient trop humiliants pour lui ?

Les jambes tremblantes de fatigue, Philippe avance avec une orgueilleuse assurance. Rien dans le regard de

Louis n'indique dans quel état d'esprit le monarque se trouve. Autour de lui sont assemblés ses conseillers, graves comme autant de juges. Philippe les regarde brièvement et soudain tressaille. A quelques pas, deux gentilshommes castillans semblent le dévisager avec un mépris moqueur.

— Avancez, mon cher cousin, déclare Louis. Nous sommes réunis ici parce que vous l'avez souhaité et non pour prendre une quelconque position sur les malheureux événements que vous connaissez — puis désignant un siège à côté de lui : Mais asseyez-vous, car je vous vois tout pâle.

— Sire, je ne prendrai aucun repos avant d'avoir défendu mon honneur.

Longuement Philippe parle, expose les propositions de paix des rois catholiques formellement confirmées devant lui, dit sa confiance en ses propres parents. Sans mot dire le roi l'écoute. Enfin Philippe se tait, une sueur glacée coule sur son visage, un vertige l'oblige à s'appuyer sur le dos d'une chaise. Jean de Luxembourg, Antoine de Lalaing, son chambellan, se précipitent pour le soutenir.

« Permettez, Monseigneur, que je me retire un instant. »

Lorsque pour la seconde fois Philippe expose sa défense devant le roi, le même silence glacial l'accompagne malgré une courtoise attention. Le trop bref repos n'a pas atténué son immense lassitude.

« J'ai bien compris, cher cousin, assure Louis, comment vous vous êtes laissé abuser par des paroles peut-être moins explicites que vous ne le pensiez. Ma confiance ne vous est pas ôtée. »

Le ton sec intensifie le malaise du jeune homme. Ferdinand regrettera amèrement les moments qu'il est en train de lui faire subir. Avant que Philippe n'ait pu répondre, la voix d'un des Castillans s'élève :

« Sire roi, si vous désirez traiter avec mes maîtres, les rois catholiques, nous sommes ici pour les représenter et tenons d'eux les patentes et pouvoirs signés de leurs propres mains. »

Prestement l'ambassadeur tire un pli de sa manche, le tend au roi. Pas un conseiller ne bouge. L'assemblée, stupéfaite, étudie le visage de l'archiduc en face de ce nouvel affront.

Le roi parcourt le billet. Un long moment son regard s'attarde sur Philippe qui semble changé en pierre. Il replie enfin le papier, le rend à l'ambassadeur.

« Monsieur, je ne traiterai qu'avec l'archiduc, dites-le bien à vos souverains. Lui seul a ma confiance. Maintenant retournez en Castille, je vous donne trois jours pour quitter mes royaumes. »

Chapitre XXXVIII

Le soleil d'été écrase le château d'Alcala de Henares. A l'heure de la sieste, derrière les volets clos, l'air est pesant, moite, chargé d'odeurs d'herbes sèches, d'aiguilles de pin que la chaleur avive. Seule dans sa chambre, Jeanne, le regard fixe, observe la campagne où rien ne bouge, l'horizon d'où semblent jaillir de petits nuages ronds comme autant de bulles légères. Dans les vases les fleurs se fanent, dégageant une odeur fade de pourriture. Pendant des semaines et des mois, la jeune femme a défié sa mère, guettant une lettre qui n'est jamais venue. Maintenant elle est lasse, l'immobilité du temps, la chaleur, le silence ont enfin eu raison d'elle. Philippe l'a oubliée.

Jeanne quitte la fenêtre, va s'accroupir sur les coussins de soie dont le sol est jonché. Isabelle ne va pas tarder. Une fois encore la jeune femme affrontera sa mère, l'accablera, lui donnera à penser qu'elle la hait quand les mots odieux qu'elle sait si bien trouver sont seulement des appels désespérés. Isabelle ne devine rien. Jeanne ressasse sa solitude d'enfant, ses reproches. Elle admirait Isabelle, son aînée, mais Isabelle est morte, elle enviait Juan et Juan est mort. Son entourage peu à peu a été détruit. Comment vaincre la destruction ?

Dans la cour s'activent des serviteurs mal réveillés de leur sieste. « Ma mère », pense Jeanne. La perspective de ses monologues est si dérisoire que Jeanne va s'asseoir sur son lit et se met à rire.

Plus encore que les jours précédents, la reine a les traits tirés. Avidement elle boit la coupe d'eau fraîche que lui tend une dame d'honneur. Sur son lit, Jeanne l'observe déjà avec malveillance.

« Mon Dieu, déclare Isabelle d'une voix qu'elle tente de rendre aussi gaie que possible, t'infliges-tu des pénitences pour vivre dans cette saleté ? — Et sans attendre la moindre réponse : Je suis venue t'annoncer que ton père et moi prenons la route dès demain pour Ségovie. Tu ne me verras plus jusqu'à la fin de l'été et pourras peut-être, débarrassée de mes conseils, en mesurer le juste prix. »

Devant le silence buté de sa fille, Isabelle poursuit, après un instant de silence.

— Tu partiras pour Medina del Campo, le château de la Mota est plus frais, plus sain durant les fortes chaleurs.

— Je resterai ici ! s'exclame Jeanne.

— On a signalé des cas de peste à quelques lieues et je refuse absolument que ton enfant puisse courir le moindre risque. Une escorte viendra te chercher demain dans les premières heures de la matinée. Fonsesca t'accompagnera et dirigera ta maison.

La tête à nouveau baissée, Jeanne réfléchit. Au fond, peu lui importe d'être ici ou là. Elle aime la Mota et l'évêque de Cordoue est son seul ami en Castille avec son oncle, l'amiral.

Un long moment le silence pèse entre les deux femmes. Isabelle cherche ses mots. Elle ne veut pas quitter Jeanne sans lui laisser une lueur d'espoir.

« L'automne sera vite là, mon enfant, nous passerons l'hiver tous ensemble et au printemps peut-être pourras-tu rejoindre ton mari. »

Le regard brillant de colère, Jeanne a sauté sur ses pieds.

— Au printemps, Mère ? Je ne resterai jusque-là que si vous me tenez en prison !

— Qui parle de prison ? Tu es ici chez toi, Jeanne.

Les pluies d'automne ravinent les chemins, cinglent les maigres buissons, imprègnent les vêtements, se glissent jusqu'à l'intérieur des chariots, mais Jeanne n'interrompt pas sa marche. Aujourd'hui elle n'est qu'une jeune femme éperdue de chagrin qui vient se jeter aux pieds de sa mère. Il n'est plus question de lutte ou de défi, ses défenses sont brisées. Trois mois à la Mota ont vaincu sa résistance. Même au prix d'une humiliante capitulation, elle veut regagner les Flandres, retrouver Philippe. Si sa mère exige qu'elle rampe à ses pieds, elle le fera.

Jeanne a froid. Depuis qu'elle a pris la décision de rejoindre Isabelle à Valverde, elle tremble. Est-ce parce que, sa révolte disloquée, ne demeure en elle qu'un immense vide ? La solitude tant aimée lui étant désormais un fardeau insupportable, elle dort des nuits et des jours entiers. Le soir, aux étapes, elle se contemple dans son miroir. Est-elle belle encore ? Reconquerra-t-elle son mari ? Les notes légères de sa guitare sont comme des larmes. Parfois, seule, elle danse pour son amour, personne ne la juge, personne ne se moque d'elle, de ses naïves tentatives de séduction. Qu'ignore-t-elle que les autres femmes savent ?

« Doña Jeanne, vous êtes trop soumise, insinue Aïcha. Les hommes aiment les femmes qui les maltraitent. La douceur est une arme dangereuse, vous ne savez pas vous en servir. »

Elle ne veut plus écouter ses esclaves, la moindre espérance est souffrance.

« Quelle folie ce voyage, mon enfant ! »

Isabelle est venue au-devant de sa fille. Longuement elle la serre entre ses bras. Jeanne ne la repousse pas, elle est comme une poupée de chiffon.

— Comment va mon petit Ferdinand ?

— Bien, mère.

La voix neutre alarme la reine.

« Tu as froid, Juanita, viens vite au coin de la cheminée. »

Elle entraîne sa fille. Toutes deux ont changé en quelques mois. L'une et l'autre semblent à bout de forces.

La chambre d'Isabelle, au château de Valverde, est boisée de chêne blond. A l'automne de lourdes tentures arrêtent les courants d'air qui traversent couloirs et galeries, aucun meuble sinon ceux d'un usage immédiat. La reine ne séjourne que peu de temps dans cette grande bâtisse incommode, vieille de plusieurs siècles. Madrid est proche qu'elle aime mieux.

« Je désire être seule avec vous », murmure Jeanne.

Aussitôt que la reine a congédié ses dames d'honneur, la jeune femme tombe à genoux.

« Mère, donnez-moi un cheval, un seul, un bateau, un seul pour me conduire en Flandres. »

Elle veut dire quelques mots encore mais sa voix s'étrangle. L'explosion brutale des sanglots paralyse la reine qui se raidit, elle ne doit, ne peut se laisser prendre à ce chagrin donné en spectacle.

Jeanne pleure sa vie devant cette femme figée refusant de céder, elle pleure ses angoisses, ses hantises, ses frustrations, ses silences. Les larmes disent : « Mère, je vous aime, aimez-moi aussi », mais seul le silence les reçoit. Alors la jeune femme reste prostrée, le visage entre les deux mains.

« Relève-toi, dit simplement Isabelle, et parlons calmement. »

Mais Jeanne, toujours secouée de sanglots silencieux, ne bouge pas. Renonçant à convaincre sa fille, la reine se penche vers la forme recroquevillée à ses pieds.

« M'entends-tu ? Dieu refuse tes enfantines révoltes et t'en demandera des comptes. Résigne-toi à lui obéir si ta foi en lui n'est pas assez forte pour le faire avec bonheur. »

En vain Isabelle guette un mouvement de la jeune femme indiquant qu'elle l'écoute.

Lentement Jeanne enfin relève la tête.

— Pourquoi, Mère, me refusez-vous de rejoindre ma famille ?

— Tu ne peux ni prendre la mer alors que l'hiver approche ni traverser la France. Ton père te l'expliquera bientôt car il va incessamment revenir.

Isabelle retient les mots qui veulent jaillir de ses lèvres. A quoi bon écraser cette enfant déjà à la dérive ? Elle tend le bras, prend la main de sa fille.

« Philippe n'est pas encore de retour en Flandres. Il séjourne à Innsbruck chez son père.

Dans un vertige Jeanne imagine Philippe à la Cour d'Autriche où les femmes passent pour être aussi belles que hardies.

— Sans doute l'empereur le retient-il pour des raisons politiques. Avant notre départ le duc de Gueldre menaçait de se rebeller contre l'autorité flamande.

— Peut-être..., murmure Isabelle, veux-tu que nous soupions ensemble ?

Jeanne n'entend rien. Recroquevillée dans le fauteuil, son corps n'est que douleur.

« Tu partiras en mars, je te le promets. »

Tout autant que sa fille, la reine est nouée par la souffrance.

Chapitre XXXIX

Flanquée de ses tours, la massive porte du Sablon se dresse devant Philippe et son escorte. L'archiduc retrouve la cathédrale de Saint-Rombault, les toits rouges des couvents luisants de pluie, les pignons dentelés des hôtels et l'émotion le saisit devant la douceur, l'harmonie de sa ville qu'il revoit après plus de deux années d'absence. Pour étonner ses proches et ses sujets, il s'est vêtu d'écarlate et de satin jaune à la castillane, porte au côté une épée en acier damasquiné de Tolède, des bottes de cuir de Cordoue. Après ces quelques mois passés à Innsbruck auprès de son père, Philippe est pressé de revoir les siens. Madame la Grande est très malade et, étant donné son âge, il a voulu se hâter afin de la serrer dans ses bras.

Un chambellan ouvre la porte des appartements de Marguerite d'York. Autour du lit de son aïeule, Philippe reconnaît madame de Ravenstein tenant par la main Éléonore et Isabelle. Charles, son chapeau à la main, garde un maintien bien droit malgré des yeux brillants montrant sa joie.

Ému jusqu'aux larmes, l'archiduc se penche, reçoit ses enfants dans ses bras.

« Et moi, mon fils, n'aurai-je pas droit à un baiser ? »

La vieille dame adossée à ses oreillers, une couverture de marte tirée sur ses genoux, a beaucoup maigri. Philippe dénoue les petites mains, va vers sa grand-mère qu'il baise au front.

— Enfin te voilà! murmure Marguerite d'York. Maintenant je peux mourir.

— Taisez-vous donc, s'écrie madame de Ravenstein, vous serez encore avec nous pour le mariage de Charles.

Furtivement Éléonore glisse sa main dans celle de son père.

« Et maman? Va-t-elle revenir bientôt? »

La nuit est déjà avancée. Assis dans un fauteuil à côté de sa grand-mère, Philippe contemple la chandelle qui vacille et ne peut s'empêcher de penser à la mort. Vêtue d'une chemise de toile blanche, simple comme celle des religieuses, coiffée d'un bonnet de linon bordé de dentelles, la vieille dame respire avec difficulté mais le regard a gardé toute sa vivacité. D'une voix si ténue que Philippe doit se pencher pour l'écouter, elle raconte ces deux années durant lesquelles elle a bataillé pour le bien du pays, se souciant sans cesse, aidée par la bonne madame de Ravenstein, de la santé et de l'éducation de ses chers arrière-petits-enfants. Dieu l'a aidée et elle peut remettre sa charge à Philippe la conscience tranquille.

L'horloge du beffroi sonne minuit. Dans la grande bâtisse tout dort. La pluie ruisselle sur les pavés de la cour.

— On m'a rapporté, murmure la vieille dame, combien tu as souffert à Lyon à cause de ton beau-père.

— Grand-mère, coupe Philippe, laissons de côté ce sujet qui évoque pour moi de trop piètres souvenirs. Don Ferdinand regrettera sa traîtrise; mon père m'a donné l'assurance qu'il me soutiendrait en tout lorsque viendra pour moi le moment de monter sur le trône de Castille.

Une quinte de toux sèche interrompt la vieille dame.

— Maintenant, poursuit-elle avec effort, je veux te parler de Jeanne — dans la lueur de la bougie, le visage de Philippe semble figé : Tu dois la rappeler en Flandres.

— Grand-mère, plus Jeanne est éloignée de moi, mieux je me porte !

— Écoute-moi jusqu'au bout mon enfant, ensuite tu me laisseras reposer et réfléchiras tranquillement à ce que je t'aurai dit. Crois une aïeule qui ne souhaite que ton bonheur, la place de ta femme est ici.

D'une main tremblante, Marguerite d'York saisit une coupe, boit une gorgée d'eau.

« Elle est l'épouse que Dieu t'a donnée, la mère de tes enfants, cette raison seule pourrait être suffisante, mais il en existe une autre, plus déterminante encore. »

Au regard de son petit-fils, la vieille dame voit qu'il l'écoute attentivement.

— S'il plaît à Dieu de rappeler Isabelle, as-tu songé que Jeanne serait une proie de choix entre les mains de son père ?

— Jeanne sera reine de Castille à la mort de ma belle-mère et moi je serai roi.

— Tu es trop confiant, Philippe. As-tu imaginé que ta femme, lasse d'être tenue à l'écart, pourrait se venger de toi en donnant le pouvoir à son père ? Que pourrais-tu rétorquer contre sa décision ? En Castille, elle représente un danger permanent pour toi. Sa place est à Bruxelles, dans ton ombre et, Dieu me pardonne de ne le dire qu'en dernier, près de ses enfants.

Les yeux clos, la vieille dame semble se reposer. Philippe doucement se lève, dépose un baiser sur son front.

— J'y songerai, grand-mère, mais je crois Jeanne incapable de se rebeller contre moi.

— La moitié d'une amoureuse est la moitié d'une infidèle ou d'une persécutrice.

Songeur, le jeune homme hoche la tête. Peut-être sa grand-mère voit-elle juste.

Le lendemain matin, une lettre destinée à Jeanne est confiée à un homme sûr, prêt à déjouer la surveillance des rois catholiques. Philippe a fait effort pour employer dans sa missive des mots tendres et brûlants auxquels Jeanne ne pourra résister.

Avant son départ pour Bruxelles, le jeune homme va embrasser son aïeule. La vieille dame le reconnaît à peine, esquisse un sourire que le moine agenouillé à son chevet interprète comme une bénédiction. Philippe se recueille. Cette femme mourante, à laquelle aucun lien de sang ne le lie, a été pour lui une grand-mère toujours attentive, indulgente et tendre.

Tenant à la main la dépêche annonçant le décès de Madame la Grande, Philippe descend dans le parc où flotte une odeur douceâtre de feuilles pourrissantes et de fleurs fanées. La tonnelle dépouillée ressemble à autant de serpents emmêlés, le coin où Jeanne a construit sa volière est vide comme le banc de pierre où sa femme aimait se reposer les soirs d'été. Sa grand-mère a eu raison de le forcer à la rappeler, il l'a laissée seule si longtemps...

Le jeune homme longe la ménagerie, marche vers l'étang. Sur l'eau dormante la pluie crépite, écorchant la surface grise. Alors qu'il sera bientôt le souverain le plus puissant d'Europe, une infinie tristesse l'envahit.

Chapitre XL

— Un jeune seigneur, doña Jeanne, demande à être reçu par vous.

— Qu'il voie mon chambellan !

Jeanne se plonge à nouveau dans la contemplation du ciel d'hiver derrière la fenêtre. Elle est revenue à la Mota quelques semaines plus tôt en rebelle, refuse parfois de se vêtir, souvent de se nourrir. Pourtant affectueux et rieur, le petit Ferdinand lui-même ne parvient pas à l'égayer. Elle le serre hâtivement dans ses bras, trop fort sans doute, car l'enfant se débat, pleure, puis le rend à la nourrice.

« Il ne veut être reçu que par vous, doña Jeanne. »

Renonçant à insister, la fille d'honneur fait entrer le messager. Il semble venir de loin, probablement des Flandres. Plus vite il verra l'infante, plus vite il partira et sa présence à Medina del Campo pourra échapper à la reine.

« Madame, j'ai un message pour vous. »

Surprise d'entendre parler français, l'archiduchesse se retourne.

— D'où venez-vous ?

— De Malines, Madame.

Une brusque rougeur monte aux joues de la jeune femme.

— Avez-vous vu l'archiduc ?

— Monseigneur lui-même m'a remis cette lettre, Madame.

La main de Jeanne tremble, son cœur s'emballe. Vite, elle essaie de remettre un peu d'ordre dans sa coiffure, cache sous sa robe les souliers délacés. Si Philippe apprend qu'elle se néglige ainsi, il la réprimandera !

Essayant de sourire, elle brise le cachet, déplie la feuille que sa main maintient difficilement. Les mots défilent devant ses yeux. « Ta place est ici avec moi..., contre moi..., te souviens-tu de nos nuits... » Elle se domine pour garder son calme.

— Je vous remercie. On vous donnera ici toute l'hospitalité que vous voudrez bien accepter.

— Je repars aussitôt, Madame. Désirez-vous me remettre un pli pour Monseigneur ?

Jeanne se mord les lèvres.

« Non, dites à l'archiduc que je vais me mettre en route aussitôt que possible. »

La joie qui déferle en elle l'étouffe. A peine le messager sorti, elle court à son antichambre où l'attendent ses filles d'honneur.

— Commencez les bagages, réquisitionnez des mulets, des mules de selle. Je vais écrire à Fontarabie où nos chariots sont restés. Nous les reprendrons après avoir passé les montagnes.

— Doña Jeanne, voulez-vous dire...

— Oui, Marina. Je rentre à Bruxelles.

Les cheveux en bataille, les joues en feu, Jeanne appelle les servantes, demande une plume, de l'encre, du papier.

Le décor, qui l'entoure lui semble déjà étranger, coffres, chaises de cuir, tentures de velours, le Christ en croix et son visage ravagé par la souffrance. Elle est déjà en route.

Quoique n'ayant pas dormi de la nuit, Isabelle a voulu attendre l'aube pour convoquer Fonsesca. Lui seul peut raisonner sa fille, la persuader de différer son projet. Son état de santé personnel lui interdit de se hâter comme elle le souhaiterait, et les vingt lieues qui séparent Ségovie de Medina lui demanderont deux journées de voyage.

L'évêque pousse une exclamation de surprise. Il a de l'amitié pour Jeanne, mais la jeune femme le déconcerte toujours.

« Bien sûr il est hors de question, poursuit Isabelle, que l'infante se lance sur les chemins de France en plein hiver. Elle ne doit quitter la Mota à aucun prix ! »

Devant les situations difficiles, la reine continue à se montrer de fer.

« Je pars à l'instant, doña Isabelle, affirme l'évêque d'une voix aussi rassurante que possible, et saurai sans nul doute faire entendre raison à Jeanne. »

A la Mota, les préparatifs de départ sont déjà avancés. Levée à l'aube, Jeanne donne des ordres, surveille son intendant, houspille les dames d'honneur. Les mules se serrent les unes contre les autres dans la bise froide de décembre, le petit Ferdinand chaudement emmailloté dort dans un lit d'osier, commode pour le voyage. Affolée, la nourrice rassemble les effets indispensables. Le passage des montagnes sera un cauchemar en cette saison et si Dieu ne les assiste pas, ils périront certainement tous !

« Avant la fin du jour, je veux que nous soyons en chemin », hurle Jeanne à son intendant du haut de la galerie.

L'homme grommelle. La folie de l'infante va les

mener au désastre! Composé de cinq femmes, d'un bébé, d'une poignée de serviteurs, le petit groupe sera incapable de passer l'Èbre en crue, encore moins les premiers contreforts des Pyrénées. Au premier incident grave, il devra rendre des comptes aux rois catholiques qui ne l'épargneront pas.

Maintenant, Jeanne se hâte vers les cuisines. Elle, que la direction de sa Maison a toujours laissée indifférente, vérifie les provisions d'un œil exercé, compte les jarres de vin et d'huile, les sacs de grain, les tonnelets de porc salé prêts à être chargés sur des mulets, puis, vive comme le vent, vole à sa chambre où Fatma et Aïcha terminent la petite malle où sont serrés bijoux et dentelles, le portrait de Philippe, l'horloge de Maximilien. Leurs visages tatoués marqués par la peur, ses deux esclaves ne protestent pas. Dans quelques heures la nuit, le vent va les happer, rien ne pourra plus les protéger des démons, des esprits errants, de tous les sortilèges malfaisants.

L'évêque de Cordoue approche de la Mota dont les hauts murs crénelés se découpent dans la lumière déjà déclinante de l'après-midi. A la distance où il se trouve tout semble calme, on n'aperçoit aucun soldat sur le chemin de ronde, aucune allée et venue sur le pont-levis. La reine sans doute s'est affolée pour rien. Après avoir mesuré l'inanité de son projet, Jeanne, résignée, doit lire quelques roman de chevalerie dans sa chambre.

Tandis qu'il trotte sur sa mule, Fonsesca songe à l'infante qu'il a appris à connaître pendant son séjour en Flandres puis lors de leur traversée de la France. Pudique et fière, elle ne sait pas s'ouvrir aux autres, ignore les mots de complaisance ou même de simple politesse mais sa quête d'amour presque désespérée la rend pathétique à qui veut bien lui accorder un moment d'attention. Le vieil ecclésiastique se remémore des regards, appels muets à un époux qui ne les comprenait jamais, des attentions charmantes toujours passées inaperçues. Il ne peut oublier le courage de la jeune femme confrontée à l'ironie prétentieuse des belles dames de la cour de France, sa détermination à ne pas plier. Oui, Jeanne est un peu sa fille et il va vers elle non pour la réprimander, mais pour la conseiller comme un père.

Devant le pont-levis quelques gardes sont en faction. Maintenant Fonsesca saisit une certaine agitation dans la cour. Des hommes et des femmes vont et viennent autour d'un grand nombre de mulets bâtés.

— Par le Christ, murmure l'évêque, doña Isabelle avait donc raison!

— Monseigneur, Monseigneur!

Le chambellan de l'infante court à sa rencontre. Fonsesca saute à bas de sa mule, retrousse le bas de sa robe pour mieux se hâter.

« Doña Jeanne a ordonné que nous nous mettions en route. Dieu vous bénisse! Vous arrivez à temps pour empêcher cette absurdité. »

Tant il est bouleversé, le Castillan bredouille. D'un geste, Fonsesca l'apaise.

« Je vais lui parler, elle m'écoutera. »

Au moment où l'évêque se dirige vers la porte donnant sur le vestibule d'honneur, Jeanne en surgit, vêtue en habits de voyage. A la vue de son vieil ami, elle s'immobilise aussitôt, tendue comme une bête flairant le danger.

« Chère enfant, j'arrive de Ségovie pour m'entretenir avec vous. »

Fonsesca a pris le ton le plus onctueux possible.

— Notre entretien sera court, mon père, réplique Jeanne sèchement, car je pars.

— C'est de ce projet que je suis venu vous parler, doña Jeanne. Pouvons-nous entrer un instant?

— Certainement pas ! Ces mules sont chargées, mon escorte est prête, elle m'attend et je ne veux prendre aucun retard.

Fonsesca s'effraie. Debout dans le vent glacé au milieu d'un groupe de curieux qui ne perd aucun de ses propos, il va devoir trouver des arguments convaincants sur-le-champ.

— Doña Jeanne, hasarde-t-il, vous n'êtes pas raisonnable. La nuit va bientôt tomber, où trouverez-vous un gîte ? Attendez au moins jusqu'à demain matin.

— Je pars à l'instant.

Relevant le bas de sa jupe, la jeune femme veut s'éloigner quand Fonsesca vivement la saisit par le bras.

« Demeurez, doña Jeanne. C'est un conseil de votre ami et un ordre de votre mère. »

Les yeux de Jeanne lancent des éclairs.

— Ma mère n'a aucun pouvoir sur moi. Je n'ai que trop supporté son despotisme.

— Votre mère ne pense qu'à votre bien, mon enfant. Vous n'avez pas le droit de la juger ainsi.

Brutalement Jeanne se dégage. Jamais Fonsesca n'a vu la jeune femme aussi impétueuse et violente.

— Rentrez dans vos appartements, doña Jeanne, ordonne-t-il, glacial à son tour. Vous avez un enfant en bas âge, des serviteurs qui ne peuvent subir les fâcheuses conséquences de vos folies.

— Je partirai !

L'évêque jette un regard autour de lui. Muletiers, valets, servantes, filles d'honneur, tous l'observent bouche bée.

— Non, mon enfant, car je ne le permettrai pas. Vous êtes dans l'erreur en imaginant que Monseigneur votre époux exige les risques insensés que vous prenez. Je suis convaincu qu'il les condamnerait comme vos parents et moi, votre fidèle ami, le faisons.

— Je vous interdis de parler au nom de mon mari, s'écrie Jeanne. Mieux que personne je sais ce qu'il désire.

Malgré la brise aigre, l'évêque de Cordoue transpire. La reine lui a confié là une bien désagréable mission.

« Vous êtes trop orgueilleuse, ma fille, et Dieu ne tolère pas que vous le braviez à travers son serviteur. »

Jeanne sent que Fonsesca la traite en ennemie. Elle peut lui rendre coup pour coup.

— Dieu, mon père, protège les épouses et les mères, défend les opprimés.

— Obéissez, Jeanne, prononce durement l'évêque, ou vous me contraindrez à la force.

Jeanne éclate de rire, un rire moqueur, acerbe.

« Père, vous êtes un vieil homme sans vigueur ni pouvoir. A la Mota, c'est moi qui commande. Écartez-vous de mon chemin ! »

Si promptement que Fonsesca n'a pu prévoir le geste, Jeanne le repousse, se dirige vivement vers la porte d'enceinte.

« Sortez les mules ! » s'écrie-t-elle.

La jeune femme tremble d'énervement.

« Baissez la herse ! » hurle Fonsesca.

Jeanne arrive devant la porte lorsque la lourde grille s'abat devant elle. Comme une folle elle se retourne.

« Levez cette herse, je l'ordonne ! »

Personne ne bouge. Alors, comme une bête à l'agonie, la jeune femme tourne sur elle-même puis, les doigts accrochés aux barreaux, s'abat et ne bouge plus. Livide, l'évêque de Cordoue s'approche.

— Relevez-vous mon enfant.

— Je vais vous faire mettre à mort, sortez d'ici !

Fonsesca recule. Maintenant, Jeanne a sauté sur ses pieds.

« Sortez, allez dire à ma mère que je la hais ! »

L'archiduchesse avance vers lui si menaçante que l'évêque doit se replier encore. Va-t-elle oser lever la main sur un homme de Dieu ? Vivement, il fait demi-tour, s'éloigne en courant, le regard de Jeanne comme une arme plantée dans son dos.

Alors la jeune femme revient vers la herse. Loin, très loin, Philippe l'attend et on l'empêche d'aller se jeter dans ses bras. Des larmes rares, brûlantes coulent sur ses joues. Doucement maintenant, elle s'agrippe aux barreaux, se laisse tomber sur le sol, ferme les yeux tandis que le vent arrache son voile, éparpille ses cheveux.

La nuit tombe. Depuis trois heures la jeune femme n'a pas bougé et personne n'ose l'approcher. Les mules ont regagné l'écurie, les coffres sont alignés dans les appartements. Seuls demeurent dehors, à côté de Jeanne, la garde et les deux esclaves accroupies, silencieuses, enveloppées dans leurs manteaux de laine.

L'aube venue, Jeanne ne bouge toujours pas. Madame de Hallewin et son confesseur sont venus la supplier de rentrer mais elle les ignore. Son corps est léger maintenant, l'effroyable chagrin doucement se dissipe, parfois elle somnole, rêve qu'elle est oiseau planant sur la sierra Nevada. Grenade comme un joyau resplendit de soleil au loin dans la vallée. Elle va se reposer dans la cour des lions, là où les fontaines ont lavé depuis des années tous les chagrins, toutes les désillusions des hommes. Ses doigts crispés sur les barreaux son insensibles au froid, mais Philippe les mêlera bientôt aux siens, les réchauffera, les embrassera, elle s'accrochera à lui, le suppliera de ne plus jamais la quitter.

Maintenant le soleil est au zénith, un pâle soleil qui réchauffe peu. Jeanne a lâché la grille. Son corps tassé sur les pavés ressemble à un oiseau mort et lorsque messieurs de Hallewin et de Melun la saisissent sous les bras, elle ne leur oppose aucune résistance.

A deux pas de la herse, le gardien ouvre la porte de sa loge. Les deux gentilshommes y portent Jeanne, la déposent sur un fauteuil paillé au coin de l'âtre, ordonnent qu'on amène un brasero, une couverture.

— Qu'on ne me ramène pas au château, je resterai ici.

— Oui, doña Jeanne.

Alors Jeanne, qui semblait s'assoupir, ouvre les yeux. « Je suis arrêtée, n'est-ce pas ? »

La voix est à peine audible.

— Non, Madame.

— Je suis prisonnière, Melun, écrivez-le à mon mari.

Chapitre XLI

Depuis trois jours, Jeanne refuse de quitter la loge du portier. Son oncle l'amiral de Castille, pas plus que Ximenes de Cisneros, dépêchés par Isabelle, n'ont réussi à la faire céder. Elle se dit prisonnière et restera là où on l'a arrêtée. Atterrée par le récit de Fonseca, la reine a pris la route à son tour. Sur la route reliant Ségovie à Medina del Campo, sa litière bringuebale tandis qu'inlassablement elle cherche les mots susceptibles de faire plier sa fille, mettre fin au scandale. Le temps de la rigidité, des vagues promesses a pris fin et elle doit maintenant s'engager à une date de retour. Au printemps Jeanne prendra la mer, déjà elle a ordonné que des bateaux soient armés dès la fin de mars, dépêché un courrier vers Bruxelles afin d'informer Philippe des conséquences de sa malheureuse lettre.

Malgré les coussins contre lesquels elle s'appuie, les couvertures qui l'enveloppent, Isabelle n'éprouve aucun bien-être. Par les rideaux entrouverts, elle voit défiler villages, champs et pâturages bordés de murets de pierre, bois de chênes ou de pins, garrigues où poussent le thym et le romarin et son cœur s'emplit d'une infinie tendresse. Même morte son esprit demeurera sur cette terre, attentif à son bonheur.

Medina n'est plus très éloignée. Isabelle a fait si souvent la route que chaque détail lui est familier.

« Majesté, un pli de monsieur de Hallewin. »

Comme Isabelle n'espère rien d'heureux venant de sa fille, elle ne se hâte pas de lire le billet que lui tend le cavalier. Un dernier instant encore elle veut jouir du bonheur que lui donne la vue de la campagne en hiver, de sa chère ville qui se profile maintenant derrière les vignobles.

« Majesté, écrit monsieur de Hallewin, Madame l'archiduchesse ne souhaite pas votre présence à la Mota. Il faut lui pardonner cette incongruité car elle est fort bouleversée par les événements que votre Majesté connaît. »

« Nous n'allons plus à la Mota mais à la Casa Real », ordonne la reine à son chambellan.

Elle s'y reposera un instant avant de monter le soir même à la Mota, que Jeanne le veuille ou non.

« Allez-vous-en, hurle Jeanne, partez ! »

Isabelle reste clouée sur le seuil de la maisonnette. Dans la pénombre, elle distingue sa fille près de l'âtre, dans un coin le concierge et les deux esclaves.

« Je ne resterai que le temps nécessaire à te faire entendre raison, mon enfant. Dès que tu auras regagné tes appartements, je m'en retournerai. »

Résolument, Isabelle ferme la porte derrière elle, tandis que le gardien s'élance pour avancer un siège.

Tapie dans son fauteuil, la jeune femme ne quitte pas sa mère des yeux. A pas lents, la reine approche, s'installe dans le siège inconfortable.

— Je suis venue en mère, en amie.

— Cessez de vouloir me gagner à vos fins par de petites flatteries qui ont cessé de m'abuser.

Dominant son irritation, Isabelle poursuit :

— J'ai écrit à Philippe pour lui dire que tu prendras la mer en avril. Es-tu satisfaite?

— Je ne vous crois pas. Vous n'avez cessé de me mentir et mon mari ne se fiera pas à vos promesses. Cent fois, il m'a confié qu'il doutait de vos bonnes intentions à notre égard, qu'il vous considérait comme un adversaire.

— Tais-toi, tu divagues!

— Mère, je sais les dessous de vos obligeances. Sans doute me prenez-vous pour une niaise qui ne voit ni ne comprend rien, mais depuis mon arrivée en Espagne je n'ai cessé de vous écouter, de vous observer. Vous haïssez Philippe et me tenez pour quantité négligeable.

— Jamais, balbutie la reine.

De la même voix glacée, Jeanne continue :

— Et vous avez fait une lourde erreur d'appréciation, car Philippe et moi sommes déterminés et solidaires.

— Tais-toi! ordonne Isabelle.

— Il fallait me laisser partir si vous ne vouliez pas m'entendre. Philippe sera roi de Castille et nous gouvernerons en totale intelligence car nous nous aimons.

— Sais-tu seulement ce qu'est l'amour, ma pauvre fille! L'amour c'est marcher comme moi aux côtés d'un homme alors que tu te traînes aux pieds de Philippe.

— Si mon père vous a aimée ainsi que vous le dites, il n'aurait pas tant de maîtresses!

Une brusque rougeur monte aux joues de la reine, Jeanne n'a pas le droit de prononcer ces mots, les seuls qui peuvent encore l'humilier.

« Je t'interdis de me parler ainsi! »

Livides, les deux femmes se font face.

« Partez! » siffle Jeanne.

Elle est bouleversée. Un instant encore, et elle pourrait s'effondrer, prendre la main de cette vieille femme malade pour la baiser.

Dignement, la reine sort sans se retourner.

« Nous repartons pour Medina, commande-t-elle à la dame d'honneur accourue à sa rencontre, et demain pour Ségovie. Que toutes les attentions nécessaires soient données à ma fille. Je reviendrai à la Mota avec don Ferdinand pour Noël. »

La reine fait face à Cisneros. Trois semaines lui ont été nécessaires pour se remettre de l'horrible scène, mais elle est prête maintenant à repartir pour la Mota. Le ministre pince les lèvres. Atterré par le visage de sa reine marqué par le chagrin au retour de Medina, il a écouté, épouvanté, des bribes de confidences. En insultant sa mère, l'infante a outragé Dieu.

— Vous êtes trop généreuse, doña Isabelle. Cette enfant ne mérite que dédain.

— Cisneros, Jeanne est malade, malade d'amour si ce mot peut signifier quelque chose, mais la pauvre petite en guérira et plus vite peut-être qu'elle ne le pense.

Chapitre XLII

Tandis qu'elle met le pied sur la terre flamande, l'émotion, l'excitation étouffent Jeanne. A peine un nuage a-t-il obscurci son bonheur lorsqu'elle a appris la mort de Madame la Grande. Elle fera oublier sa peine à Philippe par un déluge de joies.

La première, elle débarque suivie de trois filles d'honneur glacées par le vent marin, scrute les quais, guettant la tache des bannières ducales ou une sonnerie de trompette lui indiquant la présence de Philippe. Mais, excepté un groupe de gentilshommes accompagnés de leurs épouses, Jeanne ne voit rien. La longue solitude espagnole puis la traversée lui ont laissé tout le loisir de cerner la situation où elle se trouve. La jeune femme enfin avoué ses erreurs et juré de ne plus y retomber. Elle a lu et relu le billet de Philippe, découvrant un sens caché à chaque mot. Il l'aime, et après des mois de silence, a enfin reconnu qu'il ne pouvait vivre sans elle. Le papier froissé reste contre son cœur, éclat d'amour lumineux et coupant comme un diamant qu'elle caresse furtivement.

— Monseigneur a été retenu, Madame, il vous attendra au Coudenberg.

— Alors partons vite !

Chimay et Veyre, le nouveau favori, observent Jeanne à la dérobée. L'éclat du regard accentue la pâleur du visage. L'archiduchesse a beaucoup maigri. Sans cesse elle se mord les lèvres ou sourit, un sourire pathétique.

« Comment vont mes enfants ? »

L'idée de revoir Éléonore, Charles, Isabelle l'intimide. La reconnaîtront-ils ? Que leur dira-t-elle ? Dans ses malles, elle a apporté quelques présents, des poupées de chiffon, un cheval de bois sculpté, harnaché à la mode arabe, des vêtements castillans, un joli portrait de leur petit frère Ferdinand laissé auprès de ses grands-parents.

Une jument baie, toute parée de pompons de soie rose et jaune, attend au bout du quai.

Aussitôt hors du bourg, Jeanne observe la campagne autour d'elle. En deux années rien n'a changé. Elle retrouve avec un émerveillement intact les gros villages propres et cossus, les fermes au bout de leurs longues allées de peupliers majestueux, la ligne droite des canaux où glissent des barges chargées de bois, de fourrage, de balles de laine.

« Nous souffrons de la sécheresse, Madame, explique Chimay. Depuis la fin de février, le ciel nous refuse la moindre pluie. »

Jeanne cherche un mot approprié qui montrerait son intérêt pour les paysans mais ne le trouve pas et, faute de mieux, prononce quelques phrases banales.

— Nous nous arrêterons bientôt pour une première étape, indique Chimay en chemin.

— Mais il est très tôt, proteste la jeune femme, nous pouvons avancer quelques heures encore.

— Tout est prêt à Bath pour vous accueillir, Madame.

— Marchons encore, s'entête Jeanne.

Interdits, Vernes et Chimay se regardent. Il va falloir envoyer des messagers, décommander les réceptions, annuler les cérémonies. Décidément le séjour castillan n'a pas changé l'archiduchesse ni effacé ses lubies !

« Dans ce cas, je ne puis vous garantir, Madame, un gîte honorable. »

Jeanne sourit.

« Je coucherai dans une étable s'il le faut. Notre Dame la Vierge Marie ne l'a-t-elle pas fait avant moi ? »

A la nuit seulement, l'archiduchesse accepte de s'arrêter. Un curé de village met son presbytère à la disposition de Madame et de ses gentilshommes. Assise sur un tabouret au coin de l'âtre, Jeanne dévore une omelette au lard, des pommes ratatinées, de la confiture d'airelle, boit du vin de Moselle. Aucune nourriture ne lui semble plus exquise. Dans deux jours elle sera entre les bras de Philippe. La nuit, blottie dans son lit, elle regarde les braises qui se consument. Elle a reçu de cruelles blessures, mais est sortie vainqueur de son combat acharné.

Alors que le vent du Nord fait craquer les branches du pin dominant de ses hautes branches le toit de la maisonnette, Jeanne pense à sa mère. Lors de l'embarquement, la reine affichait déjà un visage de morte. En dépit de leurs violentes querelles, les deux femmes s'étaient embrassées comme si, en cet instant ultime, ne demeurait de leurs désaccords qu'une immense lassitude.

« Dieu te bénisse ! » avait prononcé Isabelle.

Et du doigt, comme lorsqu'elle était un petit enfant, la reine avait tracé une croix sur le front de sa fille. Pour ne pas sembler capituler, Jeanne s'était raidie, mais cette femme, rassemblant ses forces afin de tenir sur ses jambes, faisait monter en elle une extrême fierté filiale.

La veille du départ, Ferdinand l'avait rejointe dans sa chambre. Toujours sarcastique, vif, détendu, il ne lui avait fait aucun reproche pour son départ, pas plus qu'il ne l'avait sermonnée après les moments terribles de la Mota. Gaiement, ils avaient bu un verre de vin en mangeant des gâteaux au miel. Le ciel au-dessus de l'océan semblait respirer l'écume pour la souffler jusqu'au firmament. Là, Ferdinand avait pris les mains de sa fille.

— Merci de nous laisser notre petit-fils. Il donne à la reine ses ultimes moments de bonheur.

— Mère ne se porte pas bien, n'est-ce-pas?

Ferdinand avait secoué la tête négativement.

— Les médecins sont inquiets, mais ta mère les surprend par sa résistance. A peine la mort lui fera poser sa plume. S'il plaisait au Seigneur de la rappeler auprès de lui, ne laisse le privilège de gouverner la Castille qu'à ceux qui l'aiment vraiment. Sois-en la reine et garde Cisneros auprès de toi.

— Père, c'est vous que je voudrais à mes côtés!

Avant de sortir, Ferdinand avait ajouté gravement, détachant chaque mot :

« Souviens-toi bien de cette promesse, Juanita. D'autres tiendront peut-être à te la faire oublier. »

Dans la chaleur du lit de plumes, la phrase de son père retentit dans l'esprit de Jeanne. Depuis longtemps elle sait que Philippe et Ferdinand ne s'aiment pas, mais une fois son mari roi de Castille, elle est sûre qu'il respectera les conseils de son beau-père ; tous trois gouverneront en bonne intelligence.

« L'Archiduc, Madame! »

Chimay a annoncé la nouvelle d'une voix joyeuse, heureux d'être arrivé au terme de son ennuyeuse mission. Sur les rênes les mains de Jeanne tremblent, ses yeux s'emplissent de larmes. Les vingt-huit mois de vie solitaire semblent réduits à rien, Philippe est là, devant elle.

« As-tu fait bon voyage, Jeanne ? »

La jeune femme, tout occupée à dévorer son mari des yeux, ne prête pas attention à la banalité des propos de bienvenue. Philippe est transformé. Sa façon de se vêtir, l'expression de son regard ont changé.

« Je t'ai longtemps attendu », répond-elle simplement.

Autour d'eux, chacun guette une attitude, un mot des époux.

Philippe trouve Jeanne amaigrie, pâle, sans fraîcheur. Les yeux ont gardé un éclat farouche, le sourire sa tension. Pour échapper aux regards qui le scrutent, le jeune homme met au pas les deux montures qui vont côte à côte, suivies de tout le cortège. Déçue par ces retrouvailles si contraires à ses espérances, Jeanne chemine en silence. Sans doute Philippe attend-il l'intimité de leur chambre pour laisser apparaître sa joie.

Dénudée en avril, la campagne semble plus plate encore. De distance en distance un bois, un vignoble, un étang se détachent sur la terre que le soleil déclinant raie d'ombre et de lumière. Au loin, le long d'un canal, des nappes de brouillard flottent sur les prairies bordées de saules.

Au Coudenberg, Éléonore, Charles et la petite Isabelle attendent leur mère. Mille fois, madame de Ravenstein leur a recommandé de fêter affectueusement cette dame dont seule Éléonore a gardé quelques souvenirs. La petite fille qui va sur ses six ans a eu la nuit précédente un sommeil agité. De toutes ses forces elle a essayé de retrouver les traits de sa mère, les vrais, pas ceux du portrait pendu dans la galerie, tenté de réen-

265

tendre sa voix. Mais à chaque fois qu'elle touchait au but, tout se disloquait et les larmes lui venaient aux yeux. Maintenant, bien vêtue de velours bleu ciel et de dentelles, le cœur battant, Éléonore patiente dans l'antichambre à côté de Charles et d'Isabelle qui difficilement restent en place.

« Madame l'archiduchesse! » aboie l'écuyer.

Les enfants se figent. Isabelle attrape la main de sa nourrice, les yeux écarquillés. Derrière messieurs de Veyre et de Chimay, Éléonore n'aperçoit que la silhouette élancée de son père.

« Faites la révérence, mes enfants », commande madame de Ravenstein.

Les dos s'inclinent mais les têtes se lèvent aussitôt pour apercevoir la femme qui se tient devant eux.

« M'embrasserez-vous? » demande-t-elle.

Intimidée, Isabelle se réfugie dans les bras de sa nourrice, Charles, bouche bée, reste coi, son chapeau à la main. Seule, Éléonore avance d'un pas, comme une automate, tend son front à baiser, recule aussitôt. Jeanne est désemparée. Depuis des mois, elle languissait de ses enfants, imaginait leur bonheur réciproque. Les saluts empruntés qu'elle reçoit sont une trop cruelle déception. Personne ne semble heureux de la revoir. Elle balbutie : « J'ai des jouets pour vous dans mes malles. »

Comme le silence devient par trop insupportable, elle se détourne, annonce à sa première dame d'honneur :

« Je vais à mes appartements. »

Philippe a pris Charles dans ses bras, Isabelle et Éléonore se serrent contre lui.

« Je vais vous y rejoindre » assure-t-il comme à regret.

La porte s'est refermée sur l'archiduc. A travers les

fenêtres on aperçoit les torches et lanternes allumées par les Bruxellois pour fêter le retour de leurs souverains.

« Regarde, murmure Philippe, tu es aujourd'hui la dame de leur cœur. »

Il s'approche de la fenêtre, contemple les lumières qui brillent dans la nuit.

— Et-tu heureux de me revoir ?

— Et toi ?

Alors la jeune femme s'abandonne, ouvre les bras, se serre contre cet homme si ardemment aimé.

« Je n'ai vécu ces deux années que par l'espoir de cet instant »

Jeanne prend les mains de Philippe, les porte à ses lèvres, doucement mais fermement le jeune homme les lui ôte.

« Jeanne, tu as fait un long voyage, je suis venu te dire bonsoir. »

Chapitre XLIII

Au dépit a succédé l'inquiétude puis la haine dans le cœur de Jeanne. Juin est arrivé avec un ciel immuablement bleu qui désespère les paysans, de longues soirées douces où, au milieu des jardins du Coudenberg, embaument troènes et chèvrefeuilles dans un pullulement d'insectes et de papillons. Chaque jour, à la tombée de la nuit, Jeanne, assise près de la grande volière, remâche inquiétudes et suspicions tandis que les hirondelles se poursuivent avec des cris stridents. Elle doit découvrir la vérité. Elle a la certitude que dans son propre palais une femme la nargue, la bafoue, se rit de l'épouse dans le lit de l'époux. Pourquoi son mari joue-t-il ce jeu, veut-il la rendre folle ?

Jeanne abandonne son banc, forçant les deux filles d'honneur qui caquetaient près du bassin à s'interrompre pour suivre cette maîtresse qu'elles ne respectent pas.

Alors qu'elle longe la galerie pour regagner ses appartements, une jeune femme aux cheveux blond-roux marchant les yeux baissés passe à côté d'elle. Sans savoir pourquoi, elle scrute l'inconnue, fascinée par sa beauté fragile, ambiguë.

« Qui est-ce ? »

La fille d'honneur chuchote :

« La baronne Béatrice de... »

Tandis que les suivantes se regardent en pouffant, Jeanne presse le pas, regagne ses appartements, convoque madame de Hallewin.

Prévenue de la mauvaise humeur de l'archiduchesse, la vieille dame affiche un air mielleux, propre à l'adoucir.

« Que fait cette nouvelle venue chez moi ? »

Madame de Hallewin hésite à jouer l'étonnée. Si sa conscience de chrétienne ne peut approuver la liaison de l'archiduc, son cœur de mère se réjouit de voir Philippe heureux.

— Cette jeune personne est la veuve d'un baron zélandais, apparenté aux Chimay. Son oncle et sa tante l'ont invitée à Bruxelles.

— Qu'elle parte aujourd'hui même, je ne souhaite pas sa présence ici !

Madame de Hallewin se force à rire, mais le ton de l'archiduchesse n'a rien pour la tranquilliser.

« Voilà une décision arbitraire et malheureuse, cette dame est fort estimée au Coudenberg. »

Le visage dur, Jeanne fait volte-face.

« Estimée de qui ? De Philippe ? »

La baronne n'ose plus souffler mot, désespérément elle se tourne vers la première dame d'honneur qui secoue la tête négativement, rétive à pousser plus loin la discussion.

« Madame, hasarde enfin madame de Hallewin, comment pouvez-vous nourrir de tels soupçons ? »

L'avalanche de mots s'abattant sur elle cloue sur place l'ancienne gouvernante de Philippe. Jeanne les accuse de corrompre son mari, de lui fournir des femmes pour la bafouer. Le ton monte, le feu aux joues, l'archiduchesse déverse son aigreur, ses hantises, tout un afflux d'émotions que madame de Hallewin juge d'une affreuse mesquinerie.

Jeanne sent l'hostilité, elle n'en peut plus d'être toujours jugée, toujours critiquée. Sa rancœur se porte maintenant sur Philippe, ses amis, ceux qui depuis le jour de son mariage l'ont écartée, piétinée. Enfin à bout de nerfs, épuisée, elle se tait.

« Sortez ! murmure-t-elle enfin. Sortez toutes immédiatement ! »

« Aïcha, supplie Jeanne, dis-moi la vérité. »

L'esclave apporte un bol de citronnade parfumée à la fleur d'oranger. Allongée sur des coussins la jeune femme reprend peu à peu son calme.

— Les fous seuls croient posséder la vérité.

— Je t'en prie, supplie Jeanne, Fatma et toi êtes mes seules compagnes ici.

Les mains tatouées de henné, qui dans la pénombre ressemblent à des araignées, versent lentement un filet de miel sur une cuillère d'argent.

— Dame Béatrice vous veut du mal, articule enfin l'esclave dans son castillan à l'accent rauque de Grenade, mais je peux lui jeter un sort.

— Philippe est son amant, n'est-ce pas ?

— Je ne sais pas, proteste la vieille femme, mais elle porte le mauvais œil.

Jeanne prend la coupe, boit lentement. Sa décision est prise, elle agira. Le temps de la conciliation, de la soumission est passé. Plus elle baisse la tête, plus Philippe la bafoue.

« Où est cette femme ? » demande-t-elle.

Le ton montre que la question est un ordre. Aïcha murmure :

« Elle se divertit avec les filles d'honneur dans le salon italien. »

Jetant la tasse, Jeanne se lève.

« Où allez-vous, maîtresse ? »

La jeune femme ne répond pas. Dans le coffret où sont rangés les travaux de broderie, elle s'empare d'une paire de ciseaux, les fourre dans sa poche.

« Coiffe-moi, chausse-moi, parfume-moi. »

C'est en archiduchesse qu'elle veut demander des comptes à cette dévergondée.

Dans le salon italien les femmes libérées de leur service rient, jouent aux cartes ou aux dés. Béatrice, déjà maîtresse des lieux, a fait disposer dans cette pièce charmante, décorée de verreries vénitiennes, d'immenses bouquets de fleurs, une table où sont présentées boissons et pâtisseries. Philippe entre parfois, s'arrête un instant pour profiter de l'harmonie, de la gaieté que son amante sait si bien dispenser.

Les musiciens viennent d'entrer dans le salon quand l'archiduchesse y pénètre à son tour, arrêtant net les conversations, figeant les gestes. Seule Béatrice ne l'a pas aperçue. Au coin d'une fenêtre elle lit le billet que Philippe vient de lui faire porter.

Ne voyant personne d'autre, Jeanne fonce vers son ennemie. Si soudainement que Béatrice n'a pu se garder, elle tend la main, attrape le morceau de papier.

« Laissez-moi lire cette intéressante missive. »

Mais la jeune fille s'est reprise et aussi prestement que son adversaire s'empare à nouveau de la lettre, la froisse, l'enferme dans sa main.

— Elle m'appartient, madame. Nul autre que moi ne peut en prendre connaissance.

— Donnez ! hurle Jeanne.

Semblables à des statues, les dames d'honneur ne bronchent pas, aucune n'a le courage d'affronter la furie qu'est devenue leur souveraine. Ses yeux dans ceux de

271

Jeanne, comme pour mieux la narguer, Béatrice porte le papier à sa bouche, le mâche, l'avale.

Alors Jeanne ne se maîtrise plus. Elle tire les ciseaux de sa poche, à pleines mains, attrape la splendide chevelure qu'elle taille à grands coups, écorchant Béatrice qui hurle sans oser se défendre.

« Vite, vite, ordonne madame de Hallewin à une fille d'honneur, allez prévenir l'archiduc ! »

Le sang ruisselle sur le visage de son ennemie mais Jeanne ne s'interrompt pas. Déjà le crâne est à moitié tondu.

La porte s'ouvre brutalement. Comme un fou Philippe se précipite vers les deux femmes, attrape Jeanne par le bras. Béatrice sanglote. De ses cheveux admirables, il ne reste que quelques touffes hirsutes. Poissé de sang, le reste gît à terre.

Blême, l'archiduc écarte sa femme, la pousse violemment contre le mur. La fureur de Jeanne est retombée. Elle a peur maintenant.

« Tu es folle, grince-t-il, folle à lier ! »

Adossée au mur, la jeune femme ne bouge pas tandis que son mari l'injurie, cherchant les mots les plus cruels, les plus blessants.

« Chasse-la ! sanglote-t-elle. Je ferai ce que tu voudras. »

Mais d'une poigne de fer, Philippe saisit à nouveau son bras.

— A genoux, ordonne-t-il, demande-lui pardon !

— Jamais !

Son honneur est atteint. Une infante de Castille ne peut s'humilier devant une putain.

« Jamais ! » hurle-t-elle encore.

Alors Philippe la frappe au hasard sur la tête, des coups brutaux qui font chanceler la jeune femme avant de la laisser inerte sur le sol.

« C'est assez, mon enfant, murmure madame de Hallewin, elle est suffisamment châtiée. »

Philippe tremble de rage.

« Emmenez-la d'ici et que je ne la revoie plus ! »

Puis, avec des gestes redevenus doux, il prend Béatrice dans ses bras, la berce, la serre contre lui.

Chapitre XLIV

Sous le soleil de juillet la campagne est aride. Dans les vergers, les arbres assoiffés ne donnent pas de fruits, le foin est rare, l'avoine clairsemée. Au Coudenberg circulent de plus en plus précises les rumeurs d'une reprise des hostilités contre le duc de Gueldre. Ce petit pays séparé du Brabant par la Meuse ne cesse, sous l'autorité du duc Charles d'Aiguemont, de se dresser contre l'Autriche. Maximilien, qui a souvent lutté seul, compte aujourd'hui sur son fils pour l'appuyer et en finir une fois pour toutes avec les séditieux. Philippe hésite, chaque jour il guette des nouvelles venant de Castille. Si Isabelle mourait, le moment serait mal choisi pour lui de s'investir dans un conflit.

Après l'humiliation reçue, Jeanne a déliré pendant des jours. Elle a chassé toutes les Flamandes pour ne garder à son service aucun témoin de l'horrible affront subi. Entourée de trois vieilles Castillanes et de ses deux esclaves, elle parvient à se suffire à elle-même, se sert dans les plats qu'on lui présente, recoud ses dentelles, polit ses bijoux. Jeanne n'a revu Philippe que lors de cérémonies officielles. Elle sait qu'elle l'a perdu mais, même au prix de la plus insupportable souffrance, ne lui présentera pas d'excuses. La mort brutale de son amour la laisse insensible, effarée, plus sauvage encore. Elle refuse de recevoir ses enfants, sûre qu'ils ont appris par leur père ou quelque servante son déshonneur.

Avec le temps, Jeanne étouffe entre les murs de ses appartements. Elle sent qu'elle doit réagir pour ne pas devenir folle, fait revenir ses enfants. A nouveau elle ouvre ses fenêtres, descend dans son parc.

Fin août il pleut enfin. Les curés font chanter des Te Deum tandis que les processions s'allongent dans les chemins détrempés. La guerre contre Gueldre est décidée, Philippe va partir à la tête de son armée. Derrière un rideau, Jeanne guette le rassemblement des gentilshommes dans la cour du château. Au-delà des fortifications commence la campagne, une plaine à peine ondulée semée de fermes et bosquets adossés à la forêt où Philippe aime chasser.

Son mari va-t-il répondre au billet qu'elle vient de lui faire porter ou bien partir en l'ignorant ? La pluie bat les pavés, ruisselle sur les ardoises, imprègne les manteaux des cavaliers. Enfin l'archiduc surgit, s'empare des rênes que tend un page. Sur le rideau de velours, les doigts de Jeanne se crispent. Si Philippe ne l'aime plus, au moins espère-t-elle son amitié. Enfin, un pied à l'étrier, le jeune homme s'immobilise, lève les yeux vers la chambre qu'occupe sa femme, hésite puis, après un temps qui semble infini à Jeanne, rend les rênes, se dirige vers la petite porte menant aux appartements privés des archiducs. Bouleversée, Jeanne court à son miroir, arrange ses cheveux, passe à son cou un collier de perles, puis entendant le pas de Philippe dans le corridor, s'assied en hâte dans un fauteuil, attrape un ouvrage de tapisserie et, à moitié morte d'émotion, se contraint à garder le visage baissé.

— Je suis venu te dire au revoir.

— Seras-tu absent longtemps?

— Je ne sais. Prends soin des enfants.

Il va sortir. D'un élan irrépressible, Jeanne court vers son mari, saisit une main qu'elle porte à ses lèvres. Un instant le jeune homme la lui laisse puis, faisant un pas en arrière, remarque la pâleur, la maigreur de sa femme. Sans aucun doute elle est malade, plus encore qu'il ne l'imaginait. Un vague sentiment de pitié l'envahit. Lentement il s'approche à nouveau, dépose un baiser sur le front avant de sortir.

« Monseigneur le duc de Savoie est mort. »

La nouvelle stupéfie Jeanne. Margot veuve une seconde fois? Comment va-t-elle résister à ce nouveau malheur?

— A-t-on prévenu l'archiduc?

— Il est sur la route de Bruxelles et arrivera au Coudenberg d'un moment à l'autre.

De retour en Flandres, Margot retiendra Philippe, sera une alliée peut-être. Jeanne déjà songe à des jours meilleurs, imagine leur famille réunie, Philippe repenti. Margot ne tolérera certainement pas Béatrice, et là où la révolte d'une épouse a échoué, l'affection d'une sœur triomphera.

Béatrice..., chaque heure du jour l'esprit de Jeanne revient sur la femme haïe. Elle n'est plus au Coudenberg mais demeure, à n'en point douter, dans quelque château voisin où Philippe va la rejoindre. Par ses esclaves elle a essayé en vain de trouver la cachette.

« Cette femme te défie, chuchote Aïcha en la massant. Tu as le droit de te défendre. »

Jeanne a laissé ses esclaves brûler des herbes en marmonnant des incantations, a bien voulu réciter avec elles quelques paroles magiques.

Un jour d'octobre, alors qu'elle écoute de la musique dans le pavillon qui jouxte la roseraie, Aïcha se glisse aux côtés de sa maîtresse.

— Je sais où la dame est cachée.

— Où donc ? interroge Jeanne à voix basse.

— A quelques lieues d'ici.

— Assure-t'en !

Aïcha pousse un petit cri aigu.

« Eh, maîtresse, voulez-vous m'envoyer là-bas ? »

Jeanne, les yeux mi-clos, écoute le souffle léger d'un chanteur qui décroît et meurt.

« Je veux savoir la vérité, débrouille-toi ! »

Chapitre XLV

« Elle a osé. »

Moxica, le chapeau à la main, constate satisfait l'effet produit par ses révélations. Jeanne a demandé à ses esclaves, ces horribles femmes tatouées qui épouvantent les habitants du château, d'espionner Béatrice, peut-être même de lui jeter un sort. D'énervement, Philippe jette à terre le rapport. Aux préoccupations incessantes que lui donne la guerre menée contre Gueldre, s'ajoutent les divagations de sa femme.

— J'exige que ces sorcières quittent Bruxelles sur-le-champ.

— Doña Jeanne n'y consentira jamais, Monseigneur.

— Nous verrons bien !

Réjoui, Moxica se retire. Dans quelques jours, il se mettra en route pour la Castille afin de donner en mains propres à la reine les derniers feuillets de son rapport. Sans nul doute Isabelle, que l'on dit au plus mal, procédera à quelques modifications de son testament.

Sans se hâter, Philippe signe quelques documents, il va une fois de plus attaquer les défenses de Jeanne, lui mettre l'épée dans les reins pour la faire céder. Depuis son retour d'Espagne, sa femme le brave, s'insurge contre ses décisions, prend des résolutions qui le mécontentent. La douce petite Jeanne est devenue butée, sournoise, cramponnée à l'orgueil insensé qu'elle tient de sa race. Aujourd'hui, en chassant ses esclaves, il va l'isoler, la forcer à se rendre.

Jeanne parcourt sa chambre de long en large. Une fois encore, à la violence succède l'angoisse, à l'agressivité la peur. Comment protéger Fatma et Aïcha ? Si ses esclaves la quittent, elle sera définitivement seule, muette des souvenirs qui de plus en plus souvent la hantent.

« Elles ne partiront pas », prononce-t-elle sourdement.

Sa propre voix lui fait peur, elle tombe assise sur le lit dont les courtines ont été tirées. Sur ce lit de soieries, la folie d'amour l'enivrait, la déchirait, la dispersait dans les étoiles.

Un remue-ménage dans le corridor alerte la jeune femme. Si la garde vient s'emparer de Fatma et d'Aïcha, elle les défendra. Terrorisées, les deux esclaves restent tassées l'une contre l'autre dans la garde-robe. Depuis deux jours, elles refusent de quitter leur maîtresse, ne serait-ce qu'un instant. « Il leur faudra me jeter dehors avec vous », a affirmé l'archiduchesse.

Déterminée, Jeanne recule jusqu'au fond du salon pour mieux attendre l'ennemi. Un page entrouvre la lourde porte drapée de tentures que le vent gonfle comme la cape d'un matador. La jeune femme reconnaît son premier chambellan, le prince de Chimay.

« Madame, annonce-t-il d'un air embarrassé, je suis venu exécuter un ordre. »

Adossée à la cheminée, livide, Jeanne ne répond pas. Elle devine la confusion du vieux gentilhomme et veut en tirer aussitôt parti. Lui n'osera pas s'opposer à elle, encore moins la malmener.

« Madame, poursuit Chimay au comble de la gêne, Monseigneur a donné ordre de rassembler vos esclaves et de leur faire quitter le palais. »

Préparé à une attaque vigoureuse, le mutisme de l'archiduchesse désarme le chambellan.

« Je dois obéir, où se trouvent-elles ? »

Nulle réponse.

« Gardes, ordonne Chimay, fouillez les appartements de madame l'archiduchesse. »

Son honneur de gentilhomme répugne à cette investigation dégradante.

— N'entrez pas ! rugit la jeune femme.

— Ce sont les ordres, balbutie-t-il.

D'un mouvement preste, Jeanne s'est emparée du lourd tisonnier posé contre le manteau de la cheminée. Menaçante, elle marche vers son chambellan.

« Sortez immédiatement ! »

Chimay recule jusqu'à l'encadrement de la porte. Derrière lui se tient la garde, impatiente de revenir au cantonnement raconter l'inénarrable aventure. Chimay hésite, doit-il ordonner une intervention avilissante contre cette femme fragile qu'une pichenette d'un de ses soldats ferait tomber à terre ? Malgré lui, il admire son courage ; la violenter serait indigne.

« Je me retire, Madame. »

Maintenant l'attend une besogne plus désagréable encore, avouer son échec à l'archiduc.

La surprise cloue Jeanne à sa place. Philippe est devant elle, rouge de colère. Pas un instant, la jeune femme n'a soupçonné la présence de son mari au Coudenberg.

Jeanne n'a plus la force de lutter. Elle jette le tisonnier, cache son visage entre ses mains.

Dehors dans le jardin l'automne est roux, gris autour des dernières fleurs.

— Je leur dirai moi-même de partir, balbutie-t-elle.

— Approche, ordonne Philippe.

Un goût étrange pour la souffrance, une minuscule et tenace lueur d'espoir font marcher la jeune femme. il l'attrape par la nuque, la plaque contre son corps. Jeanne se recroqueville.

« C'est bien, chuchote Philippe, je t'aime obéissante. »

Les mains remontent la jupe, caressent ses cuisses. Jeanne chavire, l'amour a l'amertume d'un poison.

Le déclic de la clef l'enfermant dans sa chambre ne provoque aucune réaction. Sur le lit où Philippe l'a fait dériver, la jeune femme demeure comme morte.

Le soleil est déjà couché quand un page de l'archiduc pénètre dans la chambre, portant un repas sur un plateau d'argent. Jeanne n'y touche pas. Elle ne mangera plus, la mort la libérera.

Des corridors viennent les cris de ses enfants que les nourrices contraignent à aller dormir. Philippe, depuis plus d'une semaine, a interdit qu'elle les voie. Les yeux brillants, Jeanne se redresse sur son lit. Maintenant qu'elle a tout accepté, elle les veut immédiatement. Hors d'elle, la jeune femme court à sa table, trempe une plume dans l'encre.

« Fais-moi amener nos enfants ! »

Elle sonne, tend le billet à un page puis retourne s'asseoir sur le lit, guettant les bruits venant de la chambre de Philippe située juste sous la sienne, perçoit des rumeurs confuses, de vagues éclats de voix puis le silence à nouveau l'écrase, insupportable. Vers minuit, on lui porte un message. « Cesse de m'importuner, je te verrai demain. » Alors Jeanne se couche sur le sol, tapant sporadiquement des coups si faibles que Philippe ne peut les entendre. La joue contre le parquet de chêne elle songe ou rêve.

Le lendemain Philippe affirme qu'il l'autorisera à voir ses enfants si elle consent à manger. A son tour elle promet. La guerre que les époux se mènent, leur obstination à se meurtrir les lient l'un à l'autre plus fort que leur ancienne passion.

Chapitre XLVI

Dans sa robe franciscaine, sans bijoux, les cheveux dissimulés sous un voile, la reine de Castille ressemble à une nonne. Pauvre devant Dieu, humble en face de ses confesseurs, la mort ne l'effraie pas. Les longues soirées de novembre enveloppent les murs de la Casa Real de Medina del Campo comme un suaire, le vent déferlant des plateaux hurle, fait grincer les portes, battre les grilles des patios. A la lueur d'un simple chandelier posé à son chevet, Isabelle contemple le dernier décor de sa vie. Dans une cassette de cuir cloutée de vermeil repose son testament. Jeanne et surtout Philippe ne pourront le transgresser, l'Espagne restera une, forte et chrétienne sous le gouvernement de la nouvelle reine et la sauvegarde de Ferdinand. Aucun étranger n'aura le droit de jouir de privilèges ou revenus des biens civils comme religieux, pas plus qu'il n'aura accès aux charges administratives ou dignités ecclésiastiques. Maintenant elle peut reposer, Ferdinand défendra ses volontés, lui qui veille sur elle aux derniers jours de sa vie, à côté de Béatrice de Bobadilla, sa plus ancienne et fidèle amie.

Parfois aussi, malgré sa volonté de ne plus penser qu'à Dieu, le souvenir de Jeanne s'impose. Elle a fait le tour des faiblesses, des singularités de sa fille, n'a rien oublié de ses violences, même si elle a pardonné. Le journal de Moxica, terrifiant dans son implacable sobriété, ne l'a pas davantage irritée contre Jeanne mais contre Philippe.

Lope de Conchillo, le vieux secrétaire, apporte une dépêche à lire, un document à signer. La main d'Isabelle tremble mais ne faiblit pas.

« Doña Isabelle, le prêtre est là. »

Béatrice de Bobadilla chuchote dans l'oreille de la reine.

« Je l'attends. »

La nuit couvre la ville, pèse sur la chambre où rien ne bouge et qui déjà ressemble à une crypte mortuaire.

« Que l'on couvre mes pieds d'un linge, murmure Isabelle, je ne veux les exposer aux regards. »

La voix du prêtre récitant les prières de l'extrême-onction glace Ferdinand. A son chagrin se joint l'obsession de la formidable partie qu'il va devoir, aussitôt Isabelle morte, jouer et gagner contre son gendre et les Grands.

La voix du prêtre s'est tue. Isabelle respire avec peine. A travers le pays, moines et religieuses sont en prière pour leur reine, il semble que l'Espagne entière accompagne le dernier soupir de celle qui l'a tant aimée.

Toute la nuit le vent souffle. Au matin, une pluie fine bat la grande place, les toits de la Casa Real, les fenêtres de la chambre où Isabelle est entrée en agonie. Une servante à pas feutrés vient ranimer le feu, y jeter des écorces d'oranges et aussitôt dans la vaste pièce se glissent les senteurs des jardins en fleurs de Grenade. La reine entrouvre les yeux. Cherche-t-elle à apercevoir les patios aux mosaïques bleues, les fontaines de marbre où ruisselle l'eau fraîche venue des montagnes ?

Poussé par le vent de tempête, un oiseau vient se cogner aux linteaux d'une fenêtre. Isabelle sursaute puis referme les yeux. Les êtres qu'elle aime, Ferdinand, Béatrice, Cisneros, son confesseur se tiennent auprès d'elle, elle n'a plus rien à faire, rien à dire après une vie où chaque minute comptait. La terre n'est plus pour elle.

Le glas sonne à San Antolin, monotone, interminable. La reine ayant refusé l'embaumement, les soins dus à la morte sont accomplis promptement. Un cercueil d'une grande simplicité l'attend. La reine a souhaité d'humbles obsèques, exigé que l'argent épargné soit distribué aux pauvres, aux jeunes filles nobles dépourvues de dot ou utilisé pour racheter aux Maures des esclaves chrétiens. Dès le lendemain, le cortège funèbre prendra la route de Grenade.

Sur la place de Medina trempée de pluie, une estrade est hâtivement dressée. Tandis que les hérauts soufflent dans leurs trompettes, l'étendard royal se déplie. Le duc d'Albe, le plus sûr allié du roi d'Aragon, proclame Jeanne reine de Castille puis Ferdinand annonce sa renonciation au trône. Sous la pluie drue, les Grands, serrés dans leurs capes, écoutent stupéfaits. En les devançant, Ferdinand désamorce leur offensive.

« Regardez attentivement, Cisneros — sur l'échiquier Ferdinand ordonne les pièces : Là se trouve Philippe en position qu'il croit imprenable, mais voyez ma tactique. »

Le ministre se penche, observe les doigts fins du roi qui se déplacent comme des pattes d'araignée sur le damier d'onyx.

« Isolons le cavalier avant de l'attaquer. »

Dans la pénombre, Ferdinand, en grand deuil, ressemble à l'ange de la mort. Sinon l'acuité du regard, rien dans son visage ne révèle son extrême tension. Du noir au blanc, obliquement, le roi pousse la tête du cheval sculptée dans du bois d'ébène.

« Il ne lui reste que deux bases essentielles et je vais l'en couper. »

A brûle-pourpoint, Ferdinand se redresse, plonge ses yeux dans ceux de l'archevêque.

« Je vais l'en couper, m'entendez-vous, Cisneros ? »

Le rire raisonne, terrifiant de dureté.

— Philippe a deux atouts en main, Louis et Jeanne ; l'un aléatoire auquel il se cramponne, l'autre assuré qu'il écarte stupidement. Louis le lâchera, Jeanne va se retourner contre lui.

— Comment cela ?

— Malade, le roi de France a décidé en secret de rompre les fiançailles de Claude avec mon petit-fils Charles. Philippe ne sait pas encore que la fillette et sa dot appartiennent dorénavant à François d'Angoulême. Quant à Jeanne...

Cisneros est suspendu aux lèvres de Ferdinand mais le roi prend son temps, va à la fenêtre, écarte une tenture pour contempler la nuit.

— Quant à Jeanne, elle est reine, que Philippe le veuille ou non. Ce pouvoir dont elle ne veut pas ira à l'homme qui l'aimera le mieux. Philippe était celui-là, mais en humiliant l'infante, en la brutalisant, il a perdu la Castille.

— Doña Jeanne, remarque l'archevêque, est fort influençable et don Philippe peut la regagner.

— Je ne le permettrai pas, Cisneros. Jeanne et Philippe se haïront longtemps parce que je détiens le moyen de rendre leur aversion irrémédiable.

D'un geste brusque Ferdinand balaie les pièces de l'échiquier.

« Le pouvoir, Jeanne me le donnera ! »

Sur le tapis de laine pourpre, la tête du cheval gît semblable à celle d'une bête abattue.

« Sire, il reste à don Philippe un troisième atout : les ennemis que vous avez ici en Castille. »

Chapitre XLVII

La voix puissante du héraut résonne sous les voûtes de l'église Sainte-Goule.

— Très Haute, très Excellente, très Puissante et très Catholique...

— Elle est morte, reprend un autre héraut, de très Vertueuse et Louable mémoire.

Les voix se répondent, répétant les mêmes mots puis, face à l'autel, le roi d'arme de l'ordre de la Toison d'Or proclame à trois reprises : « Vive don Philippe et doña Jeanne, par la grâce de Dieu roi et reine de Castille, de León, de Grenade ! » avant de saisir une épée par la pointe et la tendre à l'archiduc. « Sire, cette épée vous appartient pour maintenir la justice, défendre vos royaumes et vos sujets. »

Tandis qu'éclate la sonnerie des trompettes, Philippe s'agenouille, se relève, s'empare de l'épée par le manche, la tenant pointée en haut. La cérémonie funèbre est achevée. Sur les draperies noires de l'église se détachent l'autel recouvert de tissu doré, une haute croix incrustée de pierres précieuses, les candélabres entourant la bière symbolique surmontée d'une couronne tenue par un ange tendant les bras vers le ciel. Dans le chœur se pressent moines et prélats, membres du Conseil, officiers, ambassadeurs, chevaliers de la Toison d'Or, notables. Sur sa chaise à haut dossier tapissée de velours pourpre, Jeanne se sent solitaire. Depuis que la nouvelle du décès d'Isabelle est arrivée, à la mi-décembre, l'archiduc ne cesse de multiplier les réunions avec conseillers et ambassadeurs. A peine remarque-t-il que Jeanne existe, qu'elle est reine de Castille. En ce jour froid de janvier, l'archiduchesse à nouveau enceinte ne pense guère à cette royauté nouvelle. Tandis que le chœur des chantres reprend l'antienne d'un psaume, elle grelotte, accablée par un mal de tête lancinant. Sur cette terre, désormais, elle n'a plus que Ferdinand pour l'aimer. Du roi, Jeanne vient de recevoir une lettre tendre. Il sait qu'on la maintient recluse, n'ignore aucune des humiliations sans cesse infligées à sa fille, se préoccupe de sa santé. Fatma et Aïcha sont bien arrivées à Madrid. « Un jour viendra, conclut le roi, où toi et moi serons réunis pour toujours. Je ne pense qu'à ce moment et te prie de faire en sorte que personne ne puisse empêcher nos retrouvailles. » Sur la lettre rédigée en code secret, le mot personne était souligné. Jeanne a brûlé la missive.

A Toro, près de la frontière portugaise, les Cortès assemblées en présence de Ferdinand et de Cisneros, second exécuteur testamentaire, écoutent la lecture des dernières volontés d'Isabelle. « Au cas où ma fille serait indésireuse ou incapable d'assumer le pouvoir en Castille, je souhaite que mon époux Ferdinand, et nul autre, prenne la régence. »

Afin que les mots dictés par Isabelle imprègnent les consciences, le secrétaire observe une pause. Les procurateurs sont attentifs, certains se consultent du regard. Tout au long du mémoire qu'ils viennent d'écouter, le nom de Philippe n'a pas été mentionné une seule fois et cet oubli volontaire est pour tous lourd de signification.

L'après-midi s'achève, déjà le soleil déclinant blondit les pierres de la salle, flamboie sur les hallebardes accrochées aux boiseries de chêne où aigles et têtes de licornes sculptés semblent s'affronter en un combat immobile et sans fin.

« Messieurs, proclame Ferdinand, vous avez entendu les ultimes volontés de votre reine. Avant de mourir, doña Isabelle avait, fort lucidement, pressenti que notre fille Jeanne ne possédait pas les qualités d'une souveraine. J'ai ici la preuve qu'elle ne se trompait pas — et se tournant vers un secrétaire : Ferrera, apportez les notes de don Martin de Moxica. »

Dans un silence plus grave encore, le roi lit aux membres des Cortès médusés le long journal tenu par le trésorier de Jeanne, n'omettant aucun détail, aussi humiliant fût-il pour sa fille. Sa lecture achevée, Ferdinand replie les feuillets.

« Ces documents, messieurs, sont bien sûr confidentiels, il en va de l'honneur de ma famille, donc de l'Espagne. Délibérez maintenant et demain vous me communiquerez en votre âme et conscience le fruit de vos réflexions. »

« Don Ferdinand a été nommé légalement par les Cortès gouverneur de Castille. »

Stupéfait, Philippe ne trouve aucune réponse immédiate à cette révoltante nouvelle.

— L'archiduchesse aurait-elle pu communiquer avec son père ? interroge le messager Jean de Luxembourg.

— Je ne le pense pas, mais désormais Jeanne est une ennemie. Renforcez la surveillance autour d'elle.

— Que ferons-nous de l'évêque de Cordoue attendu d'un jour à l'autre à Bruxelles ?

— Nous ne pouvons l'empêcher de rendre visite à l'archiduchesse, mais j'exige qu'à aucun moment ils ne se rencontrent seuls. Pendant tout le temps que durera mon voyage en Autriche, avec Chimay vous serez responsable de Jeanne.

Luxembourg affiche un air dépité. Nul au Coudenberg n'a la moindre envie de s'exposer aux réflexions grinçantes de l'archiduchesse. Au désappointement s'ajoute un certain malaise, la jeune femme enceinte, malheureuse, amaigrie fait pitié.

Jeanne, pour la troisième fois, recoud un col de dentelle. Malgré le beau soleil de printemps, les rideaux sont restés tirés, les chandelles allumées. La lumière du jour la blesse comme la fait souffrir maintenant tout ce qui vient de l'extérieur. Contre un mur est posée une guitare. Jeanne la caresse avant d'y laisser courir ses doigts. Dans son ventre, l'enfant bouge maintenant. Violemment il a été conçu, violemment elle le désire et le rejette.

La cour est déserte, seuls les gardes, hallebardes croisées, sont en faction. De brusques et courtes ondées lustrent les pavés, cinglent les clochetons où les girouettes épousent le cours du vent. Face aux appartements des archiducs vivent les filles d'honneur qu'elle a chassées. Furtivement, Jeanne essaie d'apercevoir des silhouettes. Sans doute rient-elles ensemble en jouant aux cartes, peut-être parlent-elles de la « loca » claquemurée dans sa chambre. Jeanne laisse retomber la tenture. Ces écervelées se trompent. La fille des rois catholiques ne se laissera pas piétiner par de quelconques nobliaux flamands. La roue tournera lorsque, de retour en Castille, les Cortès lui remettront le pouvoir. Jeanne reprend son ouvrage, rageusement l'aiguille pique le fin travail de dentelle. Pourquoi ne pourrait-elle pas reconquérir son mari ?

Fonsesca, évêque de Cordoue, retrouve le Coudenberg sans grand plaisir. La fraîcheur du printemps flamand, alliée à la perspective de se retrouver en face de Jeanne après le déshonneur de la Mota, le rend d'humeur morose. Tandis qu'il pénètre dans la cour d'honneur du palais, le vieil ecclésiastique se prépare mentalement à affronter le pire.

Don Ferdinand, son roi, l'a chargé d'une mission de la plus haute importance. Si ses premières rencontres avec Jeanne se déroulent favorablement, il sera rejoint par l'Aragonais Ferrera dévoué à Ferdinand et le vieux Conchillo, secrétaire de la défunte reine.

La galerie menant aux appartements de l'archiduchesse est étrangement calme. En s'acheminant sur le tapis perse semé de fleurs roses et bleues, l'évêque a l'impression de s'enfoncer dans un tombeau. Enfin son guide ouvre une porte. Du fond d'une chambre plongée dans la pénombre, une voix d'homme l'interpelle en castillan.

« Bienvenue, Monseigneur, nous vous attendions. »

La porte se referme. Comme un somnambule, Fonsesca fait quelques pas, distingue la silhouette d'une femme assise près de la fenêtre.

« Doña Jeanne ! »

L'exclamation affectueuse a jailli malgré lui. La forme se lève, mince malgré la rondeur presque agressive du ventre.

« Je vous souhaite la bienvenue, mon père. »

A côté d'elle, impassible, se tient Martin de Moxica. Jeanne a capté le regard de son vieil ami fixé avec étonnement sur le trésorier.

« Vous pouvez disposer, don Martin. »

Mais l'homme ne bouge pas.

« Monseigneur, l'archiduc a insisté pour que je demeure auprès de vous afin de mieux vous servir. »

La voix de Jeanne est cinglante.

— Vous me servirez plus tard. Présentement je n'ai pas besoin de vous.

— Je resterai cependant, Madame.

Stupéfait, Fonsesca assiste à l'affrontement muet. Jeanne se mord les lèvres, presse nerveusement ses mains l'une contre l'autre, mais bravement se détourne et tente de sourire.

« Eh bien, cher Fonsesca, asseyons-nous et bavardons un peu. »

Le demi-jour, l'absence de dames d'honneur et de servantes, le silence, la présence importune du trésorier, le teint cireux, le regard traqué de Jeanne frappent et alarment le vieil évêque. Quels plans démoniaques l'archiduc et son Conseil ont-ils dressés pour vouloir ainsi briser la reine ? Déjà il a oublié les injures de la Mota, son affection pour la jeune femme se réveille, intacte. Jeanne a grand besoin d'aide mais pourra-t-il la secourir ?

Chapitre XLVIII

Arrivés l'avant-veille à Bruxelles, l'Aragonais Ferrera et don Lope de Conchillo attendent une entrevue avec l'archiduchesse. D'emblée, le premier Chambellan est venu leur annoncer qu'ils devraient se montrer patients mais après un entretien avec Fonsesca, les deux émissaires de Ferdinand ont repris confiance. Jeanne les recevra le soir même dans les meilleures dispositions, a assuré l'évêque de Cordoue, et lui-même se chargera de transmettre la lettre que don Ferdinand a adressée à sa fille.

Jeanne n'a plus peur. Depuis l'arrivée des envoyés de son père, elle a passé des nuits d'insomnie mais aujourd'hui se maîtrise. « Je ne fais que mon devoir », se répète-t-elle.

Rongé par le conflit avec le duché de Gueldre qui a vidé le Trésor, crispé par ses démêlés espagnols, impatienté par les exigences de son père, Philippe, revenu d'Autriche d'une humeur massacrante, n'a vu Jeanne que pour la réprimander de persister à refuser ses filles d'honneur.

Par défi, l'archiduchesse s'exhibe au palais escortée seulement de deux vieilles servantes. Très droite, ses robes de brocart épousant un ventre déformé, elle traverse sourires et railleries à peine dissimulés comme Isabelle parcourait Grenade. Cette bravoure gratuite attise encore l'exaspération de Philippe.

D'une voix sans réplique, Jeanne appelle un page.

— Allez dire à Monseigneur l'évêque de Cordoue que je désire me confesser à lui.

— Vous avez votre chapelain, Madame, rétorque Moxica. Monseigneur souhaite que vous le conserviez.

— Je ne suis pas aux ordres de l'archiduc !

Le trésorier n'ose répliquer. L'archiduchesse peut se montrer violente et il a essuyé trop de scènes pour vouloir en provoquer de nouvelles.

Les bruits de pas dans le corridor font tressaillir la jeune femme. Sans nul doute, Philippe la brutaliserait s'il apprenait ce qu'elle s'apprête à accomplir mais sa résolution est prise. Humblement soumise à son mari au temps où il l'aimait, elle est prête à tout depuis qu'il la néglige et la persécute. Leurs incessantes querelles la rendent plus batailleuse encore.

Au regard baissé, aux mains qu'il croise sur son ventre, elle devine son vieil ami aussi anxieux qu'elle.

« Je suis prêt à vous confesser, doña Jeanne » balbutie-t-il.

Il a parlé trop vite, trop tôt, le trésorier fronce les sourcils. « Moxica est si lâche qu'il pourrait prévenir Philippe », réfléchit Jeanne.

« Rien ne presse mon père, déclare-t-elle d'une voix tranquille, bavardons un peu, voulez-vous ? Donnez-moi des nouvelles de don Lope de Conchillo et du secrétaire de mon père. Je les verrai après le souper. »

Au détour d'un mot banal, d'un geste vague, l'archiduchesse et l'évêque s'observent. En face de l'apparente maîtrise de Jeanne, la panique de Fonsesca s'intensifie. A la Mota, la jeune femme a montré à découvert son instabilité émotionnelle.

« Allons, mon père, décide enfin Jeanne, je veux me confesser à vous. »

Cachée sous ses vêtements la lettre s'incruste dans la chair du prêtre, la marque en blessure brûlante.

La jeune femme s'agenouille et dans le silence de la chambre, le froissement de la robe de soie sur le plancher prend les proportions d'un grand bruit. Dans un coin Moxica semble perdu dans la contemplation d'un tableau du Carpaccio nouvellement acquis par l'archiduc.

Jeanne chuchote :

« Donnez vite, mon père ! il ne peut me voir. »

Dominant le tremblement de sa main, Fonsesca saisit le morceau de papier, le serre convulsivement.

« Vite ! » insiste la jeune femme.

Les yeux fermés l'évêque tend la lettre. En un instant, Jeanne l'a glissée dans sa manche. Maintenant elle égrène les mots d'une prière mais, à la pâleur de son visage, Fonsesca comprend qu'elle les récite machinalement.

Pour cette première entrevue, Jeanne veut recevoir Ferrera et Conchillo avec cérémonie. Dans le grand salon des appartements de l'archiduchesse, une table a été dressée où sont disposés pâtisseries, fruits et boissons. L'été est arrivé posant sur les fleurs du jardin, les récoltes mûrissantes une lumière du midi. Les deux vieilles servantes s'activent, un musicien joue de la harpe.

« Comment se porte l'infant Ferdinand ? »

Jour après jour, Jeanne oublie les traits de son petit garçon. Ses enfants sont presque des inconnus. Quoique Charles, Éléonore, Isabelle la visitent de temps à autre, jamais ils ne parviennent à quitter l'air guindé dû aux recommandations incessantes des gou-

vernantes. Personne autour d'eux ne parle affectueuse
ment de leur mère, comment pourraient-ils l'aimer?

— L'infant se porte bien, répond Conchillo, chaque
jour il prie pour Votre Majesté.

— Et Aïcha, Fatma?

— Elles sont au service de l'infant. Don Ferdinand
les protège.

Jeanne reste songeuse. Elle s'est tant battue pour ces
femmes, a tant souffert à les défendre qu'elle s'est
fermée à toute affection nouvelle.

Quelques gentilshommes flamands ayant fait le
voyage d'Espagne sont présents. Ils s'ennuient, ne saisissent que peu de mots de la conversation menée en
castillan. Enfin l'archiduchesse tend sa main à baiser,
signe que l'entretien est achevé. A aucun moment, elle
n'a fait allusion à la lettre.

Trois jours passent sans que Jeanne ne convoque les
deux secrétaires. Cent fois, elle a relu le billet dans la
solitude de sa chambre. Les termes simples, protoco-
laires la hantent jusque dans ses rêves. « Moi, la reine,
Jeanne de Castille, accorde à mon père, Sa Majesté
Ferdinand, roi d'Aragon, de Majorque, de Sicile, de
Naples, de Jérusalem tous les pouvoirs afin qu'il représente mon autorité dans mes royaumes selon ses volontés avant que je puisse moi-même assumer les responsabilités que Dieu m'a données. »

« Moi, la reine. » Ces trois mots étranges vident son
cerveau de toute autre pensée, se nourrissant de lui
comme des goules. Jeanne s'y heurte, s'y blesse mais
sans cesse doit les réaffronter jusqu'au vertige. « Moi, la
reine. » La désignent-ils? Et pourquoi? Quelques mois
auparavant, ces mots appartenaient à sa mère,
aujourd'hui ils sont siens. La terreur de les avoir volés
fait à nouveau trembler ses mains. Jamais elle ne pourra
signer cette lettre qui pour la seconde fois enterre

Isabelle. Mais à peine est-elle résolue que surgit le visage de son père.

Jeanne rit, un rire aigu, douloureux. Elle aidera son père, et en signant portera à Philippe un coup brutal qui la vengera des maîtresses, des mots cruels, des sévices humiliants, des meurtrissures du corps et de l'âme.

Avec application, la jeune femme appose sa signature, plie le papier, le glisse dans son corsage. Après la messe, elle recevra Conchillo et Ferrera.

Chapitre XLIX

Ce que Jeanne voit lui fige le sang : tenant à la main le pouvoir qu'elle vient de signer et a remis à Ferrera pour le transmettre à son père, son mari vient vers elle, le regard haineux.

« Je vais t'abattre, t'écraser », prononce-t-il en appuyant chaque syllabe.

Jeanne attend une volée de coups quand, saisissant ses cheveux à pleines mains, Philippe la tire vers la table.

« Écris ! ordonne-t-il sans la lâcher, le jeune homme s'empare d'un papier, d'une plume, les pose devant elle : Écris ! » répète-t-il.

A peine consciente, Jeanne prend la plume, la trempe dans l'encrier. Seule l'anime la volonté de survivre pour se venger.

« Moi, la reine, Jeanne de Castille, commande que cette missive soit retransmise à toutes mes villes afin que chacun puisse connaître mes volontés. Mon père don Ferdinand a usurpé le droit de régence en divulguant des détails privés sur mon existence qui ne lui appartenaient pas. Je partage entièrement mon pouvoir avec don Philippe, mon époux, auquel me lient amour et respect. Jamais mon intention n'a été de le priver d'un héritage dont lui et moi, avec l'aide de Dieu, viendrons aussitôt que possible prendre possession. Je suis certaine que Sa Majesté mon père ne veut ni ne voudra s'emparer illégalement d'une autorité qui ne lui appartient pas. »

Aussitôt que Jeanne a signé, Philippe desserre son étreinte. Il ne la battra pas, l'enfant doit être épargné. Lorsque Miguel de Ferrera, contrit d'avoir participé au complot de Ferdinand, lui a remis la missive quelques heures plus tôt, sa première réaction a été de se précipiter chez Jeanne pour lui faire rendre gorge mais, conseillé par ses amis, il a choisi de préparer soigneusement une riposte. D'abord arrêter Conchillo, le soumettre à la torture afin de connaître les dessous de l'affaire, puis contraindre sa femme à rédiger un désaveu que Philibert de Veyre rendra public dans toute la Castille, enfin renforcer la garde autour d'elle. Malgré les souffrances les plus cruelles, Conchillo n'a rien avoué. Rendu à moitié fou par la douleur, le vieux secrétaire d'Isabelle a été jeté dans un cachot. Ferdinand a perdu encore une bataille. Bientôt, très bientôt, viendra l'heure de sa déroute.

— Où sont Ferrera et Conchillo ? demande Jeanne.

— Ferrera, Dieu merci, a compris à temps son erreur mais Conchillo, s'il peut encore bouger, doit s'en mordre les doigts.

— Tu l'as fait torturer ! hurle Jeanne.

Dans son esprit passe l'horrible image du vieux serviteur de sa mère disloqué sur un chevalet. En s'acharnant sur lui avec une telle sauvagerie, c'est sa famille que Philippe supplicie.

« Vous ne faites plus partie de ma Maison — Jeanne n'accorde pas même un regard à Moxica tant elle le méprise : L'archiduc qui vous soudoie trouvera bien une autre charge aussi malodorante que celle-ci à vous attribuer. »

Depuis que Philippe a quitté sa chambre, Jeanne n'a cessé de l'arpenter de long en large, cherchant désespérément comment prévenir son père de l'échec de sa tentative.

Par la fenêtre, elle regarde sans bonheur le doux été flamand, entend les cris de ses bêtes dans la ménagerie. Elle voudrait courir dans le jardin, ouvrir cages et volières, mais désormais, comme elles, elle est prisonnière. Sa colère se tourne contre son trésorier. Depuis des années il l'a trahie sans qu'elle ne dise mot, se jugeant trop noble pour s'abaisser à le blâmer.

Moxica sort sans répondre, son sourire exaspérant nargue Jeanne une fois encore.

« Madame, Monseigneur m'a donné l'ordre de reprendre mon service auprès de vous. »

— Je veux parler à l'évêque de Cordoue.

— Monseigneur interdit que vous le receviez.

Insensible, Moxica reprend sa faction. Ravalant les insultes qu'elle voudrait lancer, Jeanne prend un ouvrage, s'installe dans son fauteuil. Elle doit garder son sang-froid. Ferdinand, seul, aura la Castille, le rêve d'un gouvernement à trois est mort.

A côté de Jeanne, une des vieilles assurant le service enroule des fils de soie autour d'une bobine.

— Méfiez-vous, Madame, chuchote-t-elle. J'ai entendu dire que Monseigneur l'archiduc voulait vous enfermer.

— Je suis déjà privée de ma liberté, Anna.

— Madame, il s'agirait de vous conduire dans une forteresse.

Un flot de sang afflue aux joues de Jeanne.

« Je me jetterai par la fenêtre avec l'enfant que je porte plutôt que de me laisser arrêter, Anna. »

La vieille se signe.

« Dieu vous pardonne, Madame. »

Dans la lumière vive de l'été, les deux femmes semblent absorbées par leur tâche. Des jardins monte le chant d'une jeune fille puis un éclat de rire. L'odeur moelleuse des moissons à peine commencées franchit les murs, rôde autour des fenêtres. Jeanne essaie de réfléchir mais ses pensées se brouillent tandis que ses doigts, refusant de piquer l'aiguille dans le canevas, restent inertes sur ses genoux.

« Je ne le laisserai pas m'humilier davantage. »

Sans regarder en arrière, Miguel de Ferrera prend la route du sud avec, fixée en lui, la pensée obsédante de Lope de Conchillo gisant meurtri à jamais dans une chambre du palais. Don Ferdinand l'a voulu ainsi et il n'est pas homme à remettre en question les décisions de son roi. Sa mission exactement accomplie, Ferrera revient en Castille avec fierté. Jamais Philippe et doña Jeanne ne se réconcilieront.

Chapitre L

Depuis son deuxième veuvage, Margot a quitté la Savoie et est revenue dans ses chères Flandres qu'elle a décidé de ne plus quitter pour tirer le vieux palais des ducs de Bourgogne de son sommeil. Sur la terrasse à balustrade gothique où fleurissent ensemble des plantes rares et des fleurs rustiques, elle fait dresser des tables pour souper en musique durant les chaudes soirées d'été. Lorsqu'ils séjournent chez leur tante, Éléonore et Charles sont conviés à ces charmants soupers et peu à peu la jolie jeune femme remplace dans leur cœur une mère toujours cloîtrée, toujours sombre.

Margot verse elle-même un peu de vin dans une coupelle d'argent et la tend à son frère. Maintenant que Philippe et elle sont réunis tout paraît plus facile.

— Souperons-nous ensemble sur la terrasse ?

— Si je suis seul avec toi.

Depuis l'agression de Louis, l'archiduc ne supporte plus personne dans son intimité. Est-ce par mépris que le roi le traite en valet, et lui cherchant noise sous de futiles prétextes veut-il l'entraîner dans des batailles de procureurs et d'avocats qui ne sont pas ses affaires ?

Margot entraîne son frère vers la terrasse. Parmi des bouquets d'impatiences et de giroflées, de fins candélabres en verre soufflé d'Italie, deux couverts sont dressés.

« Un souper d'amoureux », remarque-t-elle avec un sourire triste.

Dans la pénombre, les arbustes fleuris penchés par la brise ressemblent à des nuques de jeunes filles parées pour le bal. Si la mort de son jeune mari reste un chagrin que rien ne peut effacer, Margot a retrouvé sa voix gaie, elle veut offrir à son frère une soirée distrayante.

« Je vais envoyer des émissaires à Louis. »

Philippe ne peut goûter le charme du moment, les deux années qu'il vient de vivre lui ont fait perdre son insouciance.

« Allons, mon frère, oublie un instant la politique. Désires-tu que les musiciens viennent ? »

Absorbé par ses pensées, Philippe n'a pas entendu la question.

« Qui me conseilles-tu de choisir pour cette ambassade ? »

Une vague angoisse serre soudain le cœur de Margot, le pressentiment que son frère bien-aimé sera bientôt happé par la violence et le malheur. D'Espagne ne leur sont venues à tous deux qu'épreuves et affliction.

— Prends Jean de Luxembourg, Philibert de Veyre, Adrien d'Utrecht.

— Je pense aussi à Philippe Wieland ou Jean Caulier.

— Pourquoi pas ? Ils sont habiles et puisque notre père a annoncé sa venue, il saura bien leur dire quel langage tenir en face de Louis.

Violemment Philippe frappe la table du plat de la main, renversant une aiguière, faisant rouler à terre une corbeille de fruits.

« Me prends-tu pour un enfant ? Je sais parfaitement quels ordres leur donner ! »

Abasourdie, Margot observe son frère. Quel poison

a-t-il bu pour avoir changé ainsi ? Celui de l'ambition espagnole au goût de duel à mort avec Ferdinand ou celui de la brutalité aveugle contre Jeanne ? La brise soulève la nappe de dentelle, arrache quelques pétales aux fleurs jaunes et rousses du bouquet. En silence les serviteurs s'activent. Pour ce repas Margot n'a voulu ni pages, ni filles d'honneur, elle ne souhaitait que Philippe et il est à mille lieues d'elle. La jeune femme baisse les yeux afin que personne ne puisse voir ses larmes.

Octobre resplendit au bord de la Loire, se glisse en lumière et chaleur dans les rues étroites, s'épanouit sur les riches maisons à pignons sculptés comme sur les cahutes de bois au toit de paille. La vendange est achevée, et une odeur de moût sucrée, entêtante, pénètre jusque dans les demeures, imprègne courtines et tentures, donne à tous des idées légères et badines.

Seuls les émissaires flamands n'ont pas l'humeur à rire. La veille de leur arrivée, le roi a quitté la ville pour aller chasser. En se moquant d'eux, Louis offense l'archiduc et la Flandre, défie l'empereur Maximilien et ses menaces de guerre. Le troisième jour, alors que les quatre hommes s'apprêtent à envoyer une nouvelle requête au roi, un roulement de tambour les fait courir à la fenêtre. D'abord, ils ne voient que des badauds qui se pressent, mais bientôt surgissent des hérauts portant livrées royales.

« Par le Christ, s'exclame Luxembourg lorsqu'à nouveau les crieurs s'éloignent, voilà qui ne va guère faire plaisir à Monseigneur ! Don Ferdinand, "roi d'Espagne", épouserait Germaine de Foix, nièce du roi Louis ? »

— "Roi d'Espagne" ! Voilà qui est bien enlevé, don Ferdinant ! note Wieland d'une voix gaie. Quant au mariage français, c'est habilement joué et je comprends mieux les réticences de Louis à nous recevoir.

A peine les ambassadeurs ont-ils pu dépêcher un messager vers Bruxelles que leur parvient une deuxième information tout aussi atterrante. Louis XII a porté à la connaissance de Ferdinand et de Henri VII des lettres secrètes dans lesquelles Philippe parlait d'eux en termes désobligeants, et en retour en a reçu rédigées à son sujet dans les mêmes termes. Après avoir brouillé sa fille et son gendre, Ferdinand a marqué un deuxième point : l'alliance française à laquelle Philippe tient tant s'effondre sous ses pieds.

Chapitre LI

Depuis la naissance de Marie deux mois plus tôt, Jeanne refuse de quitter son lit, trop lasse pour reprendre une vie, même cloîtrée.

La trahison du roi de France l'a ravie, le remariage de son père avec une femme plus jeune qu'elle, déconcertée. Jusqu'alors, elle avait cru ses parents indéfectiblement liés l'un à l'autre aussi bien dans leur existence terrestre que pour la vie éternelle.

Dès la tombée de la nuit, Jeanne guette la moindre rumeur provenant de l'étage où réside Philippe. De temps à autre elle saisit le martèlement d'un pas, l'écho d'une voix. Comme un danger ou un souvenir trop doux, trop amer, le savoir si proche d'elle la met dans un état de surexcitation qui l'empêche de dormir. Malgré la haine qu'elle éprouve pour son mari, le souvenir de son corps continue de hanter sa chair. A vingt-six ans elle est comme veuve et les plaisirs de l'amour, les seuls dont la vie l'a gratifiée, lui sont arrachés. Alors elle quitte son lit, fébrilement colle son oreille au plancher pour voler un peu de l'existence de cet homme qui par la volonté de Dieu est le sien, puis se relève, s'assied dans son fauteuil le buste raide, les bras le long de son corps avant de regagner son lit.

La servante tend à Jeanne une tasse de lait chaud.

« Brûle des écorces d'orange et de cédrat, je veux réfléchir. »

La vieille à des gestes lents, une démarche qui n'en finit pas. Peu à peu, au contact journalier de l'archiduchesse, elle est devenue castillane, sachant doser l'eau de fleur d'oranger, rassembler les écorces d'orange en juste proportion, réciter les prières chassant le diable et les esprits errants. Mais Jeanne à peine s'aperçoit du changement de sa servante tant la retient son propre univers. « Castille », prononce-t-elle à mi-voix. Ce pays qu'elle a tant voulu fuir est devenu son ultime espoir. Elle murmure :

« Anna, nous allons partir. »

On frappe à la porte. Instinctivement Jeanne se pelotonne sous sa courtepointe. Le jour est à peine levé, un jour pluvieux, venteux.

Henriette, la deuxième servante, ouvre le vantail dissimulé par une tenture.

« Nous avons un ordre du seigneur Juan Manuel. »

Jeanne a entendu, elle esquisse un geste de la main comme pour se protéger puis tire sur elle la couverture, fait la morte.

Le capitaine, suivi de six hommes d'armes et de deux gentilshommes de la Maison de l'archiduchesse, n'ose pénétrer dans la chambre. Deux hallebardes maintiennent grande ouverte la porte.

— Madame l'archiduchesse dort, ronchonne la vieille.

— Réveillez-la !

Tout proches, le capitaine et la servante se mesurent. Enfin la femme se détourne, trottine jusqu'au lit. Chacun de ses pas martèle les tempes de Jeanne. Elle doit se lever, se montrer digne et altière. Vivement elle passe les mains dans ses cheveux, resserre le cordon de sa chemise.

« Dites à mes visiteurs de se retirer un moment, je veux m'apprêter avant de les recevoir. »

Jeanne a passé une robe, Henriette la coiffe, pose un voile sur les beaux cheveux bruns.

« Mes bijoux. »

La servante apporte le coffret. Jeanne hésite, s'empare du collier de perles d'Isabelle. Chaque jour elle les effleure, caresses furtives que jamais elle n'a osé donner à sa mère.

« Je suis prête. Faites-les entrer. »

Impassible Jeanne écoute le capitaine lui lire l'ordre écrit par Juan Manuel et contresigné par Philippe. Dans sa poitrine le cœur s'affole. Middlebourg, c'est le bout du monde! Veut-on l'enfermer dans la vieille forteresse battue par la mer du Nord?

— Je n'ai nullement l'intention de quitter ma ville de Bruxelles.

— Madame, intervient le premier maître d'hôtel, Monseigneur désire vous savoir d'ores et déjà dans le port où il s'apprête à embarquer avec vous. N'y voyez que le souci de votre agrément.

A la dérobée, il regarde l'archiduchesse. La jeune femme ressemble à une bête traquée.

« Mon agrément est de demeurer ici près de mes enfants. »

Soudain Jeanne a trouvé la parade, elle doit invoquer sa famille, se cramponner à ce prétexte. Personne n'osera l'arracher aux siens.

A l'embarras de l'officier et des deux gentilshommes, la jeune femme comprend qu'elle a visé juste.

« La princesse Marie n'a que deux mois, un nourrisson à cet âge a besoin de sa mère. Reconduisez ces messieurs, Henriette. Notre entretien est terminé. »

Désorientés, les amis de Philippe se concertent du regard, l'officier recule.

La porte aussitôt refermée, Jeanne inspire profondément, puis, à bout de nerfs, éclate en sanglots.

« Madame, faites ouvrir, je représente Monseigneur l'archiduc. »

La voix de Manuel, son accent castillan aristocratique coupent le souffle de Jeanne. Si elle a pu échapper aux hommes de main, elle ne saura se dérober à celui qui pour elle incarne le diable.

« Madame, prononce le Castillan d'une voix douce, vous devez obtempérer aux ordres de Monseigneur, ils sont formels et je suis venu les exécuter. »

Un espace noir happe Jeanne. Elle fixe Manuel. La silhouette, pourtant grêle, de celui qui a trahi le roi d'Aragon pour passer à son ennemi la domine comme un arbre immense prêt à l'étouffer.

« Don Juan, vous n'avez d'ordre à recevoir que de votre reine. »

L'arbre bouge, il a des mains longues, fines et sèches qui se crispent.

« Ma reine doña Jeanne ne fait rien pour nuire aux intérêts de son époux ni à ceux de son peuple. »

Les yeux de Jeanne lancent des éclairs. Cet homme prétend-il lui donner des leçons ?

— Taisez-vous, lance-t-elle. Je vous interdis de m'admonester !

— Vous partirez après dîner, doña Jeanne. Votre suite vous accompagnera.

— Je veux voir mes enfants !

Elle a parlé dans un sanglot, Juan Manuel l'a vaincue.

« Amenez ses enfants à Madame l'archiduchesse », commande Juan Manuel.

Tenant Isabelle par la main, madame de Hallewin entre la première suivie d'Éléonore, de Charles et d'une nourrice portant Marie. En hâte rassemblés, les enfants montrent des visages méfiants. Pourquoi cette cérémonie étrange qui bouscule leurs habitudes ? Rarement ils ont la permission de visiter leur mère.

Jeanne de Hallewin est frappée par l'air égaré de l'archiduchesse. Décidément il est temps de l'écarter.

Difficilement Jeanne réprime l'élan qui la pousse à courir vers ses enfants, s'accrocher si fort à eux que nul ne puisse l'en arracher, mais le regard froid de la Flamande la paralyse. Désespérément, comme pour chercher une aide imaginaire, elle tourne la tête de droite à gauche puis bravement tente de sourire.

« Nous allons nous dire au revoir, mes enfants. »

Toujours silencieux, les petits l'observent. Le sourire figé, Jeanne attend un instant, puis se met à rire et son rire dans la grande chambre résonne lugubrement.

« Eh bien, vous ne m'embrassez pas aujourd'hui ? »

Éléonore avance. Jeanne ouvre les bras mais l'enfant s'arrête à quelques pas, incapable de s'exposer davantage au déferlement d'émotions qu'elle pressent imminent.

Les bras de Jeanne retombent le long de son corps. Elle se raidit, le moment d'amour est passé. Personne n'attend d'elle autre chose que des mots, insignifiants.

« Avant d'embarquer avec votre père pour l'Espagne, je m'installe pour quelque temps à Middlebourg. »

La voix est rauque de désespoir. Éléonore ne quitte pas sa mère des yeux.

— Mais vous reviendrez ensuite, n'est-ce-pas ?

— Tu sais bien que nul, sinon Dieu, ne peut prédire l'avenir.

A son tour, les yeux d'Éléonore s'embuent de larmes

« Je prierai pour vous, maman. »

Rarement elle emploie ce mot, Jeanne le reçoit en plein cœur. Vite, elle doit embrasser Charles, Isabelle et Marie puis renvoyer ses enfants pour ne pas perdre toute dignité devant eux.

« Je veux aller en Espagne avec papa et vous ! »

Le petit Charles a pris le ton autoritaire de son père. Avec son teint pâle, ses traits fins, ses membres grêles, il lui ressemble peu mais a le menton un peu proéminent des Habsbourg, leur façon à la fois familière et altière de s'adresser aux autres, leurs penchants pour les plaisirs du monde.

Jeanne réfléchit. Pourquoi pas ? Pourquoi ne pas amener avec eux leur héritier, celui des rois catholiques ?

« Votre père a dit cent fois non, coupe madame de Hallewin. N'insistez pas ! »

Le petit garçon ne baisse pas la tête.

« Alors racontez comment est l'Espagne pour que nous puissions vous imaginer là-bas. »

Décontenancée, la jeune femme plisse le front. Veulent-ils vraiment qu'elle parle de son pays ?

« S'il vous plaît, maman ! »

Éléonore est contre sa mère qui pose la main sur les cheveux fins. Un peu plus loin, madame de Hallewin pince les lèvres sans oser cependant intervenir. Jeanne a pris place dans son fauteuil, s'attachant à suivre à travers la fenêtre la course d'un nuage comme si son regard pouvait lui aussi franchir l'espace, former une arche entre la Castille et les Flandres, un lien immatériel et doux unissant les deux pays.

Dans un effort de réflexion, elle ferme imperceptiblement ses paupières puis, sans s'interrompre, parle, raconte le soleil, le vent, les rivières, les montagnes, la méseta, le long cheminement des moutons sur la terre rouge à travers les cours d'eau asséchés. Elle conte les hommes, les femmes, paysans, hidalgos, Grands d'Espagne, décrit masures et châteaux, les fêtes, les foires, les jeux de cannes, les combats de taureaux. Maintenant elle décrit l'Andalousie, Cordoue, Grenade la Belle. Les yeux écarquillés, les enfants se promènent en imagination dans le palais des califes, hument l'odeur des jacinthes sauvages et des roses, entendent le bruissement des mille fontaines, glissent le long des patios où se balancent les hauts palmiers, éclatent comme des blessures les fleurs pourpres des grenadiers. La voix de Jeanne s'étrangle. Dans sa mémoire retentit l'immense exclamation de l'armée espagnole s'apprêtant à investir Grenade : « Santiago, Santiago, Castilla, Castilla, Granada, Granada! » Comment raconter cela, cette émotion, tel un vent de tempête, mettant les larmes aux yeux des soldats les plus endurcis. Et sa mère Isabelle sur un cheval caparaçonné de jaune et de pourpre, droite comme un monolithe, le regard fixé sur la croix qui bientôt serait plantée dans la ville maure. « Vamos por Dios, nuestro señor Jesus Christo y Santa Maria. » Et l'armée répétant en roulement de tonnerre : « Por Dios y la Castilla! »

Des larmes brûlantes coulent sur les joues de la jeune femme. En lui revenant en mémoire son passé la déchire. Tant de fierté d'être née infante espagnole pour une telle déchéance aujourd'hui! Comment a-t-elle permis qu'on la traite ainsi? Jeanne veut continuer à parler, prolonger l'instant magique où, comme Dieu, elle recrée l'Espagne pour les siens mais ses mains, sa voix tremblent trop. Elle rit et elle pleure.

Vite, madame de Hallewin rassemble les enfants interdits, les pousse vers la porte. Une dernière fois Éléonore se retourne, le visage entre les mains, sa mère semble changée en statue.

Chapitre LII

Dans le froid glacial de janvier, la flotte s'apprête à appareiller. Une foule de serviteurs se presse, allant et venant sur les passerelles reliant les navires aux quais. Des palefreniers tirent à bord chevaux et mulets. Des bêtes se cabrent, ruent, les charrettes grincent, jurons et exclamations fusent. Plus loin, l'armée commandée par le comte de Furstenberg et payée par Maximilien embarque sur dix vaisseaux. Avec ces deux mille soldats, c'est en conquérant que Philippe entend mettre pied sur le sol de Castille.

« Quand partons-nous ? » demande Jeanne au comte de Nassau.

Elle hait ces soldats prêts à combattre son père, cette flotte armée comme pour la conquête d'un royaume étranger. Pour toute réponse l'amiral hoche la tête. Le vent ne cesse de tourner, la neige menace, le froid est si intense que les étangs ont gelé.

Monsieur d'Hubert, le capitaine, vient accueillir l'archiduchesse à son bord. Jeanne ne voit qu'une cape verte démesurément gonflée par le vent, une main baguée qui s'accroche au chapeau. Tout est irréel. Les quarante navires, la plupart au mouillage, tanguent doucement dans le brouillard. Répondant au profond salut du capitaine par un léger signe de tête, Jeanne, les sourcils froncés, le regard scrutateur, s'immobilise soudain au milieu de la passerelle. Surprise, sa suite s'arrête à son tour, cherchant à deviner le motif de cette halte subite. A travers le brouillard, à quelques encablures, Jeanne devine une cohorte de femmes en cheveux, vêtues de toilettes voyantes, franchissant la passerelle d'une autre nef, entend des éclats de rire vulgaires, aperçoit le scintillement d'une parure de pacotille. Cette pitoyable procession ne peut être qu'une troupe de prostituées!

« Monsieur d'Hubert, qui sont ces femmes? »

Embarrassé, le capitaine jette des regards désespérés vers le groupe coloré.

— Madame, je ne saurais vous dire.

— Allez vous renseigner, je vous attendrai.

— Prenez d'abord le temps, Madame, de vous mettre à l'abri de votre cabine où du vin chaud et des gaufres vous seront servis.

— Je resterai ici, rétorque Jeanne sèchement.

Éperdu, le capitaine salue et d'un pas hésitant s'éloigne sur le quai tandis que dames et gentilshommes frigorifiés, furieux se serrent les uns contre les autres.

Enfin monsieur d'Hubert réapparaît, un homme vêtu de lainage gris à son côté.

— Voici, Majesté, le responsable de l'embarquement de la *Sirène*.

— Qui sont ces femmes? interroge à nouveau Jeanne.

— Madame, balbutie le petit homme, elles font partie de la suite de Monseigneur.

— Ce sont des putains!

Un frémissement parcourt les membres de l'escorte de l'archiduchesse.

— Votre Majesté force ses propos, hasarde l'intendant, ces dames sont des chanteuses, des danseuses destinées à divertir la cour de Monseigneur.

— Qu'on les débarque à l'instant! Tant que je ne les verrai pas décamper, je ne bougerai pas d'ici.

Durant la nuit, les passagers sont éveillés par des bruits sourds de chocs répétés. La neige qui est tombée dru en début de soirée a cessé. La lune à sa moitié éclaire la surface agitée de la mer où semble danser la lueur des torches plantées sur les embarcations.

— Que se passe-t-il? interroge Philippe.

— Les vaisseaux dérapent sur leurs ancres, Monseigneur, et se heurtent les uns contre les autres. Des chaloupes sont mises à l'eau avec des ancres de secours.

Ramant à grand-peine contre le vent, les marins cherchent à avancer le plus possible avant de mettre à l'eau les ancres pour permettre aux navires de se haler sur ces mouillages de fortune. L'entreprise est périlleuse, herculéenne.

L'anxiété d'une menace suspendue sur son voyage gagne Philippe. Il déteste les mauvais présages et, après les ajournements continuels du départ, ne peut s'empêcher de considérer comme inquiétant l'incident qui vient de se produire.

Après une forte brise qui a poussé la flotte au large de la Bretagne, le calme survient. Plus un souffle de vent. Enserré entre le ciel et les eaux grises, le temps pèse immobile sur les navires qui, à quelques encablures les uns des autres, bouchonnent. Par le hublot de la cabine qu'elle refuse de quitter, Jeanne contemple ces flots inquiétants que l'amiral Colomb a vaincus. Loin, très loin devant elle existe une terre où flotte maintenant l'étendard de la Castille, où est plantée la croix du Christ. Avec l'Espagne, sa mère lui lègue aussi le monde mais elle n'en veut pas. Ses facultés d'éprouver encore curiosité ou enthousiasme sont mortes, Philippe les a toutes assassinées. Elle ne peut plus qu'espionner, attendre, se venger.

La nuit tombe, Anna apporte du potage au lait, des gâteaux, du vin que Jeanne refuse. De la cabine voisine, celle de Philippe, s'élèvent des voix, des rires. L'écoute du bonheur lui coupe l'appétit.

Juste après minuit une clameur naît, s'amplifie :

« Au feu, au feu ! »

Philippe saute sur ses pieds, court à la porte.

« Monseigneur, souffle un matelot, le feu a pris au navire ! »

De tous côtés, les hommes vont et viennent comme des fourmis.

Le capitaine a ouvert sa veste, délacé sa chemise. Malgré le froid il transpire abondamment.

« Nous maîtrisons l'incendie, Monseigneur. »

Philippe refoule difficilement une peur violente. Que Dieu lui veut-il pour le persécuter ainsi ? Bientôt Juan Manuel surgit. Devinant depuis le départ le désarroi de son prince, il s'ingénie sans cesse à lui redonner courage.

Le Castillan pose la main sur le bras de Philippe. Désormais, il a sur l'archiduc une influence prépondérante et s'il se comporte parfois en maître, c'est avec tant de finesse que le jeune homme, malgré sa susceptibilité, n'y voit aucune offense.

— Il ne s'agissait que d'un début d'incendie, Monseigneur.

— D'abord le vent qui refuse et empêche pendant plusieurs semaines notre appareillage, puis les ancres qui dérapent, l'encalminage et maintenant le feu. Le moins superstitieux des hommes y verrait des signes néfastes !

— Les signes, Monseigneur, dévoilent ce que nous craignons. Voyez-y tout au contraire des preuves de bonne fortune et tout vous sourira.

Les matelots ont regagné leurs postes, Philippe est fatigué. Jeanne dort-elle ? Depuis qu'ils sont en mer, il ne l'a pas même aperçue. Au moins à bord de ce vaisseau a-t-il la certitude qu'elle ne peut s'enfuir, ni le trahir.

D'abord de longues coulées de vent poussent les navires, réjouissant les passagers comme l'équipage qui donne toute la toile, puis, trop vite, la brise forcit, la houle prend de l'ampleur, la surface de la mer se crête d'écume. Le vent, maintenant violent, fait gîter les navires, grincer les haubans. Jusqu'alors d'un bleu très pâle, presque blanc, le ciel devient opaque.

« Réduisez la toile ! » hurle le capitaine, mais la tempête déjà trop forte empêche les marins d'affaler les voiles qui battent furieusement. Aucun navire ne peut tenir son cap, inexorablement les courants, la houle les éloignent les uns des autres. Bientôt la *Julienne* se retrouve seule, affreusement secouée par les lames.

Pieds nus, Philippe surgit sur le pont. Cette fois, il en est sûr, pas un d'entre eux n'échappera aux forces maléfiques qui veulent les anéantir. Défait, le capitaine vient à sa rencontre, et ne pouvant se faire entendre à cause des hurlements du vent, montre le ciel d'un geste d'impuissance. Autour de l'archiduc quelques gentilshommes se regroupent, leurs beaux vêtements de brocart et de velours trempés par les paquets de mer qui déferlent sur le pont. Une vague plus violente que les autres renverse Philippe, le projette contre un rouleau de cordages.

« Mes amis, dit-il en se relevant, nous allons périr. »

La frayeur l'a quitté. Il n'éprouve plus que le regret

lancinant de laisser ses enfants orphelins, son père, sa sœur éplorés, ses sujets à l'abandon.

De sa cabine Jeanne devine la masse hostile des flots. A peine entend-elle les voix affolées des deux vieilles couvertes par le fracas des lames contre la coque de la *Julienne*. Un jour gris, désolant se coule entre les meubles, estompe les objets, unifie les couleurs.

A tâtons Jeanne se dirige vers le coffre où sont pliés les vêtements de cérémonie. S'ils doivent trépasser, elle veut mourir en reine de Castille, les yeux dans ceux de Philippe et non enfermée dans une trappe comme un rat.

Le long de la coursive, des voix s'interpellent, clament promesses ou malédictions. La main sur l'abattant du coffre de cuir, Jeanne écoute un instant ces gens épouvantés, ceux-là mêmes qui peu de temps auparavant se vantaient de conquérir la Castille.

« Anna », appelle-t-elle.

Personne ne répond. Les vagues maintenant secouent la *Julienne* comme un simple bouchon. Le dos appuyé à la cloison, la jeune femme parvient à extraire du coffre un jupon, une jupe, une robe de brocart lamé or au col brodé de perles. A ces couards, à Philippe, elle va montrer comment meurt une reine de Castille. « Moi, la reine. » Enfin ces mots irréels et grisants ont un sens éclatant. Philippe peut la battre, la séquestrer, mais contre ces trois mots il est sans pouvoir.

S'appliquant à rendre chacun de ses gestes efficaces, Jeanne ôte sa chemise et dans le miroir au cadre de nacre, son corps se reflète. Avec les maternités, le ventre est resté bombé, la poitrine s'est alourdie mais les cuisses, les jambes sont celles de la jeune fille qu'elle fut. Elle vient d'avoir vingt-six ans et reste désirable. A quoi bon ? Jeanne baisse les yeux.

Des effluves âcres imprègnent l'air de la cabine. Le grondement de la mer est terrifiant mais la jeune femme s'efforce de ne pas l'entendre, de demeurer calme comme elle l'a décidé.

Derrière elle, à grand fracas, un fauteuil s'écrase contre une paroi, un tableau à moitié décroché oscille au gré des vagues, les cruches, les flacons, les verres gisent brisés sur le sol. Jeanne laborieusement enfile la lourde robe, précautionneusement lace le corsage, sans cesse dérangée par un nouveau coup de tangage qui la force à prendre appui.

Enfin elle a achevé de se vêtir et l'image renvoyée par le miroir est conforme à ce qu'elle désire. Maintenant, elle doit mettre ses joyaux, se coiffer avant de monter sur le pont.

Dans la lumière fantomatique, au milieu des craquements de fin du monde, Jeanne calmement rassemble ses cheveux, les enroule, les accroche avec des épingles d'or puis, saisissant un petit bonnet d'écuyère en filetés de velours, le seul qu'elle puisse trouver, le coiffe. Autour de son cou, de ses poignets scintillent les parures de diamants, celles des Habsbourg comme des Trastamare, le collier de perles d'Isabelle. Les rafales de vent s'amplifient encore. Violemment Jeanne est projetée contre le lit, tombe, sans affolement se relève, pas à pas s'approche de la porte. Elle a froid et pourtant ses joues sont rouges, ses mains brûlantes. A nouveau, une lame frappant la coque la fait tomber à genoux ; le bonnet rond a glissé, elle le redresse, y plante une épingle.

Dès l'instant où Jeanne émerge sur le pont, l'air la fouette, le vent la force à se courber. A quelques pas, serrés les uns contre les autres comme des poussins perdus, des gentilshommes de la suite de Philippe murmurent des litanies interrompues par des cris de terreur quand une lame plus forte que les autres frappe la coque. Au pied du mât, Jeanne reconnaît Philippe, Juan Manuel à son côté. Les cheveux dégoulinants d'eau, le pourpoint trempé, le jeune homme semble fasciné par la masse sauvage lancée sur son navire. Ainsi dépouillé de toute magnificence, il paraît jeune et vulnérable. « Un homme ordinaire, pense-t-elle, un beau garçon comme bien d'autres. »

Alors que Jeanne se dirige à tâtons vers la dunette de poupe, un claquement terrifiant couvre les autres bruits. Arrachée par une bourrasque la grand-voile est entraînée dans l'eau qui s'y engouffre. Seule une drisse de grand-vergue la relie encore au mât et, tiré par le poids de l'eau, le navire prend une gîte dangereuse. « Nous sommes perdus ! » murmure une voix à côté de l'archiduchesse. L'épaule de la jeune femme heurte violemment une paroi du château arrière, des mèches ruisselantes s'échappent du bonnet mais elle ne voit plus les vagues déferlant continuellement sur le pont. Les passagers crient et se bousculent. Le Christ, la Vierge comme les Saints du ciel se voient adresser les plus folles promesses. Jeanne hausse les épaules, se redresse et, accrochée à la rampe de cordes, gravit l'escalier menant à la dunette.

Philippe ne bouge pas, l'image lancinante de ses enfants orphelins le hante.

— Juan ? interroge-t-il.

— Oui, Monseigneur.

— Si tu me survis, prends soin de mes enfants, dis-leur que je les ai tendrement aimés.

— Vous ne mourrez pas, Monseigneur, la Vierge de Guadalupe vous protège.

Du haut de la dunette, le regard de Jeanne embrasse l'ensemble du pont. La jeune femme observe les marins tentant en vain de ramener la voile. Soudain l'un d'entre eux, un couteau entre les dents, escalade le plat-bord, s'abîme dans les vagues. Une lame le happe mais il resurgit bientôt, nageant furieusement dans les tourbillons, parvient à s'accrocher à la voile.

« Par la Vierge Marie, s'exclame le capitaine. il va essayer de percer la toile afin que l'eau puisse s'en évacuer ! »

L'homme a plongé. Durant un temps qui semble à tous une éternité, nul ne le voit plus. Enfin un bras semble jaillir de la masse d'eau recouvrant la voile, une main armée d'un couteau fend la toile, soulageant aussitôt la gîte du navire.

« Cet homme fera partie de ma garde d'honneur. »

Philippe a les larmes aux yeux. De toutes les qualités humaines, la vaillance est celle qui le touche le plus. Soudain, levant par hasard les yeux, il découvre Jeanne, vêtue comme pour le bal, qui du haut de la dunette domine vents et tempêtes. « Est-elle héroïque, elle aussi ? » se demande-t-il.

Le marin est remonté à bord. Arcboutés, ses compagnons tirent furieusement sur la voile qui lentement se rapproche du navire puis émerge de l'eau sous les hourras.

« Prions, commande Philippe, et remercions le Christ pour la pitié qu'il vient de témoigner envers ses pauvres enfants. »

Chapitre LIII

— Quelle est cette terre, monsieur d'Hubert ?

— La côte anglaise, Monseigneur, mais je ne saurais vous dire où.

Le vent s'est calmé. Comme une gaze posée pour panser ses blessures, une brume épaisse enveloppe la *Julienne*. Le mât d'artimon est brisé, la coque prend l'eau en maints endroits, la grand-voile déchirée de part en part pend pitoyablement. Le beau vaisseau marchand n'est plus qu'une épave que les courants tourbillonnants aspirent vers le littoral. Du reste de la flotte, personne ne sait rien. La tempête l'a-t-elle anéantie ? Mais l'heure n'est pas aux interrogations, chacun à bord n'a qu'une idée, jeter l'ancre dès que possible et mettre pied à terre.

Penché sur le bastingage, Philippe fixe la ligne de terre. Un débarquement imprévu en Angleterre bouleverse ses plans. Combien de temps devra-t-il rester dans ce pays pour procéder aux réparations nécessaires, comment gérer les énormes dépenses que ce naufrage ne manquera pas d'occasionner, utiliser au mieux les entrevues qu'il va avoir avec le roi Henri ? Déjà il échafaude des projets, prépare un discours.

Par trois fois Jeanne se signe puis, quittant le prie-

Dieu, s'approche du hublot. A travers le brouillard le rivage tour à tour apparaît puis s'estompe selon le mouvement de la houle. Malgré l'ample châle jeté sur ses épaules, elle a froid. Trempée par l'eau de mer, la cabine est mortellement humide.

« Préparez l'ancre, vérifiez les chaloupes », hurle Antoine d'Hubert.

« Par le ciel, s'exclame l'amiral, si la marée n'avait pas été à son plein, nous nous serions plantés dans cet estuaire ou fracassés sur les rocs ! »

Un petit port de pêcheurs se détache entre les collines et la mer. Pour les protéger de la tempête, les barques ont été halées sur la plage. La brume s'est éclaircie, seuls quelques lambeaux s'accrochent encore aux falaises.

« Faites ouvrir, Madame, nous avons jeté l'ancre. »

Raidie sur la courtepointe exsudant l'humidité, Jeanne reconnaît la voix du comte de Nassau, tandis qu'accourt Anna, surgie de son réduit.

— Nous venons de mettre une chaloupe à la mer pour que Madame l'archiduchesse puisse rejoindre la terre. Monseigneur l'y attend.

— Je serai prête dans un moment, s'écrie Jeanne.

Elle n'en peut plus de ce bateau à la dérive, de ce froid, de ce crachin. Quoique Philippe ait décidé, elle est prête à le suivre.

— Où sommes-nous ? interroge Nassau.

— A Malcombe Regis, répond un pêcheur, le bonnet à la main.

— Y a-t-il, mon ami, quelques chevaux dans ce village ?

Nassau vient d'installer le couple princier dans une taverne et au plus vite tente de trouver une issue à la situation où ils se trouvent.

— Peut-être bien.

— Nous les paierons le prix qu'il faut. Je veux aussi qu'un courrier se rende immédiatement auprès de Sa Majesté votre roi.

Éberlué, l'homme ne trouve rien à répondre. Ces gentilshommes vêtus de satin et de velours, cette dame dont la cape dissimule mal une robe de bal, ce bel homme ressemblant à un prince, tout le déroute, dépasse son entendement.

« Maître Antoine Leflamand, ordonne Nassau au secrétaire de Philippe, suivez cet homme, prenez les chevaux disponibles et rendez-vous aussi vite que vous le pourrez à Londres. »

Le bonnet toujours à la main, le pêcheur s'éloigne en traînant ses galoches.

« Avez-vous vu d'autres vaisseaux ? »

Le tavernier se tient devant Philippe, Jeanne, Juan Manuel, Furstenberg, Charles de Lalaing. Chichement le jour pénètre dans la vaste salle noircie par les fumées où Jeanne boit du vin chaud dans lequel elle trempe une galette de sarrasin.

— Pas ici, grommelle l'homme.

— Plus loin peut-être ?

— On a signalé des vaisseaux étrangers à Portland, Weymouth, Southampton.

— Dieu soit loué ! s'écrie Philippe.

Dans sa joie il tend une pièce d'or que l'aubergiste empoche aussitôt. De si riches seigneurs sont un cadeau du ciel, en quelques jours il va gagner plus d'argent qu'en un an de labeur !

Rendu tout sourire, le tavernier montre quelques chambres où le capitaine castillan, sa femme et ses compagnons pourront loger selon leurs aises. Les pièces sont basses de plafond, sombres mais disposent d'un lit, d'un coffre, d'une table, de chaises. Au bout du couloir, un cabinet de commodités, simple trou au milieu de planches dont le maître de maison semble très fier. D'emblée, Philippe s'octroie la chambre la plus vaste, un cagibi qui la jouxte permettra à Manuel et à Nassau de s'installer à ses côtés, Jeanne se voit attribuer une pièce donnant sur la basse-cour et le potager, le reste du groupe se répartit tant bien que mal dans des chambres communes.

« Le souper est servi à six heures, Milord. »

Depuis deux jours, chacun attend anxieusement le retour d'Antoine Leflamand. Philippe est prêt à rencontrer le roi, sûr de le rallier à sa cause, et la perspective d'envoyer un coup de pied aux Français le transporte d'aise. Sans sourciller, il accepte le confort rudimentaire de l'auberge, les repas rustiques, la promiscuité, la pluie incessante empêchant la moindre activité extérieure.

Enfin arrive à Malcombe Regis une petite escorte envoyée en éclaireur par le roi Henri désireux de prévenir son cher Philippe que le sieur Leflamand, bien arrivé à Londres, rejoindra les siens porteur d'une invitation à Windsor où tout sera ordonné pour plaire à d'aussi remarquables hôtes.

— Je m'y rendrai, décide Philippe, mais nous n'y resterons que le temps nécessaire.

— Et doña Jeanne ? interroge Manuel.

Philippe joue avec un couteau, la pointe égratigne la table de chêne, y trace une blessure légère.

« N'oubliez pas, Monseigneur, que Catherine d'Aragon est à Richmond. Permettre aux deux sœurs de se retrouver est un danger que vous ne devriez pas courir. Doña Catherine est une femme de tête, si elle décide d'aider sa sœur, elle le fera, croyez-moi ! »

Sans répondre, le jeune homme continue à inciser le bois. Laisser Jeanne derrière lui froisserait-il le roi ?

Manuel a raison cependant, Catherine à tout moment peut transmettre à leur père un billet de Jeanne. Sa femme peut aussi se comporter à la Cour d'Henri comme elle s'est conduite à celle de Louis. Évoquer les algarades de Blois lui laisse un souvenir encore trop cuisant pour qu'il prenne le risque de les voir se renouveler.

Brusquement le couteau pénètre dans la table, s'y immobilise.

« L'archiduchesse restera ici. Plus tard, je la ferai chercher, si sa présence est nécessaire. »

Le surlendemain Jeanne comprend, au silence régnant dans l'auberge, qu'elle est seule. Près d'elle, comme guettant son réveil, Henriette l'observe.

« J'ai une lettre à vous remettre, Madame. »

Jeanne s'empare du papier mais ne le déplie pas. Elle sait qu'une fois de plus Philippe l'abandonne.

Avec hargne, elle déchire le billet en menus morceaux qu'elle jette dans la cheminée. Il n'y a plus de lettre, plus de Philippe, elle est veuve.

« Henriette, ordonne-t-elle, amène-moi une robe noire. »

Chapitre LIV

Philippe part d'un grand éclat de rire, la plaisanterie était bonne et le dauphin Henri, son futur beau-frère si le mariage espagnol se concrétise se révèle vraiment fort amusant. Au jeu de paume comme à ceux de l'amour, le très jeune homme se montre aussi infatigable que lui. Le temps à Windsor coule léger, frais comme une source. Après d'amicales tractations avec les Anglais, va avoir lieu bientôt la signature d'un traité, suivie d'une cérémonie au cours de laquelle il remettra la Toison d'Or au prince de Galles et en recevra la Jarretière. Quant au comte de Suffolk qu'il a accepté de livrer aux Anglais, Philippe se refuse d'y trop penser. Dernier prétendant de la Rose Blanche, rival des Tudor, le prince a trouvé refuge depuis longtemps en Flandres où Madame La Grande le protégeait, mais la politique et le cœur, songe-t-il, sont sœurs parfois ennemies. Écraser Ferdinand mérite bien une petite perfidie.

Les combats de chiens, dressages d'ours, chasses au renard et traques du cerf aident Philippe à ne pas trop écouter sa conscience. Et l'auberge de Malcombe Regis serait à mille lieues de ses préoccupations si le roi ne venait de lui signifier qu'il souhaitait la présence de l'archiduchesse pour entériner la signature d'une alliance concernant l'Espagne comme les Flandres.

L'équipage de sa défunte épouse est mis par le roi Henri à la disposition de Jeanne qui prend la route tandis que, debout sur le pas de la porte, l'aubergiste, flanqué de ses servantes, se confond en courbettes, bénédictions et remerciements.

En ce début de février, la campagne est grise, décharnée. Sur le sol encore gelé résonnent les sabots des chevaux, grincent les hautes roues des chariots. A travers les futaies bordant les champs, la lumière du jour, froide, bleutée, ressemble à une aube qui n'en finirait pas de se lever. Jeanne regarde défiler sous ses yeux cette campagne connue pour son charme sans éprouver la moindre émotion.

Néanmoins, plus Windsor approche, plus un semblant de bonheur l'envahit. Quelques heures encore et elle reverra Catherine, sa sœur quittée dix années auparavant. Une éternité ! L'enfant, alors âgée de onze ans, est devenue femme, déjà veuve, prête à épouser son jeune beau-frère pour occuper le trône anglais.

Pourquoi sa sœur ambitionne-t-elle autant d'obtenir une couronne ? La sienne pèse sur elle comme du plomb.

Il semble à Jeanne que les couloirs du château de Windsor n'ont pas de fin. Suivie d'un essaim de dames anglaises, elle suit d'interminables corridors tantôt boisés de chêne, tantôt recouverts de tapisseries. La nuit est tombée. A distances régulières des torches ont été allumées qui jettent sur les dallages des formes fantomatiques.

— Vite, Votre Majesté, a susurré d'un ton précieux une vieille duchesse en satin parme, un banquet est prévu en votre honneur et il se fait déjà bien tard. Notre bon roi n'aime guère attendre.

— La route était mauvaise et j'ai souffert du froid.

Le ton coupant de Jeanne décourage toute autre velléité de bavardage. A la dérobée, les dames d'honneur l'observent, surprises. On croyait la sœur de la princesse Catherine belle, avenante, on découvre une femme menue, pâle, au regard dur, au sourire figé. Certes les cheveux noirs, les yeux marron-vert sont magnifiques mais leur expression intimide, la voix a des accents menaçants.

Le banquet enfin s'achève. Assise entre le roi et le prince de Galles, Jeanne a voulu se montrer avenante pour amadouer ses hôtes, les pousser aux confidences. De l'autre côté de la table Catherine semble fascinée par les propos de Philippe. Les deux sœurs ne se sont vues qu'un instant avant le début du repas. D'abord troublées, presque gênées, elles se sont finalement embrassées mais chaque mot, chaque geste semblait terriblement affecté. Le cœur de Jeanne s'est serré.

Alors que l'archiduchesse touche à peine aux plats qu'on lui présente, le roi se gave de nourriture, boit de larges rasades de vin tandis que le dauphin ne cesse de lancer aux dames des allusions grivoises, des mots crus qui les font se pâmer de rire. A gauche de Philippe une blonde grassouillette penche si familièrement la tête vers lui que nul ne peut douter de leur intimité. La vue de cette femme dépoitraillée, la rusticité du roi, les obscénités du dauphin et le sourire que, envers et contre tout, elle se force à arborer, mettent à vif les nerfs de Jeanne qui à grand-peine maîtrise son envie de fuir. Furtivement, Henri VII l'observe. La reine de Castille ressemble à une pouliche sauvage et il s'étonne que le robuste Philippe ne soit point parvenu à la dompter.

Qu'on la lui confie quelques nuits, il saura la rendre souple, docile et toute réjouie !

Le dauphin, quant à lui, ne se donne pas même la peine d'entretenir une conversation avec l'archiduchesse, sa voisine. Entre l'austère et pieuse Catherine à qui on veut le marier et la fébrile Jeanne, les filles de Castille n'ont décidément rien qui puisse mettre en gaieté un bon Anglais ! La reine est certainement sujette à des troubles nerveux, il le voit bien au tremblement de ses mains, ses propos hachés, la façon qu'elle a de redresser la tête en se mordant les lèvres.

« Je constate, lance soudain Jeanne plongeant ses yeux dans ceux du roi, que mon mari n'a pas à se plaindre de votre hospitalité ! »

Henri a un instant d'hésitation. Il déteste avoir à se défendre ou à se justifier, mais le regard de Philippe sur le décolleté de sa voisine ne lui laisse pas la possibilité de s'indigner. Enfin, habilement il profite de cette amorce de conversation pour aborder le sujet qui lui tient à cœur.

— Je considère votre mari comme mon propre fils, Madame, et les accords auxquels nous sommes parvenus nous lient davantage encore si cela était possible.

— Quels accords ?

— Nous voilà d'indéfectibles alliés, Madame, vous, le prince Philippe, l'empereur d'Autriche et moi.

— Mais je n'ai rien signé !

Elle a parlé si fort que chacun se tait. Épouvanté, Philippe la fixe comme si elle s'était changée en vipère.

Jeanne comprend maintenant pourquoi elle a été invitée à Windsor. Un pacte vient d'être conclu contre son père qu'elle doit ratifier. Jamais elle ne le fera !

« Madame, ma chère enfant, balbutie sidéré Henri, nous reparlerons de tout cela plus tard, voulez-vous ? »

Que Jeanne fasse ou non des caprices, les accords

signés avec Philippe, fort avantageux pour les Anglais, ne doivent pas être remis en question.

— Cela ne me concerne pas, murmure Catherine. Je ne peux pas me mêler des affaires intérieures du royaume. Comprends-tu que ma position est aléatoire ?

— Il s'agit de notre père.

Catherine regarde furtivement derrière son épaule. Pour la première fois, les deux sœurs ont pu s'isoler un instant, malgré gentilshommes et dames qui ne les quittent pas des yeux.

— Père ne s'intéresse guère à moi. Je lutte seule pour me maintenir ici.

— Ce n'est pas vrai, Père donnerait son sang pour nous !

Le visage de Jeanne s'est refermé. Elle avait espéré une aide spontanée de sa sœur, mais celle-ci ne pense qu'au prince de Galles et au trône d'Angleterre.

Quoique la température soit fraîche, Catherine s'évente pour ne pas perdre contenance. Jeanne s'est toujours montrée indifférente à son égard, pourquoi prendrait-elle le risque de perdre l'Angleterre pour entrer dans un complot voué à l'échec ? Ferdinand n'a pas besoin de ses filles pour se défendre, elle connaît bien son père et sait qu'il fera exactement ce qu'il a décidé de faire, n'en déplaise à Philippe d'Autriche. En un clin d'œil, elle a jugé son beau-frère. Un enfant gâté, élégant, brillant, dont Ferdinand ne fera qu'une bouchée.

Jeanne tremble d'énervement, le seul fil pouvant la relier à son père est rompu. Dans quelques semaines, les Flamands débarqueront en conquérants sur la côte espagnole sans qu'elle puisse s'y opposer.

« Ne signe rien, se hâte de conclure Catherine. Lorsque tu seras en Castille, exige de rencontrer Père au plus vite. »

Tandis que sa sœur s'éloigne, Jeanne reste clouée au sol. Elle veut quitter Windsor, partir dès le lendemain. Dans ces assemblées futiles, égoïstes, elle n'a pas sa place, elle hait la danse, les caquetages, les agapes et beuveries, seule une chambre close lui permet de remuer son passé heureux, unique nourriture qui la satisfasse, de mûrir sa vengeance.

Debout au fond de l'immense salon, Philippe, tout en badinant, ne quitte pas Jeanne de l'œil. Dès le lendemain, il l'expédiera à Exeter où le comte d'Arundel a accepté de l'héberger. Sa présence à Windsor jette un froid nuisible à son intérêt comme à ses plaisirs.

Chapitre LV

En habit de chasse, le roi Henri s'apprête à rejoindre Philippe pour une dernière traque au renard. Après deux mois de séjour à Windsor, il est bien aise du départ prochain de l'archiduc. L'Angleterre, pour l'instant, ne souhaite pas plus se fâcher avec la France qu'avec l'Espagne. Compte tenu de l'impétuosité maladroite de Philippe, du caractère imprévisible de Jeanne, Ferdinand, tout compte fait, pourrait sortir vainqueur. Mis à part les accords commerciaux et le projet de son propre mariage avec la belle Marguerite d'Autriche, tout ce qui a été signé n'est que vague promesse... Décidément Dieu lui a voulu du bien en échouant l'armada flamande sur ses côtes !

« La candeur, mon fils, dit-il au prince de Galles qui rajuste son bonnet de velours grenat, est souvent la faille des versatiles. Lorsque tu gouverneras l'Angleterre, ne crois que toi-même. »

La flotte flamande est enfin prête à reprendre la mer. Pour payer le carénage, les radoubs, offrir au roi Henri et à sa suite des cadeaux dignes d'eux, régler les mémoires des auberges où sont logés l'équipage et les membres de son escorte, Philippe a largement puisé dans le trésor remis par les villes flamandes avant son départ. En Espagne, il devra trouver très vite des expédients pour régler ses serviteurs, vendre peut-être quelques pièces de sa vaisselle d'argent, mais ces difficultés ne le préoccupent pas outre mesure. Il a pu asseoir sa position d'héritier de la couronne de Castille, tisser de solides alliances, isoler Ferdinand. Ces victoires méritent bien l'or généreusement dépensé. Avec l'aide des Grands il chassera l'Aragonais, laissera à Jeanne un moment aussi bref que possible l'illusion de régner avant de la cloîtrer et d'occuper seul le trône, soutenu par son père, Henri d'Angleterre et sans nul doute le pape qui toujours se rallie du côté du plus fort. Louis se repentira alors de l'avoir trahi !

À Exeter, Jeanne a passé deux mois de réflexions. Le temps de l'enfermement est terminé pour elle. Si elle veut avoir la moindre chance de contrecarrer les plans de Philippe, elle doit s'attacher à lui comme un boulet. Que la moindre porte l'emprisonne et la Castille, arrachée au gouvernement de son père, sera livrée aux Flamands. Ferdinand n'a plus que sa fille pour l'aider, elle résistera.

Depuis quelques jours Philippe l'a rejointe chez le comte d'Arundel, a forcé sa porte en maître. Le vent restant contraire, les Flamands doivent encore patienter pour appareiller.

Enfin, le 22 avril, l'embarquement se fait tandis que sonnent les trompettes et flottent bannières et étendards dans la brise soufflant du nord.

« Monseigneur, Monseigneur ! »

Philippe voit grimper sur le pont un courrier portant livrée du roi Henri. L'homme tend un pli.

« Mon fils, je viens d'apprendre que don Ferdinand vous attend à Biscaye. Faites-lui, je vous prie, bonne figure. Je parle ici pour votre bien et en père qui vous aime. Méfiez-vous des faux amis et des ambitieux constituant trop souvent hélas l'entourage de ceux qui gouvernent. Que Dieu vous protège ! »

Philippe replie la lettre, hésite un court instant puis pensivement la tend à Juan Manuel.

— Nous éviterons donc Biscaye, Monseigneur.

— Pour aborder où ?

— En Andalousie, Monseigneur. Là-bas, le duc de Medina Sidonia nous accueillera et fournira l'aide nécessaire.

« Faites-lui bonne figure », se répète en lui-même Philippe. Va-t-il se laisser influencer par un monarque vieillissant qui ne connaît rien de l'Espagne ?

« Que l'on envoie un courrier à Medina Sidonia, ordonne-t-il, et que l'on n'oublie pas de prévenir aussi le roi du Portugal. Sa bienveillance nous est indispensable. »

Au large de La Corogne, le vent faiblit. La longue houle indispose les passagers, les femmes sont lasses du voyage, dégoûtées de la mer, les hommes inquiets.

— Pourquoi ne jetterions-nous pas l'ancre dans ce port, Monseigneur ? interroge Nassau. Voguer plus longtemps nous fait courir le risque d'une nouvelle tempête. Je n'aime pas ce vent.

— Je souhaitais aborder en Andalousie.

— Ne changez pas vos plans, Monseigneur, insiste Manuel.

— Je me rallie au point de vue de monsieur de Nassau, intervient Antoine d'Hubert. Rester en mer est un risque qu'il n'est pas nécessaire de courir puisque nous sommes déjà au large des côtes espagnoles.

— Juan, pourquoi ne pas prendre la décision d'aborder ? interroge Philippe. Don Ferdinand est à Biscaye, nous aurons à La Corogne autant de liberté d'action qu'à Cadix.

— Mais pas les troupes de Medina.

— Nous avons deux mille hommes à bord et, Dieu merci, aucune certitude d'avoir à combattre. Veyre a proposé au roi un compromis qu'il va peut-être signer.

— Même s'il le signait de son sang, je n'aurais pas davantage confiance en sa parole.

Le vent faiblit encore, on entend le sinistre claquement des voiles. Philippe comprend que ses compagnons souhaitent toucher enfin la terre espagnole.

« Nous aborderons à La Corogne », décide-t-il.

— Des marchands ou des pèlerins peut-être, suggère l'alcade chez qui sont aussitôt accourus les quelques hommes ayant aperçu au loin l'armada.

— Nous avons vu des bannières flotter sur le vaisseau amiral.

— Arborant quelles couleurs ?

— Celles de la Castille, don Pedro.

— Doux Jésus, s'écrie l'alcade, la reine va débarquer chez nous !

Comme piqué par une aiguille, le maire saute sur ses pieds, agite avec vigueur une sonnette.

« Rendez-vous aussi vite que possible au fort, ordonne-t-il aux siens. Que l'on fasse envoyer des salves — et devant les regards ahuris il précise : Le navire de doña Jeanne et sa flotte se présentent dans notre port ! »

Du haut du fort, au milieu d'un nuage de fumée, les détonations se succèdent. Canons et couleuvrines accueillent la *Julienne* qui majestueusement, les voiles mollement gonflées par un vent indécis, entre au port en se balançant tandis qu'en réponse aux salutations de la ville tonne l'artillerie des navires de l'escorte.

337

Philippe regarde approcher les quais où déjà grouillent les badauds, et derrière eux la ville, bien construite, se dépliant jusqu'au fort. Le temps est clair, transparent, léger. Lorsque retentit conquérante, joyeuse la sonnerie des trompettes de la *Julienne*, pétrifié par l'émotion, le jeune homme pense qu'il vit un des jours les plus beaux de sa vie.

— Nous allons faire préparer vos logis au monastère de San Francisco, Monseigneur, prononce Nassau à quelques pas de lui. Doña Jeanne et vous pourrez alors mettre pied à terre.

— Quand ?

— Pas avant demain, Monseigneur. Don Juan se propose auparavant de recevoir en votre nom les salutations des notables et de prendre les dispositions pour votre entrée officielle dans la ville.

Philippe se détourne pour contempler encore la terre espagnole. Aujourd'hui c'est en maître qu'il y revient, il va s'asseoir sur le trône d'Isabelle, prendre connaissance des documents secrets, nommer ses propres amis aux charges et fonctions qu'occupaient les protégés de la reine catholique.

« Le moment est venu » pense Jeanne.

Cette dernière nuit à bord de la *Julienne* ancrée à quelques encablures seulement de son pays, elle n'a pu fermer l'œil. Dans la cabine voisine, Philippe a discuté presque jusqu'à l'aube, dressant sans doute d'ultimes plans pour anéantir son père. De temps à autre, elle percevait la voix nasillarde de Manuel comme le sifflement d'un serpent auquel répondaient quelques rires.

Toute la matinée marins et serviteurs ont débarqué meubles, tapisseries, tapis et vaisselle pour arranger les appartements des souverains. Deux heures ont sonné. Jeanne est prête, résolue.

« Allons », ordonne-t-elle en castillan aux deux vieilles servantes.

Sur le pont, la vive lumière du jour la saisit. Devant les yeux de la jeune femme s'étalent la ville, les quais fourmillant d'une foule criant sa joie. Elle intercepte des odeurs familières, huile, poissons séchés, herbes sauvages, suif des moutons. L'émotion est si forte qu'elle doit s'appuyer à la paroi du gaillard arrière. Pourra-t-elle garder inébranlables ses résolutions ? Elle a chaud, la gorge sèche. Pourquoi est-elle si seule ?

Le visage souriant, Philippe avance vers elle. Une chaloupe drapée de jaune et de rouge les attend, dans d'autres embarcations se pressent musiciens, tambours et trompettes, la garde personnelle de Philippe et ses proches amis. Un peu plus loin, dans une longue barque capitonnée de velours et de passementerie, les dames d'honneur jasent et plaisantent. Au bras de Philippe, Jeanne s'immobilise.

« J'ai dit clairement que je ne désirais aucune suite. »

La main de Philippe serre son bras comme s'il voulait le rompre.

— Je t'ordonne de respecter au moins les strictes convenances, murmure-t-il.

— Tu n'as rien à m'ordonner. Qu'elles remontent à bord !

Jeanne perçoit le souffle court de Philippe, sent ses muscles qui se contractent, mais elle ne le craint plus. En Espagne, il ne peut la contraindre par la violence. Les yeux rivés sur le sol, elle attend.

— Tu es folle ! murmure Philippe.

— Je suis prisonnière. Les prisonniers n'ont pas de suite.

L'attente ne peut se prolonger. Avec fureur Philippe se retourne vers l'amiral.

« Faites réembarquer ces dames, elles nous suivront plus tard. »

Personne ne souffle mot.

« Allons maintenant », consent Jeanne d'une voix tranquille.

Sur le quai, l'alcade, les magistrats chapeaux bas se préparent à mettre le genou à terre devant leurs souverains. Un enfant vêtu de satin blanc porte les clefs de la ville sur un coussinet jaune et pourpre, tandis que du chemin de ronde éclatent trompes, trompettes et clairons.

Jeanne promène les yeux sur les notables, la foule. Profondément, elle respire l'air espagnol, se souvenant de ses deux embarquements vers les Flandres, la première fois apeurée, la deuxième exaltée. Jeune fille elle était devenue femme et amante, aujourd'hui elle se considère comme veuve. Une vie est passée, sa vie.

« Doña Jeanne, don Philippe, la ville de La Corogne, la Galice et toute la Castille par ma bouche vous souhaitent la bienvenue. »

La fierté enfle la voix de l'alcade. Jeanne avec amusement reconnaît les intonations rudes des Galiciens, tandis que Philippe ne remarque qu'une chose, son nom n'a été prononcé qu'en second.

Après leur avoir baisé les mains, l'alcade poursuit son discours. La tradition veut que de nouveaux souverains arrivant à La Corogne soient invités d'abord à l'église afin de recevoir le serment de fidélité des habitants et leur promettre en retour juste respect de leurs droits et privilèges. Un cheval, une mule pompeusement harnachés attendent le couple royal.

« Ce serment, si j'ai bonne mémoire señor Alcade, déclare Jeanne posément, concerne seulement les souverains espagnols. Don Philippe, mon époux, est flamand, je le suis également par mariage, nous ne sommes donc pas habilités à le prononcer. »

Un murmure de stupéfaction parcourt l'assemblée, Espagnols comme Flamands.

— Je me retirerai dans les appartements que l'on m'a préparés.

— Doña Jeanne, implore le maire, réfléchissez, je vous en supplie, au nom des habitants de La Corogne qui vous attendent comme leur souveraine aimée et respectée. Nos voix réunies sauront peut-être vous convaincre.

— Seul mon père, don Ferdinand, pourrait me dicter une juste conduite.

Jeanne est arrivée au bout de sa phrase essoufflée tant son cœur s'affole mais elle a mené à bien son dessein. Le boulet est solidement fixé aux pieds de Philippe et, à son visage décomposé, elle voit combien il peinera à le traîner sans cesse derrière lui.

Chapitre LVI

Après quelques jours de colère froide, Philippe triomphe. De Castille arrivent à La Corogne les nobles ralliés à sa cause. Les comtes de Benavente et de Lemos, le marquis de Villena, les ducs de Najera et de Béjar, le fils du duc de Bragance et son premier allié Fuensalida lui offrent leurs épées comme leur prestige. Le couvent de San Francisco ressemble à une ruche, sans cesse vont et viennent des courriers porteurs de nouvelles vraies ou fausses concernant les mouvements et intentions de Ferdinand et de son escorte armée. Jusqu'alors à Villafranca, le roi catholique se dirigerait vers Saint-Jacques-de-Compostelle pour y retrouver son gendre, information vite démentie par un autre messager annonçant l'avance d'une armée prête à repousser les Flamands à la mer.

« Je n'en crois rien, décide Philippe en repliant la lettre, mais s'il attaque je me défendrai. »

Veyre, qui a rejoint l'archiduc à La Corogne, vient d'exposer longuement les conditions politiques dont il va falloir tenir compte. Depuis plus d'une année, l'ambassadeur de Philippe n'a ménagé ni son temps ni sa peine pour préparer l'arrivée de son jeune souverain, s'efforçant de contrecarrer les plans de Ferdinand.

— Il n'attaquera pas, confirme-t-il, son intérêt est d'attendre, de vous laisser l'offensive.

— Philibert, as-tu vu comme les Grands me mangent dans la main ? Le vieux renard est perdu.

— Méfiez-vous, Monseigneur, il a plus d'un tour dans son sac ! Son remariage avec une princesse française nous a pris à contre-pied. Il peut vous porter encore quelque coup perfide.

Par la fenêtre, Veyre observe la démarche d'un moine déambulant autour du cloître. Ces mois passés en Castille lui ont appris le prix du silence, de la lenteur, du secret. Si Philippe veut jouer l'efficacité flamande, il compromettra leur victoire. Pour vaincre Ferdinand il faut entrer dans son jeu, signer un accord quitte à n'en pas tenir compte, être tout sourire et promesses.

Un instant, Veyre pense qu'après ses luttes, ses intrigues, il aimerait se reposer là, suivre le moine dans sa paisible déambulation.

— Monseigneur, dit-il enfin, votre décision est-elle bien prise ? L'accord auquel nous sommes parvenus avec don Ferdinand est pourtant honorable ; son retrait de Castille en Aragon contre la moitié de l'or des Indes et la maîtrise des ordres religieux.

— Il n'aura rien, Philibert. En Castille je veux être le seul maître.

L'ambassadeur a une expression dubitative. Seul mais avec une épouse qui est légalement l'unique souveraine, seul mais avec l'armée des Grands d'Espagne qui déjà occupent La Corogne en conquérants, seul mais avec les deux mille soldats payés par l'empereur, seul mais avec une suite de conseillers aussi avides d'argent que de pouvoir ?

Philippe prend la perplexité de son ami pour de la déception. Veyre a été un excellent émissaire auquel il doit beaucoup, le moment est venu de lui témoigner sa reconnaissance.

« Philibert, demain je vais te conférer la Toison d'Or. »

« Ainsi, tu as décidé de m'empoisonner la vie. »

Depuis leur arrivée à La Corogne, Jeanne a refusé de participer aux réjouissances populaires, aux cérémonies organisées par les magistrats comme aux offices religieux, répondant invariablement aux invites : « Je ne ferai aucun acte d'autorité royale avant d'avoir rencontré mon père. » Philippe a dû écouter seul les interminables discours, assurer les Galiciens de sa bienveillance, remercier les alcades pour leur fidélité. Jour après jour le beau visage, l'athlétique silhouette du nouveau roi entament la méfiance du peuple. Lorsqu'il circule dans La Corogne encombrée par les troupes des Grands, les soldats autrichiens, la horde des serviteurs flamands, le jeune homme orgueilleusement se persuade qu'il triomphe malgré le poids de Jeanne qui pèse de plus en plus lourdement sur lui.

— Je dénonce le précédent accord signé avec don Ferdinand. Le roi d'Aragon doit regagner dès maintenant son propre pays.

— Sa Majesté ne prétend pas s'emparer de la Castille par la force mais veut seulement vous rencontrer afin que cessent les malentendus entretenus par ceux qui l'ont trahi.

Ximenes de Cisneros dissimule mal son impatience. Derrière l'obstination de l'archiduc, il reconnaît l'influence perverse de Manuel. Par tous les moyens il doit amener Philippe à accepter un tête-à-tête avec son beau-père.

« Don Ferdinand et moi n'avons rien à nous dire. Vous me demandez de faire le premier pas ? Que le roi me montre sa bonne volonté en se retirant en Aragon. Nous discuterons ensuite. »

Cisneros se retient de demander à l'archiduc qui lui a soufflé ce nouveau langage, mais Ferdinand attache beaucoup d'importance à ce que l'on ménage son gendre.

« Sa Majesté désire au moins voir sa fille. »

La tête légèrement penchée, le vieux ministre observe la réaction de son interlocuteur. Par ses informateurs, il sait parfaitement que l'archiduc tient sa femme sous bonne garde. Quels arguments va-t-il trouver pour se justifier ?

— Doña Jeanne me soutient. Dites à son père qu'elle lui écrira dès qu'il laissera le trône vacant.

— Ne pourrait-elle lui exposer en personne ce qu'elle souhaite ?

— Ce n'est aucunement nécessaire.

Le ton coupant indique un certain embarras. Les yeux mi-clos, Cisneros ne quitte pas Philippe du regard.

« Pourrais-je rencontrer ma souveraine ? »

L'archiduc s'impatiente. Le vieux matois cherche à lui mettre le dos au mur. Son souhait le plus cher est de le voir décamper au plus vite.

« Doña Jeanne est souffrante. »

La voix de l'évêque est si douce qu'il la perçoit comme le sifflement ensorcelant d'un serpent venimeux.

« La reine ne serait-elle pas plutôt prisonnière, don Philippe ? C'est ce que l'on murmure et j'aimerais pouvoir constater que ces allusions offensantes pour votre honneur sont mensongères. »

La cloche du couvent de Saint-Jacques-de-Compostelle sonne les 6 heures de l'après-midi. Le lendemain à l'aube, les Flamands et leurs alliés prendront la route de Benavente d'où ils gagneront directement Burgos. L'arrivée de Cisneros au milieu des préparatifs de départ est venue au plus mauvais moment possible. Déjà fatigué par l'accablante chaleur, nul n'avait besoin de cette guêpe lâchée par Ferdinand.

Philippe sent monter en lui une exaspération qu'il doit maîtriser. En face des Espagnols, il est mal à l'aise et la présence de Manuel lui fait cruellement défaut.

« Je viens de vous dire que doña Jeanne est souffrante. »

Pas une seconde, il ne pense avoir convaincu l'évêque dont le sourire, à peine esquissé, montre bien plus d'insolence que d'attention.

« Je n'insisterai pas, don Philippe, mais j'ai peur d'avoir acquis des convictions que je ne pourrai taire. La vérité est arme beaucoup plus redoutable que les combinaisons politiques. Lorsqu'elle éclate... »

L'évêque n'achève pas sa phrase. A pas feutrés il gagne la porte, s'incline une dernière fois avant de sortir.

Écrasée de chaleur, l'interminable colonne progresse difficilement sur les chemins rocailleux. Les vivres, l'eau manquent. Des rixes éclatent entre les Galiciens et ces étrangers qui prétendent investir leurs villages, dérober leurs fruits, piétiner leurs champs.

Entourée de deux mornes gentilshommes, suivie d'Anna et d'Henriette transpirant et maugréant, la jeune femme, sur sa mule, guette le moindre indice pouvant indiquer la présence d'un émissaire de son père. Son esprit ne peut se fixer sur rien d'autre, pas même sur l'enfant dont elle est enceinte, inexplicablement accepté comme l'ultime fruit d'un arbre mort.

Du chemin rocailleux monte la forte senteur du romarin et du thym sauvages. De loin en loin, se regroupe autour d'une église un petit village aux maisons de pierre, de bois ou de pisé selon le rang, la fortune de chacun, maisons trapues, fermées à la lumière où, devant la porte, pousse un pin, un cactus, un buisson de myrte. Pieds nus, cheveux embroussaillés, les enfants écarquillent les yeux en face de cette troupe imposante traversant les ruelles ombreuses où se penchent des branches d'arbres fruitiers qui escaladent les murs des jardins. Au milieu des cris des cochons et de la volaille affolés, reine, roi, seigneurs et officiers, soldats et serviteurs défilent sur leurs chevaux, muets, accablés de fatigue, suivis du tonnerre grinçant des chariots tirés par des paires de lourds bœufs. Parfois quelqu'un hasarde un : « Vive notre señora ! » La jeune femme tourne la tête et sourit, un sourire contracté, navrant, tandis que son époux passe, le regard droit.

Enfin, après des gîtes de fortune dans des auberges de bord de route, la Cour s'installe pour quelques jours à Monterey. Jeanne demande un bain, elle veut de l'eau fraîche sur son corps, pour le laver encore et encore, frotter son dégoût d'elle-même jusqu'à le mettre à vif. Dans ses appartements, qu'ils soient simples cagibis d'auberge où grouillent les puces, vastes chambres de château ou cellules d'abbaye, elle fait aussitôt brûler des écorces d'oranges amères, des copeaux de résineux, demande un siège où elle s'installe près de la fenêtre avec, sur les genoux, le petit coffre de vermeil contenant ses trésors : un billet écrit par Ferdinand, une boucle de cheveux de Charles, le collier de perles d'Isabelle, une poignée de terre de Grenade dans un sac tissé de fils d'or et surtout la lettre envoyée par Philippe à Medina del Campo qu'elle connaît par cœur et dont chaque mot la brûle, non plus en feu d'amour comme à la Mota mais en flammes cruelles et meurtrières qu'elle ne parvient pas à éteindre.

Alors qu'habillée pour la nuit elle s'apprête à réciter en compagnie des deux servantes les prières du soir, un léger grattement à la porte fait sursauter les trois femmes.

« Juanita, ouvre-moi ! »

Jeanne saute sur ses pieds, court ouvrir la porte. Devant elle, Fadrique Enriquez, amiral de Castille, son cher oncle lui ouvre les bras.

« Vite, vite, de l'orgeat, du vin de Xeres, des gâteaux », ordonne-t-elle après une longue étreinte.

Chez ses parents, l'amiral était toujours reçu avec joie, il arrivait quelquefois à Isabelle de lui servir elle-même à boire.

Tandis que les vieilles courent en tous sens, Jeanne, la main dans celle de son oncle, rit comme une jeune fille. Lui, la regarde, la scrute.

« Tu es là, mon enfant, belle comme lorsque je t'ai conduite fiancée vers ton nouveau pays. »

Jeanne secoue la tête, au rire ont succédé des larmes embuant son regard.

« Non, mon oncle, vous le savez bien ! »

Il la serre contre lui. Jeanne pleure en longs sanglots.

— N'aie pas peur, murmure don Fadrique, nous sommes plusieurs à veiller sur toi.

— Qui ?

Jeanne s'est redressée, le regard brillant. Les mots de son oncle font naître en elle une folle espérance.

— Ton père, mon enfant, moi, Cisneros, Albe, Denia, bien d'autres encore te défendront jusqu'à la mort s'il le faut.

— Comment va mon père, pourrais-je le voir ?

Si le doigt posé sur la bouche fait comprendre à Jeanne qu'il ne peut répondre, le regard enjoué de l'amiral indique son optimisme.

— Je suis en mission officieuse, murmure-t-il, et vais tenter de contraindre ton mari à accepter dans l'intérêt général une rencontre avec Ferdinand.

— Je l'accompagnerai.

— Non, mon enfant. Ton père te demande expressément de ne rien brusquer. Aie confiance en lui.

— Mais comment saurais-je ce qu'il attend de moi puisque je ne peux le voir ?

Jeanne a élevé la voix. A nouveau l'amiral pose le doigt sur sa bouche.

« J'ai avec moi un jeune homme qui lui est entièrement dévoué. Te souviens-tu de son filleul Victor de Santa Cruz ? Je vais le laisser non loin de toi. Écoute-le, ce garçon aime la Castille, il saura te soutenir, éventuellement te conseiller et jamais ne t'orientera dans une direction que ton père réprouverait. »

Avec peine Jeanne se détache de son oncle, la sérénité, la force de cet homme l'ont apaisée.

— Philippe ne laisse personne m'approcher. Dites à mon père que je suis prisonnière.

— Il le sait déjà.

Le visage de Jeanne s'enflamme, fébrilement elle marche vers sa table, saisit une plume.

« Portez-lui un message. »

Mais Enriquez secoue la tête.

« Ce n'est l'intérêt de personne de prendre un risque pareil. Tu n'as pas besoin de te compromettre. Je suis venu pour amener Philippe à Ferdinand et réussirai. Ne tente rien auparavant.

La main de Jeanne retombe. A nouveau la tristesse l'envahit.

— Philippe veut chasser mon père de Castille, il ne négociera pas.

— Il devra prendre position, Jeanne, cesser d'user de faux-fuyants. Je ne peux t'en dire davantage.

Henriette a posé sur la table un plateau de vermeil où sont alignées des carafes, des coupes de gâteaux et de fruits.

« Profitons de cette appétissante collation, déclare joyeusement Enriquez, la poussière du chemin m'a arraché la gorge — et tout en se servant un grand gobelet de vin frais, l'amiral murmure : Pour don Victor, ne t'inquiète pas. Il ne sera pas officiellement auprès de toi. Tu le trouveras dans la suite du marquis de Zenetta, un des nombreux nouveaux amis de ton mari aux cœurs larges et aux dents longues. Il se fera reconnaître de toi — puis levant son verre, l'amiral prononce d'une voix forte : A la santé de doña Jeanne, reine de Castille, de León et de Grenade. »

Chapitre LVII

Aucun chariot n'ayant pu franchir les montagnes de Galice, les souverains arrivent à Benavente sans nul bagage. Ce total dénuement n'améliore pas l'humeur des voyageurs.

— Le roi d'Aragon se trouve à deux lieues d'ici, constate Philippe en arrivant à La Puebla de Sanabria, fief du comte de Benavente. Il faut se résigner à une confrontation.

— Elle ne peut qu'être belliqueuse, affirme Juan Manuel ; don Ferdinand va user de malfaisance pour vous faire capituler, mais les Grands d'Espagne exigent que la Castille leur soit rendue sur-le-champ.

Dans la voix de son conseiller, Philippe décèle des intonations menaçantes, cette velléité d'intimidation l'offusque.

— Les Grands prétendent-ils guider ma conduite ? Je sais fort bien comment me comporter en face de mon beau-père.

— Les Grands ont pris des risques considérables pour vous, Monseigneur. Si don Ferdinand se maintient plus longtemps en Castille, je ne peux garantir leur fidélité envers vous — et devant le silence de l'archiduc, comme savourant sa victoire, Manuel poursuit :

351

Ximenes de Cisneros sera ici ce soir en émissaire du roi d'Aragon. Le moment est venu, je crois, d'imposer vos volontés, par la force s'il le faut.

— Penses-tu que Ferdinand puisse rechercher un affrontement armé ?

Manuel esquisse un geste vague. Les deux mille soldats venus d'Autriche coûtent beaucoup d'or au Trésor flamand, il est temps de les utiliser, ne serait-ce que pour intimider l'Aragonais, lui montrer clairement où se situe la force.

« Il faut le prévoir, Monseigneur. »

Philippe est troublé. Mettre un terme à la situation ambiguë dans laquelle il vit depuis son arrivée en Espagne lui convient et l'ennuie tout à la fois. Dès que sera réglé le problème de la succession au trône de Castille, celui des Grands va se manifester. Ces hommes accourus pour le soutenir vont exiger leur récompense. Comment réagiront-ils lorsqu'ils découvriront que revenus et bénifices des villes, monastères et terres espagnols sont déjà promis à des Flamands ?

Le vent chaud souffle une poussière rouge qui s'attache aux vêtements, se dépose en poudre impalpable sur les tapis, les dalles de terre cuite aux tons rosés. A travers les jalousies soigneusement closes passe une lumière ombreuse qui ne rafraîchit pas. « Étrange pays », pense Philippe. A quelques lieues, Ferdinand l'attend. Dans quel piège cherchera-t-il à l'attirer ?

Le chemin serpente dans la forêt de chênes, obligeant la cohorte flamande à marcher sur une file qui semble interminable. Derrière Philippe et ses amis portant un corselet de mailles sous leur pourpoint, progressent une escorte de soldats et un détachement d'archers à cheval. Dans le petit vallon où la rencontre a été décidée, tout est paisible. Quelques courants d'air font frémir parfois les myrtes, les hautes herbes sèches d'où jaillit le cri strident des cigales. Au loin tintent des clochettes de moutons.

Au moindre bruit Philippe tressaille et s'en veut de cette crainte involontaire.

Bientôt des claquements de sabots, des bruissements de branches se font entendre, mais tous ces bruits discrets semblent provenir d'un petit groupe de bergers ou de forestiers, non d'une troupe armée.

A la stupéfaction de Philippe et des siens, un maigre détachement de cavaliers escalade le sentier, avec en tête le roi d'Aragon, toujours vêtu de son méchant habit de drap, Cisneros en vêtements ecclésiastiques et le duc d'Albe. Derrière suivent quelques gentilshommes, alertes et souriants comme s'ils étaient en promenade.

En face de cette poignée d'hommes à l'allure pacifique, l'escorte armée de Philippe semble parfaitement incongrue.

« Mon fils, s'écrie le roi encore à quelques pas, je suis bien aise que nos routes puissent enfin se croiser ! »

Philippe ne sait s'il doit avancer vers son beau-père ou rester sur place. Comme s'il devinait la gêne de son gendre et s'en amusait, Ferdinand continue de se rapprocher sans attendre de salutation protocolaire. Enfin, à deux pas du groupe, il arrête son cheval, ôte son bonnet. Aucune tergiversation n'étant plus possible, Philippe se découvre, imité par Manuel et par une poignée des Grands d'Espagne dont les visages montrent le plus grand embarras. Oubliant alors ses farouches résolutions, le jeune homme prend la main de son beau-père pour la baiser.

« Embrassons-nous plutôt, mon fils ! »

Se tournant ensuite vers ceux qui l'ont trahi, le roi d'Aragon embrasse Benavente.

« Cher ami, comme vous voilà devenu gros ! — sous

son manteau, l'armure étouffe le comte qui transpire à grosses gouttes. Et vous aussi, Garcia ! »

Le marquis de Garsilaso bégaie de confusion. En retrait, Cisneros, Albe, les autres fidèles de Ferdinand se contentent d'observer le spectacle, une lueur moqueuse dans le regard.

Ayant suffisamment joui du désarroi de ses adversaires, le roi promène son regard sur les soldats, les archers.

« Je vois que l'Espagne plaît à beaucoup de monde. Comme je m'en réjouis ! — et soudain sérieux : Mon fils, retirons-nous dans un endroit tranquille pour parler. Nous avons peu de temps et beaucoup à nous dire. »

Quatre tabourets pliants ont été disposés sous un gros chêne, deux tapissés de cuir de Cordoue pour les souverains, deux autres de simple toile pour Manuel et Cisneros. Un page s'approche portant une outre de vin. Sous sa cotte de mailles, Philippe pense défaillir de chaleur. Rien ne se déroule comme espéré, il ne peut ni converser en secret avec Manuel, ni même réfléchir pour trouver un moyen de rétablir sa position. Ferdinand, aimablement, implacablement les maîtrise.

Patiemment le roi attend que Philippe et Manuel se soient rafraîchis. Assis sur son tabouret, un imperceptible sourire de contentement sur les lèvres, il ressemble à un bon bourgeois à la campagne.

« Je n'irai pas par quatre chemins, déclare-t-il soudain d'une voix qui n'a plus rien de bénin. Vous êtes venus en Espagne certains d'être combattus ; bien au contraire, je vous attendais afin de vous remettre le pouvoir. Dès la mort de mon épouse Isabelle, toute ambiguïté a été évitée par moi comme par mes proches. Le trône de Castille, le León et de Grenade est à vous. »

Abasourdi, Philippe écoute ces mots qu'il pensait

devoir arracher à un ennemi. Que cache donc le roi pour baisser aussi vite les armes?

— Père, murmure-t-il, je vous remercie du soin que vous prenez de nous. De fallacieuses informations m'avaient donné à croire que vous nous empêcheriez de gouverner ce pays.

— Il fallait venir me voir, mon fils, au lieu d'écouter ceux qui me haïssent.

Un instant, le regard aigu du roi se promène sur l'assemblée qui, à quelque distance, observe désespérément les souverains et leurs conseillers, tâchant d'interpréter une expression, un geste.

— Je vous aurais instruit tranquillement des coutumes de ce peuple, continue-t-il en fixant à nouveau son gendre. L'Espagne n'est pas un pays où la hâte est une force.

— « Le traître, pense Philippe, cherche à m'amadouer. A-t-il oublié la lettre envoyée à Jeanne, le mariage français? » Nous sommes ensemble aujourd'hui, affirme-t-il d'une voix qu'il cherche à rendre aussi ferme que possible, préparons donc un accord que nous signerons vite. C'est ce que vous désirez, c'est ce que je veux, moi aussi.

— Votre ambassadeur, Philibert de Veyre, a rédigé un accord dont j'ai accepté le fond, conservons-le. Je quitte la Castille, vous me laissez la juste moitié de l'île de l'Inde et de ses revenus, les maîtrises de Saint-Jacques, Calatrave et Alcantara.

Philippe écoute attentivement. Jusque-là les prétentions de son beau-père sont acceptables et s'il n'en avait pas été empêché par ses proches, il les aurait ratifiées depuis longtemps.

Ferdinand attend une réponse.

— Je pense, mon père, que nous allons nous accorder sur ces bases.

— De plus, continue Ferdinand, je souhaiterais un traité de bonne entente avec votre excellent père Maximilien. En échange, je peux vous promettre l'alliance de mon oncle, le roi de France. Mais si l'un ou l'autre de ces souverains attaquaient la Castille comme l'Aragon, nous nous porterions mutuellement secours.

Philippe voit Juan Manuel tressaillir. Son conseiller et ami a sans nul doute quelque restriction à formuler, mais il ne peut l'interroger sans paraître pusillanime devant son beau-père dont le regard continue à le transpercer.

— Cette convention ne peut être signée qu'avec l'accord des intéressés.

— Bien sûr, mon fils, mais œuvrons pour qu'ils l'acceptent.

L'air est devenu orageux, étouffant, le ciel presque blanc. Philippe n'en peut plus. Il doit mettre fin à cet entretien et se retirer avec les siens.

— Mon père ne cherche que les intérêts de notre famille.

— Fort bien, semble conclure Ferdinand, mais il reste une question importante à aborder. Jeanne est reine de Castille, vous ne pouvez exercer le pouvoir sans elle, n'est-ce-pas ?

La voix est si basse que Philippe croit mal entendre. Comment son beau-père peut-il avoir accepté d'aller jusqu'au bout de négociations pour les remettre aussitôt en cause en prononçant le seul nom de sa fille ? A-t-il réussi à entrer en contact avec elle ?

— Je représente Jeanne, ses intérêts, ses volontés, répond-il d'une voix sourde. Elle signera tout ce que je lui présenterai.

— Voulez-vous dire, mon fils, qu'elle n'a jamais d'opinion personnelle sur le gouvernement de son pays ?

— Jeanne ne s'intéresse nullement à la politique.

Sur son pliant Ferdinand bouge légèrement, Philippe se demande s'il va se lever et partir, mais au contraire le roi s'installe plus commodément encore.

— Vos paroles, mon gendre, sont lourdes de conséquences et je veux les considérer attentivement. Sans nul doute, ma fille a montré dans le passé son désintérêt pour les choses publiques. Elle est épouse, elle est mère chaque année.

— Jeanne, s'écrie Philippe, heureux de voir son beau-père le suivre, est une femme singulière qui désire la solitude bien plus que le tourbillon du monde.

— Pourquoi ne trouveriez-vous pas pour elle une résidence bien tranquille où elle coulerait des jours paisibles ? En tant que père je souhaite autant que vous son bonheur.

Quelques secondes, l'esprit en ébullition, Philippe réfléchit. La perche que lui tend Ferdinand est grosse, ne cache-t-elle pas quelque mauvaise intention ?

Maintenant Ferdinand se penche un peu plus vers lui comme s'il voulait que ses propos échappent aux oreilles de Cisneros et à celles de Manuel.

« Jeanne m'a affirmé à maintes reprises qu'elle ne désirait pas gouverner. Vous savez fort bien, n'est-ce pas, que pour échapper à cette charge elle était prête à me confier le pouvoir ? »

Philippe n'ose répondre. La mise à la torture de son ambassadeur était une mesure un peu rude que son beau-père sans nul doute a mal digérée. Mais le roi d'Aragon visiblement n'attend aucune excuse.

— Agissez au mieux avec elle. Sachant que vous ne cherchez que son bien-être, je ne vous blâmerai point.

— Que feriez-vous à ma place ? balbutie Philippe.

— Je lui assignerais, dans un endroit qui lui plairait, une résidence où elle serait entourée d'hommes sûrs pour la protéger.

Le cœur de Philippe s'emballe. Le but est atteint. Pour une raison qu'il devine, reprendre plus tard le pouvoir, Ferdinand abandonne sa fille. Comme il va mettre à profit cette lâcheté ! En espérant le détrôner, le vieux renard d'Aragon a de bien chimériques desseins !

— Mon père, mettons par écrit cet arrangement et signons-le. Je sais parfaitement que votre sollicitude paternelle n'est nullement passagère, que le bien souhaité à Jeanne aujourd'hui, vous le voudrez demain.

— Signons, mon gendre, mais nul n'est besoin d'alerter nos proches sur cet accord qui doit rester une simple affaire de famille — Ferdinand se lève : Servez-nous à boire, demande-t-il d'une voix enjouée, il fait très chaud et nous avons beaucoup parlé.

A pas feutrés Ximenes de Cisneros s'est approché du roi d'Aragon, le regard interrogatif.

« Mais la journée fut excellente », ajoute Ferdinand.

L'austère religieux esquisse un sourire.

Chapitre LVIII

Jeanne a tant pleuré que ses yeux n'ont plus de larmes. C'est fini, elle a tout essayé, tout raté. Ferdinand, son ultime espoir, marche vers l'Aragon et prochainement va passer la mer pour vivre dans ses possessions italiennes. Maintenant elle est livrée à Philippe.

A Mucientes, pauvre village, la Cour s'est installée pour quelques jours dans le château dépourvu de commodité. Jeanne reste enfermée dans sa chambre dont les rideaux sont fermés. Une dernière fois elle écrit à son père. Remise à l'évêque de Malaga, la lettre est de nouveau interceptée.

Le long des ruisseaux asséchés, oliviers et caroubiers semblent se désagréger dans la clarté blanche qui blesse les yeux, mais sous la chaleur brûlante, nul ne s'aventure dehors, le village désert, silencieux, paraît investi de forces maléfiques. On parle déjà de peste. Dans la cour intérieure du château où l'ombre apporte un semblant de fraîcheur, Philippe reste difficilement en place. Plus haut, quelques-uns de ses proches déambulent le long de la galerie ornée d'arcades. L'amiral de Castille et Cisneros sont là. Si sa vanité est flattée de ce ralliement tardif, le jeune homme ne peut s'empêcher d'être sur ses gardes. Mais le vieux ministre d'Isabelle connaît les secrets du gouvernement, l'amiral est une caution de légitimité, à présent, il doit les honorer, les écouter avant de les écarter implacablement aussitôt au courant des affaires publiques. Juan Manuel a tout prévu.

Dans ses appartements, Jeanne, vêtue de noir, attend son oncle. Elle sait que la menace d'une incarcération pèse de plus en plus lourd sur elle. Si Philippe veut l'enfermer dans une citadelle, il lui faudra user de la force armée.

— Tu es bien sombre, Juanita — don Fadrique tire un siège près de sa nièce, s'empare de sa main : Je suis venu à la demande de ton mari — Jeanne écoute attentivement. Dans la main de son oncle, la sienne, malgré la chaleur, est glacée : Philippe t'accuse de ne plus jouir de tes facultés mentales. — D'un geste don Fadrique arrête le sursaut de révolte de Jeanne : Je sais qu'il n'en est rien car je te connais bien mieux que tu ne le penses mais le mal est là. Il faut non pas se voiler la face mais tenter de le guérir.

— Le mal vient de Philippe.

Pensivement l'amiral écoute la voix hachée de sa nièce. Certes, Jeanne n'est nullement folle mais perturbée, violente, irritable. Il doit la ramener au calme, la tirer du danger qu'elle court.

— Juanita, comprends-moi bien. Ton mari a le projet de te faire enfermer.

— Croyez-vous me l'apprendre ?

Le ton de la jeune femme est agressif, mais la main reste confiante dans celle de son oncle.

— Sans doute pas, mais je vais te dire quelque chose que tu ignores : Philippe a contraint ton père à signer un acte autorisant un internement.

— Je ne vous crois pas !

La voix rauque est à peine perceptible.

« C'est la vérité, mais Ferdinand, aussitôt libre de ses mouvements, a réuni des témoins et réfuté chaque ligne de cet accord abject. Une lettre affirmant son entière loyauté à ton égard a été envoyée récemment aux dignitaires de ce royaume et aux ambassadeurs des puissances étrangères. Ton père ne te trahira jamais. »

Étranglée d'émotion, Jeanne ne peut répondre, des larmes coulent le long de ses joues, tombent sur la robe noire. L'état affectif intense dans lequel elle vit depuis des mois l'exténue, l'enferme dans des obsessions mentales qui usent son âme comme son corps. L'enfant prend ce qui lui reste de forces.

« La pauvre petite, songe l'amiral, est l'enjeu d'une partie qu'elle comprend mal et s'épuise en vain. »

La nuit tombe lorsque don Fadrique se lève.

— Pense à ton enfant, dit-il en prenant congé, garde-toi pour lui.

— Je n'ai que ma détresse à lui offrir, tout le reste est mort en moi, mon oncle.

« Notre reine n'est nullement folle. En ma conscience j'en réponds devant Dieu. »

Don Fadrique Enriquez ne quitte pas des yeux le représentant de Philippe qui, devant les Cortès stupéfaites, vient de requérir la déposition de Jeanne. La démarche est si inattendue qu'aucun des membres de l'assemblée n'a le moindre argument prêt pour défendre sa reine. L'intervention de l'amiral de Castille tombe à point nommé.

« Don Fadrique, réplique sèchement Juan Manuel, vous ne vivez pas avec doña Jeanne. Seul son époux est habilité à porter un jugement sur son comportement. »

Un silence total. Nul ne bouge.

— J'ai sur don Philippe l'avantage de connaître la

reine depuis sa naissance. J'ai aussi celui de n'avoir aucun parti pris.

— Insinuez-vous que Sa Majesté recherche un avantage personnel ?

Aussitôt Manuel réalise qu'il a eu une parole maladroite dont l'amiral profite instantanément.

— J'en laisse juges les membres de cette assemblée.

— Messieurs, réplique le Castillan de sa voix haute, distinguée, don Ferdinand a signé un acte dans lequel il accepte d'éloigner la reine du pouvoir.

Le président des Cortès prend son temps pour donner une réponse qu'attendent avec inquiétude les notables assis sur de simples bancs. Dans des braseros se consument des herbes qui chassent les fièvres, éloignent la peste.

— Don Ferdinand a réfuté cet acte.

— C'est faux !

Bouillonnant de colère, Manuel a bondi de son siège.

« Don Juan, j'ai là une lettre signée de la main du roi d'Aragon ! »

La rumeur est si forte que ni l'accusateur ni le défenseur ne peuvent se faire entendre.

« C'est absurde, s'écrie enfin Manuel, l'acte a été signé devant moi ! »

Mais au regard franc du président des Cortès, le Castillan comprend qu'il dit la vérité. Ainsi, Ferdinand s'est encore renié !

« Doña Jeanne, que Dieu l'ait en sa sainte garde, demeure notre seule Souveraine. »

Manuel ne répond pas. Puisque la chambre espagnole lui résiste, Philippe saura bien se passer d'elle.

A Valladolid se succèdent les ambassadeurs, celui du roi Louis XII confirmant la rupture des fiançailles de Claude de France avec Charles de Luxembourg, fils de l'archiduc, celui d'Henri VII d'Angleterre demandant officiellement la main de Margot d'Autriche, ceux de l'empereur Maximilien informant son fils des manœuvres hostiles de Charles de Gueldre, soutenu par le roi de France. En l'absence de l'archiduc, Chièvres, gouverneur des Flandres, a énergiquement repoussé les premières attaques, rassemblé à Namur une armée destinée à s'opposer au passage des troupes françaises.

Philippe écoute, lit les dépêches, signe. La confirmation de la trahison française accentue sa détermination à être le maître absolu en Espagne. Personne ne le fera céder, ni les Grands, ni les Cortes, encore moins les fourberies du roi d'Aragon.

Chapitre LIX

Si peu de temps. Les pensées de Jeanne se brouillent, s'affolent. Le groupe de gentilshommes, de soldats qui entourent constamment sa mule, la retranchent des bourgs et villages qu'elle traverse. Le soir même elle doit donner réponse mais a-t-elle seulement un choix ? Jeanne détourne la tête, ses yeux ne trouvent que des visages flamands rougis par le soleil. Que font-ils en Castille ? « Bientôt ils en seront les maîtres absolus, lui a-t-on murmuré, la veille, dans la petite église du hameau où ils ont fait halte, et tout ce que doña Isabelle a rassemblé sera dispersé, pas une ville, pas un évêché, pas un monastère ne leur échappera. Est-ce cela que Votre Majesté désire, est-ce cela que souhaite don Ferdinand ? » Comme elle voudrait pouvoir s'échapper, retrouver son père, le laisser seul trancher ! Mais désormais, surveillée nuit jour, elle a perdu tout espoir de fuite. Elle étouffe d'angoisse, de colère et de dépit. La mule bute sur une pierre, Jeanne a peur. Quand Philippe l'enfermera-t-il ? « Votre Majesté n'a pas le choix, le temps presse. Il faut abattre ou vous serez abattue. La Castille a besoin de vous. »

La voix était ferme et suppliante. « Majesté, écoutez-moi attentivement, je n'ai qu'un instant pour vous

364

convaincre. » Hébétée, elle avait prêté son attention. « Don Ferdinand est aux abois, il n'a que vous pour le défendre. Le laisserez-vous humilier ? Sauvez votre père, sauvez-vous, sauvez la Castille ! »

Depuis, ces mots la hantent.

A Burgos, au retour de la chasse, Philippe se plie, une main sur le ventre, cherche des yeux un endroit où s'asseoir. La douleur est fulgurante. Depuis le repas pris la veille en compagnie de Juan Manuel et la partie de pelote disputée ensuite, il se sent fatigué, fiévreux. Mais il n'a pas voulu interrompre ses activités coutumières et paie maintenant cette insouciance.

Aussitôt accouru, un page le soutient, l'aide à gagner un siège.

« Un médecin, vite ! hurle-t-il. Monseigneur se sent mal. »

Portes et fenêtres à la Casa del Cordon sont ouvertes sur le joli jardin où poussent orangers et citronniers. Des bouquets de jasmin escaladent les vieux murs, progressent sur les tuiles roses du toit.

Jeanne voudrait dormir, elle ne bouge pas. Un seul mouvement et la tragédie la saisira. Alors ses gestes demeurent suspendus pour que le temps s'immobilise avec eux. La mort... elle y a tant pensé que le sens du mot s'est perdu, mais le poids demeure cependant trop lourd sur ses épaules. Dès que ses yeux se ferment elle grelotte d'angoisse, de fatigue, de révolte contenue.

Le grattement pourtant léger sur la porte s'enfle en bruit terrifiant. Jeanne sait que le moment est venu. Avant même que le messager n'entre, elle a quitté son lit. Sur le point de déclarer « Je suis prête », elle se ressaisit, emboîte, silencieuse, le pas du chambellan.

Dans le palais que Jeanne traverse pour rejoindre

Philippe, rien n'a changé depuis son enfance. Les mêmes odeurs d'humidité persistante, d'huile, d'épices, de fumée montent des cuisines, s'imposent âcrement après la fraîcheur des jardins où s'épanouissent roses et œillets dans le foisonnement des acacias, micocouliers, cyprès, lilas de Perse.

La jeune femme gravit le large escalier. A l'extrémité de la galerie une tenture s'écarte. Il fait sombre. Au fond de la vaste chambre où dormaient ensemble ses parents, Jeanne aperçoit Philippe. Étendu sur le lit dont les courtines restent ouvertes, il semble à bout de souffle, la poitrine monte et descend en saccades, les beaux cheveux blonds sont mouillés de sueur. Son mari est à elle jusqu'à ce que l'un et l'autre tombent en poussière.

Jeanne approche. Philippe tourne la tête vers elle et leurs yeux se rencontrent, interrogation sans réponse, affrontement où nulle victoire n'est possible. Chaque pas est effort pour la jeune femme. Elle est à côté du lit, un page tire un fauteuil où elle s'assied.

« Je resterai ici », annonce-t-elle calmement.

Philippe détourne les yeux. Dans sa maîtrise froide, son mutisme obstiné, Jeanne est terrifiante. Est-ce cette même femme qui couvrait son corps de baisers, l'implorait à genoux pour de nouvelles caresses ? Depuis qu'elle est assise à son chevet, une horrible peur de mourir ajoute une souffrance nouvelle à celles qui déjà rongent sa poitrine, son ventre.

« Jeanne ? » murmure Philippe.

Il veut savoir. Juan Manuel venu le visiter a eu des regards lourds de sous-entendus. Nulle réponse. La jeune femme garde les yeux fixes. Depuis longtemps elle a prononcé ses derniers mots d'amour. Philippe veut crier mais il suffoque. Deux pages l'assoient contre des oreillers. Sur le beau visage hâve, le cou, les bras, les mains s'étalent maintenant des taches rouges violacées.

Jeanne tend une coupe que Philippe repousse, à la lueur des bougies le regard brûle, interrogateur, ardent, que la jeune femme soutient impassiblement.

L'aube se lève dans les senteurs mouillées du jardin. Au coin des lèvres de Philippe coulent de la salive et du sang.

« Monseigneur, il faut procéder à une nouvelle saignée et poser des ventouses. »

Les visages des médecins ressemblent à des masques funéraires. Philippe s'abandonne. Plus encore que toutes les souffrances qu'il endure, le silence persistant de Jeanne le torture. Dans sa robe, ses voiles noirs, elle ressemble à l'ange de la mort. Est-elle la Mort ? Le jeune homme veut ordonner qu'on l'écarte de son chevet, mais la gorge gonflée ne laisse passer aucun son. Il va étouffer. Autour du lit les meubles de bois sombre, les tableaux austères, l'immense Christ en croix l'enserrent de plus en plus étroitement.

Jeanne ne quitte pas son mari des yeux. La souffrance le rachète, le fait renaître, le redonne à elle. L'homme qui a voulu l'écraser, la réduire à néant, humilier son père, offrir la Castille à des étrangers est à sa merci comme un petit enfant. Sa haine pour lui est devenue douce, bonne, sans mémoire.

Tant de bruits. La vie se poursuit. Dans les cuisines, couloirs, galeries s'agitent valets et gardes, gentilshommes venus aux nouvelles. Philippe semble dormir mais son esprit dérive. Il est enfant en Flandres, blotti contre sa grand-mère, adolescent galopant avec Margot dans une allée forestière où le soleil ouvre un rideau de lumière, bientôt il rentrera chez lui, son existence reprendra son cours, douce et facile. Pourquoi Jeanne monte-t-elle la garde ? Depuis le jour de leurs noces elle croit le posséder, l'assujettir pour disposer de lui à sa guise mais il va s'échapper, la laisser à ses hantises, ses jalousies, ses petits complots comme une araignée perdue dans sa toile. Elle n'est rien, elle n'a jamais rien été.

Les rideaux tirés empêchent le soleil de pénétrer dans la chambre. Les médecins sont partis. Manuel, Veyre, Jean de Luxembourg, Jeanne restent seuls au chevet du malade. Des visiteurs entrent un instant, vite chassés par l'horrible odeur de la diarrhée. Philippe est à l'agonie. Lorsqu'il entrouvre les yeux, il ne voit que Jeanne tapie comme une bête prête à bondir. Il attend, guette le moment où elle sautera sur lui pour le prendre à la gorge. Parfois il délire, est-ce Jeanne ou Ferdinand qui le regarde ? La rage de s'être laissé surprendre, mettre à terre, couvre son corps d'une sueur glacée.

Est-ce le crépuscule ou l'aube ? Jeanne l'ignore. Elle est ensevelie dans l'obscurité, enterrée vivante. Fait-il beau sur Burgos ?

« Sa Majesté est au plus mal, prenez du repos, doña Jeanne, personne ne peut plus rien pour elle, hormis notre Seigneur Dieu. »

Le célèbre docteur Parra, juste arrivé de Salamanque, se penche sur elle. Jeanne murmure :

« Non, il ne mourra pas. »

Elle grelotte.

« Pour l'enfant que vous portez, insiste le médecin, allez dormir un peu. »

La jeune femme secoue la tête. Philippe n'ouvre plus les yeux.

Le prêtre achève d'administrer l'extrême-onction, le pouls du malade est imperceptible. Sans cesse un page essuie le visage couvert de sueur, les lèvres dont s'échappe un filet de sang noir. Jeanne ne peut prier

Aujourd'hui elle n'a plus de corps, plus de bouche, plus de voix. Dieu, du reste, ne l'écouterait pas. Elle n'est plus son enfant.

« Le roi est mort. »

On veut entraîner Jeanne qui résiste. Son corps pèse si lourd qu'elle ne peut le mouvoir, un corps inerte, sans cris, sans larmes, un corps de morte.

« Couchez doña Jeanne, ordonne l'amiral de Castille, et veillez-la. »

Enroulé dans le manteau royal bordé d'hermine, coiffé d'un bonnet de velours piqué d'un joyau, portant au cou une croix de diamants et rubis, l'archiduc, prince de Castille, est assis sur son trône devant lequel défilent les siens pour un dernier hommage. Puis vite, sans hésiter, les médecins espagnols s'emparent du corps, l'ouvrent, en ôtent les viscères qui sont aussitôt brûlés tandis que le cœur est enfermé dans un coffret d'or.

Sur les murs de Burgos, la lueur des torches des processionnaires passe et disparaît. Des couvents au château, monotone, funèbre, s'élève le long chant du Miserere. Jeanne ne l'entend pas. Elle n'est plus à la Casa del Cordon mais avec Philippe pour l'éternité.

A l'aube Juan Manuel, Philibert de Veyre, Carlos de Bourgues et Jean de Luxembourg escortent le double cercueil de plomb et de bois à la cathédrale où retentit le glas annonçant la mort de leur roi et du grand rêve espagnol.

Chapitre LX

Le vieil archevêque garde le silence·

— On murmure que don Philippe a été empoisonné. Un homme prétend avoir des preuves. Il vient d'être arrêté.

Fadrique Enriquez, amiral de Castille, a parlé avec insistance. Depuis longtemps des doutes, qu'il essaye de réprimer, sont venus à son esprit.

— Sottise ! s'exclame Cisneros. Il faut faire taire ces ragots. Qu'on fasse relâcher immédiatement cet homme afin de prouver à tous combien nous attachons peu d'importance à ce genre d'accusations.

— Le Grand Échanson du roi, Bernard d'Orley est mort quelques jours après le repas chez Manuel, souligne Enriquez.

— Il était malade probablement. Nul désormais ne doit brouiller les esprits. Nous avons besoin de certitude et de détermination, non de scepticisme et de palabres inutiles. La Castille est au bord de l'anarchie.

Les Grands restés fidèles, comme ceux ayant hâtivement rejoint Cisneros gardent le silence. Aucun d'entre eux n'a la conscience tout à fait pure. La horde affamée, terrorisée, exploitée des Flamands n'est pas une image sur laquelle ils aiment s'attarder. Bien que fort compréhensible, la revanche des Castillans sur l'occupant étranger a pris la forme d'une revanche.

— Instaurons donc des règles très strictes, continue l'archevêque, ceux qui circuleront armés seront punis du fouet, quiconque tirera l'épée aura la main coupée. Toute personne versant le sang sera sur-le-champ mise à mort.

Maintenant il reste à l'exécuteur testamentaire d'Isabelle une tâche autrement plus ardue qu'il ne peut encore révéler : décapiter ce qui reste du parti flamand, réduire à sa merci les Grands hostiles au roi d'Aragon. Pour cette mission Ferdinand laisse à son ministre tout le temps nécessaire. Un jour ou l'autre, las des désordres causés par l'anarchie, chacun se ralliera à la seule autorité possible, la sienne. Alors il retraversera la mer.

« Enlever l'infant est une utopie. Le petit Ferdinand est étroitement gardé et les castillans ne sont pas prêts à l'abandonner. »

Accablé, Veyre ne peut qu'ajouter à ses paroles un geste de totale impuissance. Depuis plus de deux semaines, il se bat pour sauver ce qui peut l'être. Il est à bout de forces. Se jetant sur eux comme des frelons, les castillans moneyent une miche de pain contre une pièce d'or, multiplient les agressions. Malgré toute son autorité, il n'a pu empêcher le pillage des biens de l'Archiduc. Seuls quelques tapisseries, des bijoux personnels ont pu être acheminés jusqu'à Bilbao par le comte de Nassau pour y être embarqués vers les Flandres. La garde-robe a été vendue, la vaisselle brisée ou cédée, pièce par pièce, pour quelques maravedis.

Philippe mort, tout se désagrège. Précipitamment Juan Manuel a quitté Ségovie, laissant la ville aux mains des Moya pour se réfugier à Burgos. Chaque Flamand ayant bénéficié d'une charge, d'une quelconque sinécure, se procure à tout prix cheval on mule pour fuir qui vers la côte, qui vers la frontière française. La débâcle est totale, impitoyable.

Jean de Luxembourg n'insiste pas. Il aurait pourtant aimé ramener le petit Ferdinand en Flandres par ultime preuve de loyauté envers l'archiduc.

— Je demeurerai en Castille jusqu'à la fin de l'année, poursuit Veyre. Il reste des affaires que seul je peux tenter de régler. En outre, il faut essayer de rencontrer doña Jeanne pour la persuader de nous aider.

— Elle n'est plus des nôtres ! s'exclame amèrement Jean de Luxembourg. Nous ne voulons pas plus de la reine qu'elle ne veut de nous.

Veyre est songeur.

« C'est en méconnaissant l'adversaire que nous avons perdu la partie. Le plus grand ennemi de Monseigneur n'était pas Ferdinand mais doña Jeanne, sa propre femme. »

Légère, la voix du jeune homme s'élève, monte, s'égrène en notes aériennes. La main sur la joue, Jeanne écoute. Sur son ordre, le chœur flamand est resté auprès d'elle et comme au Coudenberg, chaque matin, chaque soir il lui procure ses seuls moments d'apaisement. Dans les plats posés à proximité, elle grappille quelques bouchées d'une nourriture refroidie où se posent les mouches, boit à même l'aiguière, ne se lave plus, s'allonge sur le sol lorsque le sommeil la terrasse. Aux Grands, aux notables qui viennent la harceler, elle répond invariablement : « Attendons le retour de mon père. » Sa hâte est si grande de revoir Ferdinand qu'elle ne cesse d'aller à sa fenêtre dans l'espoir insensé de le voir surgir, reste de longs moments debout, le front posé contre le meneau puis, à bout de forces, s'étend le regard fixé sur les solives peintes du plafond. Quand ses yeux sont restés longtemps fixes, elle voit enfin Philippe. Interminablement ils se dévisagent. Un jour, elle en est sûre, il sourira, lui tendra la main. Jamais au cours de leurs dix années de mariage il n'a été aussi proche d'elle.

« Si la mer était encre pour écrire mes mots d'amour, la mer serait tarie. »

La voix s'élève encore, redescend en cascade. Jeanne écoute. Pourquoi n'a-t-elle pas trouvé des mots semblables à dire ? Elle a été si maladroite, si puérile ! Les mains serrés sur les genoux tremblent un peu, les mâchoires se contractent. Trop de regrets, trop de souffrances. Son cœur, son âme sont vides aujourd'hui, ses larmes taries. Qui peut exiger qu'elle gouverne la Castille ? A son pays elle ne doit plus rien, est quitte de toute dette envers les siens.

« Mon Dieu, auraient-ils eu l'audace ! » se répète Jeanne sourdement.

A la veille de la Toussaint, les derniers Flamands ont quitté la Castille. Il pleut. L'eau ruisselle sur les pins, traverse les feuilles jaunies et dentelées des tilleuls, l'épaisse frondaison des chênes. Dans le patio, les rosiers de la tonnelle s'effeuillent sur le bassin de marbre vert. L'esprit en état de vive agitation, Jeanne ne cesse d'aller et venir dans sa chambre. D'abord léger, le doute s'impose au fil des heures, de plus en plus lancinant. Et si les compagnons de Philippe avaient emmené en Flandres la dépouille mortelle de son mari ! Depuis toujours on a voulu les éloigner l'un de l'autre. Mais aujourd'hui Philippe n'est qu'à elle et pour toujours.

Effaré, le chambellan écoute la reine lui ordonner de réunir une escorte pour se rendre dès le lendemain, jour de la Toussaint, à la chartreuse de Miraflores où repose l'archiduc. Là, elle exigera qu'en sa présence on ouvre le cercueil. Le gentilhomme voudrait protester mais le masque tendu, les yeux hagards de Jeanne montrent que nulle argumentation ne la touchera.

« Je tiens à ce que Monseigneur l'évêque de Burgos soit auprès de moi. »

L'homme s'incline. Lorsqu'il regarde Jeanne à nouveau elle lui tourne le dos, s'éloigne, enveloppée dans ses vêtements noirs, irréelle silhouette que le vieil homme ne peut quitter du regard.

Dans la crypte où brûlent des torches, le cercueil est prêt à être descellé. L'évêque de Burgos, deux ecclésiastiques, le prieur de la chartreuse et Jeanne entourent les moines chargés de la macabre besogne. Le visage dissimulé sous un voile noir, la reine ne quitte pas le cercueil des yeux. Lentement, le couvercle glisse. Des relents d'humidité, de moisissures flottent dans la crypte. En taches brunes, de l'eau stagne sur les pierres.

Dans la bière capitonnée de velours, Jeanne aperçoit le cadavre recouvert d'une croûte de chaux ; le cœur battant, elle s'approche. Le mort est bien Philippe mais pas son Philippe, seulement un corps anonyme, froid, jamais embrassé ni caressé. Les paupières collées sont sans regard, la bouche craquelée sans sourire, les mains jointes pétrifiées. Le beau corps déjà se dessèche. Un vertige oblige Jeanne à s'appuyer sur le sarcophage.

« C'est bien lui, murmure-t-elle. Allons maintenant. »

L'air du soir après la pluie sent la menthe et la résine. La gorge nouée, les mains tremblantes, Jeanne se hisse sur sa mule tandis que le cortège silencieux se reforme autour d'elle. A nouveau, la cloche de la chartreuse sonne le glas.

Le long du chemin quelques villageois attardés regardent passer leur reine qui ne voit personne. Les yeux clos derrière ses voiles, elle s'imagine couchée auprès de Philippe mort et cette pensée lui procure une douce impression de repos.

Chapitre LXI

Comme un torrent s'abattent les ordres. Dans la journée, Jeanne a dissous les Cortès, destitué les membres du Conseil nommés par Philippe, révoqué dons et charges attribués depuis la mort d'Isabelle, interdit aux étrangers de remplir un poste officiel. A la fin du jour le court passage de Philippe en Castille est effacé, son œuvre oblitérée.

La nuit tombe. Ximenes de Cisneros, harassé, regagne sa demeure tandis que Jeanne prend enfin un peu de nourriture, appelle ses musiciens. Maintenant elle peut quitter Burgos, amener son amour à Grenade, ouvrir toutes grandes pour lui les portes de l'Alhambra, faire jaillir les fontaines dans les patios blancs où se penchent grenadiers et figuiers dans le chant des cigales qui scandent le sommeil des hommes. Lorsque montera la lune au-dessus de la cour des lions, elle viendra le rejoindre, l'habituera à sa mort pour qu'il repose en paix.

A La Vega, maison de campagne de sa demi-sœur Jeanne d'Aragon, la reine a trouvé refuge. Noël se prépare. Un Noël sans gaieté. En maugréant, la Cour a suivi sa souveraine. Du matin au soir, ambassadeurs, nobles, députés, notables attendent des audiences toujours repoussées. Chacun se sent enseveli sous une chape de silence et d'ennui.

« Je veux la présence du nonce, de l'ambassadeur d'Autriche, celle du représentant de mon père ; que les évêques de Malaga, Jaén, Maldoñedo et Burgos se préparent. Dites-leur que nous partons ce soir même pour Miraflores, demain pour Grenade. »

Le ton de Jeanne est semblable à celui d'Isabelle, royal. Malgré l'absurdité de l'injonction, personne n'ose protester. Préparer le cercueil, le convoi funèbre, l'escorte, les étapes jusqu'en Andalousie en une journée est un défi presque impossible à relever. L'état de grossesse de la reine, son extrême fatigue laissent en outre présager un prompt accouchement. Où trouver un gîte convenable pour sa délivrance ? Et que faire du cadavre de Philippe jusqu'au temps des relevailles ? Mais Jeanne, soudain débordante d'activité après sa longue inertie, houspille déjà ses vieilles servantes, convoque son chapelain et ses chantres. La perspective du départ prochain pour Grenade, d'un long voyage aux côtés de Philippe, lui fait monter le rose aux joues. Elle va fuir Burgos, la peste qui y sévit et des souvenirs tenaces, plus empoisonnés encore que la maladie. A Grenade, une vie nouvelle commencera. Son père l'y rejoindra, prendra en main sa chère Castille redevenue espagnole au prix de larmes de sang.

Après les pluies, une chaleur inhabituelle fait monter de la terre gorgée d'eau une brume légère qui glisse sur la terre, escalade les murs, s'enroule autour des buissons et des arbres, étouffe les sons, rend inquiétante la moindre forme.

A la tombée de la nuit, Jeanne est prête à partir. Une fois encore, elle fera ouvrir le sarcophage mais sans inquiétude. Dans son cœur, Philippe saura bien qu'elle est venue pour l'amener à Grenade, là où il voulait dormir.

Guidé par des porteurs de torches, le cortège chemine dans l'obscurité vers Miraflores. Moite, bruissante de rumeurs qui forcent les prélats à se signer sans cesse, la forêt les happe. Où la reine les entraîne-t-elle ? Jusqu'au fond de quels rêves morbides ? Droite, Jeanne chemine dans ses voiles, le regard perdu devant elle, ombre parmi les ombres, incompréhensible, impénétrable.

A la lisière du bois surgit la chartreuse. Grimaçantes comme des diables prêts à s'emparer des voyageurs de la nuit, les gargouilles jaillissent dans la lueur des flambeaux. Derrière le groupe effaré, la porte se referme en grinçant.

« Je te pardonne, absous-moi à ton tour. Nous nous aimions. Le moment est venu de vieillir ensemble paisiblement. Viens, nous partons à Grenade. »

Devant la bière ouverte à nouveau, Jeanne parle seule. Elle ne voit ni les visages exprimant réprobation ou horreur, ni la lugubre crypte, seulement un homme jeune et beau qui dort. Du bout des doigts, elle effleure les pieds où jadis elle posait ses lèvres, Philippe riait, la prenait dans ses bras...

Enfin le convoi s'ébranle. Mais comme les quatre forts chevaux sont incapables de tirer les patins de bois sur lesquels est posé le cercueil, on réquisitionne chez des paysans un chariot où la bière est hissée. Le crépuscule se perd dans la brume. Dans les dernières heures de l'après-midi, les notables ont regagné Burgos et seule une poignée de gentilshommes de sa Maison, dignitaires ecclésiastiques, quelques servantes, un détachement de soldats demeurent près de Jeanne. Autour du corbillard, un groupe de moines psalmodie l'office des morts tandis que grincent les roues du charroi dans les ornières.

« Doña Jeanne, pour l'amour de Dieu revenons et attendons l'aube ! »

La voix de l'évêque de Burgos disparaît dans le brouillard. Devant un cours d'eau il faut s'arrêter. Les eaux en crue inondent les berges, rendent périlleux l'accès au fragile pont de bois.

« Nous ne ferons pas marche arrière », déclare Jeanne pour prévenir toute protestation.

Les soldats posent des planches sur lesquelles le chariot s'engage. Le bois usé du pont crisse lugubrement tandis que dans l'obscurité totale le grondement des eaux semble terrifiant.

« Doña Jeanne, nous atteindrons notre but. »

La voix de Victor de Santa Cruz réconforte la reine. Seul parmi la centaine d'hommes qui l'entoure, le jeune Castillan ne la désapprouve pas, ne stigmatise jamais ses actes.

De plus en plus compact, le brouillard ralentit encore la progression du cortège. Les torches elles-mêmes ne projettent plus qu'une lumière incertaine, percée dérisoire dans l'opacité de la nuit.

« Doña Jeanne, il faut faire halte. »

Au village de Cavia, Santa Cruz a rejoint la mule de la reine. A bout de forces, la jeune femme doit céder.

A l'aube, le convoi reprend sa marche. Jeanne n'a pu que s'assoupir dans la chambre mise à sa disposition par le curé. Pendant la nuit, sur le mauvais matelas de paille, elle a cru entendre des plaintes, des appels qui l'ont terrorisée. Les lueurs inquiétantes du feu de tourbe, l'impénétrable silence de la brume semblaient appartenir au monde des trépassés.

Difficilement le cortège progresse vers le sud. Burgos n'est qu'à cinq lieues. Le soir il faut dormir dans une ferme isolée sur le bord de la route. Jeanne sait qu'elle n'ira pas beaucoup plus loin. Le rêve de Grenade se dissipe.

A Torquemada elle veut descendre de sa mule, s'évanouit. Santa Cruz la reçoit dans ses bras.

Depuis combien de temps dort-elle ? La brume s'est dissipée, il fait beau maintenant, presque chaud. Est-ce le printemps ? Une fille lui tend un verre de lait.

— Où est Sa Majesté ?

— Des moines le veillent nuit et jour dans l'église, doña Jeanne. Vous pouvez reposer tranquille.

La jeune femme ne peut se lever, son ventre pèse plus lourd que la terre.

« Une petite fille ! » annonce la matronne.

Jeanne demande le nouveau-né, presque timidement le prend dans ses bras, étonnée de ressentir une telle émotion. Aucun de ses enfants ne l'a bouleversée ainsi. Est-ce l'immense fatigue ? « Ma petite, murmure-t-elle, ma niña. » L'enfant vagit, la jeune femme regarde le minuscule visage se plisser, rougir. « Ne pleure pas ! » Mais elle aussi sanglote, des pleurs brûlants, irrépressibles qui la déchirent. Blotti contre sa poitrine, le nourrisson se calme. Jeanne caresse tendrement la tête duvetée. Philippe a pardonné, elle tient entre ses bras la preuve de son amour, son plus beau cadeau. Maintenant elle veut vivre, faire revenir auprès d'elle le petit Ferdinand, tenter de reconstruire une famille autour de son père lorsqu'il sera de retour. Lui les protégera, les aimera, éloignera les démons qui la harcèlent. Aujourd'hui elle n'a plus qu'un désir, s'agenouiller devant lui, déposer son fardeau à ses pieds avant qu'il la relève pour lui prendre la main.

Chapitre LXII

« La peste nous rattrape, s'écrie Jeanne. Quittons ce lieu avant qu'elle ne prenne ma petite fille ! »

La reine, qui semblait calmée par la maternité, est à nouveau hors d'elle. La voix aiguë, le regard fiévreux sont ceux des mauvais jours.

— Je veux que nous soyons partis aujourd'hui. Allez préparer le cercueil de Sa Majesté.

— Mais pour aller où, doña Jeanne ?

Sachant qu'il devra finalement s'incliner devant la volonté désordonnée de la reine, le premier maître d'hôtel proteste sans vigueur. Interdite, la jeune femme semble réfléchir. A nouveau ses mains, les commissures de ses lèvres tremblent.

« Je ne sais pas, droit devant nous. »

Une fois encore, la Cour est jetée sur les chemins. Avril oscille entre pluie et soleil.

Tard dans la soirée, un couvent enfin peut accueillir le convoi funèbre, la reine et son enfant. Une campagne désolée s'étend à perte de vue, le vent balaie la terre rougeâtre, secoue les buissons de genêts, de cistes et de lavande, se perd vers l'horizon où s'arrondit la crête des montagnes. Suivi de quelques gentilshommes à cheval, le chariot pénètre dans la cour du monastère. Jeanne est loin derrière, les religieuses disposeront du temps nécessaire pour se préparer à l'accueillir.

« Qu'avez-vous fait ? »

Les yeux de la jeune femme flamboient. Sa rage est si forte que Cisneros, abasourdi, croit revivre les atroces moments de la Mota.

« Sortez immédiatement mon mari de ce couvent ! »

Sur le point de répliquer vertement, le vieil archevêque choisit de se taire, presque heureux finalement de voir Jeanne, qu'il n'a jamais aimée, s'enliser plus profondément encore dans ses aberrations. La servir après Isabelle est une contrainte quotidienne qu'il supporte de plus en plus mal.

— Je vais en donner l'ordre aussitôt, Majesté. Où voulez-vous que nous transférions la dépouille de don Philippe ?

— N'importe où. Je refuse que ces femmes s'approprient mon mari ! »

La voix tremble, Jeanne est au bord des larmes, sa tête la fait cruellement souffrir. A nouveau, l'horrible impression d'être spoliée, écrasée, brouille ses pensées, lui donne l'envie de hurler. Cisneros sait bien qu'elle exige de veiller seule son mari. Aucune femme n'aura plus sur lui la moindre prérogative.

Bringuebalant, le chariot ressort de la cour, reprend en sens inverse le chemin de terre qui se perd dans les champs.

« Arrêtez ! »

Jeanne a un vertige. Elle est sûre que les chevaux tirent leur fardeau bien plus allégrement. Et si les religieuses avaient gardé Philippe ?

« Ouvrez la bière ! »

Serré autour du cercueil dans les rafales incessantes

de vent, le groupe hébété attend le point du jour. Personne n'échange un mot. La vision du mort un instant découvert dans la lumière d'une torche au milieu du champ désert hante les esprits.

A Hornillos, dans une grosse ferme entourée de bosquets de tilleuls, Jeanne s'installe. La crise affreuse de la nuit précédente lui laisse un vague sentiment de honte, une tristesse infinie. Depuis si longtemps on s'acharne sur elle que la maîtrise de son comportement parfois lui échappe. Elle est lasse. Pourquoi son père ne revient-il pas ?

La bâtisse se déploie derrière un potager, un jardinet planté de fleurs. Elle se sent bien ici, calme, plus sereine. Elle restera.

Philippe repose dans le chœur de l'église paroissiale. La reine reçoit dans la salle commune de la ferme Grands et notables, écoute leurs plaintes et leurs supplications sans mot dire. A peine les entend-elle. Elle observe le vol d'un oiseau, les jeux du soleil sur les fleurs rassemblées en bouquets, songe à Philippe ou, le plus souvent, à son père. La place qu'elle occupe lui appartient.

Dès que les solliciteurs s'éloignent, la jeune femme se retire au jardin pour quelques travaux d'aiguille, le bébé à côté d'elle dans son berceau d'osier. Parfois, à son grand déplaisir, Cisneros vient la rejoindre. Les lèvres pincées, le visage sévère, l'archevêque lui parle des affaires de l'État, employant les mêmes mots qu'Isabelle au temps où la reine catholique espérait instruire son gendre des intérêts de l'Espagne. La monotonie du discours assoupit Jeanne. Le ministre n'a-t-il pas compris que ses conseils ne la concernent pas ? Le vieil homme se lève, hausse les épaules, se détourne parfois sans un regard mais souvent la toise avec pitié. Jeanne s'en moque. Rien ne peut plus la faire souffrir, hormis ses souvenirs.

Après un repas frugal, chacun s'étend pour la sieste. Les volets sont clos. L'air chaud pèse sur les dormeurs. Quand la jeune femme quitte son lit et appelle ses servantes, le soleil décline.

A la ferme ne demeurent que les vieilles Flamandes, la reine, l'infante et quelques soldats désignés pour assurer une garde sans risques. Rien ne peut arriver dans ce bourg perdu.

Approchant du but, les deux cavaliers ont lancé au galop leurs montures. Jeanne les aperçoit de loin et laisse tomber à terre son ouvrage. Une émotion subite serre sa gorge tandis qu'Anna et Henriette, elles aussi figées par la surprise, lâchent les poules qu'elles sont en train de plumer.

Le premier, l'officier met pied à terre. Bouleversée, Jeanne découvre qu'il porte les couleurs du roi d'Aragon.

« J'ai un message urgent pour Sa Majesté la reine. »

Jeanne se lève. Chaque mouvement lui coûte.

« Je suis la reine. »

Surpris, l'officier l'examine. La reine de Castille, cette femme ordinaire dans des vêtements mal ajustés?

« Eh bien, qu'avez-vous à me remettre? »

Le ton altier est cette fois sans équivoque.

« Doña Jeanne, Sa Majesté le roi d'Aragon m'a chargé de vous porter ce pli. »

Son chapeau à la main, l'officier recule de quelques pas, attendant respectueusement d'être congédié.

La jeune femme arrache le sceau de cire, avidement, parcourt les quelques lignes. « Mon enfant, bientôt je serai auprès de toi. Attends-moi à Tortoles dans le courant du mois d'août. Que Dieu te garde. »

« Courez au village, ordonne Jeanne aux servantes
médusées. Rassemblez mes gens à l'église. Je m'y rendrai promptement moi-même pour chanter un Te
Deum. »

Chapitre LXIII

Jeanne ne parvient pas à maîtriser son excitation. Dans la plus belle maison de Tortoles réquisitionnée pour son père, elle a rassemblé tapisseries, meubles et tapis d'Orient, fait préparer les plats favoris du roi, orné sa chambre d'exquis bouquets. Levée à l'aube, elle va sans cesse aux fenêtres guetter l'arrivée de Ferdinand puis, pensant à quelques améliorations possibles, court donner de nouveaux ordres.

« Demain » a annoncé le messager. Jeanne ne peut dormir de la nuit. L'imminence de ces retrouvailles si impatiemment attendues soulève une tempête de questions auxquelles elle ne trouve pas de justes réponses. Que devra-t-elle confier, que doit-elle taire ? Faut-il charger son père du fardeau d'un choix qu'elle a fait seule ? Il la comprendrait pourtant, la réconforterait, l'approuverait sans nul doute. D'ailleurs avait-elle la moindre alternative ? Si elle ne s'était pas défendue, elle serait à cette heure emprisonnée dans une citadelle oubliée, tandis que la Castille se trouverait entre les mains de Flamands toujours plus avides d'or et d'honneurs.

Les conseils d'Isabelle, si longtemps occultés, investissent à nouveau la mémoire de Jeanne. « Ma fille, tes intérêts sont ceux de notre pays. Si tu l'aimes comme je l'espère, tu dois le défendre contre tous, fût-ce ton propre époux. » Elle s'était alors une fois de plus insurgée contre sa mère. Son aveuglement lui est-il maintenant pardonné ?

Au premier chant du coq, la jeune femme a pris sa résolution. Elle se taira. En ce jour de bonheur, rien ne doit assombrir Ferdinand.

Le ciel d'août est cotonneux, le soleil caché. Une dernière fois en compagnie de sa demi-sœur, Jeanne vérifie que tout est en ordre dans la chambre destinée à son père. Les fleurs ont été renouvelées, du vin et des biscuits posés sur la table avec ses livres favoris. Le cuir des coffres sent bon la cire, les rideaux et le ciel de lit de soie écarlate sont impeccablement repassés. Aux murs pendent les plus belles tapisseries, un drap carré de lourd satin aux armes de la Castille et de l'Aragon. Les objets d'or et d'argent scintillent. Ferdinand se sentira chez lui. Un instant, Jeanne pense à Germaine, sa belle-mère laissée à Saragosse. « Père heureusement nous rejoint seul, remarque Jeanne d'Aragon comme si elle lisait dans les pensées de la reine. Nous aurions été embarrassées en face de cette inconnue. »

Depuis la mort de Philippe, Jeanne s'est rapprochée de sa demi-sœur. Dans son enfance elle haïssait cette fille bâtarde née avant elle et, s'il lui arrivait de croiser son chemin, détournait la tête, l'air buté. Aujourd'hui le même amour pour Ferdinand les unit.

« Doña Jeanne, le cortège approche ! »

Livide, Jeanne se précipite à la fenêtre. Partout la foule s'assemble, des enfants courent, des femmes se pressent derrière les jalousies. Ferdinand, parti comme un voleur, regagne en vainqueur la Castille. Jeanne aperçoit les premiers cavaliers.

« Vite, vite ! » crie-t-elle à Jeanne d'Aragon.

Les deux femmes se hâtent. La reine ne peut plus courir comme au temps d'Olias lorsqu'elle avait dévalé l'escalier pour se jeter dans les bras de son père. Maintenant son corps pèse, son cœur s'affole, les voiles de deuil entravent sa marche. Dans la cour, souriants et soumis, se précipitent les gentilshommes ralliés à Ferdinand.

Chacun s'écarte pour laisser passer Jeanne. Le roi pénètre dans la cour, met pied à terre. Interdits, le père et la fille se regardent un instant, puis la reine transportée de joie ôte sa coiffe de veuve, la jette à terre, court vers celui qui, plus que Dieu lui-même, est son refuge, sa raison de vivre, son espérance, tombe à ses genoux. Sidéré, Ferdinand découvre le visage ravagé, le regard effaré, les cheveux grisonnants de sa fille. L'émotion à son tour le terrasse, il s'agenouille, ouvre les bras, serre contre son corps l'enfant passionnée, vulnérable et loyale qu'il a sacrifiée. Longtemps le père et la fille restent enlacés, pleurant ensemble.

« Viens ma Juanita, murmure enfin Ferdinand. Rentrons à la maison. »

Alors qu'ensemble ils gravissent les marches du grand escalier, les doigts de Jeanne restent accrochés à la main paternelle.

Maintenant, Ferdinand reçoit Cisneros accompagné de quelques Grands, Jeanne regagne la petite maison qu'elle s'est choisie. Les moments d'intense émotion qu'elle vient de vivre l'ont brisée. « Je viendrai te rejoindre », a promis son père.

A-t-elle somnolé ? Lorsqu'on gratte à la porte elle sursaute. Le jour baisse, la jeune femme a chaud, son corps l'accable mais la joie en un instant l'envahit vive et fraîche comme au temps où Ferdinand pénétrait dans sa chambre d'enfant pour lui raconter une histoire, l'écouter jouer du clavicorde ou de la guitare.

« Sers-moi à boire, Juanita. »

Le visage de Ferdinand respire la satisfaction. Bon nombre de ses ennemis les plus acharnés mangent désormais dans le creux de sa main. Après neuf mois de désordres graves, la Castille est mûre pour se redonner à lui et il se fait fort à présent de réduire les derniers séditieux.

« Sais-tu que ton ennemi Juan Manuel s'est enfui de Burgos ces jours derniers, laissant son château à un sbire ? Il a quitté la ville déguisé en femme et file vers les Flandres ! »

Le rire de Ferdinand gagne Jeanne. Pour la première fois depuis la mort de Philippe, elle prend quelques gorgées de vin, émiette un gâteau au miel et aux amandes.

— Juanita, la Castille va renaître. Où veux-tu que nous nous installions ? A Valladolid, à Medina del Campo, à Tolède ?

— Où vous le désirez, mon père.

Jeanne reprend la main de Ferdinand, y dépose un baiser. Tout lui est indifférent hormis cette présence, la chaleur de ce corps à l'odeur familière de musc et de fleur d'oranger.

« J'aimerais reconquérir bien vite ma ville de Burgos. Allons à Santa Maria del Campo. De là-bas, je pourrais mener une prompte opération. »

Jeanne opine de la tête. Le vin l'étourdit. A présent Ferdinand parle d'Isabelle, puis de Germaine, la jeune femme y prête une oreille distraite. Ses interrogations la tourmentent trop cruellement pour laisser son attention longtemps disponible.

« Je sais que tu l'aimerais, poursuit Ferdinand, elle est comme toi, loyale et fidèle. »

Un nœud étrangle la gorge de Jeanne. Peut-elle continuer à mentir à son père, le laisser s'illusionner ?

« Germaine a prié avec ferveur pour toi lorsque la terrible nouvelle nous est parvenue à Gênes. »

Jeanne lâche la main de son père, nerveusement ferme les poings.

« Je sais combien tu as souffert et cependant Dieu écartait de toi une bien lourde menace. Ton mari, Juanita, n'aimait pas la Castille. »

Du coin de l'œil, Ferdinand observe sa fille, constate son trouble. Doucement mais fermement, il insiste.

— Philippe ne méritait pas ce pays, il ne te méritait pas non plus.

— Père...

Ferdinand se penche vers sa fille, son souffle est comme une caresse.

« Le bruit s'est répandu que sa mort n'a pas été naturelle. Qu'en sais-tu, Juanita ? »

Jeanne est si tendue que le sang tape dans ses tempes

— Père, balbutie-t-elle, vous seul deviez régner sur la Castille.

— Tu devais régner, Juanita. Philippe te volait le pouvoir.

— Ma personne est sans importance, je ne pensais qu'à vous et à la Castille.

Jeanne a parlé d'un trait. Ferdinand a repris les mains de sa fille.

« Que veux-tu dire, mon enfant ? »

Les yeux clos, Jeanne sent la pression des doigts de son père sur sa peau, effleurement si doux qu'il est presque souffrance. Pourquoi s'entêter à garder un lourd secret en face de cet homme qui l'aime et ne veut que son bonheur ?

« Père, murmure-t-elle, blême, j'aurais tout supporté de Philippe hormis l'abomination de sa conduite envers vous... »

Jeanne se tait enfin, elle ne pleure pas, sa gorge, sa bouche sont sèches, ses paupières battent irrépressiblement, un immense désarroi l'accable. Maintenant elle interroge son père du regard, avide d'une approbation, d'un échange de tendresse, mais Ferdinand reste de marbre.

— Tu as bien fait, murmure-t-il enfin, devant Dieu j'approuve ton courage. Es-tu sûre cependant que personne n'entretient le moindre doute? Quoique sachant parfaitement que tu n'as voulu que mon bien, en agissant ainsi tu as donné à mes ennemis une arme terrible pour m'abattre.

— Père, balbutie Jeanne, je suis l'unique responsable et le clamerai s'il le faut.

D'un geste paternel, Ferdinand tapote la joue de sa fille.

— Ma Juanita, tu es bien naïve. La politique est une fosse aux loups. Tes pleurs n'y attendriraient personne.

— Que puis-je faire alors?

La hantise que Ferdinand la repousse lui aussi affole la jeune femme. Elle s'est trop investie dans l'amour de son père pour en être soudain dépouillée.

« Signe un papier que je garderai toujours secret. Si on m'attaquait et que tu ne sois plus là pour me défendre, cette note serait ma sauvegarde, une preuve d'amour et de confiance de ma petite fille. Nous n'en reparlerons plus jamais. »

Dans les bras ouverts de Ferdinand, Jeanne se réfugie. Elle a livré et gagné sa dernière bataille, mis fin à la souffrance d'une longue humiliation.

Chapitre LXIV

« Veillez sur Jeanne, voulez-vous ? Je ne sais combien de temps il me faudra rester à Ségovie pour faire entendre raison au duc de Najera. »

Cisneros, nouvellement promu cardinal par Ferdinand en récompense de sa fidélité, donne aussitôt son assentiment. Par ailleurs, surveiller la reine n'est pas une tâche difficile. Réfugiée à Arcos, avec l'infant Ferdinand et la petite Catherine âgée de huit mois, elle ne quitte pas sa demeure.

— Je souhaite le moins de contacts possibles avec l'extérieur. Ceux qui entourent ma fille sont sûrs mais je me méfie des autres.

— Avec le papier qui est en notre possession, Majesté, jamais doña Jeanne ne peut prétendre régner.

Dans la cour attend la suite du roi d'Aragon. Octobre est glorieux sur Burgos, tout en douceurs et parfums de roses.

« Sans doute, murmure Ferdinand — puis, scrutant le ministre de son regard perçant : Le roi Henri VII d'Angleterre demande la main de Jeanne. Il est trop tôt encore pour la persuader d'accepter mais je veux ce mariage. Hors de Castille, ma fille me laissera enfin l'esprit en paix. »

La main de Cisneros se lève en un geste de bénédiction.

« Que Dieu vous garde, don Ferdinand. Je prierai pour la réalisation de vos vœux qui servent si bien les intérêts de la Castille. »

Fasciné l'infant Ferdinand observe le lézard parfaitement immobile sur le mur baigné de soleil. A quatre ans et demi, le garçonnet est un peu turbulent mais sociable et curieux de tout. Jeanne découvre son fils avec émerveillement. Jusqu'à présent, ses propres enfants lui semblaient lointains, difficiles à comprendre ou même à approcher. Éléonore, Charles, Isabelle et Marie lui sont étrangers. Parfois, elle écrit de courts messages, jamais envoyés par crainte de n'avoir pas choisi les mots appropriés. Qui les élève en Flandres ? Margot certainement, trop heureuse de pouvoir enfin tenir un rôle de mère. Jeanne a appris que sa belle-sœur avait décliné la demande en mariage d'Henri VII d'Angleterre. Elle se souvient du vieux roi à Windsor, de son ventre rond, de sa figure couperosée, de ses dents noircies ou absentes.

Lasse d'épousailles trop vite suivies de funérailles, Margot ne veut plus quitter Malines. Elle a à présent quatre enfants à éduquer, le souvenir d'un frère chéri à pleurer, ses artistes à soutenir et surtout un pays à gouverner depuis que Maximilien, son père, l'a nommée régente pendant la minorité de Charles.

« Mère, est-ce vrai qu'un lézard coupé en deux continue de vivre ? »

La jeune femme lui sourit.

— A ton âge je le pensais aussi mais ce n'est pas vrai.

— Où étiez-vous quand vous aviez quatre ans ?

Jeanne réfléchit. Trimbalée de ville en ville, de palais en palais avec la Cour, elle n'a aucun souvenir fixe, aucune référence, se remémore seulement des bruits de pas inquiétants dans d'immenses salles inconnues, des ombres menaçantes dans des chambres étrangères.

« J'étais avec ta grand-mère Isabelle et ton grand-père Ferdinand. »

L'enfant hoche la tête et se replonge dans la contemplation du petit lézard. Derrière le mur, le bourg d'Arcos se déploie avec ses ruelles ponctuées de portes cloutées devant lesquelles bavardent les vieilles, ses boutiques, ses venelles obstruées de passages voûtés où le ciel apparaît en taches lumineuses. De l'église paroissiale aux chapelles des couvents se répondent les cloches sonnant l'angélus du soir. Comme chaque jour, Jeanne s'apprête à aller prier devant le cercueil de Philippe. Jamais elle n'a la liberté de s'y rendre seule, Ferdinand l'a interdit. La reine obéit sans comprendre. Que craint son père, ne lui a-t-elle pas prouvé sa totale allégeance ? A Arcos, elle vit entourée des partisans les plus dévoués du roi d'Aragon, Luis Ferrer, le marquis de Denia, les évêques de Malaga et de Maldoñedo. Sans nul doute sont-ils là pour la protéger mais souvent elle ressent l'impression d'être espionnée comme au Coudenberg. Les moments partagés avec ses enfants sont ses seules bouffées d'air frais.

La nourrice emmène Ferdinand et Catherine. Encore un instant, Jeanne profite de la merveilleuse douceur de l'automne. Son père sera de retour dans quelques jours et avec lui sa belle-mère, Germaine d'Aragon.

« Je suis votre fille dévouée. »

Jeanne a baisé la main de Germaine qui, aussitôt après, a serré la reine dans ses bras. Plus jeune que sa belle-fille, la nièce du roi de France n'est pas jolie mais sa fraîcheur, son sourire sont attachants. Jeanne, en comparaison, semble irrémédiablement flétrie. Ferdinand est satisfait. La veille, longuement il a chapitré sa fille. Quelque jalousie qu'elle ne puisse s'empêcher d'éprouver, il a demandé qu'elle la dissimule. Pourtant, fêter aujourd'hui Germaine, la nièce de Louis qui l'a si mal traitée, souffle un grand froid dans le cœur de Jeanne.

Après le souper, Germaine est montée dans ses appartements. Seuls dans la galerie, le père et la fille se promènent tandis qu'aux pieds des tourelles, les veilleurs prennent place.

« Tu vis trop recluse, mon enfant, trop prisonnière de tes souvenirs. »

La nuit est fraîche, humide. A côté de son père Jeanne avance à pas mesurés, attentive, méfiante, muette.

« A force de te complaire dans ton rôle de veuve, poursuit doucement Ferdinand, tu vas oublier qu'une femme est faite pour le mariage, pour l'amour. »

Le silence de sa fille gêne le roi. Le sujet est bien délicat à aborder.

La jeune femme garde la tête baissée. « Singulière, agaçante, pense Ferdinand Henri aura du fil à retordre! » Soudain il transpire dans son pourpoint de laine.

Entre deux colonnettes formant une arche la lune surgit, ronde et jaune.

« Arrêtons-nous un instant, propose le roi. Vois comme le ciel est beau. »

Mais Jeanne à peine lève les yeux.

« Je vous écoute, mon père. »

Elle a la bouche sèche, la gorge serrée. Depuis des mois ses vieilles hantises semblaient enterrées et voici qu'en un instant elles resurgissent avec une violence intacte.

« Juanita, Henri d'Angleterre a demandé ta main. Ne me réponds pas tout de suite mais réfléchis bien. Tu serais heureuse auprès de cet homme qui te comblerait de tendresse et d'honneur. Me promets-tu de faire un effort pour considérer cette offre favorablement ? »

Ferdinand a parlé. Il soupire de soulagement. A présent, il a hâte de regagner sa chambre où l'attend Germaine, ses désirs juvéniles, son merveilleux corps encore rond d'enfance.

Jeanne se traîne à la fenêtre, respire l'air frais. Maisons, terrasses, églises se serrent autour du château, un âne braie, des paysans attardés rentrent chez eux une lanterne à la main. La jeune femme se détourne, la vie ne l'intéresse pas. Philippe mort, jamais elle ne le remplacera. Son père n'a rien compris et, malgré ses paroles réconfortantes, ne lui accorde aucune attention. Une violente crise de nerfs la terrasse. Elle va mourir ou devenir vraiment folle. « Mon Dieu, se répète-t-elle, mon Dieu ! »

A l'aube, comme chaque jour, Ferdinand assiste à la messe. Devant la chapelle, hâve, défaite, Jeanne l'attend.

« Père, prononce-t-elle d'un trait, je ne pourrai songer au projet dont vous m'avez entretenue hier aussi longtemps que Philippe, mon époux devant Dieu, sera sans sépulture. »

Le regard dur de Ferdinand se pose sur sa fille, mais très vite le roi se reprend, sourit, s'empare de la main de la jeune femme qu'il serre entre les siennes.

« Eh bien, Juanita, c'est entendu. Nous porterons Philippe à Grenade et te marierons ensuite. »

Chapitre LXV

Ferdinand jette son épée à un page qui s'en empare au vol. Jeanne a achevé de le mettre hors de lui. Avec l'été, la chaleur lourde est de retour. Arcos étouffe dans la poussière, les relents d'huile et d'urine, le harcèlement des mouches. Quelques jours encore de canicule, et la peste apparaîtra.

« Don Ximenes, plus aucun espoir n'est permis, Jeanne ne cédera pas. »

Dans l'ombre le cardinal attend, insensible à la chaleur, aux insectes, aux odeurs nauséabondes. L'opiniâtre résistance de Jeanne ne le surprend guère.

Un domestique apporte une coupe pleine de raisins muscats et de grenades qu'il pose sur la table. Un chien le suit, se couche aux pieds du cardinal.

« J'ai tout essayé pourtant, poursuit le roi, promesses, menaces, rien n'y fait. Ma fille refuse d'ensevelir son mari. Elle est plus folle que je ne le pensais! »

Cisneros ne cille pas, tout au contraire il juge avisé l'entêtement de Jeanne. Aussi longtemps que l'archiduc n'aura pas de sépulture, elle sera en droit de refuser de nouvelles épousailles.

— Ce mariage anglais me convenait pourtant à merveille, soupire Ferdinand, il représentait pour moi une garantie en cas de probable retournement des Français, un atout pour contraindre le roi Henri à hâter le mariage de son dauphin et de ma fille Catherine. Surtout, il réglait le problème de Jeanne !

— Contre la montagne l'homme ne peut rien sinon la franchir ou la contourner, murmure Cisneros.

Avec des gestes lents, affectueux, le cardinal caresse la bête couchée à ses pieds.

— Nous la contournerons, don Ximenes, et poursuivrons notre chemin.

— Quels sont vos plans, Sire ?

— Avant mon départ pour l'Andalousie, Jeanne sera installée à Tordesillas. Dès aujourd'hui je vais la convoquer à Mahamud et de là l'escorterai moi-même jusqu'à la citadelle. Lorsque la porte sera refermée, croyez-moi, je respirerai plus librement. Par Dieu, je crains constamment que des Grands se servent d'elle pour me mettre en échec.

— Doña Jeanne vous est indéfectiblement attachée.

— Pour le moment cela est encore vrai, mais qui peut prévoir l'avenir ? Jeanne n'a pas trente ans. Imaginez un Grand capable de la séduire. Il serait au jour même de ses noces prince de Castille avec en main tous les pouvoirs et prérogatives attachés à ce titre ! Je ne peux envisager de revivre ce que Philippe m'a fait endurer. Il y va aussi de l'avenir de ce pays.

Les yeux mi-clos, Cisneros semble plongé dans de profondes réflexions. A travers les jalousies, le ciel est d'un bleu de safre, à peine entend-on le clapotis de la fontaine dans le jardin intérieur. Un domestique entré pour apporter du vin frais chasse les mouches agglutinées autour des fruits. Debout, le regard fixe, implorant, le lévrier quête de nouvelles caresses.

« On dit doña Jeanne très sensible à don Victor de Santa Cruz », murmure-t-il enfin.

Ferdinand se penche sur le vieux cardinal.

« Cher ami, don Victor est parti ce matin pour l'Italie. Je lui ai confié une longue mission à Naples. »

Les visages des deux hommes sont tout proches.

« Alors doña Jeanne est entièrement entre vos mains. »

Les trois lettres posées sur ses genoux, Jeanne respire difficilement. La chaleur est suffocante et malgré la jeune servante qui sans cesse l'évente, la sueur coule le long de son visage. Ces messages venus chacun de leur côté et apparemment sans liens les uns avec les autres se complètent pourtant comme les pièces d'un instrument destiné à l'écraser.

Dans la première missive venue d'Angleterre, sa sœur Catherine la presse d'accepter le mariage anglais. Jeanne n'en a même pas achevé la lecture, tant les arguments artificiels, probablement dictés, la hérissent. Catherine n'a pas si bien réussi sa propre vie pour prétendre vouloir régenter la sienne. Jamais elle n'épousera Henri VII. La prend-on pour une marionnette ? Elle ne demande rien à personne, excepté l'amour de ses petits, l'affection de son père, un peu de sérénité dans ce château d'Arcos qu'elle considère désormais comme sa maison.

La deuxième lettre signée de Santa Cruz lui laisse un vague chagrin que l'irritation causée par la première et la terreur occasionnée par la dernière atténuent encore. Le jeune homme, en termes un peu trop familiers pour lui plaire, l'assure avant de quitter la Castille de son indéfectible obéissance, d'une inaltérable amitié. Vite Jeanne a froissé le papier entre ses mains. Si Victor la réconfortait par sa présence, il lui rappelait également des souvenirs malheureux que le temps doucement atténue. Elle ne répondra pas.

Mais de l'émotion, de la frayeur causée par la lecture du troisième pli, Jeanne n'est pas remise. Son père la convoque à Mahamud pour l'accompagner à Tordesillas. Elle revoit la silhouette massive au bord du Duero de la vieille forteresse à la sinistre réputation. Un instinct de survie l'avertit qu'elle doit refuser, braver son père, s'incruster à Arcos.

Le vent du sud qui pénètre par les fentes des jalousies est cuisant. D'un geste nerveux, Jeanne congédie la servante, tombe à terre, se recroqueville sur un coussin le dos au mur, comme au Coudenberg, lorsqu'elle se languissait de Philippe, comme dans les palais de son enfance où elle se sentait affreusement solitaire, si mal aimée! L'immobilité, la nuit de ses paupières closes lui permettent de se retrouver. Elle n'ira pas au rendez-vous fixé par son père, va faire la morte, attendre qu'on l'oublie.

Trois jours Ferdinand patiente à Mahamud. Le temps presse cependant, il doit partir aussitôt que possible pour l'Andalousie écraser le marquis de Priego qui, à Cordoue, défie son autorité. Pour la première fois, Jeanne lui désobéit. A la colère s'ajoute une sourde inquiétude. Sans doute a-t-il raison de se défier de sa fille. Sa soumission, ses sourires et paroles tendres ne cachent-ils pas une grande duplicité? Mieux que quiconque il la sait capable d'actes désespérés. Pourquoi ne serait-il pas un jour victime, lui aussi, de sa virulence? Jeanne maintenant présente un danger grandissant. Si elle se rebelle il saura bien, contrairement à Philippe, lui casser définitivement les reins.

« Sa Majesté le roi », annonce un huissier.

Plus morte que vive Jeanne voit entrer son père. A l'expression du regard braqué sur elle, la jeune femme comprend aussitôt qu'il est en proie à une grande colère. Ferdinand ne s'embarrasse pas même d'un sourire poli.

« Pourquoi n'es-tu pas venue ? »

Jeanne qui, au cours de ces trois jours, n'a cessé de retourner dans sa tête des arguments de défense ne trouve plus mot à dire.

« Catherine était un peu indisposée. »

Aussitôt elle regrette la puérilité de l'argument. Si elle veut se tirer d'affaire, elle doit combattre.

— En outre, ajoute-t-elle presque humblement, je ne comprenais pas le motif de votre ordre.

— Te voilà raisonneuse maintenant ? Cent fois tu m'a affirmé une obéissance filiale dont je n'ai pas vu la moindre manifestation à ce jour.

— Père, proteste la jeune femme, j'ai toujours agi au mieux de vos intérêts !

— Mes intérêts étaient que tu épouses Henri, tu l'as repoussé. Aujourd'hui il est important pour moi de te savoir en sécurité à Tordesillas avant de m'absenter de Castille un temps qui peut être long, tu ne viens pas au rendez-vous que je te fixe, est-ce là ton souci de mes intérêts ?

Jeanne recule contre une table où elle peut prendre appui. Ses jambes se dérobent sous elle.

« Je suis très bien à Arcos, les enfants s'y plaisent aussi. Pourquoi aller ailleurs ? »

Le regard glacé, implacable, Ferdinand se rapproche de Jeanne.

« J'ai choisi pour toi cette nouvelle résidence. »

Il est midi. A l'aplomb du patio le soleil darde une lumière blanche.

De la bouche de Jeanne les mots tombent, murmurés mais définitifs.

« Père, je n'irai pas à Tordesillas. »

Ferdinand blêmit. Un instant, la jeune femme croit que son père va l'accabler d'un flot de reproches mais il se tait, la fixe sans qu'elle ne puisse en rien deviner ses pensées.

« Comme tu voudras, tranche-t-il enfin froidement. Mais l'air d'ici ne convient pas à mon petit-fils. Demain il partira pour un lieu plus salubre. Fais préparer ses bagages et dis-lui adieu. »

Le roi tourne le dos, se dirige vers la porte.

« Nous nous reverrons dans quelques mois. Si tu tiens à garder ta fille auprès de toi, peut-être seras-tu alors dans de meilleures dispositions. »

Le hurlement de Jeanne rejoint Ferdinand alors qu'il descend le grand escalier, un cri de bête blessée à mort.

Chapitre LXVI

Allongée sur le sol de sa chambre, comme un animal, Jeanne mange à même l'assiette qu'on pose devant elle. Parfois elle veut s'enfuir, cogne à poings fermés contre la porte sans même essayer de l'ouvrir puis, les doigts en sang, renonce, retourne s'étendre. Chaque nuit des cauchemars la tenaillent.

Sur Arcos l'automne déploie une splendeur qui, jour après jour, se décompose. Un matin d'octobre, Jeanne réclame sa fille, la serre convulsivement dans ses bras puis, s'emparant d'un manteau, quitte l'appartement où elle est restée cloîtrée près de trois mois pour se rendre auprès de Philippe. Si elle a pardonné les trahisons de l'époux, jamais elle n'oubliera l'irréparable déloyauté de son père.

L'église d'Arcos est paisible. Jeanne, qui ne va plus beaucoup à la messe, se signe, s'agenouille devant le cercueil autour duquel se consument des cierges. Les mots d'amour qu'elle murmure, d'abord pourvoyeurs d'un bonheur déchirant, la submergent très vite d'une tristesse infinie. Alors elle se relève, titube vers la sortie où l'attendent cette troupe de gentilshommes, pages et gardes dont elle ne peut se défaire. Elle a la sensation que Philippe la suit, veut la prendre avec lui. Pourquoi résiste-t-elle encore ?

— Votre Majesté est très mal, il faut laisser venir un prêtre.

— Ce n'est pas nécessaire, murmure-t-elle.

La troisième saignée l'a considérablement affaiblie, mais Jeanne refuse de se laisser happer par le gouffre. Son père serait trop heureux d'apprendre sa mort !

Un homme en robe noire, la voix aux accents débonnaires, est debout à côté du lit. Jeanne détourne la tête, fait semblant de somnoler.

« Doña Jeanne, adjure l'homme en élevant le ton, vous ne pouvez vous détourner du regard de Dieu. Il faut prier. Je ne suis auprès de vous que pour servir notre Créateur. »

« Dieu ne m'aime pas, pense Jeanne. Sinon pourquoi me torturerait-il sans cesse ? »

Autour de son lit, la jeune femme entend les sempiternels conciliabules qui l'humilient. D'une main, elle vérifie que sa chemise est bien fermée, que nul ne peut apercevoir une parcelle de sa peau. Son corps de femme est enseveli aux côtés de la dépouille de Philippe.

— Puis-je voir ma fille ? demande-t-elle.

— Doña Jeanne, votre maladie peut être contagieuse. On ne doit faire courir aucun risque à l'infante.

Jeanne est terrifiée. Et si son père s'était aussi emparé de l'enfant ?

« Je veux au moins l'apercevoir. »

Les regards la fixent, hypocrites, mielleux, menteurs.

« Plus tard, doña Jeanne. »

Il semble à la jeune femme qu'un lacet lui serre la gorge. Longtemps elle oscille entre la vie et la mort.

Un matin du début de février, adossée à ses oreillers, Jeanne enfin regarde le pâle ciel d'hiver, suit le vol d'un couple de corneilles. Le monde est vide, nu comme son âme.

« Doña Jeanne, interroge Henriette, voulez-vous voir votre fille ? L'infante marche depuis hier. On dirait qu'elle vous a attendue. »

Le visage de la vieille servante est empreint d'une telle sollicitude que dans un geste d'irrépressible affection, Jeanne saisit la main ridée et la presse entre les siennes.

Dans l'énorme cheminée où brûle un tronc entier de châtaignier, Ferdinand tend ses doigts gourds pour les réchauffer. Alarmé par les rumeurs d'un complot en faveur de son petit-fils Charles, il a précipité son retour en Castille, laissant en Andalousie une situation encore précaire.

Longuement mûrie sur le chemin, sa décision est prise, irrévocable. Jeanne ne peut, ne doit rester exposée aux intrigants, son éviction calmera les esprits, démantèlera les velléités de rébellion. L'intérêt politique doit effacer tout sentiment de tendresse.

Cisneros le premier, puis le duc d'Albe, l'amiral de Castille, les proches conseillers du roi pénètrent dans la salle. En silence, chacun gagne son siège. Dans la pénombre brillent les lourdes chaînes d'or, les joyaux piqués sur les pourpoints de velours noir.

« Monseigneur, messieurs, déclare Ferdinand posant successivement son regard incisif sur chacun, je vous ai convoqués pour prendre aujourd'hui une décision de la plus haute importance touchant notre pays. J'en souhaite l'immédiate exécution... »

La nuit n'est pas à sa moitié quand la porte de la chambre où repose Jeanne s'ouvre brusquement. Dans la lumière vive des torches, la jeune femme reconnaît des visages d'hommes prétendant être ses amis. L'appréhension d'un malheur arrivé à sa fille l'alarme d'abord, puis s'impose très vite le pressentiment d'un désastre personnel.

L'homme qui avance le premier, Luis Ferrer, est un intime de Ferdinand, Jeanne depuis toujours s'en méfie.

« Doña Jeanne, j'ai l'honneur d'avoir à vous escorter jusqu'à votre nouvelle demeure. »

Muette de peur, la jeune femme fixe la silhouette sombre s'approchant d'elle.

— Très respectueusement, je prie Votre Majesté de bien vouloir se vêtir et de me suivre.

— Où allons-nous ? parvient enfin à articuler Jeanne.

— Au château de Tordesillas.

Dans la nuit glaciale de février, le lamentable cortège s'ébranle. Comme une somnambule Jeanne suit Ferrer, derrière eux cheminent la nourrice portant l'infante Catherine emmitouflée dans un drap de laine. Anna et Henriette ont été priées de regagner les Flandres. En faisant ses adieux aux deux servantes, Jeanne n'a pas pleuré. Les situations se répètent similaires dans leur cruauté, et son cœur n'a plus de force pour s'émouvoir encore. Son mari s'est acharné sur Aïcha et Fatma, son père s'attaque aux Flamandes. Ceux qu'elle affectionne inexorablement lui sont arrachés. A quelques pas, hâtivement chargé sur une charrette, le cercueil cahote sur la route durcie par le gel.

A Renedo, la petite troupe fait halte. Jeanne se couche mais, décidée à entraver par tous les moyens la tâche de ses persécuteurs, refuse le lendemain de quitter son lit. Durant la journée, Ferrer et les gentilshommes de sa suite se consultent sur la conduite à adopter.

— Sa Majesté dit qu'elle a du mal à respirer, insiste une domestique, qu'elle est sans forces.

— Mensonges et simagrées, s'écrie Luis Ferrer. Je vais aller voir la reine.

Jeanne cède. Le visage furieux de Ferrer penché sur le sien, les menaces proférées par l'Aragonais l'ont terrorisée. Inexorablement le cortège se reforme. A Valladolid, la foule stupéfaite voit passer sa reine enveloppée d'un manteau, le visage dissimulé sous ses voiles de veuve, suivie à quelques pas du cercueil oscillant sur les pavés, apparition sinistre qui pétrifie les plus facétieux.

Maintenant le groupe descend la vallée du Pisuerga avant de marcher vers l'ouest pour longer le Duero. Au loin se dessine déjà l'austère forteresse.

Au détour du chemin rocailleux, sombre, sinistre entre la terre rouge et le ciel que le crépuscule teinte de rose, la masse imposante du château fort surgit. Jeanne ne peut en détacher son regard. Dans la forteresse maudite de Tordesillas, les légendes populaires veulent qu'une fois par siècle une reine y soit enfermée. Enfant, elle imaginait terrifiée la lourde porte cloutée se refermant sur la prisonnière. En contrebas du château entre d'énormes rocs passe, sombre et tumultueux, le cours du Duero ; plus loin quelques maisons se serrent autour de l'église San Antolin, s'allongent le long des rues menant au couvent de Santa Clara.

Plus le cortège progresse, plus la panique s'empare de Jeanne. A plusieurs reprises, les entrailles broyées, elle fait arrêter la marche. Enfin, au-delà du pont-levis enjambant de sinistres fossés d'eau stagnante, la grille se dresse devant elle. Jeanne lève la tête. Tourelles, remparts à créneaux, mâchicoulis se découpent sur le ciel pâle. Sur la plate-forme dominant le fleuve le vent tourbillonne, chassant les premières gouttes d'une pluie glacée. Des arbres nus aux branches menaçantes longent la promenade aménagée devant le château. Comme la reine reste pétrifiée dans sa détresse, on doit prendre les rênes de sa mule pour la contraindre à avancer, la pousser dans la cour. Dans un grincement sinistre la grille se referme derrière elle.

Chapitre LXVII

Le combat que mène Jeanne contre Luis Ferrer, son geôlier, est sans merci. Les adversaires ne s'épargnent aucun coup, aucune humiliation. Lorsque le corps de Philippe a été porté chez les clarisses au couvent de Santa Clara, Jeanne a cessé de s'alimenter durant une semaine. Ferrer n'a pas cédé mais au troisième jour, alarmé d'avoir à rendre des comptes au roi, en a perdu le sommeil.

Dans la mémoire de la reine surgit l'image cruellement précise du corps de son mari, ce corps si doux et fort à la fois dont elle ne peut perdre le souvenir. Lorsqu'il fait beau, l'esprit vide, le regard absent, elle arpente sans fin la galerie longeant le fleuve. Le temps n'existe plus à Tordesillas. Depuis combien de mois est-elle enfermée ?

Un jour où le printemps semble de retour, Luis Ferrer se fait annoncer chez Jeanne. Depuis la veille, elle ne s'est ni lavée ni coiffée, affichant avec ostentation son statut de prisonnière.

« Doña Jeanne, s'exclame l'Aragonais avec irritation, il est trois heures de l'après-midi ! »

Plus son geôlier montre son exaspération, plus Jeanne éprouve de satisfaction.

— Vraiment, don Luis ? Vous me tenez si à l'écart que je n'ai plus de point de repère.

— Sa Majesté n'entend donc pas sonner la messe du matin, l'angélus de midi à la chapelle, l'office de none à Santa Clara ?

— Etes-vous venu me soumettre à un interrogatoire, don Luis ? Vous manquez de dignité.

L'Aragonais enrage en silence devant cette femme qui le brave, le dédaigne.

Comme s'il n'existait pas, Jeanne retourne à ses activités. A petits gestes lents, précis, automatiques, la jeune femme ôte de sa guitare une poussière imaginaire. Ahuri, Ferrer l'observe. Toujours un doute le tenaille, la reine est-elle vraiment folle ou joue-t-elle la comédie ?

« Doña Jeanne, dit-il enfin avec fermeté, étant chargé par votre père de veiller sur votre bien-être, sur celui de l'infante, je me dois de mettre de l'ordre dans votre emploi du temps. Dorénavant votre Maison fonctionnera selon des horaires précis, réguliers. Votre présence à la messe du matin est souhaitée, je conseille ensuite une courte promenade avant que l'infante ne vous rejoigne. Après le repas de midi et la sieste, Votre Majesté aura le loisir de jouer de la musique, de lire ou de se rendre à la chapelle. Le coucher suivra dès le repas du soir terminé. »

Sans même lever la tête, Jeanne fredonne une chanson. Excédé, Ferrer hésite à répéter son discours. Bientôt, il brisera cette femme.

Des jours entiers, la jeune femme reste allongée sur des coussins, le regard perdu dans le ciel. Parfois elle accepte de se nourrir, parfois elle jette le contenu des plats sur le sol au grand dépit des servantes.

A l'infante, vêtue comme une petite paysanne,

aucune bonne manière n'est enseignée. L'enfant refuse qu'on la coiffe, n'accepte que les bras de sa nourrice ou de sa mère, hurle si Ferrer l'approche. Agée de quinze mois, elle ressemble de plus en plus à Philippe et lorsque la petite fille rit, jetant sa tête en arrière, Jeanne se fige, son regard durcit. Trop cruellement ce geste lui rappelle des moments de bonheur.

Deux matrones empoignent la reine, l'obligent à se lever, la vêtent de force. La jeune femme se débat, essaie d'attraper les servantes aux cheveux. La honte d'être ainsi malmenée, qui plus est par des inférieures, la fait trembler des pieds à la tête.

Pour se venger, l'après-midi elle se poste à sa fenêtre. Chaque dimanche, les habitants de Tordesillas vont en promenade le long du château sur le cours planté d'arbres qui surplombe le Duero. A côté d'elle, Catherine observe les enfants qui se poursuivent, tendant ses petits bras pour les rejoindre. L'été est doux, l'air léger. Jeanne guette, attend le moment propice.

La première, une vieille femme lève la tête puis les promeneurs, stupéfaits, s'arrêtent le nez en l'air. Penchée à une fenêtre du château, une femme les apostrophe d'une voix stridente, semble appeler du secours. En tendant l'oreille, certains perçoivent des mots : « Tuez-les tous, venez me délivrer ! »

Mais à peine la réalité de la scène se concrétise-t-elle dans les esprits que la femme disparaît derrière un rideau hâtivement tiré. Un moment encore, les badauds restent la tête levée puis chacun reprend sa marche grave le long du chemin suivant l'aplomb vertigineux qui domine le fleuve.

« Si Votre Majesté s'égare ainsi encore une fois, je serai obligé de sévir ! »

Rouge de colère, Ferrer menace.

— Vous pouvez disposer, lance-t-elle d'une voix méprisante, je n'ai de compte à rendre à personne sinon à mon père.

— Doña Jeanne, en espérant un secours du roi, vous vous méprenez. Si Sa Majesté vient à Tordesillas, il saura, croyez-moi, vous rendre docile.

Début octobre, a annoncé Luis Ferrer. Est-ce déjà l'automne ? Au loin, derrière le Duero, la forêt se teinte de roux, les olives ont été ramassées, sur les dernières figues vrombissent les guêpes. Bientôt la vendange sera achevée.

Jeanne suit des yeux la ligne du fleuve. Au-delà, par temps clair, elle peut apercevoir la silhouette massive de la Mota, mais tant de mauvais souvenirs s'attachent à cette forteresse que vite elle détourne le regard. Pourquoi son père vient-il la voir ? Pour la dompter comme le prétend Ferrer ou bien la libérer ? Après ces mois à Tordesillas, l'isolement, le silence l'ont happée, elle ne sait plus très bien si elle veut rejoindre le monde, retrouver les intrigues de la Cour, l'hypocrisie des gens de sa Maison. Tout l'indiffère. Ici au moins son combat contre Ferrer lui donne-t-il un peu d'énergie.

Aujourd'hui Jeanne, vêtue d'une robe de drap brun de Ségovie égayée par une gorgerette de fil ajouré, coiffée d'un bonnet, accepte le repas du soir qu'elle prend sur une table dressée dans sa chambre. Pour prouver que Ferrer est un menteur, elle a repris des habitudes oubliées, couche dans son lit, assiste le matin à la messe. Elle est prête à recevoir son père.

« Ta conduite me contrarie fort, Jeanne. »

Les premiers mots de Ferdinand désarçonnent Jeanne. Pourtant elle l'accueille vêtue, coiffée, soumise.

Rien dans son comportement n'est susceptible de l'offenser.

— Père, proteste-t-elle, je vous prie de bien vouloir m'écouter avant don Luis.

— Don Luis est un homme en lequel j'ai une totale confiance. Il agit à Tordesillas au mieux de tes intérêts et tu compliques sa tâche.

— Voulez-vous dire sa tâche de geôlier, père ?

— Jeanne, ne m'oblige pas à rappeler des faits précis peu susceptibles de te donner le moindre droit aux revendications.

Nerveusement, Ferdinand triture la chaîne d'or ornant son pourpoint. De plus en plus il est persuadé que l'enfermement de sa fille était la seule solution politique possible, mais pour la contraindre au silence, il a besoin de justifications morales. Les yeux du roi ont perdu leur éclat accusateur, maintenant il observe Jeanne avec commisération.

« Juanita, impose le silence en toi-même, prie, élève ton enfant dans le respect de nos traditions et dans l'amour de notre Créateur. Ta vie en sera changée. »

Dans un coin de la salle, les flambeaux allumés à la tombée du soir jettent une nappe de lumière mouvante sur le sol de pierre, accroissant l'obscurité alentour. Dehors, il pleut à torrents.

— Que me voulez-vous, murmure Jeanne ?

— Tu dois consacrer ton existence à revenir dans le sein de notre Église, te remettre entre les mains du Christ, Notre Seigneur.

— Père, balbutie la jeune femme, vous savez bien comment et pourquoi j'ai dû accepter...

— Tes raisons ne me regardent pas, Jeanne, elles sont une affaire entre Dieu et toi. Je ne te demande pas de te justifier, je veux que tu m'obéisses. Tu m'obligerais sinon à soumettre ton cas à Ximenes, au connétable, mon gendre, à ton oncle Fadrique, au président des Cortès. Est-ce cela que tu désires ?

Jeanne recule. Derrière elle, sur une toile accrochée au mur, un Christ mis au tombeau ouvre des bras cadavéreux comme pour se saisir de qui s'approche.

De force, on transporte la reine vers de nouveaux appartements donnant sur la cour intérieure. De là, nul ne peut l'apercevoir. Pour l'infante Catherine et sa nourrice on a aménagé une pièce adjacente.

Quand arrive à nouveau l'hiver, pas une fois Jeanne n'a accepté de quitter sa chambre. Il faut que Ferrer en personne vienne la menacer pour qu'elle se lève. Alors elle semble céder, se laisse laver, coiffer, vêtir puis, invariablement, renverse sur elle ses aliments, se recouche, souille ses draps. Mais lorsque son geôlier, à bout de patience, quitte les lieux, Jeanne s'habille seule, convie sa fille, lui joue de la guitare ou lui narre un conte.

Dans l'âtre les braises se consument, rien ne bouge.

Chapitre LXVIII

« Éloignez-le ! Cet individu est venu uniquement me voir mourir. »

Furieux, Adrien d'Utrecht, doyen de Louvain, tourne le dos. Le roi d'Aragon est à l'agonie mais avant qu'il ne rende son âme à Dieu, le précepteur de Charles de Habsbourg, dépêché en hâte de Malines à Madrigalejo, s'est juré de casser le testament inique accordant la régence à l'infant Ferdinand. Autour de lui, bon gré mal gré, se rallient les amis du vieux roi. Charles, seul, est l'héritier légitime. Créer une dangereuse rivalité entre les deux frères, susciter des jalousies persistantes, risquer une guerre civile en Espagne est absurde. Ferdinand doit céder.

Dans une ferme, juste à la sortie du village, se retrouvent, palabrent les Grands accourus de toutes parts. La reine Germaine est attendue d'un moment à l'autre, mais avant que la Française une fois encore ne puisse peser sur les décisions du roi, chacun est décidé à agir promptement. Il faut que le testament définitif soit signé le jour même.

« Je vais parler à don Ferdinand, propose le duc d'Albe, sans nul doute, il m'écoutera. »

Malgré son impatience, l'ecclésiastique flamand ne

peut que montrer de l'aménité en face du plus fidèle compagnon du roi d'Aragon. Depuis qu'il est arrivé en Castille, sans cesse il réprime sa virulence, mais cette fois il ne se laissera pas évincer.

A pas silencieux, le vieux gentilhomme pénètre dans la chambre rustique où gît son ami, entouré de quelques proches.

« Laissez-nous. Je veux être seul avec don Ferdinand », exige doucement le duc.

La respiration du roi est faible, les traits sont si tirés que le visage ressemble à celui d'une momie.

« M'entendez-vous, don Ferdinand ? »

D'un battement de paupières, le roi fait comprendre qu'il écoute. Il sait pourquoi son vieil ami vient à son chevet, pressent qu'il ne pourra davantage lutter seul. Albe a tiré un tabouret près du lit.

« Avant de rejoindre notre Créateur, mettez votre conscience en paix, Majesté. Par la Vierge Marie, je vous conjure de ne pas jeter la Castille dans la discorde après avoir lutté votre vie durant pour la conserver forte et unie. »

Péniblement le roi tourne la tête.

« J'ai toujours voulu l'impossible, Albe. »

Le vieux gentilhomme saisit la main reposant sur le drap, la serre entre les siennes.

— Je sais cela, et ai suivi vos ambitions fidèlement depuis ma lointaine jeunesse, mais aujourd'hui il faut accepter l'inéluctable.

— Laissons au moins l'Aragon à mon petit-fils !

La voix hachée est à peine perceptible.

« Don Ferdinand, la Castille et l'Aragon doivent former désormais un seul royaume. »

Des larmes coulent sur les joues du mourant.

« Alors ce pauvre enfant n'aura rien... »

Tant de souvenirs heureux et tragiques, soixante-

414

quatre années d'une existence en quelques instants. Des
visages passent dans la mémoire de Ferdinand, celui de
son père Juan d'Aragon, de sa mère Juana puis, impé-
rieuse et nostalgique, s'impose Isabelle, la fiancée qu'il a
rejointe déguisé en palefrenier, la jeune femme luttant
pour conserver le pouvoir, la souveraine triomphante
pénétrant à son côté dans Grenade, la mère attentive,
l'épouse trop prude, souvent absente.

Le roi ouvre les yeux. Il entend encore le rugissement
du vent, les trombes d'eau s'abattant sur la place de
Medina del Campo le jour de la mort d'Isabelle.
Jeanne. Ferdinand voudrait chasser sa fille de ses
pensées. Enfermée à Tordesillas depuis sept ans, elle se
débat encore contre le silence et l'oubli. Pourquoi l'a-
t-il sacrifiée ? « J'étais roi, pense le mourant, les rois
n'ont pas d'enfants s'ils impliquent la perte du
royaume. » Mais le regard de sa fille lors de leur
dernière entrevue, trois années auparavant, le poursuit,
l'oppresse. Dans son testament il a exigé qu'on ne
prévienne pas la prisonnière de sa mort afin que pèse
toujours sur elle, au-delà de la tombe, la peur de ses
représailles. Il faut que Jeanne se taise et garde le secret.
Cisneros, Luis Ferrer seuls le détiennent. Plus tard, le
vieux cardinal pourra le confier à Chièvres, puis à
Charles le Flamand afin que l'infant prenne sans
remords les rênes du pouvoir et garde closes sur sa mère
les portes de Tordesillas.

Une poussée de vent fait claquer une porte. Ferdinand sursaute. Six années auparavant, un bruit iden-
tique l'a séparé pour toujours de sa fille. Pour que les
Grands se détournent à jamais de l'idée de rétablir
Jeanne sur le trône, il avait amené à Tordesillas l'amiral
de Castille, le duc de Medina Sidonia, les comtes
d'Ureña et de Benavente. Sans prévenir Jeanne de leur
visite, il les avait introduits dans ses appartements. Pas

coiffée, vêtue d'une robe de nuit en loques, elle les avait regardés entrer avec effroi tandis qu'eux, parfumés, vêtus de leurs pourpoints de velours, des chaînes d'or autour du cou, contemplaient sidérés le fantôme de celle à laquelle ils prétendaient rester fidèles. Percevant sans doute le piège, Jeanne avait poussé un cri étouffé avant de disparaître dans sa garde-robe pour revenir peu après parée d'une lourde robe de Cour. Mais la saleté, les cheveux hirsutes, le teint blafard donnaient à l'apparition un aspect plus terrifiant encore. Après avoir salué, les Grands s'étaient esquivés. Resté un instant en tête à tête avec la prisonnière, Ferdinand avait compris que sa fille désormais le méprisait.

Jeanne est morte pour lui comme sont morts trois de ses autres enfants, Isabelle, Juan et le petit garçon de Germaine, dont le décès, à peine né, ruinait son ultime espérance de voir l'Aragon échapper aux mains des Habsbourg. Malgré les décoctions et philtres que la Française lui a fait ingurgiter, il n'a pu concevoir un autre enfant. Les potions de vie ont été breuvages de mort.

Ferdinand inspire difficilement. Une sueur glacée couvre son front. Il sait qu'il ne reverra plus Burgos, Ségovie, Madrid, Cordoue, Séville et Grenade ni Barcelone, Saragosse, Palma, les belles cités de ses royaumes. Il va mourir dans un village perdu où il était venu contempler une fois encore le vol hivernal des grues. Il peut garder la tête haute. Il a joué la grandeur de l'Espagne et il a gagné. Sur la mer Océane naviguent ses caravelles et galions rapportant l'or du Monde Nouveau, il a noué les alliances pouvant servir ses ambitions, quitte à s'en détacher sitôt qu'elles ne lui convenaient plus, il a réussi à remarier Catherine au dauphin Henri, maintenant roi d'Angleterre. Marie est reine du Portugal...

Ferdinand tend la main pour saisir une coupe d'eau fraîche tirée au puits de la ferme. Ce simple geste l'épuise mais il veut rester seul, ne plus voir un visage auprès de lui, pas même celui de Cisneros qui, à l'instant où il expirera, dirigera ses royaumes jusqu'au jour où Charles, entouré de sa clique flamande, viendra en prendre possession.

« Seigneur, murmure Ferdinand, faites qu'il veuille le bien et la grandeur de l'Espagne ! »

Le lendemain, s'il plaît à Dieu de lui laisser la vie, il fera ses adieux à Germaine, sa compagne par nécessité politique. Sa seule épouse a été Isabelle.

Son regard se pose sur le pauvre mobilier qui l'entoure. Plus rien ne lui importe réellement, plus rien ne reste en lui de la rage de vaincre qui depuis son enfance le possède. Dans la petite maison retentissent les bruits familiers. Un des plus puissants souverains du monde va mourir comme un indigent. Une dernière fois remonte en sa mémoire la lente marée des souvenirs. Que Dieu pourrait-il lui reprocher ? En fondant l'Inquisition, expulsant les juifs, persécutant les conversos, il a forgé l'unité du royaume grâce à l'unité de la foi, il a protégé les couvents, fait baptiser d'innombrables païens. Le reste était politique et la politique est l'affaire des rois, pas celle de Dieu.

Le jour est-il obscur ou la nuit claire ? Ferdinand ne sait plus où il est, dans le lointain monte doucement, enfle, rugit une clameur : « Santiago, Santiago, Castilla, Castilla, Granada, Granada. » Puis doucement le cri s'apaise, meurt, le silence revient, brutal. « Tout n'est que mensonge », pense le vieux roi.

Chapitre LXIX

Rien ne bouge à Tordesillas, hormis le départ subit de don Luis Ferrer remplacé par un vieil homme affable, Hernan Duque. Pourquoi ce changement ? Jeanne a renoncé à comprendre. Toujours semblables, les semaines, les mois passent. L'infante Catherine a maintenant dix ans.

De la révolte à l'apathie, la reine se laisse aller. Ferrer parti, la lutte quotidienne pour le braver s'est éteinte, l'ennui s'est installé, la déchéance aussi. Ferdinand ne se manifeste plus. Est-il mort, comme elle a cru le deviner deux ans auparavant, un matin d'hiver où un grand tumulte a agité le château ? Elle se souvient avoir fait mander son confesseur Juan d'Avila qui, embarrassé, avait balbutié des paroles confuses : « Le roi... peut-être » mais tout de suite Ferrer l'avait fait taire. Hormis sa fille, il n'y a de place en elle que pour les blessures et les ombres.

Frileusement Cisneros se blottit dans son vaste châle de laine grise. Il est si maigre que la moindre brise le glace, si fatigué qu'un déplacement en litière l'épuise, mais malgré tout le vieux cardinal tient bon. Jusqu'à l'arrivée de Charles de Habsbourg, il porte sur les épaules la responsabilité du royaume d'Espagne et rien ne lui fera déposer son fardeau. Pour ne penser qu'à son pays, il n'a cessé de faire taire en lui tout sentiment personnel. Contre l'opinion de beaucoup, il a défendu ce qui le heurtait le plus, la proclamation à Bruxelles de Charles comme roi d'Espagne. Bien que Jeanne, sa vie durant, reste la reine légitime, la Castille, l'Aragon appelaient un souverain, non une femme égarée. Le secret confié par Ferdinand a dompté sa conscience. Avant de rejoindre son Créateur, il le divulguera à Chièvres, le Grand Chambellan de Charles, afin que Jeanne ne puisse refuser à son fils un pouvoir que seul il peut assumer.

Après la mort de Ferdinand, il a fait pour la fille de ses rois ce qu'il pensait juste, chasser de Tordesillas Ferrer qui osait la brutaliser, y installer un homme ferme mais compréhensif. Aujourd'hui il n'attend plus que l'arrivée des Flamands pour mourir, ne pas voir de ses yeux l'Espagne dévorée par les ambitions démesurées de ses nouveaux maîtres. Chaque jour, il déchire des nominations venues de Bruxelles, livrant sinécures, revenus et charges espagnols à des étrangers. Mais Chièvres, le chambellan, Jean le Sauvage, le Grand Chancelier, Adrien d'Utrecht, le tuteur de Charles, en quelques mois se sont déjà enrichis scandaleusement.

Pensivement le régent jette un nouveau regard sur le portrait du nouveau roi. Teint blafard, yeux à fleur de peau, mâchoire proéminente, le fils de Philippe le Beau n'a rien de son père mais le regard est intelligent, volontaire, la prestance noble. Peut-être saura-t-il se débarrasser des mauvais conseillers, des présomptueux qui l'entourent, peut-être l'Espagne rendra-t-elle finalement espagnol ce garçon qui ne connaît pas même un mot de castillan.

D'arbre en arbre, les feuilles d'automne voltigent. Entre ses mains glacées, le vieil homme serre une boule d'argent remplie d'eau chaude. A ses pieds sommeillent ses deux lévriers. Il se sent las. Depuis le jour où Isabelle la Catholique, sa reine bien-aimée, a appelé auprès d'elle, pour remplir la charge de confesseur, le jeune moine obscur qu'il était alors, quel chemin parcouru ! Il a goûté tous les honneurs, connu les secrets du royaume les plus honteux comme les plus nobles.

— J'irai au-devant du roi et de l'infante Éléonore, décrète-t-il à son secrétaire. Que l'on prépare une litière de voyage, que l'on prévoie de courtes étapes et des logis où je puisse trouver un peu de repos.

— Excellence, êtes-vous en état de prendre la route ?

L'homme est à son service depuis trente années. Presque aussi âgé que son maître, il s'en inquiète chaque jour cependant.

— Si je ne viens pas à lui, mon ami, sans doute n'ira-t-il pas vers moi. Il faut que je le voie avant qu'il n'atteigne Tordesillas.

— Doña Jeanne est-elle au moins prévenue ?

— Je ne sais si je désire qu'elle le soit, Diego. Ce que son fils s'apprête à lui demander ravivera en elle de bien sombres souvenirs. Laissons-la en paix. Un jour viendra où Dieu l'éclairera, je prie chaque jour dans cette intention.

— Madame, votre fils le roi, accompagné de l'infante Éléonore, vient d'arriver à Villaviciosa et s'apprête à traverser les Asturies.

— Je suis la reine, Charles n'est qu'infant !

La riposte agressive de Jeanne abasourdit le gentilhomme qui sort sans tarder. Dans la chambre glacée par un froid automnal précoce, Jeanne le suit un instant du regard. Les noms de Charles et d'Éléonore prononcés devant elle la bouleversent, mais elle refuse de laisser deviner à quiconque les affections occupant encore son cœur, attachements si lointains qu'elle ne démêle plus la réalité des illusions. A-t-elle imaginé sa vie au Coudenberg, rêve-t-elle son existence à Tordesillas?

A mi-voix, la reine répète « Charles, Éléonore ». Ces noms ravivent des images douces et insupportables. Ses filles Isabelle et Marie quittées bébés, les reverra-t-elle? Charles et Éléonore intercéderont-ils pour qu'on lui rende le petit Ferdinand? Contraindront-ils Hernan Duque à la laisser se rendre à Santa Clara? Peu à peu Jeanne s'anime. Charles certainement arrive de Flandres pour la délivrer, châtier ses geôliers, la rétablir dans ses prérogatives. Un jour elle soulagera sa conscience auprès du fils aîné retrouvé.

« Quel privilège, madame, d'être auprès de vous! »

Souriant et détendu, Chièvres est devant Jeanne, comme si se trouver soudain en présence de l'archiduchesse après ces longues années de séparation était la chose la plus normale du monde. La nuit est tombée, seules les rares chandelles, allumées comme chaque fin de journée, jettent une maigre lumière. Chièvres a interdit à ses porte-flambeaux de le suivre.

Interdite, la reine dévisage l'ancien ami de Philippe. Pas plus que les autres au Coudenberg, cet homme n'a montré la moindre aménité à son égard, jamais il ne l'a défendue. Son sourire, ses gestes gracieux la hérissent.

D'un geste hautain, elle désigne un siège au premier chambellan de son fils.

« Madame, puis-je faire quelque chose pour vous? Considérez-moi, je vous prie, comme le plus zélé de vos serviteurs. »

Les douces intonations de la langue française touchent Jeanne. Soudain, le visage du Flamand ne lui rappelle plus des moments de détresse mais de bonheur.

Elle revoit le parc de son palais au printemps, les volières bruissantes d'oiseaux rares, les allées ombragées bordées d'immenses parterres de fleurs où couraient ses enfants.

« Comment se porte ma famille, monsieur de Chièvres ? »

Les mots butent, le gentilhomme doit écouter avec une grande attention.

« Fort bien, madame. Vos enfants sont vertueux et sages, bien élevés et désireux de vous retrouver. »

Le Grand Chambellan se félicite du tour que prend la conversation. Bientôt sa mission sera accomplie et il pourra déguerpir au plus vite de ce lieu sinistre.

— Quand pourrai-je les revoir ?

— A l'instant si vous le désirez, madame.

— Comment cela ?

Dans sa panique, les doigts de Jeanne étreignent l'étoffe de la robe, ses lèvres se pincent. Depuis des années, elle attend ce moment et maintenant qu'il survient, le refus, l'angoisse seuls l'envahissent. Tirant aussitôt parti de l'effet de surprise, Chièvres recule vivement jusqu'à la porte, l'entrouvre. Jeanne a retrouvé sa maîtrise. Quel piège cache cette visite ? Tout sonne faux, l'onctuosité du gentilhomme flamand, cette entrevue au pied levé qu'Hernan Duque n'a pas trouvé bon d'annoncer.

Dans l'obscurité, la reine distingue la lueur d'une torche, puis deux silhouettes, celle d'une femme et d'un jeune homme avançant vers elle à pas comptés.

« Non, non ! » pense-t-elle.

Elle refuse ces retrouvailles sinistres, veut repartir à la poursuite de ses chimères.

Observant la pompeuse étiquette bourguignonne, les jeunes gens s'inclinent profondément. La précision de leurs gestes ne trahit aucune émotion mais dans la vaste

422

chambre le silence pèse, bouleversant. Jeanne cherche un mot approprié qu'elle ne trouve pas. A peu de distance maintenant, deux étrangers la contemplent.

Charles, le premier, tombe aux pieds de sa mère. La reine distingue son visage étroit et pâle, l'éclat doux des cheveux blond foncé.

« Relève-toi », balbutie-t-elle.

Le jeune garçon la dévisage.

« Madame, récite l'adolescent d'une voix sans timbre, nous, vos humbles et obéissants enfants, nous réjouissons extrêmement de vous voir, grâce à Dieu, en bonne santé. Nous désirions depuis longtemps vous apporter l'hommage de notre respect et dévouement. »

« Embrasse-moi, Charles, veut murmurer Jeanne, et toi aussi Éléonore », mais aucun son ne sort de sa gorge, elle ne peut que hocher la tête dans une sorte d'absolue inertie mentale.

Mal à son aise, Guillaume de Chièvres observe la scène. La reine ne semble éprouver aucun bonheur à revoir ses enfants, va-t-elle se dérober ? Il n'a pas fait avec eux cet interminable voyage à travers les montagnes des Asturies pour repartir les mains vides.

Enfin, sortant de sa torpeur, Jeanne sourit et, se penchant, saisit une main de chacun des jeunes gens.

« Êtes-vous en vérité mes enfants ? Comme vous avez grandi en si peu de temps ! Soyez les bienvenus et que Dieu soit loué ! Que de peines et de périls vous avez endurés en venant de si loin. Vous devez être bien fatigués. Il se fait tard, vous feriez mieux maintenant d'aller vous reposer jusqu'à demain. »

L'entretien est terminé. Par-delà les têtes inclinées de ses enfants, Jeanne fixe la lumière des torches croisées au-dessus de la porte. Elle voudrait se perdre, brûler dans leur clarté.

« Madame, insiste Chièvres, accordez-moi un bref instant avant que je me retire. »

Jeanne sursaute. Que lui veut-on encore ?

« Quelques moments seulement », insiste le Flamand.

Prenant un geste vague pour un assentiment, il s'approche plus près encore.

— Majesté, avez-vous vu combien vos enfants sont remarquables ? Charles n'a pas la frivolité des jeunes gens, ne pense qu'au bonheur de ses peuples, à la gloire de Notre Seigneur, à l'honneur de votre famille.

— C'est bien, murmure Jeanne.

— Votre fils, madame, est tout prêt à assumer le pouvoir en Espagne.

Décidé à ne pas tergiverser davantage, Chièvres a parlé d'un trait. Comprenant maintenant le sens de ses amabilités, Jeanne se rebiffe.

« Mon père l'exerce déjà, monsieur de Chièvres. A moins qu'il ne soit mort ? »

Esquivant l'allusion, Chièvres conserve son sourire charmeur.

« Madame, comme le souhaite ardemment l'empereur d'Autriche, son grand-père ainsi que nous tous, confiez le pouvoir à votre fils. Nul ne pourrait prendre plus sage et utile décision. »

La voix insinuante alarme Jeanne. Que sait cet homme au juste pour la harceler ainsi ?

« Je suis la reine. »

Elle a martelé les mots, ultimes et dérisoires armes susceptibles de la défendre. Soudainement le sourire de Chièvres se fige, le regard a une lueur impitoyable.

« Majesté, je le sais, mais Dieu désormais, m'a-t-on appris, exige votre temps comme vos sacrifices. Je vous envie car il n'est pas plus beau destin que de cheminer vers son Créateur. »

Le Flamand, se tait, observe attentivement l'effet produit par ses paroles. Un pied dans la tombe, le vieux

Cisneros a su discerner où se trouvait l'intérêt de son pays. Jeanne sans nul doute a bien compris car elle est devenue affreusement pâle.

— Signez, Madame. Vous serez déchargée d'un poids inutilement pesant, pour ne plus penser qu'à vous et pour toujours.

— Que Charles règne à ma place, murmure Jeanne.

Elle donnerait son âme au diable pour que Chièvres et son insupportable regard disparaisse de sa vue.

Sur un signe du Flamand la porte s'ouvre sur Hernan Duque et frère Juan d'Avila.

« Deux de vos serviteurs et amis ici présents, explique Chièvres, serviront de témoins. »

Chapitre LXX

Chevaliers de la Toison d'Or, dignitaires, prélats, personne ne peut dissimuler son émotion tandis que s'élèvent les voix des chantres du roi Charles sous la nef de Santa Clara. Le cercueil de l'archiduc Philippe, roi de Castille, entouré d'une forêt de cierges, a été déposé dans une chapelle de bois construite au milieu du chœur. Là, tour à tour, chaque Flamand est venu s'agenouiller, jeter de l'encens sur un prince encore vivant dans les esprits. De part et d'autre de la nef, Charles et Éléonore se recueillent. Le souvenir de leur père est si lointain qu'ils doivent faire effort pour se remémorer les traits de son visage, entendre à nouveau le son de sa voix. Bien plus que l'absence de leur mère, la mort de Philippe les a laissés vraiment orphelins.

Le prêtre prêche en castillan. Charles, qui n'en comprend pas un mot, revit instant par instant sa courte entrevue avec Jeanne. Utrecht et Chièvres ont refusé catégoriquement qu'elle assiste à la messe de Requiem. Un sentiment pénible trouble le jeune roi, la suspicion qu'on lui cache quelque chose. Après ces années de séparation, Éléonore et lui-même étaient venus joyeux vers leur mère. Allaient-ils se reconnaître enfin, se fêter ? En Flandres, ses enfants ont grandi sans oser poser de questions, acceptant les brèves nouvelles distillées par Adrien d'Utrecht, Jean le Sauvage ou Guillaume de Chièvres.

Le sermon achevé, un chantre entame le Credo. Charles aperçoit le regard émerveillé de sa petite sœur Catherine sortie pour la première fois de Tordesillas. Vêtue de neuf, ses cheveux blonds soigneusement nattés, elle est ravissante. Comment peut-elle survivre dans la bâtisse lugubre où elle grandit sans compagne, sans distractions ? D'abord intimidée, la fillette s'est vite épanouie en face de cette jolie sœur, de ce grand frère qui lui parlent gentiment, lui offrent maints présents. Avec stupéfaction elle a goûté des plats nouveaux, s'est exclamée devant les robes des dames flamandes, a ri aux éclats des facéties de leurs petits chiens.

La cérémonie touche à sa fin. Lorsque, dans la matinée hivernale, les cloches du couvent commencent à sonner lugubrement, la foule se presse pour apercevoir son nouveau souverain.

Très ému, Chièvres quitte son prie-Dieu, rejoint le cortège qui s'est formé derrière le jeune roi et les infantes dans le brouhaha des voix, le chatoiement des parures, les dernières harmonies du chœur. Aujourd'hui où son fils vient prendre possession de l'héritage espagnol, Philippe peut reposer en paix et leurs desseins à tous, ruinés par sa mort brutale, vont aboutir enfin. Il n'y a pas dans la suite de Charles un seul Flamand qui ne veuille venger l'humiliation des jours de malheur, ramasser enfin à pleines mains l'or espagnol. Chièvres comme sa femme Ana se sont juré de ne pas être les derniers servis à l'heure de la revanche.

Sur le parvis, Charles un peu gauche, muet, reçoit les hommages de son peuple. Entouré constamment de conseillers, le jeune homme n'a que méfiance pour les visages nouveaux qui l'entourent, les mœurs inconnues de lui.

La nuit, au Coudenberg, il se faufile parfois dans la galerie des portraits. Son arrière-grand-père Charles le Téméraire, son père Philippe le regardent fixement dans la lumière fugace de la chandelle. Un peu plus loin, longtemps il s'arrête devant la toile où est peinte sa mère. La jeune mariée contemple un livre de prières qu'elle tient entre les mains. Pourquoi tant de mystère autour de Jeanne ? Comme si un diable était tapi dans chaque interrogation, sa tante Marguerite, son précepteur, son chambellan éludent ses questions. La reine est malade, répond-t-on invariablement, elle n'a besoin que de solitude et de paix.

A quelques pas derrière Charles, Chièvres chevauche en silence aux côtés d'Adrien d'Utrecht.

— Il est inutile de nous attarder maintenant, constate enfin Utrecht. J'ai donné les ordres nécessaires afin que nous puissions prendre dès demain la route de Valladolid.

— Et Cisneros ? On le dit mourant.

— Charles n'ira pas à son chevet, rien ne sert de remuer davantage la boue du passé. Dieu nous assiste en le rappelant à Lui.

En arrivant devant la forteresse de Tordesillas, ensemble les deux hommes lèvent les yeux vers les créneaux. Jeanne les guette-t-elle ?

« La folie fraie son chemin », murmure Utrecht.

En sifflant le vent s'engouffre au-dessus du Duero, se perd dans la plaine entraînant des oiseaux de proie dont les silhouettes sombres semblent de mauvais présage.

« La reine va expier à présent. »

Utrecht ne tourne même pas la tête vers son interlocuteur.

— Il faut resserrer la discipline autour d'elle, continue Chièvres, remplacer Hernan Duque par un homme qui nous soit absolument acquis. J'en ai touché un mot au marquis de Denia. Il accepterait cette fonction. Je le crois prêt à nous suivre fidèlement.

— Parfait, murmure Utrecht, nous veillerons à ce que de bons prêtres l'assistent. Ils sauront, avec l'aide de Notre Seigneur, briser son redoutable entêtement.

— Et l'infante Catherine ?

— Charles veut la reprendre, mais est-ce une bonne décision ? Dès que l'infant Ferdinand fera voile vers les Flandres, la place sera nette. Nous le ferons accompagner après les Cortès jusqu'à Santander.

Beltran Plomon est stupéfait. Depuis deux ans qu'il est au château, une certaine estime s'est établie entre la reine et lui. Jeanne, à plusieurs reprises, a offert à son domestique des petits présents, exprime parfois un mot bienveillant qui le touche profondément. A l'infante il apprend des tours d'adresse, narre les contes de son village, enseigne le nom des plantes et des oiseaux.

— Je ne peux agir en cachette !

— C'est un ordre de Sa Majesté le roi.

Arrivés secrètement la veille à Tordesillas, les émissaires de Charles ont convaincu aisément le nouveau geôlier, Bernardo de Denia, que Catherine devait être enlevée à sa mère. Mais la collaboration du vieux domestique, seul homme à avoir accès à la chambre de l'infante, est indispensable.

« Tu dois obéir », insiste le gentilhomme.

Plomon baisse la tête. La pensée de perdre sa place au château l'alarme, il obtempérera.

« Doña Jeanne est fort attachée à sa fille, proteste-t-il une dernière fois. Ce sera tuer Sa Majesté que de la lui ôter ainsi. »

Après avoir attendu que Jeanne se soit endormie,

Plomon, secondé par deux aides, ouvre un passage dans le couloir généralement désert longeant la chambre de l'infante. Quelques heures encore et, par l'ouverture pratiquée, on pourra aisément pénétrer chez la fillette, la remettre à la petite troupe qui l'attend pour l'amener auprès des siens à Valladolid. Au-dessus de Tordesillas, la pleine lune resplendit dans la nuit.

« Passez le premier, ordonne le gentilhomme, l'infante vous connaît et ne s'effraiera pas. »

Beltran Plomon se glisse dans le trou.

Rejetant vivement sa couverture, Catherine, les yeux embués de sommeil, regarde avancer vers elle son vieux domestique.

« Beltran ? »

D'un geste, l'homme impose silence.

— Habillez-vous vite, señorita, Monseigneur le roi vient vous faire chercher.

— Maman viendra-t-elle avec moi ?

— Pas aujourd'hui, plus tard peut-être.

— Alors je ne partirai pas !

Le temps presse. A chaque instant, alertée par le bruit, la reine, qui dort derrière la cloison, peut s'éveiller.

« Votre frère le veut cependant. Il vous attend à côté de doña Éléonore dans son beau palais. »

Inquiète, la fillette réfléchit. Si la perspective de retrouver Charles et sa sœur font battre son cœur de joie, elle ne veut pas s'en aller sans autorisation.

Au cours de ces longues années de solitude, la mère et la fille ont formé une société tendre, secrète, pathétique dont elles seules connaissent le prix. Mûre pour ses onze ans, l'enfant comprend beaucoup de choses, vit les silences comme des moments d'amour partagé.

Derrière le trou, une ombre immense attend, des chuchotements, des bruits de pas.

« Je ne veux pas quitter Tordesillas sans que maman le sache. »

Les larmes coulent sur le visage de la fillette.

« Habillez-la », ordonne une voix.

Deux femmes inconnues s'approchent. Tirant les draps, elles vêtent hâtivement l'enfant qui maintenant sanglote.

« Allez chercher ma fille. »

Jeanne a mal dormi, des bruits étranges ont martelé sa tête. Depuis la brève visite de Charles et Éléonore, le dégoût de vivre l'a à nouveau anéantie. Hernan Duque parti, le peu d'agrément embellissant son existence s'en est allé avec lui. Bernardo de Denia, comme Ferrer, est un geôlier sans pitié.

Catherine est longue à venir. Serait-elle souffrante ? Jeanne s'inquiète pour sa niña, son dernier amour, le seul qui lui apporte encore des bouffées de bonheur.

« L'infante a disparu ! »

Le cri de Maria, sa servante, glace la reine, lui rappelle l'effroi qui l'avait paralysée quand son père s'était emparé du petit Ferdinand. Un châle jeté hâtivement sur ses épaules, elle bondit dans la chambre voisine. A côté du trou béant, des petits vêtements jonchent le sol.

« Regarde, Maria ! »

La reine désigne l'excavation comme la gueule d'un monstre venant d'avaler son enfant.

« Des bandits l'ont prise ! »

Retroussant sa robe de nuit, elle s'élance dans le sombre couloir, se heurte aux murs, tombe, se relève. Dieu n'a pas le droit de lui prendre sa fille. Médusées, impuissantes, les servantes regardent délirer leur reine.

« Sa Majesté la reine va dépérir, elle refuse obstinément de manger et de boire[1] »

Ne voulant pas montrer son désarroi, Charles feint de terminer la page du livre qu'il tient entre les mains. Depuis la veille, sa conscience le tourmente, Éléonore après le souper lui a vivement reproché d'avoir agi avec trop de hâte.

Vêtue de satin et de soie, coiffée de bonnets charmants, la petite infante ne parvient pas à partager la joie de ses nouveaux amis, rien ne semble pouvoir la faire sourire, ni le joli livre d'heures peint de scènes délicates offert par son frère, ni le collier de perles rosées qu'Éléonore a attaché autour de son cou, ni les confiseries et diverses douceurs présentées sans cesse par des dames trop empressées à lui plaire.

Enfin Charles dépose son livre.

— L'information est-elle récente?

— Je la reçois à l'instant, Monseigneur.

Au palais de Valladolid, les nouveaux occupants s'activent. Des secrétaires vont et viennent, des pages grimpent en courant le grand escalier, dames et gentilshommes comblés par leur prince se regroupent en joyeux attroupements. Les Cortès ont prononcé leur serment, personne maintenant ne peut prétendre les priver ni du pouvoir ni de l'or castillan.

« Je vais réfléchir, attendez ma réponse. »

Seuls ses conseillers pourront l'aider à prendre la juste décision.

Chièvres cache mal son impatience. Jamais il n'a voulu cet enfantillage. L'infante Catherine est une charge que personne ne peut assumer. Dans quelques jours, ils doivent prendre la route de l'Aragon où les poursuivront les innombrables problèmes rencontrés en Castille. D'Allemagne, ils attendent des nouvelles de Maximilien qui tente de régler sa succession à l'empire. Le formidable enjeu politique qui se joue en Europe ne laisse à Chièvres aucune disponibilité d'esprit pour des futilités de ce genre.

— Rendez l'infante à sa mère, Monseigneur.

— Ne serait-ce pas capituler ?

— Que vous importe ! Ramenez votre sœur à Tordesillas, trouvez quelque faux-fuyant pour expliquer son départ. Entre Sa Majesté de la reine et vous, il n'y a plus de leurre aujourd'hui.

Une brusque mélancolie serre la gorge du jeune roi, il aurait préféré demeurer innocent, ne pas perdre une seconde fois sa mère. Mais Chièvres a raison. Jeanne doit garder coûte que coûte leur secret, se repentir, revenir à Dieu. Dans sa grande piété, Charles s'est fixé la rédemption la reine comme seul but à atteindre. Le reste est l'affaire du marquis de Denia qui a pouvoir absolu sur la forteresse comme sur la ville de Tordesillas devenue camp retranché. Sa mère doit se taire, si elle parle nul n'a la permission de lui prêter oreille. Ainsi mourra le passé à jamais.

Chapitre LXXI

Réunissant ses forces, Jeanne se vêt seule aujourd'hui. Malgré les murs, les bouches closes qui l'isolent, des échos de la formidable rumeur de l'insurrection sont montés jusqu'à elle. Déjà mécontent des excès des nobles, le peuple de Castille a été révolté par les exactions flamandes. Aussitôt Charles parti recueillir sa couronne d'empereur, la nomination d'Adrien d'Utrecht, un étranger, à la régence a mis le feu aux poudres.

Évitant de se regarder dans le miroir, la reine pose sa coiffe avec application. Denia la presse de se hâter pour recevoir son visiteur. Qui veut la rencontrer et pourquoi ? Depuis des années, tous semblaient l'avoir oubliée. En vain, elle a exigé la présence de Grands à son côté, inutilement elle a tenté d'arracher à son geôlier des bribes de vérité.

— Doña Jeanne, intervient Maria de Cardama, laissez-moi vous présenter quelques bijoux. Il faut être reine aujourd'hui.

— Où est l'infante ?

— Elle prend une leçon de latin avec frère Juan d'Avila.

Depuis que Charles, lâchement, a tenté de la lui

434

enlever, Jeanne s'enquiert à chaque instant de sa fille. A treize ans, Catherine devient femme, son visage s'affine, son corps s'arrondit. Elle ne reste plus des heures entières aux fenêtres à observer jouer les enfants sur la promenade, s'essaie à la broderie, lit interminablement les livres pieux prêtés par son directeur de conscience. D'une patience infinie avec sa mère, elle seule sait la calmer, la contraindre à accepter sa nourriture, l'aider à trouver le sommeil.

« Maria, dois-je vraiment m'y rendre ? »

Sans prêter la moindre attention aux habituelles réticences de la reine, la servante ordonne la chute de la jupe, arrange le col de dentelle égayant le drap austère.

« Doña Jeanne, conseille-t-elle en prenant un pas de recul, montrez qui vous êtes à don Bernardo. »

Aussitôt entrée dans la salle de réception, Jeanne, à l'expression de Denia, comprend qu'il a peur. Le marquis a fait disposer de nouveaux meubles, arranger des bouquets, ordonné une collation. L'austère pièce ne ressemble plus à un corridor abandonné mais au salon d'honneur d'un palais habité. Souriant, son geôlier accourt à sa rencontre.

« Doña Jeanne, nous avons ici monseigneur Antonio de Rojas, archevêque de Grenade, venu solliciter une audience. Il vous donnera des nouvelles de Sa Majesté dont il représente le Conseil en Castille. »

Étourdie, Jeanne aperçoit un prélat qui cérémonieusement la salue.

« Je n'ai qu'un instant à vous accorder, Monseigneur. »

Mais, vif comme l'éclair, Denia la guide vers un siège, appelle un domestique qui présente aussitôt des rafraîchissements.

« Je suis venu apporter des nouvelles susceptibles

d'intéresser Votre Majesté », déclare l'archevêque tout sourire.

Jeanne ne réagit pas. Vaguement elle observe un coin de ciel qui noircit, présageant un orage à venir.

« Doña Jeanne, poursuit Rojas imperturbable, il m'est parvenu l'incroyable nouvelle que vous ignoriez jusqu'à présent la mort de votre père! »

A l'évocation de Ferdinand, la reine sort brutalement de sa torpeur. Une affreuse sensation de panique la submerge.

« Sa Majesté don Carlos, qui a accepté de prendre la charge du pouvoir, est en Allemagne où il vient d'être élu empereur », continue le prélat, heureux du silence de son interlocutrice.

Il avait craint des questions, des reproches, il voit une femme qui le dévisage d'un regard morne.

« J'ai l'honneur d'être le président de son Conseil en Castille. »

Longuement, Rojas décrit le départ précipité de Charles, la naissance d'une révolte qui prend de l'ampleur de jour en jour. Des traîtres comme Juan de Padilla prétendent nommer un gouvernement où bourgeois et lettrés auront une place prépondérante. Il faut casser les reins des insurgés. Elle, Jeanne, la reine, peut et doit signer un papier dissolvant leur junte inique...

Le sang bat dans les tempes de Jeanne. Les mots du prélat déchirent des pans entiers de silence, précisent des faits seulement soupçonnés, la rejettent brutalement dans un temps qui lui avait été arraché. Au prix d'un effort immense, elle suit maintenant attentivement le rapport d'Antonio de Rojas. Ainsi on ne la punissait pas en la laissant simplement sur la berge mais en tentant de la noyer!

Le président du Conseil du roi a achevé son discours. Denia comme lui-même attendent avec inquiétude un

436

commentaire, un mot de Jeanne, mais la reine, les yeux fixes, ne semble pas s'apercevoir que Rojas s'est tu.

Enfin, lentement, les mains se joignent.

— Croyez-moi, Monseigneur, tout ce que je vois et entends me paraît un rêve. Il y a quinze ans qu'on me cache la vérité — et se tournant soudain vers son geôlier, Jeanne précise : Le marquis que vous voyez là a été le premier à me mentir.

— Doña Jeanne, s'exclame Denia, chacun s'efforce de vous préserver, non de vous nuire!

Vite, Rojas reprend la situation en main, il n'est pas venu jusqu'à Tordesillas pour assister au règlement d'anciennes querelles, mais faire signer la reine. D'un geste discret, l'archevêque appelle un secrétaire.

« Majesté, entre vos mains, après celles de Dieu, repose l'espoir du royaume. En signant ceci, vous accomplirez des miracles plus grands que ceux de saint François. »

L'esprit de Jeanne dérive. Quand cessera-t-on de se servir d'elle? Quelques années plus tôt, la colère l'aurait dressée contre son interlocuteur, aujourd'hui elle n'éprouve que dégoût et mépris.

— Monseigneur, je ne signerai rien. Revenez plus tard.

— Mais c'est impossible, Madame, les insurgés sont à nos portes!

Au regard de Jeanne, Rojas comprend que la reine est moins égarée que chacun le prétend.

« Je vous en prie, madame », insiste-t-il presque humblement.

« Don Bernardo, faites-moi raccompagner dans mes appartements. »

Jeanne marche si vite dans les longs couloirs que Maria peine à la suivre. La servante s'inquiète. A chaque période de suractivité succède bien souvent chez la

reine une longue phase de morne apathie, une rumina-
tion douloureuse du passé, entrecoupée de colères. La
nuit, les cauchemars reviennent. Jeanne appelle son
mari défunt, le supplie de revenir ou crie le nom de son
père comme on invoquerait celui du diable. Il faut des
jours de patience à la servante, au confesseur, à l'infante
pour l'apaiser, lui faire reprendre le cours de sa vie
monotone.

« Hâte-toi donc, Maria! crie Jeanne. Je veux être
prête lorsque les miens feront mordre la poussière aux
Denia. »

Au comble de l'excitation, Jeanne reste aux aguets
dans la galerie. On ne peut plus lui mentir, elle sait que
ses libérateurs accourent vers elle, la reine légitime et,
avec eux, arrive enfin l'éclatante justification d'une
décision qui a ruiné son existence, jeté le cahot dans son
cœur comme dans son esprit.

Dans le lointain s'élèvent des sonneries de trompettes, le bruit confus de voix criant des hourras. Ainsi
le moment tant attendu est arrivé! Le cœur lui manque.
Et si nul ne voulait pour reine la vieille femme qu'à
quarante-deux ans elle est devenue? Elle ne sait plus
rien de l'Espagne, plus rien du monde.

Le dos au mur, Jeanne se tord les mains. Sa prison
maintenant est en elle, plus implacable que celle de ses
geôliers.

« Doña Jeanne, s'écrie Maria hors d'haleine, les
vôtres vous attendent! Présentez-vous en haut du grand
escalier. »

Il faut que sa servante lui saisisse le bras pour la faire
avancer.

« Vive notre Souveraine, vive doña Jeanne! »

Dans la cour du château, des hommes soulèvent qui leurs chapeaux, qui leurs armes. Trois gentilshommes, Juan de Padilla en tête, gravissent d'un pas martial l'escalier.

« Majesté, les flammes qui ont brûlé Medina del Campo se propagent dans toute la Castille. Les habitants de Tordesillas nous ont ouvert les portes de leur ville pour que nous, vos humbles et obéissants serviteurs, puissions vous libérer. »

L'émotion déchire Jeanne quand, à genoux, Padilla lui baise les mains.

D'un geste d'une spontanéité joyeuse qu'elle n'a pas eu depuis des années, la reine relève Padilla, garde un instant entre les siennes les mains du rude capitaine.

Tordesillas est en pleine effervescence. Du matin au soir, des cavaliers entrent et sortent de la cour, des secrétaires s'activent autour du gouvernement provisoire constitué en attendant la prochaine réunion des Cortès. D'abord enthousiaste, Jeanne est redevenue songeuse. Elle comprend mal ce qu'on lui explique, refuse de prendre des décisions pouvant, une fois encore, se retourner contre elle. Il faut la persuasion militaire de Padilla pour qu'elle assiste parfois aux séances de la junte.

La nuit, la touffeur d'août la fait suffoquer, elle rejette les draps, se lève, va à la fenêtre. Où est Philippe ? L'a-t-on gardé à Santa Clara ? Chaque soir elle est résolue à se rendre au couvent, chaque matin elle renonce. Que ferait-elle si le cercueil avait disparu ?

Les larmes coulent sur le visage flétri. Elle a échoué à se faire aimer du seul homme ayant enflammé son corps comme son cœur, elle a perdu la tendresse de son père, irrité constamment sa mère, été privée de ses enfants. Elle n'est pas une reine, la junte se trompe, juste une ombre condamnée à errer entre les murs de Tordesillas.

Dans un grand déploiement de fastes, les Cortès siègent au cœur de la Citadelle. Jeanne préside la première séance. « Moi, la reine... », prononce-t-elle lentement dans son discours. Les mots une fois de plus la torturent, elle doit s'appliquer pour empêcher sa voix de trembler. Sans ménagement les Denia ont été chassés de Tordesillas. Furibond, le marquis a juré de se venger. Catherine pose mille questions auxquelles elle est incapable de répliquer, pas plus qu'elle ne peut répondre à celles des intendants, majordomes, secrétaires. Un chambellan a pris en main le gouvernement de sa Maison dont elle ne veut pas même entendre parler.

« Madame, s'écrie le président des Cortès, vous décidez désormais et nous obéissons. Nulle autre que Votre Majesté ne peut prétendre régner sur notre pays. Le prince Charles n'est qu'un usurpateur. En le déclarant hautement, vous désarmez vos ennemis. »

Jeanne ne répond pas. Cet homme affable qui, un instant auparavant, baisait ses mains, lui apparaît soudain comme un monstre venu se saisir d'elle. Elle baisse la tête, veut regagner de suite sa chambre. Il faut deux servantes pour doucement la coucher. Et si, comme Philippe, comme Ferdinand, Charles, lui aussi, allait s'acharner contre elle ? Jamais elle ne provoquera son fils.

Chapitre LXXII

« Jamais Sa Majesté, ma mère, ne régnera ! »

Rodrigo Niño, ambassadeur extraordinaire d'Adrien d'Utrecht, vient de remettre à l'empereur une longue missive à la fin de laquelle l'ancien précepteur de Charles a ajouté de sa main : « Les choses sont pires encore que tout ce que vous lirez dans ce message. Donnez entière foi au porteur. »

« Sire, revenez en Espagne, insiste Niño, vous seul pouvez rétablir l'ordre. »

Charles va et vient nerveusement. Il s'était promis de laisser doucement s'éteindre le passé, mais en rallumant l'incendie, sa mère l'oblige à une action énergique.

« Don Rodrigo, repartez aussitôt pour l'Espagne rassurer Adrien. Avec le pouvoir que je vais lui confier, la reine rentrera aussitôt dans l'ombre et, sans la caution de ma mère, la junte périra étouffée. »

Il n'a pas davantage de temps à consacrer aux problèmes espagnols. Pour se soulager d'un poids déjà trop écrasant : apaiser les princes allemands sans abandonner ses prérogatives impériales, contrecarrer les ambitions territoriales de François, roi de France, chasser les Turcs d'Europe, il a offert à son frère Ferdinand les possessions autrichiennes. Dans cette situation de tensions permanentes, agir avec ménagement envers sa propre mère est impossible. Jeanne doit subir la raison d'État.

Doña Jeanne, chuchote Juan d'Avila, je veux vous entretenir d'un sujet de la plus haute importance... »

Avec la douceur d'octobre, chacun au château de Tordesillas semble s'installer pour toujours. Sans cesse sollicitée par les membres de la junte, Jeanne renâcle. Après l'avoir tenue à l'écart pendant des années, comment peut-on espérer d'elle des décisions immédiates ? Régner la rebute, elle souhaite seulement quitter la forteresse, prendre avec elle le cercueil de Philippe, rejoindre Grenade, s'installer à l'Alhambra pour une éternelle nuit de printemps.

« Plus tard, père, je suis fatiguée. »

Le confesseur de Jeanne, qui a reçu la veille un message secret du vice-roi Adrien d'Utrecht, est très embarrassé. Étant le seul interlocuteur que la reine consent à écouter, on l'a chargé d'une mission bien délicate.

— Voulez-vous, Majesté, que nous fassions ensemble quelques pas sur la promenade ?

— Il y a trop de monde, je ne veux voir personne.

— Alors, allons dans le patio.

— Mais je ne veux pas me confesser, père !

— Il ne s'agit pas de confession, doña Jeanne, mais d'une respectueuse conversation.

Jeanne a trop entendu de mots à double sens pour ne pas aussitôt s'alarmer.

« Dites ce que vous avez à me dire. Inutile de tergiverser davantage. »

Depuis le début, elle sait que les récents espoirs qui l'ont arrachée à son engourdissement vont se dissiper un jour ou l'autre comme un rêve

— Doña Jeanne, se résout à prononcer Juan d'Avila, Son Excellence le vice-roi a reçu des instructions de votre fils. Sa Majesté insiste pour que vous vous teniez désormais à l'écart de ce groupe d'insurgés.

— Ils sont pourtant mes fidèles.

— Madame, ils se servent de vous pour atteindre leurs ambitions. Le roi affirme qu'ils n'ont pour vous aucune réelle considération.

— Un fils n'a pas le droit de morigéner sa mère. Comment Charles ose-t-il me blâmer ! reprend Jeanne avec colère.

A ses pieds, dans une odeur fade d'eau croupie, les fleurs s'éparpillent autour du vase que d'un geste brusque elle vient de briser.

« Je ne signerai rien. Ne me sollicitez plus désormais. »

Interdit, Padilla garde en main le feuillet qu'il tendait à la reine.

— Majesté, une signature et le prince Charles ne peut plus rien contre vous.

— Je ne le ferai pas.

D'un rapide regard, le capitaine consulte ses conseillers. Si la reine les abandonne, l'insurrection entrera dans une phase difficile. Déjà, avec la nomination à la tête du gouvernement provisoire du vieil amiral de Castille et du Connétable, une contre-offensive se développe dans le pays, menaçant les positions les mieux établies. Certaines villes, comme Burgos, ne sont plus sûres.

— Majesté, ne vous laissez intimider par personne.

— Padilla, s'écrie Jeanne, je ne vous permets pas de me donner des ordres !

Avec obstination, Jeanne tient les communeros à

distance. Charles a raison, tous ne sont que des fripons sans le moindre respect pour elle.

Après la fièvre des derniers mois, une détente soudaine apaise ses angoisses, elle n'a plus de décisions à prendre, d'avenir à bâtir. A pas lents, Jeanne retourne dans sa chambre où elle se cloître. Derrière la porte, Padilla ou d'autres viennent la supplier de rejoindre le Conseil. A peine comprend-elle le sens de leur requête.

Un soir, brutalement le capitaine pénètre dans ses appartements. Accroupie sur des coussins, la reine, les yeux fixes, le regarde avancer.

« Majesté, plaide Padilla d'un ton apaisant de confident, j'ai à vous avertir d'un grave danger qui vous menace. Les partisans du prince, votre fils, veulent enlever l'infante Catherine. Laissez-nous vous protéger. »

Le silence de Jeanne désarçonne le capitaine.

— J'insiste, Majesté. Rejoignez vos défenseurs, signez un pouvoir contre vos ennemis et nous mourrons pour vous.

— Mensonges, mensonges. Je ne crois plus personne, don Juan, pas même vous. Sortez !

Padilla est consterné. Pour une raison inconnue, la reine n'est plus de leur bord.

« Majesté, vous vous repentirez de votre aveuglement. Sans notre protection, vous périrez derrière les murs de cette forteresse de solitude et de regrets. »

Décembre jette sur le Duero une lumière blanche. Jeanne sait que les troupes de son oncle Enriquez avancent vers Tordesillas pour en chasser les derniers communeros. L'aventure est achevée.

Par la croisée ouverte sur la cour on entend l'appel d'une chouette. Sous la lune en croissant les vieilles murailles prennent des reflets laiteux.

À côté d'elle, Catherine s'est endormie. L'infante est de plus en plus jolie, le portrait d'un père que jamais ni la mère ni la fille n'évoquent.

Au loin monte une rumeur. Est-ce une illusion ou les partisans de Charles qui approchent?

Silencieusement Maria s'est glissée à côté d'elle.

— Pourquoi ne pas tenter de fuir, doña Jeanne?

— Jamais je ne partirai sans Philippe!

Le cri a jailli, rauque, désespéré. Maria saisit la main glacée de sa maîtresse. Jeanne tremble comme un enfant perdu.

« Nous irons à Grenade, souffle-t-elle, là où ma mère m'a parlé de lui pour la première fois. »

À trois heures de l'après-midi, ce 5 décembre, les trompettes du comte de Haro, fils aîné du Connétable, sonnent l'attaque.

Au château, les insurgés sont prêts pour une défense désespérée. Même les femmes et les prêtres ont pris leur poste sur le chemin de ronde. En face d'eux, plus de deux mille cavaliers, six mille cinq cents fantassins, détenant une dizaine de canons, couvrent la plaine. En ville, le tocsin sonne sans discontinuer. Agenouillés dans l'église San Antolin, Padilla et les siens écoutent une dernière messe. Padilla est confiant, les commune-ros sont déterminés à vaincre et possèdent une artillerie lourde plus performante. La garnison laissée au château se battra avec courage. Nul ne pourra prétendre enlever la reine sans massacrer ses gardes jusqu'au dernier. Quoique décembre n'en soit qu'à ses débuts, le froid mord déjà. En sortant de l'église, Padilla contemple le ciel bas. Avant que le soleil ne se couche, Dieu aura décidé de son camp et du destin de l'Espagne.

Par une brèche ouverte à grand-peine dans les murs,

s'engouffrent les troupes du roi qui aussitôt déferlent dans les ruelles de Tordesillas. Partout l'incendie fait rage, obligeant les défenseurs à reculer pas à pas. Maison par maison, la ville est reprise, mise à sac. Dans les lueurs jaunes des flammes résonnent les hurlements des blessés.

« Vite ! doña Jeanne. »

Pedro de Ayala, chargé de la sécurité de la reine, l'empoigne par le bras, la tire dehors. Avec l'aide de Dieu, peut-être pourront-ils franchir le pont-levis, galoper jusqu'à Medina del Campo, encore entre leurs mains.

Jeanne se laisse entraîner. Dans la cour, un indicible chaos les arrête. Terrorisés, des chevaux hennissent, des mules, malgré les coups, refusent de tirer les chariots auxquels elles sont attelées. Quelques prêtres aidés par des femmes jettent des seaux d'eau sur un début d'incendie.

Une bousculade arrache la reine à l'emprise de Ayala. Aussitôt Jeanne s'enfuit, court droit devant elle, passe le pont-levis, se dirige vers la ville. A peu de distance maintenant se dresse le couvent de Santa Clara.

Un court instant, Jeanne s'arrête pour reprendre haleine, contemple les brasiers allumés dans chaque quartier. La nuit est tombée depuis longtemps. Vite, elle reprend sa course, passe le portail du couvent. Terrorisées, les nonnes sont regroupées dans la cour, chantant des psaumes, tandis qu'un vieux prêtre jette de l'encens sur une statue en argent de Notre Dame de Guadalupe.

« Où est la mère abbesse ? »

Le silence se fait aussitôt. Stupéfaites, les religieuses dévisagent cette femme hagarde qui ressemble à leur reine.

Une nonne s'avance, esquisse une révérence.

« Menez-moi au cercueil de l'archiduc, mon époux »

La chapelle sent le moisi, la cire et l'encens. Au milieu du chœur, sous un mince édifice de bois ouvragé, Jeanne aperçoit la bière recouverte d'une riche étoffe damassée.

A pas lents, elle avance. Son cœur bat à se rompre.

« Philippe ? » interroge-t-elle

Depuis douze années, elle attend ces retrouvailles

« Je suis venue te rechercher. »

Jeanne tend la main, doucement caresse le tissu orné de broderies.

« Jamais plus je ne te ferai de mal. Me crois-tu ? Tu vois, chuchote-t-elle la bouche contre la bière, nous avons toi et moi survécu à notre propre poussière. »

Dans un mouvement de tendresse irrésistible, Jeanne pose sa joue sur l'étoffe soyeuse, ferme les yeux. Elle veut s'endormir là, tout oublier.

« Doña Jeanne, que puis-je faire pour vous ? »

La voix de la Supérieure fait tressaillir la reine. L'ultime temps de repos n'est pas encore venu.

« Ma mère, préparez immédiatement le chariot qui supportait le cercueil de Monseigneur l'archiduc, ordonne-t-elle en se relevant. Nous partons pour Grenade. »

Ahurie, la religieuse dévisage Jeanne. Comme tant l'affirment, la reine est donc bien folle.

— Doña Jeanne, ce chariot est rangé dans la remise depuis tant d'années que les vers ont dû en avoir raison.

— Le temps presse, coupe Jeanne sèchement. Ne discutez pas mes ordres !

Une dernière fois, la reine embrasse le cercueil puis à regret se détourne, court derrière la Supérieure, la rejoint dans une grange où des charrues, des instruments agraires et autres objets rustiques sont entassés.

Au fond, la masse poudreuse de la grosse charrette construite à Burgos surgit dans la lumière de la torche que le vieux prêtre tient à la main.

— Où sont vos mules?

— Nous n'en avons que deux, doña Jeanne.

— Faites-les chercher.

La Supérieure hausse les épaules. Dans cette nuit d'apocalypse, rien n'aura été épargné aux servantes du Seigneur.

Bientôt, deux hommes arrivent tirant les mules derrière eux. Avec des gestes lents, un sourire entendu, ils soulèvent les brancards. Un court instant le chariot bouge, puis dans un craquement les planches se disloquent, les limons se brisent.

La figure entre ses mains, Jeanne sanglote.

Dans la ville l'incendie se propage, gagne l'auberge, la halle aux bestiaux. Comme une somnambule, la reine se dirige vers le portail du couvent, se retrouve dans la rue. L'odeur âcre du bois brûlé la prend à la gorge.

« Sauvez-vous, crie un palefrenier qui s'enfuit en tirant trois chevaux, on dit que des tonneaux de poudre vont sauter! »

Hagarde, Jeanne regarde de droite et de gauche. Le château n'est plus loin, en se hâtant elle y sera dans un instant.

Comme un coup de tonnerre, un canon gronde. Des silhouettes passent devant elle, la heurtent brutalement. Ces gens qui se disent prêts à mourir pour leur reine ne la reconnaissent même pas.

« Où allons-nous, maman? »

Dans la cour l'infante et Maria s'interrogent du regard. Aucune mule n'est préparée. Vont-elles fuir à pied dans la campagne investie par l'armée?

Jeanne esquisse un vague geste, désigne un point imaginaire, loin devant elle.

« Je suis la reine, j'irai où je veux. »

Tendrement l'infante s'empare de la main de sa mère.

« Rentrons chez nous, maman, au château de Tordesillas. »

Chapitre LXXIII

Un instant en suspens au-dessus de l'ouvrage, l'aiguille pique la toile, s'arrête à nouveau. Le tiède soleil d'automne coule en source lumineuse sur les coiffes, les bras des deux servantes, se pose sur la jupe grise de Jeanne qui écoute attentivement. Une mèche blanche s'échappe du bonnet, balaie le front ridé ; d'un geste répétitif, la reine la remet en place.

— Un ancien gardien de cochons ! commente une des femmes. Je peux à peine imaginer pareil courage.

— Dis plutôt cupidité, rétorque l'autre. On raconte qu'en Eldorado, les rocs, la poussière même sont d'or pur et de pierres précieuses.

« Eldorado... » Ce mot accroche l'attention de Jeanne, la fait rêver. Elle imagine des rivières de saphir coulant entre des berges d'émeraude.

— Qui donc a atteint l'Eldorado, interroge-t-elle d'une voix monocorde ?

— Don Francisco Pizarre, doña Jeanne.

— Vraiment ?

Jeanne amorce un sourire. Aujourd'hui, cauchemars et angoisses lui laissent un peu de répit. Avec peine, elle se redresse, son dos, ses épaules perclus de rhumatismes la font cruellement souffrir, mais elle refuse obstinément qu'on la soulage.

Sur le mur blanchi à la chaux, le vent, en face d'elle, fait danser l'ombre d'un des roseaux du gros bouquet arrangé par la marquise de Denia. Depuis onze années qu'ils ont réintégré Tordesillas, il n'est pas un jour où ses geôliers ne font sentir à Jeanne qu'ils sont les maîtres absolus du château, mais leur arrogance lui importe si peu ! Son âme s'est retirée du monde, retirée du temps. Depuis le départ de sa niña devenue reine du Portugal, le ciel au-dessus de sa tête est vide de Dieu, vide d'avenir. Pendant deux jours, elle est restée à la fenêtre, le regard accroché au chemin d'où le cortège avait disparu.

L'étrangeté des aventures du conquistador captive la reine qui pose son ouvrage. Traînant un canon derrière eux, Pizarre, avec cent soixante-treize hommes et trois prêtres, gravit les Andes par des sentiers si étroits que chacun de leurs pas peut les précipiter dans l'abîme. De l'autre côté de la Cordillère, le Grand Inca à la tête de cinquante mille guerriers les attend.

Le cœur de Jeanne se serre. Elle connaît bien la mort, c'est une ennemie qui la poursuit sans relâche. La nuit, elle tient les yeux ouverts aussi longtemps qu'elle le peut afin de ne pas se laisser attraper par surprise. Sa fille Isabelle, reine du Danemark, est morte, Margot est morte, Manuel de Portugal, deux fois son beau-frère, est mort. Des voix l'interpellent, chuchottent à ses oreilles des phrases incohérentes. De toutes ses forces, elle hurle pour les éloigner. Alors le marquis de Denia la menace : si elle ne peut se dominer, il la jettera dans une cellule sans fenêtres.

L'effort que fait Jeanne pour fixer son attention, lui arrache une grimace.

La voix de la conteuse monte d'un ton pour raconter

la capture du Grand Inca, un sauvage adoré par son peuple comme un dieu. Elle évoque les costumes, les armes les bijoux des guerriers, la fuite des conquistadores dans la nuit avec leur prisonnier couvert d'or et de joyaux. Le canon tonne, dispersant les Indiens terrifiés, tandis qu'un orage tropical plombe un ciel où la lumière intense et brève des éclairs trace des marques de feu. A nouveau l'esprit de Jeanne s'évade. Le mot « orage » l'entraîne à Grenade où Philippe, un matin, est parti sans elle. Ayant entendu le glas sonner à Santa Clara, elle a demandé si une nonne était décédée.

— Doña Jeanne, le roi don Carlos a fait chercher le corps de Monseigneur, son père, pour l'amener à Grenade.

— Il ne reviendra plus, n'est-ce pas ?

La servante avait souri.

« Madame, Monseigneur reposera en paix auprès de don Ferdinand et de doña Isabelle. »

Pour Jeanne, pendant des semaines la douleur avait masqué le soleil. Claquemurée dans sa chambre, elle avait pleuré puis chantonné de vieilles complaintes andalouses avant de se coucher sur le sol, la joue appuyée contre les dalles, les yeux fixes, perdue dans sa mélancolie. Réunis, ses parents et son mari sûrement allaient s'allier pour réduire sa résistance, l'abattre, la piétiner. La rage l'avait fait se relever, attraper cruches et pots posés à sa portée pour les jeter contre les murs. Sous le regard sarcastique du marquis de Denia, deux laquais l'avaient maîtrisée.

Des années plus tard, lorsque Jeanne songe à Grenade, elle n'éprouve plus de fureur, seules la douceur du vent, les odeurs des jacinthes et des roses, des saveurs inachevées d'enfance occupent sa mémoire. Pourquoi a-t-elle aimé Philippe ? L'oubli ôte les regrets, amenuise les rides du temps passé. Rien n'occupe longtemps son esprit, ni le mariage d'Éléonore avec François, roi de France, ni la naissance de Philippe, fils de Charles, ou le rude combat en Angleterre de sa sœur Catherine menacée d'un divorce.

Harcelée par son confesseur qui essaie d'obtenir d'elle le repentir de ses péchés, elle reste muette. Elle cherche, fouille sa mémoire.

Soleil et lunes sont passés. Philippe n'est pas mort à cause d'elle. Il dormait à son côté et lui a été enlevé par le vent de Castille. Catherine est partie. Printemps et hivers ont effacé leurs visages, étouffé leurs voix. Mais demain elle les rejoindra. Oui, demain elle ordonnera que l'on selle une mule, se vêtira de velours et de soie et, parée de ses bijoux, ceux des Habsbourg comme ceux des Trastamare, quittera la tête haute Tordesillas.

« Doña Jeanne, dit rudement une des deux servantes, si vous gâchez ce soir encore votre repas, vous n'aurez demain aucune nourriture. »

Chapitre LXXIV

« Le Christ, doña Jeanne, ne donne pas une signification à l'existence humaine, Il est sa signification. »

Les yeux clos, Jeanne écoute Francisco de Borja, le
confesseur que lui a dépêché sa petite-fille Juana, dernier enfant de Charles. Son corps n'est que plaies et
souffrances. Depuis des semaines, le religieux essaie de
la confesser, insiste sur des fautes graves qu'elle pourrait avoir commises. Que veut-il dire ?

— Père, je n'ai jamais fait de péché mortel.

— Doña Jeanne, vous êtes au tribunal de Dieu qui
est un juge plein de miséricorde mais ne peut être leurré.

La voix douce la berce. Francisco de Borja est Grand
d'Espagne. Il a quitté le monde pour entrer dans les
ordres. Elle l'a bien connu autrefois, l'un et l'autre
s'appréciaient. Alors pourquoi la persécute-t-il ? Il
sonde son âme, remuant des souvenirs, levant d'insupportables émotions. A soixante-quinze ans, Jeanne ne
vit que l'instant présent.

« Je suis trop vieille pour vous comprendre. »

Vivement Borja saisit sa main, la presse affectueusement entre les siennes.

— Vieille ? Bien au contraire, vous êtes devant Dieu
une enfant, madame, Retrouvez votre innocence de

petite fille et vous serez emplie d'une joie que nul ne pourra corrompre. Remontez le temps, comprenez pourquoi vous vous êtes endurcie, alors le pardon sera là.

— Partez, murmure Jeanne, je vous reverrai demain.

Entre la mort et elle il n'y a plus de place pour de nouvelles souffrances. Le soir tombe. En contrebas, les flots du Duero grondent. Est-ce la nuit ou le fleuve qui vont l'engloutir ? Jeanne essaie de boire mais sa langue enflée l'en empêche. Aujourd'hui le silence protecteur n'est que vide et la peur noue le ventre de la vieille femme. Derrière lui, Borja a laissé une présence, qu'elle devine immense, terrifiante. Est-ce Dieu qui la juge ou Philippe qui la condamne ? Au-delà des murs rassurants de Tordesillas, son père, son mari, son fils l'attendent pour la maltraiter, la mettre en pièces. Pourra-t-elle, une fois encore, leur échapper ? Jeanne est prise d'un rire puis brusquement, les mains sur le visage, se met à pleurer.

A peine a-t-elle dormi une heure ou deux que déjà Borja est auprès du lit. A genoux, il récite les prières de l'aube, son regard de mystique attaché au crucifix d'ivoire pendu au-dessus de Jeanne. Le visage ravagé, les cheveux neigeux, hirsutes de la reine épars sur l'oreiller ne retiennent pas son attention. La femme n'existe plus, il ne voit que la pécheresse à ramener dans le sein de son Dieu. Le temps presse. Rongée par les ulcères et la gangrène, la reine, d'après son vieux médecin, n'a plus que quelques jours à vivre.

« M'entendez-vous, madame ? »

Les yeux ouverts, Jeanne rêve. De ville en ville, elle atteint le désert où s'éteint la douleur de vivre. Elle a chaud, son corps brûle de fièvre.

— Doña Jeanne, insiste le jésuite, je sais que vous m'écoutez. Pourquoi vous refusez-vous à l'amour ?

— L'amour n'existe pas, murmure la reine.

— Madame, l'amour est comme le mouvement de la mer, luttez contre lui et vous périrez, abandonnez-vous et vous serez sauvée.

— J'y ai cru, mon père, lorsque j'avais seize ans, mais la vie a tôt fait de m'ôter jusqu'à la dernière de mes illusions.

— L'orgueil, scande Borja, l'orgueil !

Si soudainement que le prêtre a un mouvement de recul, Jeanne se dresse sur son lit.

— Père, je vous interdis de me juger. Que savez-vous de ma vie ?

— Ce que Dieu a permis que j'en sache pour m'aider à vous ramener à Lui.

— Je me suis défendue, don Francisco, j'ai défendu l'honneur de mon pays et pour cela on m'a enfermée, spoliée, humiliée depuis quarante-six ans.

La tête retombe sur l'oreiller. A bout de souffle, Jeanne respire avec peine.

A nouveau Borja prie. Les litanies s'égrènent, monotones.

Jeanne a froid. A gestes saccadés elle tire la couverture de laine où elle s'enroule. Son dos, ses fesses, ses cuisses ulcérées d'escares purulentes la brûlent comme des braises mais ses mains, ses pieds restent glacés.

La nuit la délivre de Borja, des Denia, des servantes. Alors, elle peut s'abandonner à ses chimères, s'unir aux ténèbres qui la protègent. Dieu l'y guette-t-il ? Depuis que le religieux est arrivé à Tordesillas, Jeanne craint ce regard invisible mais omniprésent dont il l'entretient sans cesse.

Recroquevillée sous la couverture, la vieille femme scrute l'obscurité de sa chambre, trouée seulement par la flamme jaune d'une chandelle. Il fait trop noir, quelqu'un sûrement se cache entre les pierres des murs, l'épie.

« Je ne sais plus rien, murmure-t-elle, laissez-moi en paix ! »

La vieille femme s'agrippe à la couverture.

« Seigneur Jésus, dit-elle à voix haute, voilà long-temps que vous m'avez abandonnée, tout est trop tard désormais. »

« Ces souvenirs que Dieu vous rend sont un premier pas vers la vie, Madame. »

D'un souffle, Jeanne a parlé de son dernier retour en Espagne, quarante neuf années plus tôt, raconté ses angoisses devant le danger permanent d'un enferme-ment, ses dernières espérances. Tout est soudain si clair dans sa mémoire que les mots viennent sans effort. Aucune émotion ne l'envahit, son passé est comme un livre ouvert où elle jette un regard. Est-ce cela que désire tant Borja ?

Devant un reliquaire de sainte Claire le jésuite fait brûler l'encens qui s'élève en volutes le long des murs nus, s'enroule autour des montants sculptés du lit où Jeanne repose. Les démons sans nul doute rôdent encore autour de la mourante mais, défendu par sa foi, Borja est sûr de les mettre en déroute. D'une voix douce, indifférente, Jeanne livre des bribes de son passé : souvenirs d'enfance, d'adolescence où reviennent sans cesse les noms d'Isabelle et de Ferdi-nand. La mourante évoque la couleur d'une robe, une friandise partagée avec son frère et ses sœurs. Borja n'ose l'interrompre. Maintenant Jeanne cherche ses mots, à l'apathie succède une grande tristesse dans sa voix. Elle évoque son voyage en Flandres, ses angoisses de fiancée puis soudain le nom de Philippe jaillit comme un sanglot. Le jésuite s'approche encore, penche la tête afin de mieux entendre. Jeanne hésite, se mord les lèvres, visiblement des souvenirs disparus qui soudain se réveillent la torturent.

« Je veux à boire. »

Borja tend un gobelet d'eau teintée de vin, quand à brûle-pourpoint la reine s'agrippe à son bras comme un naufragé saisit une planche de salut. Dominant sa répulsion, le jésuite parvient à ne pas repousser cette vieille femme hagarde. Après un ultime combat, Satan cède enfin la place Les doigts décharnés de Jeanne compriment le bras du prêtre, ses yeux étincellent.

— Il était le plus beau des hommes et au premier regard je l'ai aimé.

— Parlez-moi de lui, ma fille, chuchote le prêtre.

A dessein, il évite de prononcer le nom de Philippe.

— Sa blondeur, murmure Jeanne, ses yeux bleus, sa bouche, voilà ce que j'ai vu tout d'abord. J'étais si innocente! Et pourtant un feu me brûlait.

— Le feu du diable.

Mais Jeanne n'écoute pas, elle a seize ans, elle est à Lierre dans la maison de ses noces au bord de la Nethe. Octobre est si doux! A contre-jour les flèches du béguinage se reflètent dans l'eau verte.

« L'odeur de sa peau me grisait, je voulais aussitôt y poser mes lèvres. »

Instinctivement le prêtre s'écarte légèrement et se signe. Le démon cherche à l'embarrasser pour mieux l'évincer mais il restera, dût-il prêter oreille aux plus abjects propos.

« Je me souviens du lit, de la courtepointe et des oreillers de plumes où nos corps s'enfonçaient. Il m'appelait "amie", je lui disais "mon amour" tandis que nos lèvres se prenaient. J'avais peur, un peu "Soufflez la chandelle" ai-je murmuré. Il a ri, m'a serrée dans ses bras et je suis restée muette tandis qu'il me prenait pour la première fois, muette de douleur et de joie. »

La bouche sèche, Borja murmure une prière, incapable cependant de détourner son attention.

— Toute la nuit j'ai appris doucement à connaître

458

chaque parcelle de son corps, sans encore oser y poser mes doigts. Sous la caresse du matin, ma chair s'est éveillée.

— Vous naissiez au mal, ma fille, au mal qui peu à peu a pris possession de votre esprit comme de votre âme pour les éloigner de leur Créateur.

— Pourquoi ne suis-je pas morte à seize ans ?

La voix a des sanglots mais les yeux restent secs, trop brillants.

— J'ai tout livré de moi, mon corps, ma mémoire, mes rêves d'avenir. Ma chair était sa terre où il venait reposer, trouver son plaisir, jeter sa semence. Lui en moi, j'étais assouvie, invincible. M'imposer ? Jamais je n'ai su, jamais je n'ai pu. Dans mon palais d'amour, j'étais prisonnière. Puis la souffrance est venue avec mes esclaves maures, comme seule compagnie. Les femmes m'ont dépouillée de lui.

— Il fallait prier, mon enfant, vous tourner vers Dieu.

— Dieu..., répète Jeanne. Où était-il à Bruxelles ? Jamais il ne m'a parlé, jamais il ne m'a consolée. Et pourtant de ma douleur naissait un surcroît d'amour.

— Il n'y a pas d'amour qui ne soit douleur scande Borja. Vous avez encore péché par orgueil.

— Puis est venu le temps de l'humiliation, le temps du vent qui ne caresse plus mais casse et brise. Père, j'ai voulu lutter contre le vent, mais j'étais folle sans doute, on ne peut arrêter la tempête. Alors le cyclone s'est déchaîné sur moi.

— Arrêter la tempête, que voulez-vous dire, ma fille ? Interrompre une vie peut-être ?

Maintenant Jeanne a posé les mains sur sa bouche pour contenir un cri, des mèches hirsutes couvrent son visage.

« Doña Jeanne, je vous écoute en confession, ce n'est

pas à moi que vous vous adressez mais à Jésus-Christ Notre Seigneur. »

La voix solennelle de Borja terrifie la mourante. Dieu enfin lui prête oreille, et à son tribunal nul ne peut mentir. Parler est une insupportable et ultime souffrance qu'elle doit supporter avant de mourir.

— Il me voulait morte pour s'emparer de la Castille. Il fallait qu'il s'en aille et je lui ai dit adieu en mon cœur.

— Devant le Christ qui vous écoute, doña Jeanne, regrettez-vous vos péchés, en demandez-vous pardon à votre Créateur ?

— Si j'ai péché, Dieu m'a déjà punie.

— Doña Jeanne, supplie Borja, dites seulement « J'ai péché contre Dieu » et je vous donne l'absolution.

La tête de la reine retombe en arrière, ses yeux se ferment.

« Que le Christ notre Sauveur veuille bien sécher mes larmes. »

Borja fait le signe de croix. La mourante est entre les mains de Dieu, en son âme et conscience, il sait qu'il peut l'absoudre.

« J'ai accordé à Sa Majesté le pardon de ses fautes. »

Denia fronce les sourcils. Ce Borja semble bien tolérant et trop souple. Certainement le roi demandera des détails précis sur les derniers instants de sa mère et une approximative contrition ne lui conviendra guère. Charles de Habsbourg ne plaisante pas avec la religion.

« Père, je ne veux pas, bien sûr, m'immiscer dans le secret de la confession, mais pour me garantir auprès de Sa Majesté, vous comprendrez aisément qu'il me faut l'aval d'un autre ecclésiastique. Je vais sur-le-champ envoyer un courrier à Salamanque pour mander frère Domingo de Soto. Vous n'ignorez pas qu'il est considéré dans le royaume comme une lumière de l'Église.

Fray Domingo a confessé Sa Majesté le roi qui aura donc entière confiance dans son jugement. En plein accord avec vous, il décidera si l'on peut faire communier doña Jeanne et lui administrer l'extrême-onction. »

Écartant résolument les servantes, le médecin et ses aides, le dominicain marche droit vers le lit où la reine semble à toute extrémité. De nouveaux ulcères sont apparus, la fièvre est si élevée que la malade ne cesse de frissonner, refuse de s'alimenter ou de boire.

A genoux sur les pavés glacés, le théologien s'abîme dans une longue prière. Derrière lui, l'attitude grave, se tiennent le marquis de Denia, Borja, quelques serviteurs. Seul le jésuite a les larmes aux yeux. S'il n'est pas sûr de son repentir, il sait que le diable ne l'habite pas. La reine n'a-t-elle pas été plutôt une victime ? Les bribes de confidences reçues en confession dévoilent des perfidies, des trahisons qui font pardonner bien des péchés. Dieu seul sera un juge impartial.

Frère Domingo de Soto se relève, s'installe sur un tabouret placé au chevet de la mourante.

« Majesté, votre confesseur, le père Borja, rend grâce à Dieu pour le repentir que vous avez bien voulu montrer. Mais avant que vous ne comparaissiez devant Son tribunal, je voudrais que nous récitions ensemble un acte de contrition. »

Jeanne a si chaud que la chemise de lin colle à sa peau dévorée d'escarres. Pourquoi l'été est-il venu si tôt ? A Bruxelles, jusqu'en mai le feu brûlait dans les cheminées, l'haleine froide de la nuit faisait se blottir les dormeurs sous d'épaisses courtepointes.

Jeanne râle légèrement. Il faut pourtant qu'elle se lève pour accueillir Philippe. Ce soir il viendra, il l'a promis, elle doit se parer pour le recevoir, donner un rêve à ses désirs.

— Est-ce toi, chuchote-t-elle?

— Doña Jeanne, je suis le père de Soto. Répétez après moi la prière que je vais réciter. « Laissez-vous fléchir, ô mon Dieu, par les regrets d'un cœur véritablement contrit... »

Philippe parle trop bas. Jeanne ne comprend pas ce qu'il dit. Avoue-t-il enfin son amour? Son corps n'est que souffrance, qu'il s'approche et la presse entre ses bras pour l'apaiser. Ne voit-il pas qu'elle est au bord du gouffre?

« D'un cœur plus touché de ses fautes pour le déplaisir que vous en avez reçu que pour la peine qu'elles ont méritée. »

Pourquoi évoque-t-on encore ses fautes? Pourquoi depuis toujours l'accuse-t-on, la maltraite-t-on? Philippe se tait. Exige-t-il qu'elle demande pardon avant de l'emmener avec lui?

Ses lèvres sont si sèches que difficilement elles s'entrouvrent.

« Pardonne-moi, balbutie-t-elle, ouvre-moi les bras pour que je noue mes mains à ton cou, que j'embrasse tes paupières et ta bouche. »

Le dominicain écoute attentivement mais à peine comprend-il les paroles de la reine. Elle a bien dit « pardonne-moi », le reste était inaudible.

« Doña Jeanne, pouvez-vous continuer? "Laissez-vous fléchir par les regrets d'un cœur sincèrement affligé de vous avoir déplu, vous qui êtes infiniment bon et infiniment digne d'être aimé." »

Philippe a prononcé « je t'aime », il a pardonné. Ensemble, ils vont s'étendre, se couler à même la terre, se couvrir de feuilles et de pierres pour enfin reposer.

La reine a refermé les yeux. Le théologien se tait. Comment reconnaître une véritable contrition? Un long moment, sans que personne n'ose faire un geste, de

Soto médite. Il a entendu « pardonne-moi » mais nul, pas même la reine ne peut s'octroyer le droit de tutoyer son Créateur.

Enfin le prêtre se lève.

« Frère Borja, je ne peux autoriser que l'on apporte à Sa Majesté la Sainte Communion mais rien ne s'oppose à ce qu'elle reçoive l'extrême-onction. »

Autour de son lit se pressent tant de gens que Jeanne, en ouvrant les paupières, est saisie de panique. Est-on venu à nouveau l'arrêter ? Et si Philippe l'abandonnait encore ? La nuit tombe, la lumière des torches la blesse.

– – Suscipe, Domine, ancillam tuam, in loco sperandae sibi salvationis a misericordia tua.

— Amen, répond l'assistance d'une seule voix.

Jeanne veut se redresser pour s'échapper mais ne le peut. Une larme, la dernière, coule sur sa joue.

« La reine montre un pieux repentir, murmure Borja. Dieu nous a écoutés. »

Maintenant tous sont à genoux, un cierge à la main. Jeanne désespérément cherche un visage ami. Qui lui tendra une main secourable ? A peu de distance Borja la regarde intensément. Cet homme a été le dernier à lui témoigner de la bienveillance.

« Don Francisco », murmure-t-elle.

Vivement le jésuite approche, s'agenouille si près d'elle que les visages presque se touchent.

— Aidez-moi, prononce-t-elle lentement.

— Doña Jeanne, demandez plutôt à Jésus-Christ Notre Seigneur de vous aider, car il vous aime d'un amour infini.

— Jésus ? interroge la mourante.

Devant le visage de Jeanne, Borja tend un crucifix que longuement elle fixe. Jésus est venu la délivrer, don Francisco n'a pas menti. Sur cette croix où son sauveur agonise, elle va se coucher aussi. La mort est partage.

« Jésus Cristo cruzificado, ayudame[1]. »

La nuit emporte Jeanne et l'aube du lendemain, 12 avril 1555, Vendredi saint, lui ouvre pour l'éternité les portes de Tordesillas.

Pas même un glas ne sonne pour la reine de Castille, de León, de Grenade, de Valence, de Sardaigne, de Majorque, de Catalogne, du Roussillon, de Cerdagne, de Sicile, des Indes, des Iles et Terres Océanes.

En 1574, son petit-fils Philippe II la fit transporter à Grenade où elle repose auprès de ses parents et de Philippe de Habsbourg, son époux.

---

1. Jésus Christ crucifié, viens-moi en aide.

Bibliographie

Jean d'Auton : *Chroniques de Louis XII*.

Anonyme : *Deuxième voyage en Espagne de Philippe le Beau* (1506).

Bulletin de l'Académie royale de Belgique (1870), tomes XXVII, XXVIII, XXX.

Bartolémé Bennassar : *Valladolid au Siècle d'or*.

Bartolémé Bennassar : *L'Inquisition espagnole*.

G.A. Bergentoth : *Archives royales de Simancas*.

Bergenroth, Gachard : *Recueil de pièces concernant Jeanne la Folle*.

Ghislaine de Bodin : *La Cour de Malines, Marguerite et la pré-Renaissance*.

Pierre Boissonade : *Histoire de la réunion de la Navarre et de la Castille*.

Franco Cardini : *L'Europe en 1492*.

Yves Cazaux : *Marie de Bourgogne*.

Marcelin Defourneaux : *La Vie quotidienne en Espagne au Siècle d'or*.

Jean-Lucas Dubreton : *Charles Quint*.

Marcel Duviols : *La Cour de Charles Quint*.

Philippe Erlanger : *Isabelle la Catholique*.

Gutiere Gomez de Fuensalida : *Corresponaances (1488-1506)*.

M. Gachard : *Les Derniers Moments de Jeanne la Folle. Jeanne la Folle et saint François de Borja*.

Gachard et Piot : *Collection des Voyages des Souverains des Pays-Bas.*

Alexandre Heune : *Histoire du règne de Charles Quint.*

M. Luc Hommel : *Philippe le Beau ou le prince naturel.*

Henri d'Hulst : *Le Mariage de Philippe le Beau avec Jeanne de Castille.*

Antoine de Lalaing : *Voyage de Philippe le Beau en Espagne (1501).*

W. Lewis : *Charles Quint.*

Marianne Mahn-Lot : *Portrait historique de Christophe Colomb.*

André Manus : *Psychoses et névroses de l'adulte.*

Pedro Martir de Angleria : *Documentos Ineditos para la Historia de España.*

Towsend Millers : *Reines de Castille.*

Jean Molinet : *Chroniques (1488-1506).*

Joseph Pérez : *Isabelle et Ferdinand. La Révolution des « communidades » de Castilles.*

Ludwig Pfland : *Jeanne la Folle, sa vie, son temps.*

Bernard Quillet : *Louis XII.*

E. de Quinsonas : *Matériaux pour servir à l'histoire de Marguerite d'Autriche.*

Augustin Redondo : *Antonio de Guevara et l'Espagne de son temps.*

P. Saintenoy : *Les Arts et les artistes à la Cour de Bruxelles.*

Alonzo de Santa Cruz : *Cronica de los Reyes Catolicos.*

André Uythebrouch : *Mille ans de vie quotidienne.*

Je tiens à remercier Patrick de Bourgues pour l'appui qu'il m'a donné tout au long de la rédaction de cet ouvrage et Dominique Patry pour sa précieuse collaboration dans le travail de documentation.

Adrienne DURAND TULLOU : Le pays des Asphodèles
David HEYMAN : Jackie
Françoise SAGAN : La chamade
    La garde du cœur
    La laisse
    Les merveilleux nuages
    Dans un mois, dans un an
    Les violons parfois
    Un orage immobile
    Sarah Bernhardt
    Bonjour tristesse
Christian JACQ : Maître Hiram et le roi Salomon
Georges N'GUYEN VAN LOC : Le Chinois
Christian SIGNOL : Marie des Brebis
Jean-François DENIAU : Un héros très discret
Loup DURAND : Le jaguar
Hugues de MONTALEMBERT : A perte de vue
Charlélie COUTURE : Les dragons en sucre
Kirk DOUGLAS : La danse avec le diable
Françoise CHANDERNAGOR : L'allée du roi
Françoise DOLTO : L'échec scolaire
Dominique FERNANDEZ : Le promeneur amoureux
Leonore FLEISHER : Rain Man
Jean-Charles de FONTBRUNE : Nostradamus historien
    prophète
Diane FOSSEY : Gorilles dans la brume
Anatole FRANCE : Le livre de mon ami
    L'île des pingouins

EXTRAIT DU CATALOGUE
PRESSES POCKET

Herman MELVILLE : Moby Dick
Vladimir NABOKOV : Une beauté russe
    L'exploit
    L'extermination des tyrans
    Brisure à Senestre
    Mademoiselle O
    Détails d'un coucher de soleil
Georges PEREC : Les choses
Françoise SAGAN : Les merveilleux nuages
    La laisse
    Bonjour tristesse
Alexandre SOLJENITSYNE : Le pavillon des cancéreux
    La maison de Matriona
    Zacharie l'escarcelle
    Une journée d'Ivan Denissovitch
Alexandre VIALATTE : Bananes de Königsberg
    Dernières nouvelles de l'homme
    Et c'est ainsi qu'Allah est grand
Oscar WILDE : Le portrait de Dorian Gray
Les 1001 nuits : 1. Dames insignes et serviteurs galants
    2. Les cœurs inhumains
    3. Les passions voyageuses
    4. La saveur des jours

*Achevé d'imprimer en mars 1992
sur les presses de l'Imprimerie Bussière
à Saint-Amand (Cher)*

PRESSES POCKET - 12, avenue d'Italie - 75627 Paris Čedex 13
Tél. : 44-16-05-00

— N° d'imp. 545. —
Dépôt légal : avril 1992.

Imprimé en France